SANDRA DÜNSCHEDE

Friesenrache

TOD IM MAISFELD Maisernte in Nordfriesland. Urplötzlich kommt der Maishäcksler zum Stillstand. Zwischen seinen scharfen Messern hängt ein toter Mann. Schnell stellt sich heraus, dass das Opfer bereits tot war, als ihn die Mähmaschine erfasste. Die Obduktion ergibt, dass Kalli Carstensen durch einen Verkehrsunfall ums Leben kam. Doch an einen profanen Unfall mit Fahrerflucht mag Kommissar Thamsen nicht glauben. Dafür hatte der Friese zu viele Feinde im Dorf. Und auch Haie Ketelsen, der mit dem Toten zur Schule ging, glaubt nicht an diese einfache Lösung. Zusammen mit seinen Freunden Tom und Marlene macht er sich auf die Suche nach der unbequemen Wahrheit in einem Dickicht aus zerbrochenen Beziehungen, dunklen Geheimnissen und brutaler Gewalt.

Sandra Dünschede, geboren 1972 in Niebüll/Nordfriesland und aufgewachsen in Risum-Lindholm, erlernte zunächst den Beruf der Bankkauffrau und arbeitete etliche Jahre in diesem Bereich. Im Jahr 2000 entschied sie sich zu einem Studium der Germanistik und Allgemeinen Sprachwissenschaft an der Heinrich-Heine-Universität in Düsseldorf. Kurz darauf begann sie mit dem Schreiben, vornehmlich von Kurzgeschichten und Kurzkrimis. 2006 erschien ihr erster Kriminalroman »Deichgrab«, der mit dem Medienpreis des Schleswig-Holsteinischen Heimatbundes als bester Kriminalroman in Schleswig-Holstein ausgezeichnet wurde. Seitdem arbeitet sie als freie Autorin und lebt seit 2011 wieder in Hamburg, wohin es sie als waschechtes Nordlicht zurückzog.

SANDRA DÜNSCHEDE

Friesenrache

KRIMINALROMAN

GMEINER

Personen und Handlung sind frei erfunden.
Ähnlichkeiten mit lebenden oder toten Personen
sind rein zufällig und nicht beabsichtigt.

Immer informiert

Spannung pur – mit unserem Newsletter informieren wir Sie
regelmäßig über Wissenswertes aus unserer Bücherwelt.

Gefällt mir!

Facebook: @Gmeiner.Verlag
Instagram: @gmeinerverlag
Twitter: @GmeinerVerlag

Besuchen Sie uns im Internet:
www.gmeiner-verlag.de

© 2009 – Gmeiner-Verlag GmbH
Im Ehnried 5, 88605 Meßkirch
Telefon 0 75 75/20 95-0
info@gmeiner-verlag.de
Alle Rechte vorbehalten
8. Auflage 2023

Lektorat: Claudia Senghaas, Kirchardt
Herstellung: Julia Franze
Umschlaggestaltung: U.O.R.G. Lutz Eberle, Stuttgart
unter Verwendung eines Bildes von: © Hans Peter Dehn/PIXELIO
Druck: Custom Printing Warschau
Printed in Poland
ISBN 978-3-89977-792-5

›Für Käthe – die sich in
dieser Gesellschaft pudelwohl gefühlt hätte.‹

1

»Du hast es nicht anders verdient.«

Ich spuckte auf den Boden und blickte selbstsicher auf die sterblichen Überreste des Opfers. Doch das Triumphgefühl beim Anblick des leblosen Körpers zu meinen Füßen währte nur kurz. Jäh wurde ich aus meinem freudentaumel-ähnlichen Zustand gerissen.

Was war das?

Erschrocken fuhr ich auf, drehte mich hektisch in alle Richtungen. Panik ergriff mich, ich bekam kaum Luft und spürte plötzlich ein wildes Pochen an meiner Hals-schlagader. Trotz der kühlen Temperaturen schoss mir der Schweiß aus sämtlichen Poren.

Doch das dichte Blättergewirr der Maisstauden erschien undurchdringlich und machte es mir unmöglich festzu-stellen, was das Geräusch verursacht haben könnte oder aus welcher Richtung es gekommen war. In der Stille der Nacht, in der nur der Wind leise durch die Maisblätter strich, konnte ich lediglich meinen hämmernden Herzschlag und keuchenden Atem wahrnehmen.

Ich sollte sehen, dass ich hier wegkomme, dachte ich und kniete mich neben den Toten. Mit zitternden Händen riss ich ein paar Blätter von den umliegenden Stauden und bedeckte eilig den Leichnam damit. Dabei fragte ich mich unentwegt, warum ich das eigentlich tat. Früher oder spä-ter würde man die Leiche sowieso entdecken und ehrlich gesagt, war mir das mehr als recht. Die Leute sollten mit eigenen Augen sehen, dass der Mistkerl ermordet worden war und zu guter Letzt doch bekommen hatte, was er verdiente. Alle Welt sollte mitbekommen, dass endlich jemand eingegriffen und dem Leben dieser abscheulichen Kreatur ein Ende bereitet hat.

Eilig stand ich auf und klopfte den Staub von meiner Kleidung, ehe mich der scheinbar undurchdringliche Maisdschungel leise raschelnd verschlang.

2

»Da ist schon wieder ein Brief vom Anwalt gekommen.«

Irmtraud Carstensen studierte mit besorgter Miene den Absender des Einwurfeinschreibens.

»Leg ihn zu den anderen«, antwortete ihr Mann ohne aufzublicken.

»Willst du ihn denn nicht aufmachen? Vielleicht steht etwas Wichtiges drin.«

»Was soll schon drinstehen? Doch nur, dass Kalli auf die Auszahlung seines Erbteils besteht und ich der Veräußerung des Hofs zustimmen soll. Aber ich verkaufe mein Elternhaus nicht. Auf gar keinen Fall und schon gar nicht, um meinem gierigen Bruder das Geld in den Rachen zu werfen.«

Friedhelm Carstensen blätterte energisch in der Tageszeitung und tat, als lese er interessiert die Nachrichten vom Vortag.

Seine Frau stand unschlüssig in der Küche und betrachtete nachdenklich den weißen Umschlag. Vor etlichen Monaten war ihre Schwiegermutter gestorben, die den Nachkommen den Familienhof hinterlassen hatte. Vermutlich hatte die ältere Dame gedacht, dass die Söhne sich friedlich über die Aufteilung des Hofes einigen würden. Ein Testament gab es nicht. Beim Tod ihres Mannes hatte es schließlich auch keine Streitigkeiten über den Nachlass gegeben. Denn obwohl den Söhnen schon damals ein Pflichtteil zugestanden hatte, war eine einstimmige Entscheidung darüber gefällt worden, dass die Mutter weiterhin auf dem Hof wohnen sollte.

Seitdem aber Lene Carstensen das Zeitliche gesegnet hatte, war ein wütender Erbstreit zwischen den beiden Brüdern ausgebrochen. Bereits auf der Beerdigung hatte es heftige Auseinandersetzungen bezüglich des Hofes gegeben.

Kalli Carstensen, ein angesehener und finanziell gut gestellter Landwirt, hatte sich für die Veräußerung des Familienerbes ausgesprochen, das neben dem Hof auch noch etlichen Landbesitz umfasste. Friedhelm hingegen sträubte sich vehement dagegen, sein Elternhaus zu verkaufen. Seiner Ansicht nach ging es seinem profitgeilen Bruder, wie er ihn stets bezeichnete, lediglich ums Geld und nicht darum, den Familienbesitz und die Tradition weiterzuführen. Sicherlich hatte er damit nicht ganz unrecht, schließlich waren der Hof und Landbesitz der Familie Carstensen einiges wert, aber auch Irmtraud fragte sich immer öfter, welche Tradition ihr Mann fortführen wollte und was sie eigentlich alle von einem verfallenden Hof hatten.

Friedhelm Carstensen hatte sich doch schon bei der Wahl seines Berufes der Familientradition entgegengestellt. Anders als sein Bruder, der wie sein Vater und Großvater Landwirt war, hatte Friedhelm eine Ausbildung zum Bäcker gemacht. Da er nie besonders ehrgeizig oder fleißig gewesen war, hatte er es auch nicht so weit wie sein Bruder gebracht. Noch heute war er Angestellter, stand jeden Morgen um drei Uhr auf und jammerte regelmäßig zum Monatsende über den Hungerlohn, den sein Chef ihm zahlte. Allein deswegen verstand Irmtraud nicht, warum ihr Mann den Hof nicht verkaufen wollte. Mit dem Geld wären sie schlagartig all ihre finanziellen Sorgen los und könnten sogar die Hypothek des eigenen Hauses abbezahlen.

»Aber was soll denn aus dem Hof werden? Es ist doch schade, wenn der Besitz nach und nach verfällt«, versuchte sie vorsichtig, das heikle Thema nochmals aufzugreifen. »Wir könnten das Geld doch wirklich dringend gebrauchen.«

Friedhelm Carstensen blickte abrupt von der Zeitung auf. In seinen Augen blitzte es.

»Geld, Geld, Geld. Du bist doch keinen Deut besser als Kalli. Ich reiße mir den Arsch für dich auf. Schufte wie ein Irrer, damit ich dir das hier alles bieten kann. All den Plunder.« Er breitete seine Arme aus und deutete aufs Inventar, das sich in der kleinen Küche befand.

»Und was ist der Dank? Immer mehr und mehr willst du. Wie Blutsauger seid ihr.«

Er stand auf und riss ihr den Brief aus der Hand.

»Aber ich verkaufe nicht. Das ist mein letztes Wort. Basta!«

Tom und Marlene saßen am Frühstückstisch, als ihr Freund Haie plötzlich die Küche betrat. Sie wussten sofort, dass etwas Außergewöhnliches vorgefallen sein musste. Das lag zum einen an der Uhrzeit, denn für gewöhnlich arbeitete der Freund um diese Tageszeit schon seit Stunden; zum anderen konnten sie das seinen hektischen Bewegungen und den geröteten Wangen entnehmen.

»Mensch Haie, was ist denn los?«, fragte Tom deshalb auch ohne Umschweife.

»Kalli ist tot! Die haben ihn hinten im Maisfeld gefunden. Mit dem Feldhäcksler. Ich kann's gar nicht glauben.«

»Komm, setz dich erst mal.« Marlene war aufgestanden und fasste Haie am Arm. Der ließ sich bereitwillig von ihr auf einen der Küchenstühle bugsieren und einen frisch gekochten Tee eingießen. Eilig griff er nach der Tasse, als ob er etwas zum Festhalten suchte, und schüttelte dabei immer wieder den Kopf.

Tom und Marlene warteten geduldig, bis er den ersten Schluck getrunken hatte.

»Ich kann das gar nicht fassen. Der Kalli ist tot. Und gleich bei mir hinterm Haus.«

»Wer ist denn dieser Kalli?«, fragte Marlene.

Haie blickte die beiden zunächst verständnislos an, dann aber schien ihm bewusst zu werden, dass die Freunde ja gar keine Ahnung davon hatten, was an diesem Morgen passiert war und wen Ingwer Feddersen mit dem Maisgebiss seines Häckslers buchstäblich aufgegabelt hatte.

»Also der Kalli, das ist ein alter Schulfreund von mir. Nach dem Abschluss hatten wir zwar nicht allzu viel Kontakt. Wie das halt so ist«, versuchte Haie, den Umstand zu erklären, dass er gegenüber den beiden noch nie ein Wort über den angeblichen Freund verloren hatte. »Aber wir haben uns hin und wieder bei Max getroffen und über die alten Zeiten geplaudert. Was er jetzt so macht, hm gemacht hat«, verbesserte er sich, »weiß ich eigentlich nicht so genau. Auf jeden Fall hat er im Maisfeld gelegen. Vermutlich tot. So genau kann man das wohl noch nicht sagen. Der Ingwer hat jedenfalls einen Mordsschrecken bekommen.«

»War denn die Polizei schon da?«

Haie nickte. Deshalb sei er überhaupt aufmerksam geworden. Als er sein Fahrrad aus dem Schuppen holen wollte, hatte er das Blaulicht gesehen.

»Kommissar Thamsen führt wohl die Ermittlungen. Hab ihn jedenfalls gesehen. Aber die lassen einen da ja nicht so dicht rankommen. War alles abgesperrt.«

Die beiden nickten. Sie kannten den Kommissar ziemlich gut. Vor etwas mehr als zwei Jahren – im Frühjahr 1997 – war Marlenes Freundin Heike tot in der Lecker Au gefunden worden, und Thamsen hatte damals in dem Fall ermittelt. Sie dachten nicht gerne daran. Marlene schmerzte der Verlust immer noch sehr. Allerdings hatten sie in Hauptkommissar Thamsen eine Art Freund gefunden, wenn man in solch einem Fall überhaupt von Freundschaft sprechen konnte. Immerhin hatte er nur seine Arbeit getan. Dennoch war Marlene ihm bis heute dankbar, dass er letztendlich den Mörder ihrer Freundin hinter Gitter gebracht hatte.

»Was meinst du, wer Kalli umgebracht haben könnte?«

Haie zuckte mit den Schultern. »Keine Ahnung. So gut kannten wir uns leider nicht mehr. Man hat sich eben doch nach der Schulzeit zu sehr aus den Augen verloren. Vielleicht hatte er Feinde oder Neider? Schließlich war er nicht arm. Sein Hof läuft gut, soviel ich weiß.«

»Wo liegt denn dieser Hof?«

»Im Herrenkoog. Riesiges Gehöft und jede Menge Land. Und geerbt hatte er jetzt auch noch.«

»Geerbt? Vielleicht hat es damit etwas zu tun?«

Das konnte Haie sich jedoch nicht vorstellen.

»Da gibt's nur noch den Bruder. Friedhelm. Der war mit seinem Erbteil wahrscheinlich mehr als zufrieden. Ist eher so'n Bescheidener. War er schon immer.«

»Aber ich glaube kaum, dass da draußen jemand rumläuft und grundlos irgendwelche Leute umbringt«, äußerte Marlene ihre Sicht der Dinge.

»Also grundlos passiert hier in der Gegend garantiert nichts«, stimmte Haie ihr zu.

Sie waren schon eine Weile befreundet, hatten eine Menge zusammen erlebt. Kennengelernt hatten sie sich, als Tom wegen seines nun verstorbenen Onkels zurück nach Risum-Lindholm gekommen war. Allein das war eine lange Geschichte. Toms Onkel war viele Jahre für den Mörder eines kleinen Mädchens gehalten worden. Zwar wurde er damals aus Mangel an Beweisen freigesprochen, aber im Dorf waren alle fest davon überzeugt gewesen, dass er das Mädchen umgebracht hatte. Bis Tom nach dessen Tod den Fall mit Haies Hilfe neu aufrollte und die Wahrheit ans Licht brachte.

Leider waren damals auch weniger erfreuliche Dinge zutage befördert worden. So lebte Haie seit dieser Zeit getrennt von seiner Frau Elke. Die Trennung und die ersten Monate danach waren ihm sehr schwergefallen. Er hatte sich zurückgezogen, eingeigelt, in Selbstmitleid gesuhlt. Tom und Marlene waren zunächst etwas ratlos gewesen. So hatten sie den Freund noch nie erlebt. Ihnen war klar geworden, dass sie Haie aus der Krise herausholen und ihm helfen mussten, sein Leben Stück für Stück wieder auf die Reihe zu bekommen. Eine neue Wohnung hatten sie mit ihm gesucht, renoviert, Möbel gekauft und ihn vom Trübsalblasen abgehalten. Wer weiß, wenn die beiden nicht so hartnäckig gewesen wären, er wüsste nicht, wo er heute stünde.

Der Mord an Marlenes Freundin hatte die Welt der drei Freunde dann wenig später erneut auf den Kopf gestellt. Trotz oder vor allem wegen des traurigen Umstandes war die Freundschaft noch enger geworden. Die Trauer, Wut und Hilflosigkeit – die gemeinsame Suche nach dem Mörder hatte sie förmlich zusammengeschweißt. Es gab so viele gemeinsame Erlebnisse, die den dreien immer wieder bewusst machten, dass es etwas gab, das sie verband. Und auch wenn keiner von ihnen es in Worte hätte fassen können, so war es dennoch da und machte das Verhältnis zwischen ihnen zu etwas Besonderem.

Daher war es für Haie auch nur selbstverständlich gewesen, zu Tom und Marlene zu fahren, als er von dem Tod des Schulfreundes erfahren hatte.

»Möchte nur wissen, wer Kalli das angetan hat. Und warum? Vielleicht können wir uns später zusammen ein wenig umhören …?«

Tom und Marlene nickten.

Dirk Thamsen stemmte die Hände in seine Hüften und betrachtete eingehend die spitzen Metallzähne des Feldhäckslers, die von den Landwirten landläufig auch ›Maisgebiss‹ genannt wurden. Kein Wunder, dachte er, dass Dr. Nolte nicht feststellen konnte, was die genaue Todesursache war. Die männliche Leiche, die sie am Vormittag in dem Maisfeld gefunden hatten, war durch die scharfen Metallmesser des Häckslers böse zugerichtet. Nur dass der Mann wahrscheinlich schon tot gewesen war, als das Erntegerät ihn erfasst hatte, stand so gut wie fest. Die weiterführenden Untersuchungen hatte der Arzt jedoch lieber den Kieler Gerichtsmedizinern überlassen wollen.

»Die haben dort ganz andere Möglichkeiten«, hatte er erklärt, als die Leiche vom Bestattungsunternehmen zur Überführung in die Landeshauptstadt abgeholt wurde.

Thamsen ließ seinen Blick über das Maisfeld schweifen. Es war ungefähr zur Hälfte abgeerntet. Die Kollegen von der Spurensicherung durchkämmten gerade den bereits gemähten Teil des Feldes. Bisher hatten sie jedoch noch keinerlei Hinweise gefunden, die Spekulationen auf einen möglichen Tathergang zuließen.

Wer hatte Kalli Carstensen ermordet und seine Leiche in diesem Maisfeld versteckt? War es überhaupt ein Mord gewesen? Da sie noch keine Erkenntnisse über die Todesursache des Opfers hatten, musste er weitere Möglichkeiten in Betracht ziehen. Vielleicht handelte es sich um einen Unfall, oder Kalli Carstensen war eines natürlichen Todes gestorben. Was aber hatte er hier gewollt? Wer kämpfte sich durch ein mannshohes Maisfeld? Einen Spaziergang hatte er wohl kaum durch das dichte Geflecht dieser Maisstauden gemacht. Und da das Feld auch nicht zum Besitz des toten Landwirts zählte, konnte man einen Kontrollgang ebenfalls ausschließen.

Dirk Thamsen kratzte sich am linken Ohr. Es blieb ihm wohl nichts anderes übrig, als die Ergebnisse aus Kiel abzuwarten, solange sie keine anderen Hinweise hatten. Er blickte auf seine Uhr und stöhnte. Es war bereits kurz nach zwölf Uhr. Eigentlich musste er Anne von der Schule abholen, doch der Besuch der Angehörigen und die unangenehme Aufgabe, die Nachricht vom Tod des Familienmitgliedes zu überbringen, standen noch aus.

Das Aufsuchen der Familienangehörigen fiel ihm immer besonders schwer. Er fand einfach nie die passenden Worte. Und dann die Fragen: Wie konnte das geschehen? Wer tut nur so etwas? Werden Sie den Mörder finden? In einem Fall wie diesem hatte er nicht einmal eine Antwort parat. Nur zu gerne hätte er den Kollegen Schulze zu den Hinterbliebenen geschickt. Dieser konnte sich besser einfühlen, trösten und den Betroffenen aufrichtig beistehen. Thamsen war, was dies betraf, nicht so gewandt. Es bereitete ihm Schwierigkeiten, mit der Trauer und Wut – überhaupt mit den Gefühlen anderer – umzugehen. Deshalb versuchte er meist, seine Mitteilungen über den Tod eines Familienmitgliedes nüchtern und sachlich zu halten, und wirkte dadurch oft gefühllos und grob. Obwohl das eigentlich überhaupt nicht seinem Naturell entsprach; er konnte Empfindungen nur schlecht artikulieren und fühlte sich daher in derartigen Situationen schlichtweg überfordert. Unglücklicherweise hatte der Kollege sich jedoch heute Morgen krankgemeldet und so blieb Thamsen nichts anderes übrig, als die traurige Nachricht selbst zu überbringen.

Er holte sein Handy aus der Hosentasche und wählte die Nummer seiner Exfrau. Seit der Scheidung lebten die Kinder zwar bei ihm, aber hin und wieder kümmerte sich Iris auch um Anne und Timo.

»Ja ich bin's«, meldete er sich, nachdem sie das Gespräch angenommen hatte. »Könntest du Anne von der Schule abholen? Wir haben hier einen Leichenfund, und ich kann nicht weg.«

»Aber selbstverständlich. Wie geht es dir?« Ihre Stimme klang mitfühlend.

»Gut«, antwortete er kurz angebunden. Er war ihr Interesse an seiner Person nicht gewohnt und wunderte sich darüber. Als sie noch ein Paar gewesen waren, hatte sein Befinden sie so gut wie nie interessiert. Er wusste nicht, wie er mit ihrer plötzlichen Anteilnahme umgehen sollte. Schnell sagte er: »Dann hole ich Anne später bei dir ab«, und legte auf.

Er warf einen letzten Blick auf den Feldhäcksler, ehe er sich von den Kollegen der Spurensicherung verabschiedete und anschließend zum Auto lief. In Gedanken stand er bereits vor der Tür der Familie und hörte das schrille Läuten der Türglocke.

Kalli Carstensens Hof lag nicht sonderlich weit entfernt. Thamsen fuhr den schmalen Weg zur Dorfstraße hinunter und bog dann links in die Richtung der ›Dänischen Schule‹ ab. Er hielt sich vorschriftsmäßig an die Geschwindigkeitsbegrenzung wenige Meter vor und hinter der Schule. Eile war nicht geboten. Noch hatte er die passenden Sätze nicht parat.

An der Gastwirtschaft bog er rechts ab und fuhr in den

Herrenkoog hinaus. Nur einen kurzen Moment später schob sich der Hof in sein Blickfeld.

Eine Türglocke gab es nicht. Thamsen klopfte mit der Faust gegen das Glas der kleinen Butzenfenster, die ein durchsichtiges Quadrat in der massiven Holztür bildeten. Ein Hund bellte, dann hörte er Schritte.

»Moin«, grüßte er den hochgewachsenen, jungen Mann, der die Tür geöffnet hatte und ihn fragend anblickte, während er krampfhaft versuchte, den bellenden Schäferhund ins Haus zurückzudrängen. Thamsen schätzte ihn auf Ende 30. Vermutlich der Sohn des Opfers, schoss es ihm durch den Kopf, und er fragte deshalb wie selbstverständlich: »Ist Ihre Mutter zu Hause? Ich müsste sie dringend sprechen.«

Der mannshohe Kerl schüttelte seinen Kopf. »Sie hat sich gerade hingelegt. Es geht ihr nicht besonders. Was wollen Sie denn von ihr?«

Eigentlich hätte Thamsen auch zunächst mit dem Sohn sprechen können, doch aus unerfindlichen Gründen lehnte er das ab. Außerdem war Frau Carstensen, wenn sie denn bereits geschlafen hatte, sicherlich von dem lauten Hundegebell aufgewacht.

»Ich müsste sie persönlich sprechen. Wenn Sie Ihrer Mutter also bitte Bescheid geben wollen?« Er verlieh seiner Forderung Nachdruck, indem er mit seinem Polizeiausweis vor den Augen seines Gegenübers herumwedelte.

»Einen Moment bitte.«

Eilig schloss der Mann die Haustür und ließ Thamsen vor dem Eingang stehen.

Wenig später wurde die Tür erneut geöffnet. Eine kleine, schmächtige Frau in Rollkragenpullover und Jeans erschien im Türrahmen. Ihre schmalen Augen musterten ihn.

»Frau Carstensen?«

Sie nickte zögernd.

»Darf ich vielleicht reinkommen?«

Ohne ein Wort zu sagen, trat sie zur Seite und gewährte ihm Einlass in den schmalen Hausflur, in dem eine winzige Deckenleuchte mehr Schatten als Licht verbreitete. Thamsen benötigte einen kurzen Moment, bis seine Augen sich an die düstere Umgebung gewöhnt hatten. Dann folgte er der Frau, deren Gang mühsam wirkte, ins Wohnzimmer.

Etwas unschlüssig stand er in dem Raum, in welchem die Lichtverhältnisse wenig besser waren als im schmalen Hausflur. Frau Carstensen ließ sich leicht stöhnend auf ein abgewetztes Cordsofa nieder, ihr Sohn stand neben einem klobigen Ohrensessel mit Blumenmuster und blickte ihn feindselig an. Erst jetzt fielen Thamsen der Gipsarm und die Schürfwunden im Gesicht der Frau auf.

»Oh, haben Sie sich verletzt?«

»Meine Mutter ist mit dem Fahrrad gestürzt«, antwortete der Sohn, noch ehe sie überhaupt auf die Frage reagieren konnte.

Thamsen überging die schnelle Antwort, obwohl ihm die Sache merkwürdig erschien, und konzentrierte sich auf den eigentlichen Grund seines Besuchs. Er wollte die Angelegenheit endlich hinter sich bringen.

»Ja, also Frau Carstensen. Ich muss Ihnen mitteilen, dass wir Ihren Mann heute Vormittag tot in einem Maisfeld des Landwirts Ingwer Feddersen aufgefunden haben.«

Er räusperte sich. »Es tut mir leid.«

Sophie Carstensen starrte ihn wortlos an, und auch der Sohn schwieg. Thamsen, dem die Situation ohnehin schon mehr als unangenehm war, trat verlegen von einem Fuß auf den anderen. Vergeblich wartete er einige Minuten auf eine

Reaktion der beiden, als diese jedoch ausblieb, begann er, routinemäßig einige Fragen zu stellen.

»Wann haben Sie Ihren Mann das letzte Mal gesehen? Welche Kleidung hat er zu dem Zeitpunkt getragen? Wohin wollte er? Hatte er Feinde?«

Langsam kehrte Leben in Sophie Carstensens versteinerte Miene zurück. Um ihre Mundwinkel begann es zu zucken, ihre Augen huschten nervös hin und her.

»Ich, ich, am Dienstag habe ich Kalli zuletzt gesehen. Er wollte wie immer …«, ihre Stimme versagte plötzlich.

»Am Dienstag geht mein Vater immer zum Stammtisch«, erklärte der Sohn, auf dessen Gesicht sich nach wie vor keinerlei emotionale Regung abzeichnete. Thamsen war erstaunt. Die Nachricht vom Tod des eigenen Vaters machte einen doch betroffen, schmerzte, ließ die Welt um einen herum zusammenbrechen – was auch immer –, aber weder in der Stimme des jungen Mannes noch in seinem Blick war hiervon auch nur ansatzweise etwas zu erkennen.

»Und seitdem haben Sie Ihren Vater nicht gesehen?«

»Nein.«

Gut, überlegte Thamsen, der Sohn wohnt vielleicht nicht mehr daheim, aber der Frau muss doch etwas aufgefallen sein. Man macht sich doch Sorgen, wenn der Mann nicht nach Hause kommt.

»Und Sie, Frau Carstensen? Haben Sie sich denn nicht gefragt, wo Ihr Mann stecken könnte? Immerhin ist heute schon Donnerstag.«

Die schmale Frau saß mit hängenden Schultern auf dem Sofa und schüttelte ihren Kopf. Sie schien die ganze Situation noch nicht so recht begreifen zu können, und wieder war es der Sohn, der seiner Mutter zu Hilfe kam.

»Mein Vater blieb öfter ein, zwei Tage weg oder übernachtete im Anbau. Morgens ist er dann häufig schon früh auf die Felder. Meine Mutter hat ihn manchmal tagelang nicht gesehen. Wieso sollte ihr also jetzt etwas aufgefallen sein?«

»Und gemeldet hat er sich auch nie?«

»Mein Vater besaß kein Handy.«

Thamsen entging die vom Sohn bereits angewandte Vergangenheitsform nicht.

»Und nach ein, zwei Tagen ist Ihr Vater dann immer wieder aufgetaucht.«

»Ja.«

»Wissen Sie vielleicht, ob Ihr Vater Feinde gehabt hat? Gab es Streitigkeiten? Irgendjemanden, der nicht gut auf ihn zu sprechen war?«

»Jede Menge!«

Plötzlich fuhr Sophie Carstensen dazwischen.

»Das stimmt nicht, Ulf. Niemand wollte deinem Vater etwas antun. Er ist … war ein guter Mensch, auch wenn er es nicht immer zeigen konnte.«

»Pah, das redest du dir doch nur ein. Ein mieser Lump ist er gewesen. Mach dir doch nichts vor.«

»Ulf, du sprichst von deinem Vater. Pass auf, was du sagst.«

Thamsen beobachtete mehr als erstaunt den Schlagabtausch zwischen Mutter und Sohn. So etwas hatte er noch nie erlebt. Er überbrachte die schreckliche Nachricht vom Tod des Ehemannes und Vaters, und statt der erwarteten Trauer empfing ihn hier ein anscheinend lang gehegter Familienhass und -streit.

»Frau Carstensen, Herr Carstensen«, versuchte er zu schlichten, »beruhigen Sie sich bitte.« Doch die Gemüter der beiden waren derart erhitzt, dass sie seine Stimme gar nicht wahrnahmen.

»Jeden hat er übers Ohr gehauen. Und dich hat er auch nur verarscht!«

»Das stimmt doch gar nicht! So anständig, wie dein Vater ist – da kannst du dir eine Scheibe von abschneiden.«

»Anständig, hä? Und was hat er mit dir all die Jahre gemacht?«

»Halt den Mund!«

Frau Carstensen war aufgesprungen und blitzte den Sohn böse an. Thamsen verfolgte nun interessiert das Wortgefecht zwischen den beiden. Die Auseinandersetzung war für seine weiteren Ermittlungen durchaus aufschlussreich.

Ein Mensch war gestorben, wahrscheinlich sogar ermordet worden, und die Hinterbliebenen gingen sich gegenseitig beinahe an die Gurgel. Was war hier los? Saß der Hass so tief, war die Wut unbändig?

Doch so plötzlich wie der Streit zwischen den beiden ausgebrochen war, so abrupt endete er auch. Sophie Carstensen und ihr Sohn schwiegen plötzlich, ein weiteres Gespräch schien in dieser Umgebung nicht möglich. Daher beschloss Thamsen, dass es das Beste war, Ulf Carstensen für eine weitere Befragung mit auf die Dienststelle zu nehmen. Von ihm erhoffte er sich weitaus relevantere Informationen als von der Witwe. Diesen Umstand behielt er jedoch wohlweißlich für sich.

»Mit Ihnen, Frau Carstensen, spreche ich dann morgen«, erklärte er lediglich, ehe er sich umdrehte und mit Ulf Carstensen im Schlepptau das Wohnzimmer verließ.

Das rot-weiße Absperrband flatterte unruhig vom Wind getrieben hin und her. Tom, Marlene und Haie standen am Rand des Maisfeldes und blickten schweigend auf den Feldhäcksler, der selbst aus dieser Entfernung wie ein riesiges Monstrum wirkte.

»Möchte gar nicht wissen, wie Kalli wohl ausgesehen hat, als Ingwer ihn zwischen den Metallzähnen gefunden hat. Bestimmt kein schöner Anblick«, äußerte Haie nach einer Weile laut seine Gedanken.

Marlene verzog angewidert das Gesicht bei der Vorstellung an den verstümmelten Leichnam.

»War er denn noch ganz?«, fragte Tom.

»Keine Ahnung, kann ich mir aber schwer vorstellen. Weißt du, wie scharf die Metallklingen sind? Da macht das ›ssst‹, und ab ist das Bein.«

»Haie«, versuchte Marlene, die makaberen Ausführungen zu unterbrechen. Sie hatte keinerlei Verständnis für die nüchternen Spekulationen der Männer. Wie konnten sie hier stehen, wo vor wenigen Stunden die Leiche von Haies Schulfreund entdeckt worden war, und den Grad der Verstümmelung erörtern?

»Was denn?« Haie drehte sich um. »Durch den Häcksler kann die Polizei wahrscheinlich nur schwer feststellen, was denn nun die wirkliche Todesursache war. Das verdammte Ding hat die ganze Angelegenheit deutlich komplizierter gemacht.«

»Ach«, wertete Tom den Umstand des entstellten Leichnams leichthin ab, »die Medizin und Polizei haben heute mehr Möglichkeiten, als wir uns vorstellen können. Selbst aus den kleinsten Hinweisen leiten die heutzutage mehr ab, als man sich denken kann.«

»Ja, aber manchmal übersehen die auch was«, konterte Haie und hob das flatternde Plastikband hoch. Er bückte sich und kroch unter der Absperrung hindurch. Tom und Marlene blickten sich kurz an, ehe sie dem Freund zögernd folgten.

Aus der Nähe betrachtet, wirkte die große Erntemaschine

noch bedrohlicher. Haie untersuchte eingehend die Metallzähne des Mähvorsatzes.

»Hier ist Blut. Das bedeutet doch, dass Kalli noch nicht
lange tot gewesen sein kann, oder?«

»Keine Ahnung. So gut kenne ich mich nicht aus«, antwortete Tom und drehte sich zu Marlene um, die nicht
nachgekommen war. Sie tat, als suche sie den Boden nach
irgendwelchen Spuren ab.

»Vielleicht hätten wir sie daheim lassen sollen«, bemerkte
Haie, »das Ganze wühlt doch einiges in ihr auf.«

Tom nickte. Ein Mord hatte immer etwas Unheimliches
an sich, besonders wenn der Mörder noch frei herumlief.
Marlene hatte sich jedoch seit der Ermordung ihrer Freundin verändert. Das war nur zu verständlich. So ein Ein-
schnitt im Leben ging nicht spurlos an einem vorüber, an
niemandem. Dennoch hatte er das Gefühl, dass durch Heikes Tod auch ein Stück von Marlene verschwunden war.
Nicht, dass er sie deshalb weniger liebte, das auf keinen Fall.
Aber ihre einst so unbekümmerte Art, ihr ansteckendes
Lachen und ihre strahlende Freude kamen seitdem äußerst
selten zum Vorschein. Sie war stiller geworden, hatte sich
ein wenig zurückgezogen. Er hatte gedacht, dass sich das
mit der Zeit legen würde, und manchmal hatte er auch das
Gefühl, sie sei endlich wieder die Marlene, die er vor etwas
mehr als vier Jahren kennengelernt hatte. Aber Vorfälle wie
dieser schienen ihre langsam wieder aufkeimende Unbe-
schwertheit erneut zu ersticken.

»Was hast du da?« Sie kniete am Boden und hielt ein
Stück Papier in den Händen.

»Ich glaube, das ist nichts.« Sie reichte ihm den Papierschnipsel. Undeutlich konnte man darauf einige Wortfet-
zen entziffern.

»Sieht aus, wie ein Stück von einem Brief.«

»Ja, das hier könnte ›Lieber‹, ›Liebe‹ oder so etwas Ähnliches heißen.« Sie war aufgestanden und deutete mit dem Finger auf die verschwommene Schrift.

»Gibt es noch mehr Schnipsel?« Tom kniete sich nieder und suchte den Boden ab.

»Nein, ich hab auch schon geschaut. Wahrscheinlich ist das auch nur Müll, ist immerhin zerrissen.«

»Aber lange kann es dennoch nicht hier gelegen haben. Sonst könnte man vermutlich gar nichts mehr entziffern.« Er stand auf und steckte das Papierstück in seine Hosentasche.

»Kommt, lasst uns mal sehen, was bei Max so los ist. Die Gerüchteküche brodelt doch unter Garantie schon. Woll'n hören, was der Dorfklatsch über den Fall so hergibt.«

3

»Herr Carstensen, wie ich dem Streit zwischen Ihnen und Ihrer Mutter vorhin entnehmen konnte, waren Sie nicht sonderlich gut auf Ihren Vater zu sprechen«, stellte Dirk Thamsen am Beginn der Befragung von Ulf Carstensen fest.

Der Sohn des am Morgen tot aufgefundenen Landwirts saß ihm in seinem Büro gegenüber und nippte bedächtig an einer Tasse Kaffee, die Thamsen zuvor aus der Gemeinschaftsküche des Polizeireviers besorgt hatte.

»Was genau meinten Sie damit, als Sie davon sprachen, dass es jede Menge Leute gäbe, die nicht gut auf Ihren Vater zu sprechen sind?«

»Na ja«, entgegnete der Befragte und richtete sich auf dem schlichten Holzstuhl vor Thamsens Schreibtisch auf. Das einfache Sitzmöbel wirkte unter dem hochgewachsenen Mann beinahe winzig. »Wissen Sie, mein Vater war nicht gerade beliebt.«

»Geht es vielleicht etwas präziser?«

»Er war gierig, unersättlich, ging, wenn's sein musste, über Leichen. Wenn Sie verstehen, was ich meine?«

Ulf Carstensen blickte ihn fragend an. Dirk Thamsen fand die Formulierung seines Gegenübers angesichts der Tatsache, dass Kalli Carstensen nun ja selbst die Leiche war, von der hier die Rede war, nicht besonders passend. Er schüttelte seinen Kopf und gab dem anderen dadurch zu verstehen, dass er nicht wirklich kapierte, was dieser damit andeuten wollte. Der wurde langsam ungeduldig.

»Mensch!«, bellte er Thamsen geradezu an und erklärte ihm ausführlich, was er mit seiner Äußerung gemeint hatte. Für seinen Vater habe immer nur das Geld gezählt. Regelrecht gehortet habe er es. Seiner Frau habe er kaum genügend Haushaltsgeld gegeben.

»Sie haben ja selbst gesehen, wie es bei uns aussieht.«

Thamsen erinnerte sich an das spärliche und zum Teil ziemlich abgenutzte Inventar im Wohnzimmer der Carstensens.

»Und womit hat Ihr Vater sein Geld verdient? Der Hof kann ja nicht so besonders viel abgeworfen haben, oder?«

»Nee«, bestätigte Ulf Carstensen und erzählte, dass sein Vater Gelder aus irgendwelchen Versuchen bekommen hatte, und das wohl nicht zu knapp.

»Was für Versuche?«

Ulf Carstensen zuckte gleichgültig mit den Schultern. »Ich glaube, irgendetwas mit Mais.«

Thamsen wurde plötzlich hellhörig. War es unter Umständen kein Zufall, dass man Kalli Carstensens Leiche in einem Maisfeld gefunden hatte? Er fragte nach weiteren Einzelheiten über die angeblichen Experimente, bei denen der Landwirt mit von der Partie war, doch der Sohn konnte nur wenig Auskunft darüber geben.

»Hat mich nicht so sonderlich interessiert, was der Alte da veranstaltet hat«, erklärte er seine Unwissenheit über die Vorgänge auf dem Hof. »Weiß nur, dass er einmal ziemlichen Ärger bekommen hat, weil er den Mais unerlaubt verkauft und auch an unsere Tiere verfüttert hat. Es hat ihn wohl jemand deswegen angezeigt.«

»Wissen Sie zufällig, wer das war?«

Ulf Carstensen runzelte die Stirn, tat so, als dächte er angestrengt nach. Thamsen erschien das ganze Gehabe des jungen Mannes reichlich geschauspielert, sah aber großzügig darüber hinweg, als endlich der Name der Person fiel, die Kalli Carstensen angezeigt hatte.

›Barne Christiansen‹ notierte er schnell auf dem Zettel, der vor ihm auf dem Schreibtisch lag.

Viel mehr wusste der Sohn allerdings nicht zu dem ganzen Vorfall zu berichten.

»Wie bereits gesagt, es hat mich nicht sonderlich interessiert, was der Alte so getrieben hat.«

Thamsen nickte und rief sich noch einmal das Streitgespräch zwischen Mutter und Sohn in Erinnerung, um weitere Ansatzpunkte für seine Befragung zu finden.

»Sie erwähnten, dass Ihr Vater möglicherweise noch weitere Personen übers Ohr gehauen hat, wie Sie das nannten. Können Sie dazu noch konkrete Angaben machen?«

Ulf Carstensen lehnte sich in dem Stuhl, soweit es ihm aufgrund seiner Statur möglich war, zurück und stöhnte leise auf. Dann nannte er eine Liste von Personen, die von seinem Vater nach Strich und Faden ›verarscht‹ worden waren, wie er sich ausdrückte. »Besonders mein Onkel Friedhelm musste darunter leiden.« Thamsen blickte sein Gegenüber fragend an, der unaufgefordert fortfuhr und ihm die Geschichte eines wahren Familienkrieges erzählte.

»Aber am besten, Sie fragen meinen Onkel selbst. Der wird Ihnen das bestätigen. Mein Vater hatte keinen Funken Anstand, nicht einmal wenn es um die eigene Familie ging.«

Tom hatte recht behalten. In der Gastwirtschaft, die sich etwas zurückgelegen auf einem kleinen Hügel an der Dorfstraße befand, war die Hölle los.

Normalerweise war die Wirtschaft zu dieser Tageszeit gar nicht geöffnet, aber aufgrund der letzten sensationellen Ereignisse hatte der Wirt, der sich das gute Geschäft nicht hatte entgehen lassen wollen, die Türen aufgesperrt, als die ersten Gäste vehement gegen das Glas der Eingangstür geklopft und nach einem Klaren verlangt hatten. Nach und nach waren immer mehr Leute aus dem Dorf in die kleine Gaststube geströmt, um sich über die neuesten Nachrichten auszutauschen. Das Bier und der Schnaps flossen in rauen Mengen. Hitzige Diskussionen über den möglichen Tatvorgang waren bereits in vollem Gange, als die drei Freunde die Gastwirtschaft betraten.

»Moin, Moin«, grüßten sie in die Runde, und Haie rief dem Wirt zu, dass er ihnen zwei Bier und einen Grog für Marlene bringen sollte. Dann zwängten sie sich durch das im Gastraum herrschende Gedränge zu einem der hinteren Tische, an dem Tom und Marlene noch einen Sitzplatz ausgemacht hatten.

»Mensch«, stöhnte er. »Die Gerüchteküche ist ja ganz schön am Kochen.«

Der Wirt kam und brachte die bestellten Getränke. Dabei versäumte er nicht, die Neuankömmlinge auf den neuesten Stand zu bringen.

»Hett jem all hört? Kalli hamse dod in Ingwers Maisfeld gefunnen. Mit 'nem Häcksler hett Ingwer ihn ufgabelt. Gruselig, sech ick euch!«

Haie lehnte sich über den Tisch.

»Und weiß man schon, wie datt passiert is?«

Der Wirt zuckte mit den Schultern. Bekanntlich hielt er sich aus konkreten Spekulationen, was die Geschehnisse im Dorf anging, raus. Selten ergriff er für die eine oder andere Seite Partei; hielt sein Fähnchen immer schön in den Wind. Schließlich lebte er davon, dass die Leute, egal welche Ansichten oder Meinungen sie vertraten, zu ihm kamen und notfalls, wenn kein anderer ihren Klatsch und Tratsch hören wollte, zumindest der Wirt ein offenes Ohr für sie hatte und ihnen dabei meist reichlich Bier und Korn einschenkte. Doch ihr Tischnachbar, ein älterer grauhaariger Mann, kam dem Inhaber der kleinen Gastwirtschaft bereitwillig zu Hilfe.

»Ich hab gehört, dass Kalli schon dod gewessen sein muss, bevor der Häcksler ihn …« Er machte ein paar schmatzende Geräusche. »Wahrscheinlich hat der da schon länger gelegen.«

»Nee, das kann nich sein«, schaltete sich nun ein weiterer Gast unaufgefordert in das Gespräch ein. »Am Dienstag war der Kalli noch beim Stammtisch. Wahrscheinlich hat sein Bruder ihn auf dem Heimweg abgepasst.«

»Der Friedhelm? Nie im Leben! Wie kommst du denn darauf?«

Marlene und die Männer verfolgten interessiert das Geschwätz der beiden Tischnachbarn.

»Na, weil der Kalli doch rumerzählt hat, dass er wieder beim Anwalt gewesen sei und seinem Bruder nun wegen dem Erbe die Pistole auf die Brust legen wollte.«

»Die haben sich ums Erbe gestritten?«, fragte Haie.

»Na und wie«, bestätigte nun der ältere, grauhaarige Mann, »aber trotzdem glaub ich nich, dass der Friedhelm den Kalli … Da hatten noch ganz andere gute Gründe, nich Ernst?«

»Was willst du denn damit sagen?« Auf dem Gesicht des Angesprochenen bildeten sich rote Flecken.

»Na, nur, dass du auch 'nen Hass auf den Kalli hattest. Hat er dir beim Skat nicht etliche Fennen* abgeluchst?«

»Glücksspiel?«, warf Marlene unvermittelt fragend in den Raum.

Doch der Grauhaarige winkte ab. »Normalerweise spielen wir nur um Pfennigbeträge. Zum Spaß. Aber manchmal ist es eben doch hoch hergegangen.«

---

* Felder

»Und der Kalli hat dann die Fennen von Ihnen gewonnen?«, hakte Tom nach.

»Ja, aber deswegen bring ich ihn doch nicht gleich um! War doch meine eigene Dummheit«, verteidigte sich nun der andere. »Außerdem war ich nicht der Einzige, der verloren hat. Der Ingwer selbst hat etliches Land an den Kalli abtreten müssen!«

»Und deshalb hab ich ihn mit dem Häcksler aufgegabelt, oder was?«

Unbemerkt war der Landwirt, der am Morgen die Leiche in seinem Maisfeld gefunden hatte, an den Tisch getreten. Überrascht blickten sie zu ihm auf.

»Der Kalli war schon tot, als die Maschine ihn zu fassen gekriegt hat. Oder meint ihr, der hat zum Spaß da zwischen dem Mais gelegen?«

»Ja, aber wer ist denn so doof und legt die Leiche in ein Feld, das kurz vor der Ernte steht? Is' doch klar, dass man ihn dann schnell findet«, bemerkte der Grauhaarige und blickte fragend in die Runde.

»Vielleicht wollte der Mörder ja genau das«, spekulierte Marlene. Plötzlich waren alle Augen auf sie gerichtet.

Die Befragung Ulf Carstensens hatte Thamsen zwar einige neue Hinweise gebracht, doch solange der Obduktionsbericht aus Kiel noch nicht vorlag, wollte er keine weiteren Ermittlungen einleiten. Verhöre aufgrund von Spekulationen gestalteten sich schwierig. Meist war es nicht möglich festzustellen, ob der Befragte die Wahrheit sagte, solange noch keine konkreten Hinweise über einen möglichen Tathergang zur Verfügung standen. Außerdem hatten sie noch nicht einmal Angaben über den Todeszeitpunkt. Was nützte es da, nach irgendwelchen Alibis zu forschen?

Er ordnete die Zettel auf seinem Schreibtisch und verabschiedete sich von seinem Kollegen.

»Bis morgen Hans. Mach nicht zu lange!«

Er fuhr nicht direkt zu seiner Exfrau, um Anne wie besprochen abzuholen, sondern zunächst zu seinen Eltern. Seine Mutter öffnete auf sein Klingeln. Sie trug wie gewöhnlich eine geblümte Küchenschürze.

»Dirk, schön dich zu sehen.« Sie umarmte den Sohn.

»Komm rein, willst du etwas mitessen?«

Der Abendbrotstisch in der Küche seiner Eltern war bereits gedeckt, sein Vater saß auf der Eckbank, vor ihm auf dem Tisch stand ein Bier. Er begrüßte den Sohn flüchtig.

Thamsen spürte sofort, dass dem Vater sein Besuch unangenehm war. Der ließ sich nur ungern in seinem Tagesablauf stören. Deshalb schüttelte er auf die Frage seiner Mutter nur kurz den Kopf.

»Ich will euch auch gar nicht lange aufhalten«, begann er umständlich. »Wir haben nämlich einen aktuellen Mordfall und deswegen hab ich auch jede Menge zu tun.«

»Ach, was ist denn passiert?« Es war wie immer seine Mutter, die Interesse an seinem beruflichen Leben zeigte.

»Ein Leichenfund in Risum-Lindholm.« Er nahm den genervten Gesichtsausdruck seines Vaters wahr und sparte sich weitere Ausführungen.

»Ja, und deshalb kann ich morgen auch nicht freimachen. Können Anne und Timo vielleicht nach der Schule zu euch kommen?«

Die Frage hatte er absichtlich nur an seine Mutter gerichtet, dennoch fühlte sein Vater sich sofort genötigt, dem Sohn einen ausführlichen Vortrag über die Belastung zu halten, die Dirk seiner Mutter mit der Betreuung der Enkel zumutete.

»Das sind schließlich deine Kinder. Du wolltest doch, dass sie bei dir wohnen. Deine Mutter kann da nicht ständig für dich einspringen. Warum fragst du nicht Iris? Immerhin sind das auch ihre Kinder.«

Dirk Thamsen hatte selbst bereits diese Möglichkeit in Betracht gezogen, sich aber nach reiflichem Überlegen bewusst dagegen entschieden. Er wollte nicht, dass Anne und Timo zu viel Zeit mit ihrer Mutter verbrachten. Iris hatte in der Vergangenheit nicht gerade einen guten Einfluss auf die Kinder gehabt. Außerdem hatte er das Gefühl, je öfter die beiden mit der Mutter zusammen waren, umso mehr keimte in ihnen die Hoffnung, dass irgendwann wieder alles so wie früher werden würde. Zumindest bei Anne, der Jüngeren der beiden, hatte es für ihn den Anschein, als warte das Mädchen nur darauf, dass die Eltern sich wieder vertragen und zusammenziehen würden. Vielleicht redete Iris ihr das ja sogar ein. Was wusste er schon, was sie den Kindern erzählte? Am Ende war er noch derjenige, der sich gegen die Familie entschieden hatte.

Er ging auf das Gerede seines Vaters nicht ein, sondern wandte sich erneut an seine Mutter.

»Bitte, es wäre nur morgen. Am Wochenende kann ich mich dann wieder um die beiden kümmern.«

Sie nickte, obwohl ihr der missbilligende Blick ihres Mannes nicht entging. Aber wie konnte sie dem Sohn eine Bitte abschlagen? Noch dazu, wenn es um ihre Enkel ging? Dennoch hasste sie es, wenn der Haussegen schief hing, und das tat er, nun da sie sich gegen die Meinung ihres Mannes gestellt hatte. Deshalb fügte sie schnell hinzu: »Aber nur morgen und ausnahmsweise. Danach musst du sehen, wie du zurechtkommst!«

4

Der Obduktionsbericht lag bereits auf seinem Schreibtisch, als Thamsen am Morgen das Büro betrat. Die Gerichtsmediziner in Kiel hatten ganze Arbeit geleistet. Er hatte nicht geglaubt, dass es möglich sein würde, solch präzise Angaben über die Todesursache machen zu können, als er die Leiche, oder besser gesagt, die Leichenteile zu Gesicht bekommen hatte.

Kalli Carstensen war an den Folgen eines Schädelbasisbruchs gestorben. Die Mediziner gingen davon aus, dass der Verstorbene sich die Verletzungen bei einem Aufprall, vermutlich bei einem Zusammenstoß mit einem Pkw, zugezogen hatte. Der Schädelbruch hatte allerdings nicht sofort zum Tod geführt – Kalli Carstensen musste das Bewusstsein verloren haben und war durch das Anschwellen der Hirnmasse, welches zur Schädigung des Atemzentrums geführt hatte, erstickt. Thamsen hob den Kopf und blickte auf die ihm gegenüberliegende Wand.

Der Landwirt war also gar nicht vorsätzlich getötet, sondern Opfer eines Verkehrsunfalls geworden? Er runzelte die Stirn. Warum aber hatte der Fahrer des Unfallwagens den Vorfall nicht gemeldet? Wieso hatte er keinen Notarzt gerufen? War es ihm wirklich nur darum gegangen, sich selbst zu schützen, oder war der Fahrer vielleicht gar nicht interessiert daran gewesen, das Leben des Unfallopfers zu retten?

Außerdem hatte er Kalli Carstensen ins Maisfeld gelegt, der Unfall aber musste sich auf irgendeiner Straße oder zumindest einem Feldweg ereignet haben. Hatte der Fahrer bemerkt, dass der Angefahrene noch lebte? Hatte er gewusst, dass das Unfallopfer lediglich bewusstlos war? Dann hätte der Täter doch vorsätzlich gehandelt und den Tod Kalli Carstensens mit Absicht in Kauf genommen.

Thamsen griff zum Telefonhörer und wählte die Nummer der Kollegen von der Spurensicherung.

»Ja Fritz, ich brauch euch. Es muss einen Unfall gegeben haben, wir müssen noch mal raus.«

Wenig später stand er mit einem Trupp der Spurensicherung etwas ratlos auf dem Feldweg, der entlang des Maisfeldes verlief, in welchem die Leiche gefunden worden war. Der Landwirt hatte seine Erntearbeiten fortgesetzt, der Feldhäcksler donnerte mit einem riesigen Radau über den Acker. Thamsen sah die metallenen Zähne des Maisgebisses hin und wieder durch das Grün der Maisstauden blinken.

»Ja, und wo genau sollen wir anfangen?«, erkundigte sich der Leiter der kleinen Einsatztruppe.

Dirk Thamsen deutete den schmalen Weg entlang.

»Also, hier auf jeden Fall die ganze Straße.«

Er war sich zwar ziemlich sicher, dass der Unfall sich nicht in der Nähe des Maisfeldes ereignet hatte, schließlich lag diese Strecke weit ab vom eigentlichen Heimweg des Opfers, aber ausschließen konnte er es nicht.

Von Ulf Carstensen wusste er, dass dessen Vater jeden Dienstag den Stammtisch in der Dorfwirtschaft besucht hatte. Anschließend würden sie sich also auf den Heimweg Kalli Carstensens konzentrieren, denn den Todeszeitpunkt hatten die Gerichtsmediziner für Dienstagnacht, zwischen ein und drei Uhr festgelegt.

Haie erledigte an diesem Freitagmorgen nur das Nötigste in der Grundschule, an welcher er als Hausmeister beschäftigt war, und machte zeitig Feierabend. Er schwang sich auf sein neongelbes Fahrrad und fuhr die wenigen Meter zu Kalli Carstensens Hof.

»Ich wollte dir mein Beileid aussprechen«, antwortete Haie auf Sophie Carstensens fragenden Blick hin, als diese ihm die Tür öffnete.

»Danke«, flüsterte die Witwe und bat ihn herein.

Auf dem Küchentisch stand noch das Geschirr vom Frühstück. Sophie Carstensen bot ihm an, Platz zu nehmen. Sie selbst lehnte sich an die Spüle.

»Wollte nur mal hören, ob du zurechtkommst. Kann ich etwas für dich tun?«

Die kleine, schmächtige Frau schüttelte kaum merklich den Kopf. Sie war blass im Gesicht, ihre Augen rot gerändert. Umständlich versuchte sie, Wasser in einen Metallkessel zu füllen. Haie sprang auf und kam ihr zu Hilfe.

»Setz dich. Ich mach das«, sagte er und fasste Sophie Carstensen am Arm. Dabei fiel ihm zum ersten Mal der Gipsverband auf.

»Hast du dich verletzt?«

»Bin gestürzt«, erklärte sie den gebrochenen Arm und ließ sich vorsichtig auf einen der Küchenstühle nieder.

Haie ging nicht weiter darauf ein. Er füllte den Kessel bis zur Hälfte mit Wasser und schaltete den Herd an. Aus dem Regal über der Spüle nahm er zwei Tassen und suchte im Küchenschrank nach Teebeuteln.

»Links in der roten Dose.« Sie deutete auf einen eckigen Plastikbehälter. Haie wartete, bis das Wasser kochte, brühte den Tee auf und setzte sich mit den dampfenden Tassen zu ihr an den Tisch.

Eine Weile schwiegen sie. Nur das Ticken der Küchenuhr und das Geräusch, welches sie durch das Umrühren ihres Tees mit den kleinen silberfarbenen Löffeln verursachten, waren zu hören. Haie ließ seinen Blick durch den Raum schweifen. Das Mobiliar war alt und abgenutzt. In den Fugen zwischen den Kacheln über der Spüle hatten sich schwarze Stockflecken gebildet. Der Linoleumfußboden wies Risse und Löcher auf.

»Weiß man denn eigentlich schon, wie das mit Kalli passiert ist?« Er konnte seine Neugierde nicht länger im Zaum halten.

»Ulf war gestern noch auf der Polizeiwache«, sie nahm einen Schluck Tee, »aber der Kommissar weiß auch nichts.«

Haie konnte sich nur schwer vorstellen, dass die Polizei noch keine Erkenntnisse über den Fall gewonnen hatte. Im ganzen Dorf kreisten ja bereits wilde Spekulationen über den möglichen Mörder, wie er bei seinem gestrigen Besuch in der Dorfwirtschaft erfahren hatte. Und so ganz aus der Luft gegriffen waren die vermutlich alle nicht. Schwer zu glauben, dass die Witwe davon noch nichts mitbekommen hatte. Gut, der Hof lag etwas außerhalb des Dorfes. Aber selbst wenn Sophie Carstensen noch keines der Gerüchte erreicht hatte, sie selbst machte sich doch bestimmt Gedanken darüber, was geschehen war.

»Und was denkst du?«

»Ich?« Sie tat, als verstünde sie seine Frage nicht.

»Na ja, was glaubst du, was passiert ist?«

Sie rührte schweigend in ihrer Tasse. Haie beobachtete sie dabei. Die dunkelhaarige Frau, an deren Schläfen erste silbrige Strähnchen das ansonsten beinahe pechschwarze Haar durchzogen, wirkte verängstigt. Natürlich hatte die Nachricht über den Tod ihres Mannes sie erschreckt und der Verlust sie in eine tiefe Trauer gestürzt. Aber die nervös umherhuschenden Augen, die zittrige Hand, mit der sie krampfhaft den metallenen Löffel umklammerte, zeugten von einem Unbehagen, unter dem diese Frau bereits seit Jahren leiden musste.

»Hat Friedhelm sich denn schon bei dir gemeldet?«, wechselte er das Thema, da er auf seine vorangegangene Frage keine Antwort mehr erwartete.

»Friedhelm?« Sie blickte erstaunt auf. »Wieso sollte er?«

»Na, Kalli war immerhin sein Bruder.«

Haie hatte zwar inzwischen von dem Familienstreit erfahren, fand es jedoch selbstverständlich, dass Friedhelm in dieser Situation mit der Schwägerin Kontakt aufnahm. Fragend blickte er die Witwe an und wollte gerade einen weiteren erklärenden Kommentar anfügen, als es plötzlich an der Haustür klopfte. Sophie Carstensen stand eilig auf, froh dieser verhörartigen Atmosphäre entkommen zu können.

Kurz darauf kehrte sie mit Kommissar Thamsen zurück in die Küche.

»Herr Ketelsen«, begrüßte dieser ihn und reichte ihm die Hand.

Haie erhob sich und erwiderte den Gruß.

»Ja, ich will dann auch gar nicht länger stören.« Er wollte nicht den Anschein erwecken, als stecke er seine Nase wieder in Dinge, die ihn nichts angingen. Doch Dirk Thamsen war angesichts des übereilten Aufbruchs neugierig geworden. Außerdem war er sich sicher, dass dem Hausmeister sicherlich Tatsachen über den Ermordeten bekannt waren, die für seine weiteren Ermittlungen relevant sein konnten.

»Meinetwegen brauchen Sie Ihren Kondolenzbesuch nicht überstürzt abzubrechen. Kannten Sie den Verstorbenen gut?«

Haie zuckte mit den Schultern.

»Was heißt gut?«, antwortete er ausweichend und erzählte von seiner gemeinsamen Schulzeit mit Kalli Carstensen. Der Tod des Schulfreundes habe ihn selbstverständlich berührt, obwohl sie in der letzten Zeit weniger Kontakt gehabt hatten.

»Weiß man denn schon etwas über die Todesursache?«
Haie packte nun die Gelegenheit beim Schopfe.

»Vermutlich ein Verkehrsunfall.«

»Ein Unfall? Mit Fahrerflucht?«

Thamsen nickte, obwohl das seiner Ansicht nach nicht ganz den Tatsachen entsprach. Immerhin hatte irgendjemand den Geschädigten nach dem Unfall in das Maisfeld verschleppt.

»Kalli ist überfahren worden?«, schaltete sich Sophie Carstensen in die Unterhaltung ein. Sie zitterte vor Aufregung. Halt suchend, griff sie mit der unverletzten Hand nach der Tischkante.

»Ja, es tut mir leid. Ich muss Ihnen aber dennoch ein paar Fragen stellen.« Der Kommissar wartete, bis die Witwe am Küchentisch Platz genommen hatte. Haie stand etwas unschlüssig daneben. Zu gern hätte er natürlich erfahren, was die Polizei bisher herausgefunden hatte und zu welchen verdächtigen Personen Thamsen die Hinterbliebene eventuell befragen wollte. Er war sich aber unsicher, wie der Kommissar seine Neugierde an dem Fall deuten würde.

»Ja, dann will ich mal«, sagte er deshalb. Als Sophie Carstensen Anstalten machte, ihn zur Tür zu begleiten, wies er sie zurück.

»Ich find schon allein raus!«

Draußen atmete er erst einmal tief durch. Die Sonne schien von einem strahlend blauen Himmel. Der Wind wehte kräftig. Haie zog den Reißverschluss seiner Jacke hoch und nahm sein Fahrrad.

Ein Unfall, überlegte er, als er auf sein Mountainbike

stieg und kräftig in die Pedale trat, um gegen die steife Brise anzuradeln. Aber wer hatte die Leiche ins Maisfeld geschafft und warum? Nur um einen Unfall zu vertuschen oder steckte da womöglich doch mehr dahinter? War Kalli überhaupt sofort tot gewesen? Falls nicht, musste die Polizei dann nicht trotzdem in einem Mordfall ermitteln?

Insgeheim ärgerte er sich, bei dem Gespräch mit Thamsen so zurückhaltend gewesen zu sein. Es war ja nicht verboten, sich für die Ereignisse, die sich in seinem näheren Umfeld abspielten, zu interessieren. Immerhin hatte man die Leiche eines Schulfreundes direkt hinter seinem Haus gefunden. Da durfte man ja wohl ein paar Fragen stellen, oder?

Kurz entschlossen bremste er und kehrte um.

Marlene hatte sich nach dem Frühstück in ihr Arbeitszimmer zurückgezogen. Tom war zu einem Geschäftstermin nach Flensburg gefahren, und sie nutzte die freie Zeit, um endlich einmal ausgiebig in den Büchern zu stöbern, die sie sich beim ›Noordfriisk Instituut‹ ausgeliehen hatte. Bei der Gelegenheit wollte sie auch nachschauen, ob sie etwas über die Sage vom Gespenst mit dem Grenzpfahl ausfindig machen konnte. Einer der Männer hatte die Spukgeschichte gestern in der Gastwirtschaft erwähnt, als man über die beim Skatspiel an Kalli Carstensen verlorenen Fennen diskutiert hatte.

Sie war immer wieder aufs Neue davon fasziniert, wie hartnäckig sich die alten Erzählungen in dieser Gegend hielten. Vielleicht war es eine Eigenart der Menschen hier, die nur zu gern an ihren Traditionen festhielten. Und sicherlich trugen auch die raue Landschaft und das oft düstere Wetter dazu bei. Trotzdem erstaunte es sie, wie präsent die Geschichten aus vergangenen Zeiten auch heutzutage hier im Norden immer noch waren.

Sie blätterte interessiert in einer Märchensammlung, doch in der wurde sie nicht fündig. Erst im dritten Buch, das sie zur Hand nahm, entdeckte sie schließlich die alte Sage von dem Gespenst, das einst in den niedrigen Fennen zwischen Lindholm und Maasbüll getobt haben sollte. Angeblich war es ein Mann mit einem großen Pfahl auf dem Nacken gewesen, der über die Fennen stürmte und dabei unentwegt schrie: »Wo schall ik den Paal daalschlan? Wo soll ik den Paal daalschlan?« Der Sage nach ging er schon sehr lange dort um, tat jedoch niemandem etwas zuleide. Die Leute liefen meist still vorüber, niemand kümmerte sich um das Gespenst.

Bis einmal zwei Nachbarn zusammen vom Markt zurückkamen. Der eine war angetrunken. Als sie nun an dem Gespenst vorbeikamen, das wieder zu seinem merkwürdigen Ruf ansetzte, fragte der Betrunkene: »Wat seggt de Kerl?« Der andere hielt ihn zum Schweigen an. »Ik will awer weten, wat he seggt«, beharrte der alkoholisierte Mann und rief das Gespenst an. Sogleich stand es vor ihnen und stellte seine ewige Frage: »Wo schall ik den Paal daalschlan?«

Der durch den Schreck plötzlich ernüchterte Mann, faltete seine Hände und antwortete: »In Gottes Namen, schlaag em dall, wo he fröer staan hett!«

Der Geist bedankte sich für die Worte, auf die er schon seit über 100 Jahren gewartet hatte, und rannte los, um den Pfahl dort niederzuschlagen, wo er einst gestanden hatte. Dann war er verschwunden.

In der Erklärung zu der Sage las Marlene, dass der Mann nach seinem Tod hatte umgehen müssen, da er zu Lebzeiten den Grenzpfahl verrückt hatte. Diese Bestrafung währte, bis jemand ihn ansprach und dadurch erlöste. Sie musste schmunzeln, als sie sich vorstellte, dass Kalli Carstensen aufgrund seiner illegalen Gewinne beim Glücksspiel nun mit einem Pfahl auf dem Nacken als Geist durch die Felder wandeln würde.

Sie schlug das Buch zu und stand auf. In der Küche stellte sie den Wasserkocher an und brühte sich einen Tee auf. Sie hatte es sich gerade mit der dampfenden Tasse am Küchentisch bequem gemacht und wollte das ›Nordfriesische Tageblatt‹ aufschlagen, als Tom nach Hause kam.

»Hallo, meine Hübsche«, begrüßte er sie. Er schob ihr langes blondes Haar zärtlich zur Seite und küsste sie in den Nacken.

»Und, steht was über Haies toten Freund drin?«

Sie zuckte mit den Schultern. »Hab mich gerade erst hingesetzt! Möchtest du auch einen Tee?«

Er nickte und griff nach der Zeitung. Bereits auf der Titelseite wurde auf einen Bericht über den toten Landwirt im Maisfeld hingewiesen. Der Artikel befand sich nur wenige Seiten weiter hinten im Regionalteil und wurde von einem riesigen Bild des Maishäckslers dominiert, das den Eindruck erweckte, Kalli Carstensen wäre bei einem Unfall mit dem Erntegerät zu Tode gekommen.

»Die schreiben gar nichts über die Todesursache«, bemerkte Marlene, die ihrem Freund beim Lesen über die Schulter geblickt hatte.

»Vermutlich wissen sie auch noch nichts. Hat Haie sich eigentlich schon gemeldet? Vielleicht hat er was rausgefunden.«

Marlene erzählte, der Freund habe sie am Morgen zwar kurz angerufen, aber über den Tod des Schulfreundes kein Wort verloren.

»Er hatte es wohl ziemlich eilig. Wollte nur Bescheid sagen, dass er später zum Essen kommt. Apropos Essen, ich muss noch einkaufen, kommst du mit?«

Wenig später spazierten sie Hand in Hand die Dorfstraße entlang. Das Dorf erschien Tom im Gegensatz zu München, wo er bis vor gut vier Jahren noch gelebt hatte, als ein friedlicher Ort. Das geschäftige Treiben der Stadt, der ewig plagende Föhn, die Blechlawinen, die sich durch die Innenstadt wälzten – all das fehlte ihm nicht wirklich. Das kleine Dorf in den Weiten Nordfrieslands, die würzige Seeluft und vor allem die Frau, deren Hand er momentan fest in seiner hielt, erschienen ihm geradezu paradiesisch. Mehr brauchte er nicht. Spontan blieb er stehen, schlang seine Arme um Marlene und küsste sie. Leicht verwundert über seinen plötzlichen Gefühlsausbruch blickte sie ihn an.

»Ich liebe dich«, sagte er. »Und genau hier möchte ich alt und grau mit dir werden.«

Sie lächelte und fragte sich, wann er ihr wohl endlich einen Heiratsantrag machen würde. Sie hatten zwar noch nie darüber gesprochen, ihre gemeinsame Zukunft eigentlich immer sehr offengehalten, aber trotzdem wünschte sie sich, dass er eines Tages vor ihr niederknien und um ihre Hand anhalten würde. Sie für ihren Teil hatte jedenfalls den Mann fürs Leben gefunden, und Toms Liebesbeteuerung zufolge war auch sie seine Traumfrau. Warum also sollten sie nicht heiraten und vielleicht sogar Kinder …?

»Marlene?«

Sie war völlig versunken in ihre Träumereien und hatte gar nicht mitbekommen, was er gesagt hatte.

»Bitte?«

»Oder ob es dir etwas ausmacht, dass hier in der Gegend tote Landwirte in irgendwelchen Maisfeldern aufgegabelt werden?«

»Mensch Tom!«, fuhr sie ihn an, enttäuscht darüber, dass er seine Äußerung bereits wieder ein wenig ins Lächerliche zog. Ihre romantische Stimmung war mit einem Schlag verschwunden. »Das ist nicht witzig!«

»Ich weiß.«

Schweigend liefen sie weiter.

Als sie ein paar Minuten später den kleinen Spar-Laden an der Dorfstraße betraten, begrüßte die Besitzerin sie gleich mit den Worten: »Haben Sie schon das von Kalli Carstensen gehört?«

Der Laden war der größte Umschlagplatz für Klatsch und Tratsch im Dorf. Man sollte es nicht für möglich halten, welche Themen in dem kleinen Supermarkt aufgegriffen, diskutiert, verurteilt, befürwortet oder sonst wie erörtert wurden. Daher war es eigentlich auch nicht verwunderlich, dass die meisten Gerüchte hier ihren Ursprung fanden. Ein toter Landwirt, über dessen Ableben man noch nichts Genaues wusste, löste jedoch eine Art Ausnahmezustand in dem Laden aus und animierte Käufer und Verkäufer zu den heißesten Spekulationen.

Schon spähte eine ältere Dame hinter einem der Regale hervor.

»Ich sag dir was, Helene. Wenn Ingwer den man nicht doch absichtlich mit dem Mäher …«, ereiferte sie sich zwischen Konservenobst und Toilettenpapier.

»Ach, watt«, winkte die Ladenbesitzerin wissend ab. »Wenn du mich fragst, hatte der wahrscheinlich mal wieder einen über den Durst gesoffen und is' einfach krepiert.«

Marlene war einmal mehr erschrocken von der nüchternen Darstellungsweise der Dorfbewohner. Bereits gestern hatte sie teilweise fassungslos die wilden Spekulationen der Gäste der kleinen Wirtschaft verfolgt. Doch noch ehe sie die beiden Damen um etwas mehr Pietät und Rücksichtnahme gegenüber den Hinterbliebenen, Verwandten und Freunden bitten konnte, schaltete sich eine weitere Dame in das Gespräch ein.

»Ich glaub ja, der hatte 'ne Freundin. Hat Sophie bestimmt betrogen, so wie der immer durchs Dorf schlawinert is'. Wenn die Sophie ihn man nicht eigenhändig … Hat doch bestimmt darunter gelitten. So wie die immer ausschaut. Als hätte das Leid sie leibhaftig geküsst.«

Tom, der dem Klatsch und Tratsch im Laden ansonsten eher wenig Aufmerksamkeit schenkte, wurde plötzlich hellhörig.

»Der Kalli hatte 'ne Freundin? Wen denn?«

Die Frau in der gelben Windjacke schob ihren Einkaufswagen in Richtung Kasse, die sich schräg gegenüber der Tür befand. Sie musterte ihn eingehend. Zugezogenen stand man hier im Dorf grundsätzlich misstrauisch gegenüber.

Er versuchte zu lächeln und ging dann zum Angriff über: »Na, wenn Sie schon solche Gerüchte in die Welt setzen, dann sollten die aber auch Hand und Fuß haben.«

Das Gesicht der etwa Mitte 40-Jährigen lief dunkelrot an. Wie ein Fisch auf dem Trockenen schnappte sie mit ihren schwülstigen Lippen nach Luft. Marlene bekam schon Angst, dass die Frau womöglich ersticken könnte, so sehr rang diese angesichts Toms forscher Äußerung um Atem. Schließlich gelang es ihr jedoch, endlich eine Antwort hervorzupressen. »Ich vetell keine Märchen! Das is ja ungeheuerlich! Der Kalli hatte 'ne Freundin. Da schwör ich Stein und Bein drauf!«

Haies Geduld wurde mächtig strapaziert. Von einen Fuß auf den anderen tretend, wartete er im Windschatten des an das Wohnhaus angrenzenden Stallgebäudes und knetete nervös seine Hände. Wie würde Thamsen es wohl auffassen, wenn er ihn hier abfing? Würde er nicht zu aufdringlich, zu neugierig erscheinen? Immerhin hatte er eigentlich nichts mit dem Fall zu tun, und relevante Informationen konnte er wahrscheinlich auch nicht liefern. Allerdings versprach er sich durch das Gespräch mit dem Kommissar selbst neue Erkenntnisse über den Tod des Schulfreundes. Beharrlich starrte er zum Eingang hinüber.

Es dauerte über eine Stunde, bis der Kommissar endlich das Haus verließ. An der Tür verabschiedete sich Thamsen von der Witwe, die anschließend im Haus verschwand. Schnell trat Haie aus seinem Schlupfwinkel hervor.

»Entschuldigung, Herr Kommissar?«

Thamsen drehte sich überrascht um.

»Herr Ketelsen, was machen Sie denn noch hier? Haben Sie mir etwa aufgelauert?«, erkundigte er sich schmunzelnd.

Haie überging die Anspielung und kam sofort zur Sache.

»Ich finde den Tod an Kalli Carstensen höchst merkwürdig. Irgendetwas kann da doch nicht stimmen. Selbst wenn es ein Verkehrsunfall gewesen ist, wer hat dann die Leiche in dem Maisfeld versteckt und warum? Also, wenn Sie mich fragen ...«

»Ja?« Der Kommissar trat interessiert näher.

»Na ja«, Haie blickte zum Haus. Sophie Carstensen stand am Küchenfenster und beobachtete die beiden. »Vielleicht ist es besser, wir sprechen woanders miteinander?« Er deutete mit einem Kopfnicken zum Fenster hinüber. Thamsen verstand.

»Kennen Sie vielleicht ein Café oder Lokal in der Nähe, wo wir ungestört eine Tasse Kaffee trinken können?«

»Na klar.«

Sie fuhren die Herrenkoogstraße entlang bis nach Waygaard. Dort gab es ein kleines Dorfcafé, in welchem man in einer gemütlichen Gaststube einen köstlichen Kaffee serviert bekam.

Die freundliche Wirtin brachte ihnen das Bestellte und zog sich anschließend diskret zurück.

»Also, Herr Ketelsen? Was meinten Sie denn nun vorhin damit, als Sie sagten, wenn ich Sie fragen würde?«

»Na ja, Sie erwähnten vorhin, dass Kalli bei einem Verkehrsunfall ums Leben gekommen ist.«

Haie nahm einen Schluck aus der dampfenden Tasse und erzählte dann von den Spekulationen und Gerüchten, die er gestern in der Gastwirtschaft gehört hatte. Von der Erbschaft habe er ja gewusst, betonte er, nicht aber, dass die beiden Brüder sich über den Nachlass gestritten hatten. Seiner Ansicht nach gab es sowieso eine Menge Leute, die, wie er es ausdrückte, nicht sonderlich betrübt über den Tod Kalli Carstensens waren. Er war der Meinung, es habe bestimmte Gründe gegeben, warum der Fahrer des Unfallwagens keine Hilfe herbeigerufen hatte.

»Hat Kalli denn nach dem Zusammenstoß noch gelebt?«

»Vermutlich ja«, entgegnete Thamsen zögernd.

»Sehen Sie«, triumphierte Haie geradezu. Er sah seine These bestätigt, derzufolge jemand Kalli hatte absichtlich sterben lassen. Vielleicht handelte es sich bereits bei dem vermeintlichen Unfall um Mord. Wer konnte das schon sagen?

Sofort stellte er Überlegungen an und bezog auch die anderen Landwirte in den möglichen Täterkreis mit ein, denen der Verstorbene beim Glücksspiel verschiedene Ländereien abgeluchst hatte.

Thamsen zog fragend die Augenbraue über seinem rechten Auge hoch. »Ist Ihnen auch etwas über die Maisversuche bekannt, die Kalli Carstensen angeblich durchgeführt haben soll?«

Nun war Haie es, der verblüfft dreinschaute.

»Nee, was für Maisversuche?«

Der Kommissar berichtete, was Carstensens Sohn darüber ausgesagt hatte. Auch von der Anzeige, die Barne Christiansen gegen den Landwirt wegen der unerlaubten Veräußerung des Probemais erstattet hatte, erzählte er seinem interessierten Gegenüber, dessen Augen bei dem Bericht immer größer wurden. Thamsen hatte sich die entsprechende Akte angefordert, bisher allerdings noch nicht die Zeit gefunden, einen Blick hineinzuwerfen.

»Ach, Barne hat Kalli angezeigt?«

»Kennen Sie ihn?«

»Nicht besonders gut. Halt aus Schulzeiten«, antwortete Haie und fügte hinzu, er habe von Barne nichts mehr gehört, seitdem dieser aus dem Dorf weggezogen sei.

»Ich glaub, das war kurz nachdem seine Frau starb.«

»Willst du Sophie nicht doch anrufen?«

Irmtraud Carstensen stand im Türrahmen zum Wohnzimmer und blickte auf ihren Mann, der auf dem grünen Samtsofa saß und so tat, als lese er die Tageszeitung. Kurz zuvor hatte sie ihn jedoch, während sie leise an dem Raum vorbeigeschlichen war, teilnahmslos an die Wand starren sehen.

Sie stemmte ihre Hände in die Hüften.

»Ich verstehe nicht, wie man so stur sein kann!«

»Was verstehst du schon?« Friedhelm Carstensen blätterte die Seiten des ›Nordfriesland Tageblatt‹ durch.

Sie spürte, wie ihr die aufsteigende Wut den Atem nahm, und schluckte. Ja, was wusste sie schon? Dass ihr Mann ein gefühlskalter Stein war? Dass er nicht einmal angesichts des Tods seines Bruders auch nur irgendeine Gefühlsregung zeigte?

Die Information hatte sie gestern am frühen Nachmittag erreicht. Ulf hatte angerufen. Friedhelm war ans Telefon gegangen, verärgert über die Störung seines wohlverdienten Mittagsschlafs. Völlig emotionslos hatte er die Neuigkeiten hingenommen, lediglich ein kurzes ›Hm‹ gemurmelt und aufgelegt. Als sie ihn gefragt hatte, was passiert sei, hatte er lediglich gesagt: »Kalli ist tot.«

Die Nachricht hatte sie wie ein Schlag ins Gesicht getroffen. Ihr Schwager? Tot?

»Sie haben ihn in Ingwers Maisfeld gefunden«, hatte Friedhelm Carstensen mit gleichgültiger Stimme erzählt, nachdem sie gefragt hatte, was geschehen war.

Sie war geschockt gewesen. Nicht nur über Kallis Tod, sondern auch über die Reaktion ihres Mannes. Gut, die beiden Brüder hatten seit Langem ein schwieriges Verhältnis zueinander, welches anscheinend nach dem Ableben der Mutter durch den heftigen Erbstreit noch angespannter geworden war. Worum es allerdings in diesem Streit wirklich gegangen war, hatte sie tatsächlich nicht begriffen. Sie konnte zwar verstehen, wie sehr Friedhelm an dem Hof hing, aber der war nun einmal auch eine Menge Geld wert. Und wenn ihr Mann nicht so stur wäre, würde er sich eingestehen müssen, dass ihnen eine finanzielle Spritze momentan mehr als gut täte.

Außerdem würden seine Erinnerungen nicht mit dem Verkauf des Hofes erlöschen, jedenfalls nicht ihrer Ansicht nach. Und wenn er das dachte, dann müssten ihm durch den Tod des Bruders auch sämtliche Kindheitserinnerungen verloren gehen. Das allerdings schien ihn nicht allzu sehr zu schmerzen.

Irmtraud Carstensen fragte sich in letzter Zeit immer öfter, ob sie den Mann, mit dem sie seit über 20 Jahren ihr Leben teilte, eigentlich wirklich kannte. Er war ihr so fremd geworden, insbesondere seitdem dieser Erbstreit ausgebrochen war. Häufig war er ungeduldig, wurde zum Teil sogar aggressiv. Oder hatte das bereits früher begonnen und es war ihr nur nicht aufgefallen? Nicht dass er ihr gegenüber jemals die Hand erhoben oder Ähnliches getan hätte, aber sie stritten viel, und oft wurde es dabei sehr laut. Wegen jeder Kleinigkeit fuhr er aus der Haut. Der Streit um das Erbe konnte dafür kaum der einzige Grund sein.

»Mal abgesehen davon, dass der Verlust deines Bruders dich eigentlich zumindest ansatzweise traurig stimmen sollte«, versuchte sie, ihn auf sein ungewöhnliches Verhalten aufmerksam zu machen. »Aber denk doch auch mal daran, was die Leute davon halten könnten. Womöglich glauben die nachher noch, du hättest Kalli auf dem Gewissen.«

»Ach daher weht der Wind«, er legte die Zeitung zur Seite und stand auf. »Dich interessiert nur wieder, was die Leute reden. Dir geht es gar nicht um Kalli.«

Er stand nun ganz dicht vor ihr. Sie spürte seinen Atem im Gesicht. Reflexartig trat sie einen Schritt zurück.

»Natürlich, geht's mir um deinen Bruder und vor allem auch um Sophie. Was meinst du, was die Arme momentan durchmacht?«

»Egal was, is' auf jeden Fall besser als vor seinem Tod«, entgegnete er. »Und was die Leute reden, is' mir wurscht! Kalli ist tot. Und das ist auch gut so!«

Er drängte sich an ihr vorbei durch die Tür und verließ den Raum ohne ein weiteres Wort. Irmtraud Carstensen war fassungslos. Sie hörte, wie er in die Küche ging und sich aus dem Kühlschrank eine Bierflasche nahm.

Sie rang mit sich. Sollte sie ihm das einfach durchgehen lassen? So etwas durfte man doch nicht über den Tod des eigenen Bruders sagen, geschweige denn denken. Was war nur los mit ihm? Hatte er am Ende doch etwas mit Kallis Tod …?

»Irmtraud«, rief sie sich selbst leise zur Vernunft und schüttelte dabei heftig den Kopf. »So etwas darfst du noch nicht einmal in Betracht ziehen!«

Sie drehte sich um und ging in den Hauswirtschaftsraum, um sich beim Bügeln abzulenken.

Haie schob sein Fahrrad den kleinen Weg zum Haus hinauf.

Thamsen hatte ihn nach ihrer Unterhaltung im Dorfcafé wieder an Kalli Carstensens Hof abgesetzt, von wo aus er sich sofort auf den Weg zu seinen Freunden gemacht hatte, um ihnen von den Neuigkeiten zu berichten.

Als er die Tür öffnete, strömte ihm köstlicher Bratenduft entgegen. Tom und Marlene hatten, nachdem sie vom Einkaufen zurückgekehrt waren, gleich mit der Zubereitung der Mahlzeit begonnen.

»Ach Haie, da bist du ja«, begrüßten sie ihn, als er die Küche betrat. »Essen ist gleich fertig.«

Tom holte Geschirr und Besteck aus dem Küchenschrank und deckte den Tisch, während Marlene die Speisen servierte. Es gab Rinderbraten mit Rotkohl und Kartoffeln. Haie ließ sich eine ordentliche Portion reichen.

»Kalli ist übrigens angefahren worden«, begann er endlich zu erzählen, nachdem er den ersten Bissen gekostet und ausgiebig gelobt hatte. »Aber er war nicht gleich tot«, fuhr er fort. Tom und Marlene schauten ihn mit neugierigen Blicken an, und ihre Augen wurden immer größer, je mehr Einzelheiten er aus dem Gespräch mit Thamsen preisgab.

»Sieht also ganz so aus, als gäbe es doch einen Mord«, stellte er zum Abschluss seines Berichtes fest.

»Aber es könnte auch einfach nur Fahrerflucht gewesen sein, oder?« Marlene zog wie immer alle Möglichkeiten in Betracht.

»Mhm«, bestätigte Haie zwischen einer Gabel Rotkohl und einem Stückchen Fleisch.

Tom bemerkte, dass diese Variante natürlich durchaus nicht außer Acht gelassen werde durfte, aber er schätzte die Wahrscheinlichkeit auch eher als gering ein. Besonders auffällig war seiner Meinung nach, dass Kallis Leiche in einem Maisfeld versteckt worden war. Diese Tatsache präsentierte sich nun, da sie von den Maisversuchen des Landwirts erfahren hatten, in einem ganz anderen Licht.

»Möchte nur wissen, warum Barne ihn angezeigt hat. Der unerlaubte Verkauf des Versuchsmais kann ja wohl nicht der einzige Grund gewesen sein«, überlegte Haie.

Marlene widersprach dem Freund. Es gäbe jede Menge Leute, denen illegale Geschäfte derart gegen den Strich gingen, dass sie diese anzeigten. War ja auch ihr gutes Recht. Was verboten war, blieb nun einmal verboten. Außerdem hätte man ja wahrscheinlich auch gar nicht gewusst, welche Gefahren der experimentelle Mais vielleicht mit sich brachte. Unter Umständen war er sogar gesundheitsschädlich. Sie wüsste nicht, ob sie nicht ähnlich gehandelt hätte. Zumindest hätte sie Kalli darauf angesprochen und, wenn der nicht einsichtig gewesen wäre, vermutlich auch die Polizei eingeschaltet.

»Vielleicht hat er ja mit ihm gesprochen. Waren die beiden denn befreundet?«

Haie erwiderte, dass eigentlich niemand Kontakt zu Barne hatte, geschweige denn mit ihm befreundet war. Seit der Heirat mit Birthe hatte der ehemalige Schulkollege sich sehr verändert. Er war nicht mehr zum Ringreiten oder zum ›Plattdeutschen Abend‹ gekommen. Nicht einmal in der Gastwirtschaft hatte man ihn noch getroffen. »Und dabei war er vor der Hochzeit Stammgast bei Max.«

Aber seine Frau habe ihn wohl ziemlich unter der Fuchtel gehabt, wie Haie den ehelichen Zustand beschrieb. Er selbst habe ihn nur hin und wieder im Dorf getroffen, aber viel geredet hatten sie eigentlich nicht miteinander.

»Wahrscheinlich ist er deswegen nach Birthes Tod weggezogen. Was hielt ihn hier schon?« Die beiden nickten bestätigend.

»Habt ihr eigentlich am Wochenende schon etwas vor?«, wechselte er abrupt das Thema. »Wie wäre es mit einem Ausflug nach Föhr?«

Tom und Marlene waren von seinem Vorschlag völlig überrascht, ahnten aber sofort, was Haie im Schilde führte.

»Wohnt Barne zufällig auf Föhr?«

Haie schluckte. War er so leicht zu durchschauen? Oder kannten die beiden ihn einfach nur zu gut?

»Ich dachte, wir könnten uns vielleicht ein nettes Wochenende auf der Insel machen und ganz nebenbei ein bisschen ermitteln.«

Er spürte doch, dass es einen Zusammenhang zwischen dem Fundort der Leiche und den Maisexperimenten gab. Und zumindest Tom schien gleicher Ansicht.

»Ich hole mal eben den Fahrplan von der ›W.D.R.‹*.«

---

* Wyker Dampfschiffs-Reederei

5

Sie hatten sich für die 8.45-Uhr-Fähre entschieden.

Tom hatte am Abend noch telefonisch zwei Zimmer im ›Kurhaus-Hotel‹ reserviert, während Marlene ein paar Sachen zusammenpackte. Haie war nach Hause gefahren, um die Anschrift von Barne herauszusuchen. Anschließend hatte auch er seine kleine Reisetasche gerichtet und war früh ins Bett gegangen.

Tom stoppte den Wagen vor dem Reetdachhaus in der Dorfstraße, in dem Haie seit der Trennung von seiner Frau zur Miete wohnte. Großzügig, wie der Freund nun einmal war, hatte er seiner Frau das gemeinsame Haus überlassen. Es war ihm zwar nicht leichtgefallen, aber er war damals froh gewesen, seine Ruhe zu haben. Vielleicht war es ein Fehler von ihm gewesen, das Feld so sang- und klanglos zu räumen, aber dafür zahlte er zumindest heute aufgrund der Eigentumsüberschreibung keinen Unterhalt an Elke.

»Er wird doch nicht verschlafen haben?« Tom hupte bereits zum zweiten Mal.

»Mensch, du weckst ja die gesamte Nachbarschaft.« Marlene stieg genervt von seinem Hupkonzert aus und lief zum Haus hinauf.

Haie saugte gerade im Wohnzimmer Staub und hatte aufgrund des Höllenlärms, den sein altersschwaches Gerät dabei erzeugte, Toms Signale nicht gehört.

»Wieso saugst du denn, wenn du eh das ganze Wochenende nicht da bist?«

Der Freund grinste, während er die Maschine abstellte.

»Na das ist eine Einstellung. Das hätte ich mal zu Elke sagen sollen«, entgegnete er, nachdem der Staubsauger endlich verstummt war.

Er räumte das Elektrogerät in die Abstellkammer und griff nach seiner Tasche, die im Flur stand.

»Kommen Sie, schöne Frau«, sagte er zu Marlene und hakte sie unter. »Der Kurbetrieb der grünen Insel erwartet uns bereits!«

Thamsen hatte das Telefon aus der Dienststelle auf seinen privaten Anschluss umgeleitet und sich ein paar Akten mit nach Hause genommen. Wie er seiner Mutter versprochen hatte, kümmerte er sich heute pflichtbewusst um die Kinder, das hieß, er arbeitete von zu Hause aus und hatte Timo und Anne ein Video eingelegt. Eigentlich ließ er die beiden nicht allzu viel fernsehen, aber er brauchte ein wenig Ruhe, um die Berichte durchzugehen.

Da kam es ihm gerade recht, dass die beiden, sobald man den Fernseher anschaltete, meist wie gebannt an der Mattscheibe klebten.

Er goss sich eine Tasse Kaffee ein und setzte sich mit den Akten an den runden Küchentisch. Die schwarze Flüssigkeit dampfte aromatisch, er nahm einen Schluck und schlug den Bericht auf, den er nach Ulf Carstensens Befragung angefertigt hatte. Schritt für Schritt ging er noch einmal die Argumente des Sohnes durch, die dieser angeführt hatte, um zu verdeutlichen, was für ein Mensch sein Vater gewesen war.

Zu dem Erbstreit hatte Ulf Carstensen sich auch lang und breit ausgelassen, und als Thamsen die Einzelheiten noch einmal studierte, wurde ihm bewusst, dass Friedhelm Carstensen ein äußerst starkes Motiv gehabt hatte, seinen Bruder umzubringen. Geld war neben Hass, Rache und Liebe schon immer eines der häufigsten Mordmotive gewesen. Zwar hatte er in seiner Laufbahn noch nicht in allzu vielen Mordfällen ermittelt – Nordfriesland war ja eher ein friedlicher Landstrich –, aber in dem einen oder anderen Fall war es auch um Geld gegangen. Und wenn er sich an seine Ausbildung zurückerinnerte, so waren auch dort in den theoretischen Übungen oftmals finanzielle Gründe Auslöser für die Straftaten gewesen. Es würde also sicherlich Sinn machen, sich mit dem Bruder des Toten zu unterhalten, dachte er und blickte zur Uhr. Es war halb neun, also durchaus eine akzeptable Zeit, um Friedhelm Carstensen einen Besuch abzustatten.

Anne und Timo saßen einträchtig vor dem Fernseher und verfolgten den Videofilm.

»Ist es okay, wenn ich euch kurz allein lasse?«

Er erwartete eigentlich ein stummes Nicken, doch die beiden sprangen unvermittelt auf. Das Geschehen auf dem Bildschirm schien sie nicht sonderlich zu fesseln. Vielleicht aber war es auch der Vorteil, den ein Videorekorder nun einmal mit sich brachte. Man konnte den gewünschten Film zu jeder beliebigen Zeit einfach weiterschauen und war auf Sendezeiten des Fernsehens nicht angewiesen. Ein Nutzen dieses elektronischen Fortschritts, der auch seinen Kindern durchaus bekannt war, allerdings Thamsen in dieser Situation zum Nachteil wurde.

»Nimmst du uns mit?« Seine Tochter blickte ihn mit großen, runden Kulleraugen an.

Er seufzte. So konnte er einfach nicht arbeiten. Natürlich gingen die Kinder vor, und es war ja auch Wochenende, und sie gierten geradezu danach, seine freie Zeit mit ihm zu verbringen. Die ganze Woche über waren sie meist in Gesellschaft anderer Personen; Lehrer, Betreuer vom Hort,

Tagesmutter, Großeltern. Verständlich, dass sie zumindest an seinen freien Tagen etwas mit ihm zusammen unternehmen wollten. Aber er hatte nun einmal einen Mordfall aufzuklären. Ein Mensch war kaltblütig umgebracht worden, jedenfalls ging er momentan davon aus, und der Mörder lief irgendwo da draußen frei herum.

»Bitte Papa«, quengelte nun auch Timo.

»Na gut«, gab er schließlich nach, »aber ihr müsst während meines Besuchs bei einem Mann im Auto warten und euch anständig benehmen.« Die beiden nickten artig.

Er würde sich bei Friedhelm Carstensens Befragung eben beeilen müssen. Anschließend konnte er mit den Kindern in der Dorfwirtschaft etwas essen gehen. Er hatte sowieso keine Lust zum Kochen, und zum Einkaufen war er auch wieder nicht gekommen. Außerdem konnte er vielleicht ungestört ein paar Worte mit dem Wirt wechseln. Neue Erkenntnisse versprach er sich davon zwar nicht – die sturen Dorfbewohner würden ihm gegenüber wahrscheinlich eher wortkarg auftreten –, aber schaden konnte es sicherlich auch nicht, wenn er sich selbst ein Bild von der allgemeinen Stimmung im Dorf machte. Manchmal erfuhr man aus dem Verhalten des Umfelds des Opfers mehr als aus irgendwelchen ausgeschmückten Aussagen anderer Beteiligter. Eventuell war es ihm ja sogar möglich, unauffällig schon mal ein paar Alibis abzuklopfen.

»Dann holt eure Jacken und los.«

Timo und Anne sausten in ihre Zimmer, und keine fünf Minuten später saßen sie auf der Rückbank seines alten Ford Kombis und schnallten sich an.

Das Meer kräuselte sich durch den kräftigen Ostwind ungewöhnlich stark. Dichte graue Wolken jagten wild am Himmel vorüber. Die Fähre der ›Wyker Dampfschiffs-Reederei‹ mit dem sagenträchtigen Namen ›Rungholt‹ kämpfte sich tapfer gegen die hohen Wellen Richtung Föhr.

Trotz der Kälte standen die drei Freunde an Deck und blickten erwartungsvoll der sich langsam nähernden Insel entgegen. Sie hatten sich warm angezogen, Marlene sogar ein Paar Handschuhe übergestreift.

»So mag ich das Meer eigentlich am liebsten«, begeisterte sie sich und betrachtete fasziniert die sich am Schiff brechenden Wellen, deren Gischt beinahe bis zu ihnen hinauf an die Reling schlug.

»Da sieht man auch erst mal, was für 'ne Kraft das Wasser hat«, bemerkte Tom und schlang seine Arme fester um ihre Hüften, so als befürchte er, Marlene könne durch den starken Wind von Bord geweht werden.

»Na, nich' nur das Wasser«, korrigierte Haie den Freund. »Der Wind tut natürlich auch sein Übriges. Schaut nur, was für Anstrengungen selbst die Möwen unternehmen müssen, um gegen den Sturm anzufliegen.«

Er hob seine Hand und deutete auf die Meeresvögel, die mühsam versuchten, mit der Fähre mitzuhalten. »Aber das gehört dazu. Wind und Wasser kann man einfach nicht trennen. Sind halt Naturgewalten. Und wenn wir Glück haben«, er blickte zuversichtlich wieder in Richtung Föhr, »dann gibt's auf der Insel auch noch ein bisschen Sonne.«

Tom schaute den Freund skeptisch an, aber Haie behauptete mit fachkundigem Blick, dass das Wetter auf den Nordfriesischen Inseln meist wesentlich besser war als auf dem Festland.

»Na, dann hätte ich vielleicht doch meinen Bikini und die Sonnencreme einpacken sollen«, scherzte Marlene und zog ihren bunt gestreiften Schal fester um den Hals.

Nur eine gute Viertelstunde später hatte die ›Rungholt‹ am Fährhafen Wyk angelegt, und sie verließen das Schiff. Der Himmel war tatsächlich aufgerissen, hier und da waren kleine, blaue Fetzen zwischen den grauen Wolken am Himmel zu sehen.

»Siehste«, triumphierte Haie grinsend. »Hab doch gesagt, dass das Wetter auf der Insel besser ist!«

Den kurzen Weg zum Hotel über den Sandwall legten sie zu Fuß zurück. Die Unterkunft lag nicht weit entfernt vom Hafen, und sie hatten nur wenig Gepäck dabei. Außerdem bot der Fußmarsch die Gelegenheit, an einer Fischbude anzuhalten und sich zur Stärkung ein köstliches Krabbenbrötchen zu gönnen.

»Am besten schmecken die immer noch direkt auf die Hand an der würzigen Seeluft«, Marlene biss genüsslich in das belegte Brötchen.

An der Rezeption stand eine freundliche Dame. Sie trug ein dunkelblaues Kostüm, ihre Haare waren adrett zurechtgemacht.

»Herzlich willkommen auf Föhr. Wie kann ich Ihnen weiterhelfen?«

»Wir wollen gerne bei Ihnen schlafen!«

Die Empfangsdame musterte Haie amüsiert. Er übernachtete selten in Hotels und war mit den Umgangsformen im Gastgewerbe deshalb nicht sonderlich gut vertraut. Das letzte Mal, dass er in einer Pension gewesen war, lag bereits etliche Jahre zurück. Damals hatte er mit Elke eine organisierte Busreise in die Eiffel unternommen.

»Sie haben also ein Zimmer reserviert«, stellte die Frau hinter dem Empfangstresen richtig.

Haies Gesichtsfarbe wechselte ins Rötliche, als ihm bewusst wurde, wie ungeschickt er sich ausgedrückt hatte.

Schnell kam ihm der Freund zur Hilfe, um ihn aus der unangenehmen Lage zu befreien.

»Ja, auf den Namen Meissner. Ein Doppel- und ein Einzelzimmer.«

Die Dame in dem dunkelblauen Kostüm nickte und tippte mit flinken Fingern, deren Nägel in einem kreischenden Rotton lackiert waren, die Angaben in den Computer ein. Kurz darauf reichte sie den Freunden die Zimmerschlüssel über den Tresen.

»Einen angenehmen Aufenthalt!«

Der Ausblick war zauberhaft. Die Zimmer lagen direkt unter dem Dach und hatten einen Meerblick. Marlene war entzückt von dem kleinen Raum, der mit liebevollen Details gemütlich eingerichtet war.

»Kanntest du das Hotel, oder woher hattest du diesen Geheimtipp?«

Tom erklärte, dass einer seiner Münchner Geschäftspartner ihm einmal von seinem Urlaub auf Föhr vorgeschwärmt hatte. Es war zwar schon eine Weile her, seit er in München als Unternehmensberater tätig gewesen war, aber an den Namen des Hotels, in dem sein Bekannter abgestiegen war, hatte er sich noch sehr gut erinnern können. Tom hatte sich damals nämlich über den Namen ›Kurhaus-Hotel‹ lustig gemacht und den anderen wegen des scheinbar altersbedingten Regenerationsurlaubs aufgezogen. Als der ihm jedoch traumhaft schöne Ferienfotos präsentiert hatte, war Tom von dem Hotel mehr als beeindruckt gewesen.

»Man soll hier übrigens auch rauschende Liebesnächte verbringen können«, flüsterte er Marlene ins Ohr und ließ seine Hände unter ihren Pullover wandern. Er spürte, wie sich ihre Brustwarzen unter seinen Berührungen aufrichteten, und presste seinen Unterleib fest gegen ihren Schoß.

Seine Lippen suchten hastig die ihren, und als sie seinen Kuss erwiderte, drang seine Zunge fordernd in ihre Mundhöhle ein.

»Oh, stör ich?«

Haie stand in der Tür und blickte interessiert auf die beiden. Sie hatten ihn nicht klopfen hören. Hastig löste Marlene sich aus der Umarmung und zog verlegen ihren Pullover herunter.

»Kannst du nicht anklopfen?«, meckerte Tom und drehte sich rasch zum Fenster. Er wollte nicht, dass der Freund seine Erregung wahrnahm, die sich deutlich unter der Jeans abzeichnete.

»Hab ich doch!«

»Und hast du ein Herein gehört?«

Marlene hörte an Toms Stimme, wie verärgert er war. Sie konnte seinen Unmut sehr gut nachvollziehen. Auch sie hatte die leidenschaftlichen Zärtlichkeiten genossen und sich nur ungern von dem Freund stören lassen. Dennoch versuchte sie, den aufziehenden Streit der beiden im Keim zu ersticken.

»Wollen wir los? Und wo müssen wir überhaupt hin?«

Haie beschrieb den Weg zu Barne Christiansen als nicht sonderlich weit. Der ehemalige Schulkollege und Dorfbewohner hatte sich nach dem Tod seiner Frau ein kleines Häuschen direkt in Wyk, dem Hauptort der knapp 83 Quadratkilometer großen Insel, gekauft. Es war schon immer ein Traum von ihm gewesen, ein Haus direkt am Meer, womöglich sogar auf einer der Nordfriesischen Inseln zu besitzen. Durch die Auszahlung von Birthes Lebensversicherung war es ihm möglich gewesen, diesen wahr werden zu lassen. Das schnuckelige Reetdachhaus lag direkt hinter dem Deich ganz in der Nähe des Golfplatzes.

»Das ist ein netter Spaziergang, und außerdem wollen wir ja auch was von der Insel sehen«, argumentierte Haie. Er drehte sich ohne die Reaktion seiner Freunde abzuwarten um und verließ wortlos das Zimmer.

Marlene trat hinter Tom und schmiegte sich an ihn. Sie spürte, wie seine Muskeln sich anspannten, und küsste ihn sanft.

»Komm Schatz, später ist auch noch Zeit, und eine rauschende Liebesnacht mit dir in diesem Hotel lass ich mir unter gar keinen Umständen entgehen.«

»Und dass ihr mir ja keinen Unsinn macht! Bin gleich wieder da«, sagte Thamsen, bevor er aus dem Wagen stieg. Er hatte an der Straße geparkt und lief das kleine Stück zum Haus zu Fuß. Die Carstensens mussten ja nicht unbedingt mitkriegen, dass er seine Kinder dabeihatte.

Neben dem schwarzen Klingelknopf hing ein messingfarbenes Schild, auf welchem in verschnörkelten Buchstaben der Name der Familie zu lesen war. Das Metall blinkte, als sei es erst kürzlich frisch poliert worden. Noch ehe er mit seinem Finger die Klingel betätigt hatte, wurde die Tür aufgerissen, und eine Frau attackierte ihn mit gereizten Blicken. Thamsen erschrak.

»Dass ihr immer am Samstag kommen müsst«, schimpfte die Dame mittleren Alters. »Ich hab euch schon oft gesagt, dass ich eure *Erleuchtung* nicht brauche!«

Das Wort Erleuchtung spukte sie ihm förmlich vor die Füße. Dirk Thamsen drehte sich suchend um. Er fühlte sich nicht angesprochen, schließlich war er allein. Doch hinter ihm standen keine weiteren Personen.

Als er sich der Frau wieder zuwenden wollte, um das Missverständnis aus der Welt zu räumen, knallte sie ihm die Tür vor der Nase zu. Er hatte nicht einmal den Hauch einer Chance gehabt, Luft für eine klarstellende Äußerung zu holen. Mann, dachte er, die hat ja eine Laune. Wenn der Mann genauso gut drauf ist, kann das ja ein lustiges Gespräch werden.

Er zog seinen Polizeiausweis aus der Hosentasche und hielt ihn auf geschätzte Augenhöhe der Hausbewohnerin. Dann klingelte er.

»Ich hab doch gesagt …«, ihre Stimme verstummte blitzartig beim Anblick des Legitimationspapiers.

»Polizei?«

Er nickte und fragte, ob er vielleicht einen Augenblick ins Haus kommen und mit Friedhelm Carstensen sprechen könne.

»Mein Mann ist noch nicht zu Hause.«

»Kann ich vielleicht warten?«

Es war Thamsen sowieso lieber, zunächst einmal ungestört mit der Schwägerin des Verstorbenen zu sprechen.

Sie forderte ihn auf, im Wohnzimmer Platz zu nehmen, und bot ihm einen Kaffee an. Dankend nahm er an. Während er sie in der Küche den Kaffee zubereiten hörte, schaute er sich um. Der Raum war mit viel Liebe fürs Detail eingerichtet, das sah er auf den ersten Blick. Die Möbel waren geschickt im Raum verteilt und ließen das Zimmer größer erscheinen, als es eigentlich war. Vor den Fenstern hingen kunstvoll drapierte Gardinen, und zwischen den Grünpflanzen auf dem Fensterbrett tummelten sich kleine Porzellanfiguren in Form von Kindern. Thamsen nahm eine der Figuren in die Hand und las den Schriftzug auf deren Sockel: ›M.I.Hummel‹.

An der Wand neben einer alten Pendeluhr hingen mehrere Familienbilder. Er trat näher, um die Fotografien besser betrachten zu können.

»Ist das hier Ihr Mann?«, fragte er Irmtraud Carstensen, als sie mit einem Tablett beladen das Wohnzimmer betrat.

»Hm.«

Konzentriert schenkte sie den Kaffee in die zierlichen Porzellantassen. Ihre Hand zitterte leicht.

»Und ist das hier Kalli?« Er deutete auf eine etwas unscharfe Ablichtung, die links neben dem Hochzeitsbild der Carstensens hing.

»Nein«, antwortete die Schwägerin, ohne ihren Blick zu heben. Sie arrangierte das Geschirr akkurat auf dem gläsernen Couchtisch. »Von Kalli hängt da kein Bild.«

Thamsen setzte sich auf das Sofa und griff nach der Kaffeetasse. Der Henkel des filigranen Geschirrs wirkte so zerbrechlich, dass er Angst hatte, das Porzellan könne seinem bloßen Griff zum Opfer fallen. Er bevorzugte lieber robuste Kaffeepötte. Da hatte man wenigstens ordentlich was in der Hand. Vorsichtig stellte er das Gefäß zurück auf die dazugehörige Untertasse und knüpfte an die zuletzt geäußerten Worte der Hausherrin an.

»Wieso haben Sie denn kein Bild vom Bruder Ihres Mannes in der Fotogalerie aufgehängt?«

Irmtraud Carstensen seufzte leise. Mit gedämpfter Stimme und gesenktem Blick erklärte sie, dass die Brüder ein schwieriges Verhältnis zueinander gehabt hätten.

»Wegen dem Erbstreit?«, hakte er nach.

»Nicht nur deswegen«, entgegnete sie. Bereits vor dem Tod der Mutter und dem Streit um deren Nachlass sei es zu Unstimmigkeiten zwischen ihrem Mann und seinem Bruder gekommen. Sie konnte gar nicht genau sagen, was der Auslöser für die feindliche Stimmung zwischen den beiden gewesen war. Sie waren nun mal von Grund auf verschieden und vertraten völlig gegensätzliche Ansichten. Hinzu kam, dass die Brüder zu allem Überfluss auch noch so richtige Hitzköpfe waren. Da kam dann doch wieder derselbe familiäre Ursprung zum Vorschein, da waren sie sich gleich. Die Streitgespräche zwischen ihnen seien immer grob und laut vonstattengegangen. Sie konnten nun einmal eine Sache nicht friedlich ausdiskutieren.

»Manchmal sind sie beinahe handgreiflich geworden.«

Thamsen horchte auf. War es vielleicht doch nicht so abwegig, dass Friedhelm Carstensen seinen Bruder umgebracht hatte?

»Frau Carstensen, wo war Ihr Mann am Dienstagabend?«

»Dienstag?« Sie blickte verunsichert auf. »Ist Kalli da gestorben?« In ihrem Blick konnte er lesen, dass sie verstand, worauf er hinauswollte.

Am Dienstag sei ihr Mann wie immer früh zu Bett gegangen.

»So gegen acht Uhr. Er muss ja immer früh raus in die Backstube«, erklärte sie.

Thamsen griff erneut nach der zierlichen Porzellantasse und nahm einen Schluck Kaffee. Die Frage, ob denn ihr Mann vielleicht noch einmal unbemerkt das Haus hätte verlassen können, beantwortete er sich selbst.

Wenn Irmtraud Carstensen schätzungsweise gegen 22 Uhr zu Bett gegangen war und selbst, wenn sie noch einige Zeit einen spannenden Krimi oder fesselnden Roman gelesen hatte, dann hätte sie zur angenommenen Tatzeit wahrscheinlich schon tief und fest geschlafen. Ihr Mann hätte also heimlich noch einmal das Haus verlassen können. Die Möglichkeit bestand jedenfalls.

»Sagen Sie, besitzen Sie einen Wagen?«

Irmtraud Carstensen nickte. Ihr Mann und sie besäßen jeweils einen Wagen. Er wisse sicherlich, dass man hier in der Gegend ohne fahrbaren Untersatz einfach aufgeschmissen war. Und Friedhelm brauchte ein Auto, um täglich zur Arbeit zu kommen.

»Und wo befinden sich die Autos momentan?« Thamsen hatte vor dem Haus keinen Wagen gesehen.

»Ich parke immer auf dem Hof, und der Wagen meiner Frau ist in der Inspektion.«

Friedhelm Carstensen hatte unbemerkt das Haus betreten und stand plötzlich auf der Türschwelle zum Wohnzimmer. Vermutlich hatte er die letzten Sätze des Gesprächs verfolgt und schaltete sich nun unvermittelt ein.

Seine Frau sprang unerwartet vom Sofa auf. Thamsens Interesse an den Autos der Familie wurde dadurch noch verstärkt.

»Seit wann ist denn der Wagen in der Werkstatt?«

»Seit Mittwoch, aber ich wüsste nicht, was Sie das angeht!«

Der große blonde Mann kniff seine Augen zusammen, sodass sein Blick nur durch enge Schlitze auf den Kommissar fiel. Er wirkte imposant, wie er so breitbeinig im Türrahmen stand, die Hände in die Hüften gestemmt.

Thamsen beeindruckte das aufgeplusterte Gehabe wenig. Es war für ihn nur zu offensichtlich, dass Friedhelm Carstensen durch sein Auftreten seine Unsicherheit überspielen wollte. Vielleicht hatte er sogar Angst? Nach all dem, was er bisher über den Bruder des Opfers erfahren hatte, hielt er diese Möglichkeit sogar für äußerst wahrscheinlich.

Trotz der abwehrenden Haltung seines Gegenübers blieb Dirk Thamsen jedoch ruhig und erklärte zunächst einmal, dass er den plötzlichen Tod Kalli Carstensens untersuche. Die vermutlich durch einen Verkehrsunfall begründete Todesursache ließ er allerdings vorläufig unerwähnt und kam direkt auf den Erbstreit zu sprechen.

»Wie ich hörte, haben Sie sich mit Ihrem Bruder um den Nachlass Ihrer Mutter gestritten. Worum ging es in dieser Auseinandersetzung genau?«

Friedhelm Carstensen behielt seine Position bei und blaffte lediglich ein »Na, um Geld ist es dem profitgeilen Schwein gegangen!« zu ihm hinüber.

Thamsen war über die Charakterisierung des Bruders beinahe sprachlos. Allerdings bestätigte diese Äußerung auch seinen Verdacht. Kalli Carstensens Sohn hatte sich zwar sehr ähnlich über den verstorbenen Vater geäußert, aber im Gegensatz zu diesem gewann Friedhelm Carstensen weitaus mehr durch den Tod seines Bruders. Das Erbe brauchte er jedenfalls nicht mehr zu teilen. Oder stand der Witwe nun ein Pflichtteil zu? Er musste feststellen, dass er sich im Erbrecht zu wenig auskannte, um die Situation richtig beurteilen zu können.

»Um welchen Betrag ging es denn?«

Der Angesprochene zuckte mit den Schultern. »Keine Ahnung, aber es wird schon eine ordentliche Summe sein«, entgegnete er mit eher gleichgültiger Stimme. Kommissar Thamsen bewertete die Haltung angesichts des heftigen Streits der beiden Brüder als unglaubwürdig. Wenn es in dem Erbschaftskonflikt lediglich ums Geld gegangen war, wieso hatte Friedhelm Carstensen noch nicht einmal den Hauch einer Ahnung, wie viel die Mutter den beiden Söhnen an finanziellen Mitteln hinterlassen hatte? Seiner Ansicht nach musste es noch andere Gründe dafür geben, dass die Brüder sich derart zerstritten hatten.

»Und es ist nur ums Geld gegangen?«, hakte er deshalb nach.

»Na ja«, brummelte der Befragte und trat endlich aus dem Türrahmen hervor, »da hängen natürlich auch jede Menge Erinnerungen dran.«

Thamsen kaufte ihm den sentimentalen Schwenk nicht ab, und auch Irmtraud Carstensen schien wenig überzeugt. Ganz offensichtlich war ihr der eigentliche Grund für den Streit der beiden Brüder unbekannt, was deutlich wurde, als sie ihren Mann zum Reden aufforderte: »Friedhelm, nun erzähl dem Kommissar doch, warum du dich mit Kalli in den Haaren gehabt hast!«

Überrascht blickte er zu seiner Frau. Ihren Appell empfand er sichtlich als Provokation.

»Halt du dich da raus!«, zischte er ihr zu. Erschrocken fuhr Irmtraud Carstensen zusammen, fasste sich jedoch schnell.

»Ich mein ja nur«, versuchte sie einzulenken. »Kalli hat dich ja schon massiv bedroht.«

Thamsens Blick wanderte zwischen den beiden hin und her. In dieser Familie lag weitaus mehr im Argen, als er bisher vermutet hatte. Von irgendwelchen Drohungen gegen den Onkel hatte Ulf Carstensen jedenfalls nichts erwähnt.

»Was meinen Sie mit bedroht?«

Er wandte sich mit seiner Frage direkt an Irmtraud Carstensen, da er von ihrem Mann keine Auskunft zu diesem Thema erwartete. Wider Erwarten antwortete jedoch Friedhelm Carstensen.

»Den Anwalt hat er mir auf'n Hals gehetzt. Hier«, er riss eine der Schubladen der eichefarbenen Schrankwand auf und holte ein Bündel Briefe hervor, die er vor ihn auf den Tisch warf. Die zierlichen Porzellantassen klapperten.

»Alles Schreiben von diesem Rechtsverdreher!«

Thamsen nahm einige der Briefe in die Hand. Sie stammten alle von einem gewissen Dr. Münsterthaler aus Rendsburg und waren ausnahmslos ungeöffnet.

»Haben Sie die Briefe denn nicht aufgemacht?«

»Wieso denn, ich wusste doch, was drinsteht!«

»Wie konnten Sie das wissen? Sie haben ja wohl keinen gelesen, oder?«

»Nee, brauchte ich auch nicht. Kalli ist es doch sowieso immer nur ums Geld gegangen. Wieso hätte es diesmal anders sein sollen?«

6

»Puh, hast du nicht gesagt, Barne wohne quasi gleich um die Ecke?« Tom zog den Reißverschluss seiner Jacke auf. Ihm war durch den Marsch warm geworden. Haie legte allerdings auch ein Tempo vor, bei dem die beiden Freunde kaum mithalten konnten. Es schien, als habe er es eilig. Auf Toms Klagen reagierte er lediglich mit einem verständnislosen Blick.

Das reetgedeckte Backsteinhaus lag etwas abgeschieden von der Straße. Durch eine kleine hölzerne Gartenpforte gelangten sie in einen gepflegten Garten, in dem unter einem Apfelbaum eine weiße Friesenbank stand. Pralle, rote Äpfel hingen schwer an den Ästen und lockten zum Zugreifen. Tom lief geradezu das Wasser im Mund zusammen.

An der in Friesenfarben gehaltenen Klönschnacktür hing ein Anklopfer aus Messing. Haie griff nach dem metallenen Henkel und ließ ihn laut gegen das Holz der Tür schlagen. Nichts. Er klopfte erneut. Wieder nichts.

»Scheint niemand da zu sein«, bemerkte Tom, ging zu einem der niedrigen Sprossenfenster und spähte hindurch. Innen war alles landestypisch eingerichtet. Schwere alte Eichenmöbel, eine große Standuhr mit Messingpendel, Bilder mit Schiffmotiven und ein riesiger Kachelofen.

»Oh, wie schön«, entfuhr es Marlene. Sie war neben ihn getreten und blickte nun ebenfalls in Barnes Wohnzimmer.

»Ihr könnt doch nicht einfach in fremde Leute Häuser spähen!«

Haie war hinter die beiden getreten. Trotz seiner tadelnden Worte beugte er sich jedoch selbst ein wenig vor, um besser sehen zu können, was sich hinter dem Fenster verbarg.

»Na, da hat er sich aber mal anständig was geleistet! Früher hat er eher bescheiden gelebt!«

Marlene drehte sich zu ihm um und fragte, wie er das meine. Die Einrichtung sei hübsch, aber sicherlich nicht exklusiv.

»Was meinst du denn, was das alles hier gekostet hat?« Haie trat einen Schritt zurück und fuchtelte wild mit seinen Armen herum. Die Versicherungssumme von Birthe musste beachtlich gewesen sein.

»Egal«, unterbrach Tom seine Ausführungen über Barnes Vermögensstand, »er ist jedenfalls nicht da. Was machen wir jetzt?«

»Dann müssen wir eben später wiederkommen«, stellte Marlene folgerichtig fest, »schließlich wollten wir ja mit Barne sprechen.«

»Ich latsch auf keinen Fall den ganzen Weg noch mal hierher!«, maulte Tom.

Haie verdrehte die Augen, schlug dann aber vor, sich Fahrräder auszuleihen. Gleich in der Nähe vom Hotel hatte er einen Fahrradverleih gesehen. Als ambitionierter Radfahrer hatte er allerdings hehre Ziele.

»Wir könnten eine Inselumrundung unternehmen.«

Tom, der sich an seine Radtour mit Marlene auf Amrum vor circa zwei Jahren erinnerte, bei der sie ihm beinahe davongeradelt war, zeigte wenig Begeisterung.

»Um die ganze Insel? Bei dem Wind?«

Marlene lachte ob seiner Argumente. »Komm, Schatz, so weit ist das nun auch wieder nicht. 37 Kilometer wirst du ja wohl schaffen. Und Wind ist hier oben im Norden nun wirklich keine Ausrede – den hast du hier fast immer.«

Der Fahrradverleih lag nur wenige Straßen entfernt von ihrer Unterkunft. Auf einer Art Vorhof standen die unterschiedlichsten Räder. Mountainbikes, Kinderfahrräder, BMX-Räder, Tandems.

Haie entschied sich für ein baugleiches Modell seines eigenen Drahtesels, während Tom und Marlene das Experiment Tandemfahrt wagen wollten. Keiner von beiden hatte je zuvor auf solch einem doppelten Gefährt gesessen, und so gestalteten sich die ersten Meter als äußerst wackelig und unkoordiniert. Doch schon bald hatten die beiden einen gemeinsamen Rhythmus gefunden und traten kräftig in die Pedale, sodass selbst Haie als geübter Radfahrer Mühe hatte, dem vorgelegten Tempo Paroli zu bieten.

Sie folgten dem Weg hinterm Fährhafen am Deich entlang. Der Mann vom Fahrradverleih hatte ihnen den Weg um die Insel knapp beschrieben. »Immer am Meer entlang, dann kommen Sie irgendwann automatisch wieder hier an.«

Anfänglich kamen sie zügig voran. Nur ab und an behinderten einige Schafgatter ihre Fahrt. Aber bereits nach kurzer Zeit hatten sie eine ausgefeilte Taktik zur Überwindung dieser Hindernisse ausgearbeitet. Immer wenn sie in absehbarer Entfernung einen Zaun ausmachten, drosselten Tom und Marlene ihr Tempo und ließen den Freund vorausfahren. Haie, dem das Auf- und Absteigen von seinem Drahtesel weitaus weniger Probleme bereitete, sprang kurz vor dem Gatter aus dem Sattel, öffnete es und ließ die beiden passieren. Nach etwa fünf Toren beherrschten sie dieses Szenario so perfekt, dass sie geradezu nach der nächsten Schafssperre Ausschau hielten.

Nach gut zehn Kilometern endete allerdings der geteerte Weg.

»Und was nun?« Tom blickte etwas ratlos auf den holprigen Pfad, der sich an der Außenseite des Deichs entlangschlängelte.

Haie stieg von seinem Fahrrad ab und schob es den Deich hinauf.

»Hier ist auch kein Weg!«, rief er ihnen von der Deichkrone aus zu. Er stieg wieder auf und ließ sich die Anhöhe hinunterrollen. Es blieb ihnen nichts anderes übrig, als ihre Fahrt über die beschwerliche Buckelpiste fortzusetzen. Die Schafe am Deich schauten den ungewohnten Passanten neugierig hinterher.

»Mensch, ich kann nicht mehr. Halt mal an«, stöhnte Tom bereits nach wenigen Hundert Metern, bremste und stieg ab. Das Vorankommen auf dem durchnässten Gras war kräftezehrend. Er wischte sich den Schweiß von der Stirn.

»Mist, Schafscheiße!«

Haie und Marlene grinsten.

»Was gibt's denn da zu grinsen? Ihr habt bestimmt auch schon welche unter euren Schuhen!«

Es war ganz offensichtlich heute einfach nicht sein Tag.

»Du führst dich auf wie so'n typischer Städter«, gluckste Marlene. »Is' so windig. Gibt's keinen ordentlichen Weg? Schafscheiße, iii…! Hast du sonst noch was zu nörgeln?«

Tom schaute verärgert auf, während er versuchte, das Malheur von seinen Schuhen im Gras zu beseitigen. Er wusste auch nicht, was mit ihm los war. Eigentlich war er sonst nicht so empfindlich. Vielleicht lag es an dem Anruf, den er letzte Woche erhalten hatte. Monika, seine Exfreundin, hatte seine neue Handynummer herausgefunden und ihn angerufen. Er war total überrascht gewesen, hatte gar nicht gewusst, was er sagen sollte. Die Beziehung war seinerzeit etwas unglücklich auseinandergegangen.

Als Tom Marlene kennenlernte und sich Hals über Kopf in sie verliebte, war er eigentlich mit Monika zusammen gewesen. Er verschwieg damals jedoch seine Beziehung und stürzte sich stattdessen in ein wildes Abenteuer.

Als er dann nach München zurückkehrte, machte er Schluss mit Monika, zog nach Risum-Lindholm, wechselte seine Handynummer und beantragte eine Geheimnummer für den Festnetzanschluss. Marlene erzählte er, es gäbe einen verärgerten Kunden und er wolle nicht, dass dieser ihn ständig anrief und belästigte. In Wahrheit hatte Monika ihm eine Riesenszene gemacht, und er befürchtete, sie könne ihn mit Anrufen bombardieren. Er wollte Marlene ja von ihr erzählen, aber irgendwie hatte er nie den richtigen Zeitpunkt gefunden. Und inzwischen hatte er die ganze Sache derart verdrängt, dass er damit wunderbar leben konnte. Bis zu ihrem Anruf.

»Ich finde das nicht komisch. Überlegt lieber, wie wir hier wieder wegkommen.«

»Ich bin dafür«, schlug Marlene vor, »die Räder den Deich rauf und notfalls querfeldein zur nächsten Straße zu schieben. Weit kann es nicht sein. So groß ist die Insel ja nicht.«

Thamsen hatte mit seinen Kindern an einem Tisch am Fenster Platz genommen. Um die Mittagszeit war in der kleinen Gastwirtschaft im Allgemeinen meist wenig Betrieb. An der Theke saßen lediglich zwei weitere Gäste und diskutierten angeregt über das anstehende Fußballspiel des örtlichen Vereins, welches am Nachmittag stattfinden sollte.

»Die Niebüller schlagen wir ja wohl noch allemal!«, tönte einer der Männer und nahm einen kräftigen Schluck Bier aus dem Glas, das vor ihm auf dem Tresen stand.

Der Wirt brachte die Karte, und Thamsen bestellte sich Schweinerücken mit Bohnen und Kartoffeln; die Kinder entschieden sich für Wiener Schnitzel mit Pommes. Während sie auf das Essen warteten, erzählten Timo und Anne ihm das Neueste aus der Schule. In der Klasse seiner Tochter gab es seit den Sommerferien eine neue Mitschülerin.

»Hanife heißt sie und kommt aus der Türkei«, erzählte sie stolz.

»Das ist doch nichts Besonderes«, fiel Timo seiner kleinen Schwester ins Wort. »Bei uns ist seit drei Tagen ein Austauschschüler aus Wisconsin. Scott heißt er, und nächstes Jahr in den Osterferien besuche ich ihn in den USA.«

Dirk Thamsen schaute seinen Sohn überrascht an.

»Mama hat's erlaubt!«, antwortete Timo, ohne dass sein Vater überhaupt eine Frage gestellt hatte.

»So, und weiß Mama denn überhaupt, wo Wisconsin liegt? Oder was hast du ihr erzählt?« Er konnte sich gut vorstellen, dass seine Exfrau ihm diesbezüglich in den Rücken gefallen war und ohne mit ihm zu sprechen, Timo die Reise bereits erlaubt hatte. Er würde sich jedoch von ihr nicht gängeln lassen. Die Kinder lebten schließlich bei ihm. Da hatte er wohl auch noch ein Wörtchen mitzureden.

»Darüber reden wir noch mal«, sagte er deshalb und konnte schon jetzt am Gesichtsausdruck seines Sohnes erkennen, dass es bei diesem Thema noch zu heftigen Diskussionen kommen würde.

Doch zunächst einmal war die Angelegenheit ad acta gelegt, denn das Essen wurde serviert, und sie langten kräftig zu. Die Speisen schmeckten vorzüglich. Der Koch hatte reichlich aufgefüllt, und Thamsen hatte Mühe, seinen Teller zu leeren. Seine Kinder hingegen bestellten sich nach dem Hauptgericht noch einen Nachtisch. Sie können es vertragen, beruhigte er sich angesichts der Mengen, welche die beiden vertilgten. Während die beiden ihr Eis löffelten, stand er auf und ging zur Toilette. Als er zurück in den Gastraum kam, blieb er kurz an der Theke stehen.

»Ich hab da mal eine Frage.«

Die beiden Männer und der Wirt schauten ihn misstrauisch an.

»Ich ermittle im Todesfall Kalli Carstensen.« Die Blicke der anderen verfinsterten sich, doch ansonsten gab es keine weitere Reaktion.

»Ich hab gehört, dass es hier am Dienstagabend immer einen Stammtisch gibt?« Kopfnicken.

»Und Kalli Carstensen war am Dienstagabend hier?« Wieder Nicken. Thamsen spürte, dass er mit derartigen Fragen nicht weiterkam, und änderte seine Taktik.

»Wie standen Sie denn zu dem Verstorbenen?«, sprach er den Wirt an.

Der wirkte angesichts der direkten Ansprache durch den Kommissar verdutzt.

»Ich?«, fragte er deshalb nach und tippte mit seinem Zeigefinger an seine Brust.

Diesmal war es Thamsen, der lediglich durch ein Nicken antwortete.

»Ja«, der Wirt kratzte sich verlegen am Kopf, »was soll ich da sagen?« Er blickte die beiden Gäste am Tresen an, die sich krampfhaft an ihren Biergläsern festhielten.

»Der Kalli war ein Gast wie jeder andere. Kam immer dienstags hier zum Stammtisch, ab und zu auch mal zwischendurch. Hat immer seine Zeche gezahlt. Sonst kann ich dazu nichts sagen.«

»Und wer war sonst noch bei diesem Stammtisch?«

Der Befragte nannte eine Reihe von Namen. Thamsen notierte alle auf seinen kleinen Schreibblock, den er immer bei sich hatte. Rund zehn Personen trafen sich regelmäßig am Dienstagabend in der Gastwirtschaft. Bei dem einen oder anderen Bier tauschte man die Neuigkeiten aus dem Dorf aus und spielte dabei hin und wieder Skat oder Doppelkopf. Auch vergangene Woche hatten einige der Männer zusammengesessen. Kalli Carstensen sei auch dabei gewesen.

»Ist etwas Ungewöhnliches vorgefallen? Gab es vielleicht Streit?«

Alles sei wie immer gewesen, sagte der Wirt, und seine Gäste bestätigten das. Man habe etwas getrunken, geredet und Karten gespielt. Gegen Mitternacht hatte sich die Runde langsam aufgelöst. Ob sie mitbekommen hätten, als Kalli Carstensen gegangen sei.

Sie nickten.

»War er in Begleitung?«

Ole Jessen und Manni Thiele hätten mit ihm zusammen die Gastwirtschaft verlassen. Alle seien wie immer zu Fuß gewesen und gemeinsam aufgebrochen. Die Strecke, welche die Männer miteinander zurückgelegt hatten, war jedoch nicht besonders lang. Nur wenige Schritte von der Gastwirtschaft entfernt trennte sich bereits ihr gemeinsamer Heimweg. Ole Jessen und Manni Thiele wohnten ein Stück die Dorfstraße entlang Richtung Lindholm, und Kalli Carstensen hatte ja in den Koog hinausgemusst.

»Und dahin ist er auch gegangen?«

Der Gastwirt zuckte mit den Schultern. »Da müssen Sie Ole und Manni schon selbst fragen.«

Thamsen machte sich hinter den beiden Namen auf seiner Liste einen Vermerk.

»Und wie gut kennen Sie den Bruder, Friedhelm Carstensen? Kommt der auch zum Stammtisch?«

Die drei Männer winkten fast gleichzeitig ab. Der Bruder des Verstorbenen habe die Gastwirtschaft nie betreten, wenn auch nur die geringste Chance bestanden hatte, Kalli über den Weg zu laufen.

»Wegen dem Streit um den Nachlass?«, hakte Thamsen nach.

Die Erbstreitigkeiten seien lediglich das i-Tüpfelchen auf das langjährige schlechte Verhältnis der beiden gewesen. Auch vor dem Tod der Mutter waren die beiden Brüder nicht gut aufeinander zu sprechen gewesen. Worauf das zurückzuführen sei, darüber konnte allerdings keiner der Anwesenden eine Auskunft geben.

»Aber der Kalli hat auch kein gutes Haar an dem Friedhelm gelassen«, räumte der Gastwirt ein, und die beiden anderen bestätigten seine Aussage. Sein Bruder sei halt ein Versager, pflegte Kalli Carstensen stets zu sagen. Eine Schande für die Familie. Zu nichts hätte er es gebracht, sei immer noch der kleine Bäckergehilfe, der ganz kleine Brötchen backte.

Thamsen nickte. Die Angaben des Wirts deckten sich mit der Aussage Friedhelm Carstensens, dass es seinem Bruder immer nur ums Geld gegangen war. Anscheinend hatte es für den Toten wirklich nur diesen Maßstab gegeben. Er konnte sich vorstellen, wie sehr Friedhelm Carstensen unter den Lästerattacken seines Bruders gelitten haben musste. Wer wurde schon gern als Loser dargestellt? Er fragte, ob sich Kalli Carstensen denn auch über andere Leute aus dem Dorf derart geäußert hätte.

»Ja was glauben Sie denn? Das war ein arrogantes A… Und eins kann ich Ihnen sagen, hier ist keiner wirklich traurig, dass es tot ist!«

Die drei Freunde hatten ihre Fahrräder den Deich hinauf über einen holprigen Feldweg zur nächsten Straße geschoben. Tom hatte natürlich mächtig gestöhnt. Das Tandem wog seiner Ansicht nach mehrere Tonnen und ließ sich nur schwer über die unwegsamen Pfade bewegen.

Nun aber radelten sie die Hauptstraße entlang, vorbei an dem einen oder anderen Gehöft, und genossen dabei die herrliche Landschaft. Föhr machte seinem Beinamen – die grüne Insel – alle Ehre. Links und rechts des Weges lagen saftige Wiesen auf denen schwarz-bunte Kühe grasten, am Horizont erhob sich der Schutzwall der Insel, an dessen Außenseite sie kürzlich noch ihre Fahrradtour begonnen hatten.

Tom und Marlene hatten inzwischen wieder ihr gewohntes Tempo aufgenommen, Haie trat kräftig in die Pedale, um mit den beiden mitzuhalten.

Wenig später erreichten sie Oldsum.

»Ich glaub, mit der Inselumrundung wird das heute nicht wirklich was«, bemerkte er, als sie das Ortsschild passierten. Durch ihren Weg über die Hauptstraße hatten sie sich ein gutes Stück vom Meer entfernt und die Strecke um die Insel erheblich abgekürzt.

»Und?« Tom fand die Abkürzung ihrer Fahrradtour weniger tragisch. »Immerhin hätten wir dieses schnuckelige Friesendorf verpasst, wenn wir immer nur am Deich entlanggefahren wären.« Er bremste langsam das Tandem ab, und sie kamen kurz hinter der gelben Ortsbeschilderung zum Stehen.

»Lass uns doch mal sehen, ob es hier nicht ein kleines Café oder Ähnliches gibt«, schlug er vor. »Ich könnte gut eine Pause vertragen!«

Mitten im alten Ortskern fanden sie ein wenig versteckt ein Galerie-Café. Das alte Reetdachgebäude, welches zu einem kleinen Gasthaus umgestaltet worden war, bot leckere Spezialitäten der Insel an.

Als sie die Gaststube betraten, fielen Marlene sofort die Bilder an den Wänden ins Auge. Interessiert trat sie näher.

»Oh, wie schön«, kommentierte sie eines der Gemälde, das über einer der hölzernen Bänke hing und die Insellandschaft repräsentierte. »Ob man die auch kaufen kann?«

Während Haie sich bereits suchend nach der Inhaberin des Cafés umsah, brachte Tom wieder seine Bedenken zum Ausdruck. Wie sie denn gedenke, das sperrige Bild nach Hause zu transportieren. Doch wohl kaum mit dem Tandem. Außerdem sei ihre Tour ja noch nicht beendet. Eine enorme Wegstrecke galt es nach wie vor zu bewältigen. Marlene ging seine schlechte Laune langsam ziemlich auf die Nerven.

»Vielleicht kann man es sich auch schicken lassen«, hielt sie seinem Argument, das einen Transport des Bildes mit dem Fahrrad ausschloss, entgegen. Trotzig drehte sie sich um und wandte sich an die Dame des Hauses, die inzwischen aus einem Hinterzimmer hervorgetreten war.

»Ich interessiere mich für dieses Gemälde.« Sie deutete auf das Kunstwerk. Die Wirtin, welche eine Küchenschürze mit Zwiebelmuster um die Hüften gebunden trug, folgte ihrem Fingerzeig, schüttelte dann allerdings bedauernd den Kopf.

»Da haben Sie sich wirklich das schönste ausgesucht, aber leider ist es schon verkauft.«

Marlene fing Toms höhnischen Blick auf. Doch so schnell gab sie sich nicht geschlagen.

»Und die anderen Bilder?«

Die Inhaberin antwortete, sie habe ansonsten freie Auswahl. »Das sind alles Bilder ortsansässiger Künstler. Selbstverständlich schicken wir die Kunstwerke auch fachgerecht verpackt an die von Ihnen gewünschte Adresse.« Marlenes Lippen verzogen sich zu einem siegreichen Lächeln.

Während die beiden Männer Platz an einem der Tische nahmen, wanderte sie gemächlich in der Gaststube von einem Bild zum anderen. Interessiert betrachtete sie die Kunstwerke, aber ein anderes als das bereits verkaufte sagte ihr nicht zu. Enttäuscht setzte sie sich zu den beiden, die bereits eifrig in der Speisekarte blätterten. Ihr Blick wanderte immer wieder zu dem hübschen Bild mit den leuchtend kräftigen Farben.

»Wenn Ihnen sonst keines der Werke gefällt«, bemerkte die Wirtin, die an ihren Tisch getreten war, um die Bestellung entgegenzunehmen »es gibt hier in Oldsum noch weitere Galerien. Wir sind nämlich ein wahres Künstlerdorf.«

Marlene nickte begeistert. Sie hatte anscheinend den festen Entschluss gefasst, sich von ihrem Wochenendausflug ein gemaltes Andenken mitzubringen.

»Über meinem Schreibtisch wäre der ideale Platz für solch ein Gemälde«, begründete sie ihr Kaufverlangen. Außerdem würde ein derartiges Bild ihr neues Projekt deutlich unterstützen. Sie untersuchte aktuell am ›Nordfriisk Instituut‹ die Sprache und Kultur der Inselfriesen.

»Fering nennen die Föhrer ihr Friesisch«, erklärte sie Tom und Haie. »Und das Erstaunliche daran ist, dass im Gegensatz zu anderen friesischen Sprachgebieten die Zahl der Friesisch sprechenden Inselbewohner in den letzten Jahrzehnten nahezu konstant geblieben ist. Hier identifiziert man sich deutlich stärker über die Sprache als in anderen Teilen des friesischen Sprachgebietes.«

Haie folgte aufmerksam ihren Ausführungen. Er interessierte sich sehr für die Geschichte der Friesen. War es doch auch ein Teil seiner eigenen Vergangenheit. Besonders aufschlussreich, wenn es um historische Hintergründe seiner Heimat und die Wesensart seiner Vorfahren ging, fand er persönlich auch die zahlreichen regionalen Erzählungen.

»Hast du denn auch schon Literatur zu Oterbaankin?«

»Was ist das denn?«, schaltete sich nun Tom ein, der ebenfalls fasziniert von alten nordfriesischen Geschichten war. Da er als Kind bereits einige Jahre in Nordfriesland gelebt hatte, war auch ihm die eine oder andere Spökenerzählung bekannt. Von Oterbaankin hatte er allerdings noch nie etwas gehört.

»Das sind Unterirdische«, klärte Marlene ihn auf. Die nordfriesischen Sagenstoffe würden sich vor allem um diese aus der skandinavischen Mythologie entstammenden unterirdischen Wesen ranken. Ihr Zuhause seien überwiegend die Nordfriesischen Inseln. Auf Sylt hießen diese koboldartigen Gestalten zum Beispiel Önerreersken.

»Und hier auf Föhr eben Oterbaankin. Aber leider gibt es kaum schriftliche Aufzeichnungen darüber.«

Ihr kulturelles Gespräch fand ein jähes Ende. Die Wirtin brachte ihre Bestellung, und die beiden Männer machten sich hungrig über die eingelegten Heringsfilets her. Sie hingegen stocherte eher appetitlos in dem Blattsalat mit Käseflocken.

»Schmeckt es dir nicht?«, fragte Haie, nachdem er den letzten Bissen seiner Mahlzeit hinuntergeschluckt hatte. Er blickte fragend auf den halb vollen Teller. Marlene, die ganz in ihre Gedanken versunken war, hatte seine letzten Worte nur am Rande wahrgenommen.

»Mhm?« Sie folgte seinem Blick. »Doch, doch! Ich habe nur gerade überlegt, was wir machen, wenn Barne nachher auch nicht daheim ist. Ich meine, wenn er etwas mit dem Tod deines Schulkollegen zu tun hat, dann hat er sich vielleicht für einige Zeit aus dem Staub gemacht. Könnte doch sein, oder?«

Haie hatte gestern Abend ganz ähnliche Gedanken gehegt. Barne kam als Täter durchaus in Betracht. Aber war er, wenn, dann nach dem Mord überhaupt auf die Insel zurückgekehrt? Vielleicht würde er erst einmal untertauchen? Zum Beispiel in Mexiko oder Chile? In den Krimis, die er aus dem Fernsehen kannte, waren das jedenfalls immer beliebte Reiseziele für Verbrecher. Vorsichtshalber hatte er am Morgen bei dem alten Schulkameraden angerufen. Und der war ans Telefon gegangen.

»Und was hast du gesagt?«

»Na gar nichts.«

Als Barne am anderen Ende der Leitung den Hörer abgehoben und seinen Namen genannt hatte, war Haies Hand blitzartig zur Gabel seines Telefons geschnellt und hatte durch ein kurzes Hinabdrücken des schwarzen Hebels die Verbindung unterbrochen. Im Nachhinein war der Anruf vielleicht jedoch ein Fehler, überlegte Haie. Barne könnte jetzt gewarnt sein, obwohl er wahrscheinlich ohnehin damit rechnete, dass man ihn aufgrund seiner Anschuldigungen gegen Kalli verdächtigen würde.

»Aber wäre es nicht besonders klug von ihm, wenn er trotzdem bleiben würde? Ein Verschwinden käme doch einem Schuldeingeständnis gleich«, meinte Marlene.

Haie zuckte mit den Schultern. Solange sie nicht genau wussten, worum es bei der Anzeige gegangen war, mussten sie erst einmal alle Möglichkeiten in Betracht ziehen. Dass es allerdings nur um die unerlaubte Veräußerung von irgendwelchem Versuchsmais gegangen sei, bezweifelte er nach wie vor.

»Du zeigst doch einen alten Freund nicht wegen solch einer Lappalie an«, verteidigte er seinen Verdacht.

»Was heißt denn hier alter Freund?«, warf nun Tom ein. Wenn man dem Gerede der Leute aus dem Dorf nur halbwegs Glauben schenken konnte, dann hatte Kalli Carstensen wohl kaum Freunde gehabt.

»Und was ist mit dem Bruder? So'n Erbstreit ist ja wohl ein starkes Motiv. Ging doch sicher um viel Geld. Den haben wir uns noch gar nicht vorgeknöpft.«

»Um den kümmert sich der Kommissar«, beruhigte Haie den Freund.

7

Sophie Carstensen saß am Küchentisch und starrte aus dem Fenster. Es war ein trüber Tag, der Himmel wolkenverhangen. Die Äste der Bäume, an denen herbstlich rot-gelbe Blätter hingen, wurden durch den starken Wind mächtig hin und her gerissen. Sie wirkten willenlos, stellten sich dem Angriff nicht entgegen, trotzten nicht. Die Natur hatte es automatisch so eingerichtet, dass das Geäst sich dem Willen der Naturgewalt beugte, zum Schutz seiner selbst. Um nicht sofort zu zerbrechen.

Sie stand auf und bereitete sich einen Tee zu. Umständlich hob sie mit dem verbundenen Arm den Kessel mit dem heißen Wasser an. Dann setzte sie sich zurück an den Tisch. Ulf war am Vormittag nach Niebüll zum Bestatter gefahren. Die Leiche war freigegeben, nächste Woche sollte die Beerdigung sein. Ihr Sohn würde sich um alles kümmern. Sie hatte nicht die Kraft dazu. Sie war wie gelähmt. Gelähmt vom Tod ihres Mannes, den Fragen der Polizei, dem angeblichen Mordverdacht, den zahlreichen Telefonaten.

Irmtraud hatte sie am Morgen angerufen. Wie es ihr ginge, hatte sie gefragt. »Geht schon«, hatte Sophie Carstensen schwach in den Hörer gehaucht. Ob sie Hilfe benötige, ob man etwas für sie tun könne. Sie hatte nur mit dem Kopf geschüttelt, nicht bedenkend, dass die Schwägerin ihre Reaktion nicht sehen konnte. Eine Träne hatte sich aus ihrem Augenwinkel gelöst. Sie hatte sie nicht weggewischt, sondern mit geschlossenen Lidern den Weg des Tropfens auf ihrer Wange verfolgt, bis er auf den abgetretenen Teppichfußboden gefallen war.

Wer konnte ihr schon helfen? Ihr Leben war mehr als aus den Fugen geraten. Es war auch vor Kallis Tod nicht einfach gewesen. Sie war Kummer gewohnt. Doch was sollte nun werden? Aus ihr, dem Sohn, dem Hof? Die Gedanken wirbelten durch ihren Kopf, gleich dem Wind draußen vor dem Fenster, der über das Land fegte und alles mit sich nahm. Doch statt lediglich das Alte, Verblühte, Abgenutzte davonzutreiben, hinterließ er Unordnung und Verwirrung. Ebenso wie Kalli.

Er hinterließ eine zerrüttete Familie, Ärger, Wut, Zorn. All das würde durch seinen Tod nicht einfach davongeweht werden. Der Streit, seine Gemeinheiten und miesen Spielchen. Man würde ihr mit Argwohn gegenübertreten. Schließlich lebte sie seit Jahren mit ihm unter demselben Dach. Dass auch sie unter ihm gelitten hatte, wussten die Leute ja nicht, sollten es auch nicht wissen. Sie schämte sich, keine Stärke bewiesen zu haben. Sie war schwach. Zu schwach. Dabei hatte sie ursprünglich mehr aus ihrem Leben machen wollen. Einen Job suchen, eigenes Geld verdienen, Reisen, die Welt sehen. Doch irgendwie war alles anders gekommen als in ihren Träumen.

Sie war 17, als sie mit Kalli zusammenkam. Die Schulzeit lag endlich hinter ihr, das Leben als Auszubildende zur Bürokauffrau fing gerade erst an. Dann wurde sie schwanger, und ihre Eltern drängten zur Heirat. Sie wusste, dass Kalli sie nur wegen des Kindes heiratete, nicht aus Liebe. Doch was hätte sie tun sollen? Der Druck der Familie war zu groß.

›Willst du einen Bastard zur Welt bringen? Was sollen denn die Leute denken?‹

Ja, die Leute, um die war es gegangen. Nicht um sie. Aus mit den Träumen. Kein Job, kein Geld, keine Reisen. Waschen, putzen, auf dem Hof helfen. Das war fortan ihr Leben gewesen. Tagein, tagaus. Aus Risum-Lindholm war sie nie wirklich weggekommen, allerhöchstens mal bis nach Hamburg, und das auch nur für einen Tag. Abends musste ja das Essen auf dem Tisch stehen. Mann und Kind wollten versorgt sein.

Und die Leute? Zerrissen sich trotz alledem den Mund. So'n junges Ding und schon schwanger. Die Heirat hatte rein gar nichts geändert. Ulf blieb nun einmal ein Sechs-Monats-Kind. Und je stärker sie sich bemühte, es allen und jedem recht zu machen, umso mehr verlor sie sich selbst.

Sie trank einen Schluck Tee. Ihre Finger umschlossen fest den heißen Becher, jedenfalls die der gesunden Hand. Die anderen lagen in einem weißen Gipsverband und warteten auf Heilung. Doch auch wenn die Knochen wieder zusammengewachsen waren, Narben würden bleiben.

Nach dem Mittagessen wollte Dirk Thamsen eigentlich noch Ole Jessen und Manni Thiele einen Besuch abstatten, aber seine Kinder hatten genug von seinen Recherchen und keine Lust, erneut im Auto zu warten. Darum verschob er die Befragungen der beiden Stammtischbrüder, die mit Kalli Carstensen das Lokal zusammen verlassen hatten, auf den nächsten Tag und fuhr mit Timo und Anne nach Hause. Die beiden machten es sich auf dem Sofa im Wohnzimmer bequem und stellten den Videorekorder wieder an, während er sich erneut in die Küche zurückzog, um seine Notizen zu sortieren.

Er nahm sich einen DIN-A4-Block und skizzierte die Beziehungen des Verstorbenen in einer Art Schaubild. Den Namen Kalli Carstensen schrieb er als Erstes auf das weiße

Blatt Papier und zog mit einem roten Filzstift einen dicken Kreis darum. Anschließend notierte er die Namen der Ehefrau, des Sohns, des Bruders und dessen Frau. Dann riss er das Blatt vom Block und zeichnete eine weitere Darstellung, in welcher er die Leute aus dem Dorf und vom Stammtisch eintrug. Als er damit fertig war, legte er beide Zeichnungen nebeneinander und betrachtete sie. Zwischen den beiden Gruppen schien es keine Überschneidungen zu geben. Außer dem Namen Kalli Carstensens tauchte keiner der anderen doppelt auf. Der Mörder musste also entweder jemand aus der Familie oder ein Dorfbewohner sein. Alles andere schloss Thamsen aus. Dass der Tote lediglich das Opfer eines Verkehrsunfalls mit anschließender Fahrerflucht gewesen war, hielt er nach dem jetzigen Stand der Ermittlungen für ausgeschlossen. Dafür hatte Kalli Carstensen zu viel Dreck am Stecken gehabt.

Das nach wie vor stärkste Motiv hatte in seinen Augen immer noch der Bruder. Auch wenn dieser ihm gegenüber so tat, als ginge es ihm nicht ums Geld und er wüsste nicht, wie viel der Hof und die Ländereien seiner verstorbenen Mutter überhaupt wert waren. Seine Mimik hatte jedoch etwas ganz anderes ausgesagt. Da war es nicht nur um Familienehre und -tradition gegangen. Der jahrelange Streit der Brüder hatte einen tiefen Graben gezogen, der angefüllt war mit Wut und blankem Hass. Und vielleicht war dieser zwischen den beiden übergelaufen und hatte Friedhelm Carstensen zu dieser unglaublichen Tat veranlasst? Er wusste, sein Bruder besuchte jeden Dienstagabend den Stammtisch. Gut möglich, dass er ihm dort aufgelauert hatte. Möglicherweise war er ihm gefolgt. Hatte gesehen, wie Kalli sich von den beiden Bekannten an der Kreuzung verabschiedet und den Weg in den Herrenkoog eingeschlagen hatte.

Thamsen sah das mögliche Szenario wie einen Film vor seinem inneren Auge ablaufen. Friedhelm Carstensen startete den Wagen und fuhr seinem Bruder nach. Hinter der Kurve schaltete er das Licht aus und gab Gas. ›Krawum!‹ Der Körper wurde von dem Pkw erfasst und einige Meter durch die Luft geschleudert. Der Fahrer bremste und sah, wie sein Bruder mit dem Kopf auf dem Asphalt aufschlug. Eilig stieg er aus, hievte den Verletzten in seinen Kofferraum und machte sich aus dem Staub. Wenig später hielt er am Rand des Maisfeldes und versteckte den Bruder zwischen den hohen Stauden. Vielleicht lebte Kalli Carstensen zu dem Zeitpunkt noch, winselte um Hilfe. Aber Friedhelm Carstensen zeigte kein Mitleid.

»Papa?«

Thamsen fuhr erschrocken zusammen. Er hatte nicht bemerkt, wie seine Tochter in die Küche gekommen war.

»Timo sagt, Nis Puk gibt es gar nicht, stimmt das?«

Anne stand vor dem Tisch und blickte ihn mit großen, fragenden Augen über seine Aufzeichnungen hinweg an. Sie ist noch so klein, dachte er und streckte seine Arme aus. Das Mädchen schmiegte sich sofort in seine Umarmung, und er hob sie auf seinen Schoß.

»Weißt du Anne, es gibt viele Menschen, die glauben nicht an den Klabautermann oder ähnliche Geister.«

»Aber es gibt sie doch, oder?«

Er nickte. Vieles auf der Welt existiere, auch wenn einige Menschen nicht daran glaubten, erklärte er ihr. Es gäbe so viele Scheußlichkeiten, Leid und Grausames, und obwohl es eine Menge Leute gab, die das nicht wahrhaben wollten, bestand es trotzdem.

»Und mit anderen Dingen verhält es sich genauso. Nur weil jemand etwas für unmöglich hält, heißt das noch lange nicht, dass es nicht trotzdem existiert.«

Sie atmete erleichtert auf. Ihre Angst um die Existenz des kleinen Koboldes schien gebannt. »Gibt's denn schon eine neue Geschichte von ihm?«

Thamsen erzählte Anne regelmäßig Anekdoten aus dem Leben des Klabautermanns. Einige davon kannte er noch aus seiner eigenen Kindheit. Andere hatte er sich selbst ausgedacht.

»Na klar! Möchtest du sie hören?«

Die Kleine nickte begeistert.

»Also gut«, begann er und berichtete, dass man in Hollbüllhuus bei Schwabstedt auf einem Hof Nis Puk des Öfteren bei Sonnenschein in der Luke zum Heuboden hatte sitzen sehen. Er baumelte dort mit den Beinen und stützte den Kopf in beide Hände. Einmal als er da saß, hatte er sich einen Spaß daraus gemacht, den Pudel unten auf dem Hof zu necken. Der Hund hatte fürchterlich gebellt und Niß Puk entsetzlich gelacht. Der Knecht, der durch das Gebell aufmerksam geworden war, hatte sich dann herangeschlichen und den Puk mit der Heugabel aus der Luke gestoßen. Das hatte den Kobold natürlich ärgerlich gemacht, und er wollte sich rächen.

Der Knecht hatte zu dem Zeitpunkt gerade neue Stiefel bekommen. Nis Puk schlich sich des Nachts in die Kammer des Knechts, zog die nagelneuen Stiefel an und schlurfte damit so lange umher, bis Hacken und Sohlen vollkommen abgewetzt waren.

Den Rest der Geschichte verschwieg Thamsen seiner Tochter. Er wollte nicht, dass die kleine Spukfigur einen zu schlechten Eindruck vermittelte. Im weiteren Verlauf der Erzählung hatte Nis Puk nämlich die Bodenleiter manipuliert, und der Knecht, der Korn auf den Speicher bringen musste, stürzte deshalb und brach sich beide Beine.

Marlene, Tom und Haie hatten sich nach einer ausgiebigen Pause wieder auf ihre Fahrräder geschwungen. Diesmal hatte Marlene ganz bewusst die Lenkung des Tandems übernommen. Sie wollte unbedingt noch bei einer der Galerien vorbeischauen, welche die Inhaberin des kleinen Cafés ihr empfohlen hatte. Zielstrebig lenkte sie deshalb das sperrige Gefährt durch die schmalen Straßen des alten Ortskerns. Tom konnte sich ihrem Willen aufgrund seiner nachgelagerten Position auf dem Drahtesel nicht widersetzen. Der lenkerähnliche Griff vor ihm hatte keinerlei Funktion und war lediglich zum Festhalten gedacht. Er schimpfte wie ein Rohrspatz.

»Dass es bei euch Frauen auch immer nur ums Shoppen geht. Ich denke, wir machen eine gemütliche Fahrradtour.«

»Machen wir doch«, konterte Marlene und bremste vor einem alten Reetdachhaus ab, »und dabei schauen wir uns die Bauwerke der Insel an. Auch von innen.«

Sie war abgestiegen und überließ Tom und das Tandem ihrem Schicksal. Der hatte einige Mühe das Rad zu halten.

Haie folgte der Freundin, die den schmalen Weg zum Haus hinaufgelaufen war und nach einem Klopfen an der Tür auf Einlass wartete.

»Ist Samstagnachmittag. Wahrscheinlich ist gar keiner da!«, bemerkte er, nachdem sich im Inneren des Hauses nichts regte.

Marlene klopfte erneut.

»Hast wahrscheinlich recht«, gab sie schließlich seufzend nach, als trotz mehrfachen Klopfens nicht geöffnet wurde.

»Dann schau ich halt noch mal in Wyk.«

»Ich denke, wir wollen zu Barne?«

Tom war ihnen, nachdem er das sperrige Fahrrad gegen einen Laternenpfahl gelehnt hatte, gefolgt.

»Und?« Sie blickte ihn trotzig an. »Dann eben morgen.«

»Morgen ist Sonntag«, triumphierte er. Aber sie verdrehte nur genervt die Augen und merkte wie beiläufig an, dass sie in einem Kurort zu Gast seien.

»Da haben die Geschäfte auch sonntags geöffnet«, erklärte Haie auf den fragenden Blick des Freundes. Tom stöhnte laut.

Von Oldsum fuhren sie weiter Richtung Dunsum. Von hier aus führte die Strecke wieder direkt am Außendeich entlang bis Utersum. Das Ortsbild des knapp über 400-Seelen-Dorfes wurde auch hier durch zahlreiche Friesenhäuser geprägt. Marlene interessierte sich vor allem für den Triibergem, ein Überbleibsel aus der Bronzezeit, bestehend aus drei alten Grabhügeln, um deren Ursprung sich verschiedene Legenden rankten, und auch Tom hätte gegen eine weitere kleine Pause nichts einzuwenden gehabt, aber Haie mahnte zur Eile.

»Zu spät sollten wir bei Barne auch nicht aufschlagen.«

So radelten sie also weiter und ließen das alte Friesendorf hinter sich. Der Wind hatte gedreht und kam nun wie so oft in Nordfriesland von vorne. Sie mussten kräftig in die Pedale treten, um einigermaßen zügig voranzukommen. Tom schmerzte bereits jetzt sein Hinterteil. Er klammerte sich an jeden Grashalm, der eine Chance auf eine kleine Verschnaufpause bot.

»Das Kliff will ich mir aber noch ansehen.«

Er zeigte mit ausgestrecktem Arm auf ein Schild, welches auf die Sehenswürdigkeit des Ortes hinwies. Diesmal gab Haie nach. Auch ihn interessierte das Goting Kliff, von dem er schon in mehreren Nordfrieslandbüchern faszinierende Bilder gesehen hatte.

Doch als sie auf der etwa neun Meter hohen Abbruchkante standen, war von der Faszination des Kliffs nichts zu sehen. Haie war enttäuscht. Etwas beeindruckender hatte er sich das südwestliche Ufer der Insel schon vorgestellt.

»Bestimmt hat der Blanke Hans auch hier jede Menge Land gefordert«, vermutete Marlene. »Sieh nur, wie das Meer hier tost und an der Küste leckt.«

Die See war aufgewühlt. Der Wind hatte erneut aufgefrischt und fegte zum Teil in Böen über das Wasser. Weiße Schaumkronen thronten auf den anmutig herantosenden Wellen. In der Ferne sahen sie ein Schiff, das sich durch das unruhige Gewässer kämpfte.

»Dann sind die Bilder in meinen Büchern vermutlich älteren Datums. Dieser breite Strand war jedenfalls auch noch nicht darauf zu sehen.«

»Wo kommt der denn plötzlich her?« Tom beugte sich über die Abbruchkante.

»Plötzlich?« Haie grinste und erklärte, dass dies zum größten Teil kein natürlicher Strand war, sondern durch Sandvorspülungen zum Küstenschutz angelegt worden war. Wahrscheinlich hatte man auch hier in Goting wie inzwischen fast überall, wo die Nordsee auf überwiegend ungeschützte Küstenstreifen traf, in den letzten Jahren regelmäßig Sand aus dem Watt vor das Kliff gespült.

»Ansonsten sähe es hier inzwischen wahrscheinlich noch ganz anders aus.«

Schweigend betrachteten sie das Naturschauspiel, welches sich wenige Meter unter ihren Füßen abspielte. Unnachgiebig rollten die mächtigen Wellen an den Strand. Schon beim bloßen Hinschauen erkannten die drei Freunde, dass hier das Meer einen hohen Tribut von der Insel forderte. Dabei waren weder beim Wasserpegel noch der Windstärke auch nur annähernd Sturmflutwerte erreicht. Um wie viel mehr wurde die Küste hier vom Meer zerstört, wenn besonders die im Frühjahr und Herbst auftretenden schweren Sturmfluten die Insel heimsuchten? Eine Naturgewalt, welcher der Mensch sich zwar seit Jahrhunderten zu widersetzen versuchte, aber der er sich schon so oft hatte ergeben müssen. Tausende von Menschen hatten die tosenden Fluten bereits mit sich genommen, besonders während der Marcellusfluten. Seit der Zeit hatte sich zwar der Deichbau und Küstenschutz rasant verbessert, aber keiner konnte sagen, welche Auswirkungen die globale Erderwärmung auf die Küstenbereiche letztendlich haben würde. Das Ansteigen des Meeresspiegels sowie eine Erhöhung der Sturmintensität könnten das Aus für Nordfriesland und noch weitere Küstenländer bedeuten. Marlene schluckte, als ihr bewusst wurde, wie unbesorgt man doch manches Mal mit der Umwelt umging. Sie schwor, sich in Zukunft umweltfreundlicher zu verhalten. Ihre Fahrradtour stellte zumindest einen Anfang dar.

8

Barne Christiansens Augen weiteten sich merklich, als er die drei Freunde vor sich erblickte. Ganz offensichtlich hatte er keinen Besuch erwartet, und schon gar nicht jenen, dem er soeben auf ein Klopfen hin die Tür geöffnet hatte.

»Moin Barne«, grüßte Haie und streckte ihm zur Begrüßung die Hand entgegen, »wir verbringen das Wochenende auf Föhr und dachten, wir schauen mal bei dir vorbei.«

Wie abgesprochen, gab er vor, rein zufällig auf der Insel zu sein. Von dieser Vorgehensweise erhofften sie sich, leichter an Informationen zu kommen. Wenn sie Barne gleich auf Kalli Carstensens Tod ansprachen, würde er wahrscheinlich misstrauisch werden und ihren Besuch mit dem Mord in Verbindung bringen. Ihr angeblich durch einen Zufall begründeter Besuch war ohnehin schon verdächtig genug. Erst recht, wenn der ehemalige Dorfbewohner bereits etwas von der Leiche im Maisfeld erfahren hatte.

»Wir dachten, du lädst uns vielleicht auf einen Kaffee ein? Wir haben nämlich gerade die komplette Insel umradelt und haben ordentlich Durst«, versuchte Haie, seine Geschichte möglichst glaubwürdig zu untermauern und die Zweifel seines Gegenübers zu zerstreuen.

Der schien zwar misstrauisch, bat sie aber dennoch herein.

Sie warteten im Wohnzimmer, während Barne in der Küche den Kaffee zubereitete. Der Eindruck, den sie durch ihren spähenden Fensterblick gewonnen hatten, bestätigte sich im Inneren des Hauses. Aus der Nähe betrachtet, wirkte die Einrichtung noch teurer und äußerst antik.

»Schön haben Sie es hier«, lobte Marlene Barnes guten Geschmack, als dieser mit einem Tablett beladen das Zimmer betrat.

»Leider bin ich gar nicht auf Besuch eingerichtet«, entschuldigte er sich und verteilte die Tassen auf dem Tisch. »Kuchen hab ich jedenfalls keinen da.«

Haie winkte ab. Sie seien ja auch nicht gekommen, um sich bei ihm satt zu essen. Er grinste. Wollten halt lediglich sehen, wie es ihm so ging.

»Wie lange ist es jetzt her, dass du aus Risum weg bist? Vier Jahre?«

»Herbst 1994, fast fünf Jahre«, korrigierte Barne ihn und fügte flüsternd hinzu: »So lange ist Birthe nun schon tot.«

Es entstand eine peinliche Stille, in welcher das Ticken der Pendeluhr unerträglich laut wirkte.

»Hm.« Haie räusperte sich: »Hast du denn noch Kontakte ins Dorf oder bist du nun ganz und gar Insulaner?«

Es war ihm etwas unangenehm, so abrupt das Thema zu wechseln, aber langsam musste er das Gespräch in die vorgesehene Richtung lenken. Sie konnten schließlich nicht ewig hier sitzen und Kaffee trinken. Barne schenkte bereits nach.

Er habe sich inzwischen einigermaßen eingelebt. Anfangs sei es nicht so leicht gewesen. Neuer Job, neues Haus, neue Umgebung, und alles ohne Birthe. Nach und nach habe er sich jedoch an die neue Situation gewöhnt. Blieb ihm ja auch nichts anderes übrig. Seine Frau war tot. Damit hatte er sich abzufinden gehabt. Auch wenn es ihm schwergefallen war. Aber im Nachhinein sei der Neuanfang hier auf der Insel sicherlich das Beste für ihn gewesen.

»Zu Hause hätte mich doch sowieso nur alles an sie erinnert«, begründete er seinen Wegzug aus dem Dorf. Kontakte habe er keine mehr. Zu niemandem. Irgendwie hatte er alle Brücken hinter sich abgebrochen.

»Weißt ja, viele Freunde hatte ich eh nicht.«

Es machte den Anschein als spiele er durch seine Äußerung auf ihren plötzlichen Besuch an.

»Dann weißt du ja auch noch gar nichts von Kalli.« Haie wartete gespannt auf Barnes Reaktion, aber dessen fragende Miene wirkte echt.

»Nee, was ist mit ihm?«

Haie konnte nicht länger mit der schockierenden Nachricht hinter dem Berg halten. Er war zu neugierig, wie Barne reagieren würde.

»Ingwer hat ihn tot aus seinem Maisfeld gefischt!«

Barne sprang augenblicklich wie von der Tarantel gestochen aus dem Sessel auf und stieß dabei heftig an den Couchtisch an, der trotz seiner massiven Bauweise heftig ins Wanken geriet. Das Geschirr schepperte. Kaffee schwappte aus den Tassen.

»Deswegen seid ihr also hier aufgetaucht!«, schrie er. »Habt ihr die Polizei gleich mitgebracht?«

Er rannte zum Fenster hinüber und spähte suchend hinaus. Tom und Marlene waren sprachlos, und auch Haie benötigte einige Minuten, bis er sich gefasst hatte.

»Mensch Barne, nun krieg dich mal wieder ein. Du glaubst doch nicht im Ernst, dass ich denke, du könntest etwas damit zu haben, oder?«

Der ehemalige Dorfbewohner drehte sich zu ihm um und blitzte ihn wütend an. Doch, genau diesen Eindruck hätte er. Sie wüssten ja wohl Bescheid über seine Anzeige gegen Kalli. Und dass er ihn für Birthes Tod verantwortlich machte. Nur deswegen seien sie doch schließlich gekommen.

»Oder?«

Er lag mit seiner Vermutung natürlich richtig, aber Haie hatte nicht damit gerechnet, dass Barne sie so schnell durchschauen würde. Außerdem wussten sie nichts von den Anschuldigungen, die Kalli verantwortlich für Birthes Tod machten. Sie waren ja letztendlich hierhergekommen, um mehr über den damaligen Fall zu erfahren. Was war der wirkliche Auslöser für die Anzeige?

Er betrachtete den Mann, der ihm den Rücken zuwandte. Seine Schultern hatte er leicht angezogen, sodass es aussah, als besäße er nicht wirklich einen Hals. Der Kopf thronte direkt auf den Schultern. Die Hände tief in den Hosentaschen vergraben. Den Blick starr aus dem Fenster gerichtet.

Die Stille war beinahe beängstigend. Es lag eine Spannung in der Luft, zum Greifen nahe. Marlene und Tom blickten zu Haie, dessen Augen sich an Barnes Rücken geheftet hatten. Sie warteten. Worauf, das wussten sie nicht.

Erst nach einigen Minuten, brach der ehemalige Dorfbewohner unvermittelt das Schweigen.

»Ihr habt ja keine Ahnung«, flüsterte er und fuhr ohne weitere Aufforderung fort, von den damaligen Ereignissen zu berichten.

Alles hatte damit begonnen, dass Birthe immer dünner wurde. Sie habe einfach keinen Appetit, hatte sie immer wieder gesagt. Nach ein paar Wochen hatte er sie endlich überreden können, zum Arzt zu gehen.

Die Diagnose hatte sie unerwartet getroffen. Während sie eigentlich davon ausgegangen waren, dass Birthes Appetitlosigkeit von einem Virus oder Ähnlichem herrührte, stellte Dr. Moritzen einen Tumor im Magen fest. Das Gewächs hatte bereits beachtliche Ausmaße angenommen. Eine Operation sei nicht mehr möglich gewesen.

Wie konnte das sein? Woher kam der Tumor? Warum hatten sie ihn erst so spät entdeckt? Zu spät.

Man untersuchte das Gewebe, erforschte Birthes Nahrungsverhalten, erstellte weitere Diagnosen, aber der Krebs blieb ein Rätsel. Und was brachte es, nach dem Grund zu suchen? Das ließ den Tumor auch nicht schrumpfen. Alles, was sie tun konnten, war der Krankheit den Kampf anzusagen, jeden Tag zu genießen, der ihnen vergönnt war, und auf ein Wunder zu hoffen. So hatte er anfänglich zumindest gedacht.

Doch das Wunder trat leider nicht ein. Und mit jedem Tag, den es seiner Frau schlechter ging, war er wütender geworden, und seine Gedanken hatten sich immer stärker um das Warum gedreht.

Barne blickte Haie direkt ins Gesicht. Tränen glitzerten in seinen Augen.

»Ich musste nach einem Grund suchen«, versuchte er, seine damalige Situation zu erklären. Er wäre sonst kaputtgegangen. Marlene nickte. Obwohl der Mord an Heike nicht mit einer Krankheit vergleichbar war, konnte sie seine Motivation sehr gut nachvollziehen. Auch sie hatte eine Art inneren Zwang verspürt, den Grund für diese Ungerechtigkeit zu erfahren, den Mörder ausfindig zu machen. Es hatte ihr keine Ruhe gelassen, und ebenso war es Barne ergangen. Noch während die Krankheit immer weiter fortgeschritten und Birthe schwächer und schwächer geworden war, hatte er sich auf die Suche nach dem Ursprung des Tumors gemacht. Er hatte die Krankenakte studiert, sich die Nächte mit umfangreicher Fachliteratur um die Ohren geschlagen, mit Spezialisten gesprochen. Doch nichts hatte wirklich zu einem brauchbaren Ergebnis geführt, und die Zeit schien ihm davonzulaufen.

Es war an einem Samstagvormittag gewesen, als er von dem Genmais erfahren hatte, den Kalli auf seinen Feldern im Zuge eines Experimentes anbaute. Viel Geld sollte er angeblich dafür kassiert haben. So jedenfalls berichtete es ihm die Besitzerin des SPAR-Markts im Dorf während seines Wochenendeinkaufs.

»War ja klar, dass der sich um die Gefahren, die solch ein genmanipuliertes Gewächs mit sich bringt, keinerlei Gedanken gemacht hat.«

Er hatte daraufhin wieder jede Menge Bücher gewälzt und sich ein enormes Fachwissen über gentechnische Manipulationen angelesen. Er sprach mit Experten, und einer von ihnen erzählte ihm von einer Studie, bei der es bei Ratten zu Organschäden gekommen war. Daraufhin hatte er Kallis Mais etwas genauer unter die Lupe genommen.

Der Landwirt baute das Getreide im Auftrag eines Lebensmittelkonzerns an. Nur zu Forschungszwecken, deswegen durfte er das Getreide auch nicht verkaufen. Den Ernteertrag musste er komplett bei der Firma abliefern, die ihn für den Anbau bezahlte. Aber anscheinend waren trotzdem auch ein paar Tonnen für Kalli abgefallen. Die verfütterte er zunächst nur an seine Kühe und Schweine, später dann mischte er den Genmais unter den legalen Anbau.

»Kein Wunder also, dass er im Dorf immer geprahlt hat, er hole aus seinen Feldern eben mehr als die anderen Bauern raus.«

Haie nickte. Er erinnerte sich gut an die Sprüche in der Gastwirtschaft, die der Schulfreund so manches Mal gemacht hatte, wenn die anderen Landwirte über die mickrige Ernte stöhnten.

»Und die dicksten Schweine und Rinder hatte er auch!«, fügte er deshalb hinzu.

»Genau«, bestätigte Barne. Sein Misstrauen schien plötzlich wie weggeblasen. Er trat zurück an den Tisch und setzte sich wieder zu ihnen. Scheinbar sah er durch Haies Bestätigung in ihm so etwas wie einen Verbündeten, jemanden, der ihn verstand.

»Und durch dieses Fleisch ist Birthe krank geworden.«

Sie bezogen damals ihre Metzgereiwaren immer direkt von Kalli. Sophie führte regelmäßig Hausschlachtungen durch. Frisch vom Erzeuger, da wusste man zumindest, was man bekam, hatten sie gedacht. Aber dem war nicht so. Wenn herausgekommen wäre, dass der Landwirt genmanipulierten Mais an seine Tiere verfütterte, hätte er das Vieh wahrscheinlich notschlachten müssen.

»Aber du hast ihn doch angezeigt.« Haie wunderte sich, dass dabei anscheinend nichts herausgekommen war.

»Ich hatte ja keine Beweise«, verteidigte Barne sich. Er senkte den Kopf. Die drei Freunde vermuteten, dass er sich schämte, vermeintlich zu früh aufgegeben zu haben. Aber das allein war es nicht.

Kalli hatte ihm Geld geboten, damit er seine Anzeige zurückzog und den Mund hielt.

»Was hätte ich denn machen sollen? Die Medikamente für Birthe kosteten ein Vermögen.«

Wieder herrschte diese angespannte Stille. Die Geschichte, die der ehemalige Dorfbewohner von dem toten Schulfreund erzählte, schockierte sie alle. Haie hatte Kalli ja eine Menge zugetraut, aber dass er genmanipulierten Mais verkaufte und sich dann Barnes Schweigen ergaunerte, indem er dessen verzweifelte Situation, die er vermutlich mitverschuldet hatte, ausnutzte, damit hatte er nicht gerechnet.

Er konnte sich vorstellen, was für eine Mordswut in Barne gebrodelt haben musste. Obwohl er das Geld genommen hatte, um Medikamente für seine sterbenskranke Frau zu kaufen. Solch eine Wut, dass er ...?

Er blickte auf den zusammengesunkenen Körper vor ihm auf dem Sessel. Eigentlich kannte er diesen Mann kaum. Die Schulzeit lag lange zurück. Und selbst damals hatten sie wenig miteinander zu tun gehabt. Wirklich befreundet waren sie nie gewesen. Barne war schon immer irgendwie anders als alle anderen. Er hatte sich nicht für Fußball interessiert, war in keine Prügeleien verwickelt gewesen, hatte keine Fahrradrennen mitgemacht, lebte immer still und zurückgezogen. Meist für sich allein. Ein Außenseiter. Das hatte sich auch später kaum geändert. Oder zumindest nur kurzfristig. Nach der Schulzeit lernte Barne ein Mädchen kennen. Ein richtiger Wirbelwind war das. Lebenslustig, quirlig, heiter. Sie brachte ihn unter die Leute, schleppte ihn zu allen Dorffesten. Tanzen, essen, feiern. Überall waren sie dabei. Und Barne gefiel es, zumindest dem Anschein nach, auch sehr gut. Er genoss dieses muntere, fröhliche, bewegte Leben. Doch dann traf er Birthe. Es musste Liebe auf den ersten Blick gewesen sein, denn mit wehenden Fahnen verließ er die andere Frau und begab sich unter Birthes Fuchtel. Vielleicht aber war es auch nur eine Flucht.

Als Ulf gegen 19 Uhr nach Hause kam, saß seine Mutter immer noch am Küchentisch. Sie hatte ein altes Familienalbum hervorgeholt und blätterte zwischen den Seiten, auf denen fein säuberlich Aufnahmen aus unterschiedlichen Zeiten geklebt waren.

»Wie glücklich wir damals waren«, flüsterte sie und strich behutsam über eine der Fotografien.

Ulf stöhnte leise auf. »Mama, du warst nie glücklich mit Papa!«

»Das stimmt nicht«, stritt sie vehement ab, obwohl ihre Gedanken nur wenige Stunden in eine ganz andere Richtung gegangen waren.

»Sieh doch nur hier auf deiner Taufe.« Sie deutete auf ein Bild, das sie und Kalli im Kreise der Familie zeigte. In ihren Armen hielt sie den Sohn, der in ein hellblaues Taufkleid gehüllt war. Zu der Zeit waren sie noch eine richtige Familie gewesen. Kein Streit, keine Zwistigkeiten. Jedenfalls war davon nichts auf diesem Foto abgelichtet.

Ulf schüttelte nur seinen Kopf. Er hatte wenig Verständnis für den sentimentalen Rückblick seiner Mutter. Seiner Meinung nach konnte sie froh sein, den Tyrannen endlich los zu sein. Tagein, tagaus hatte er sie schikaniert, gequält und gepiesackt. Von Liebe und Glück war da schon lange nichts mehr zu spüren gewesen, wenn es das überhaupt jemals gegeben hatte.

»Was hast du denn nun eigentlich vor?«, fragte er seine Mutter, die daraufhin lediglich mit den Schultern zuckte.

Den Hof würde sie kaum allein halten können. Nicht aus finanziellen Gründen – Kalli hatte gut vorgesorgt, und ein Teil aus dem Erbe würde ihr wohl auch zustehen –, aber die anfallenden Arbeiten konnte sie unmöglich im Alleingang bewältigen. Die Viehhaltung hatten sie zwar bereits vor einigen Jahren eingestellt, aber auch über Anbau und Ernte sowie die Verwaltung der Ländereien wusste sie so gut wie nicht Bescheid. Und Ulf brauchte sie gar nicht erst um Hilfe zu bitten. Der hatte sich schon vor Jahren gegen den Familienbetrieb entschieden. Es hatte damals einen riesigen Streit zwischen ihm und dem Vater gegeben.

»Für wen hab ich das alles hier dann aufgebaut?«, hatte

Kalli seinen Sohn angeschrien, als dieser ihm mitteilte, lieber zur Bundeswehr zu gehen als in die Fußstapfen des Vaters zu treten.

Es würde ihr also wohl nichts anderes übrig bleiben, als Hof und Ländereien zu verkaufen oder zumindest zu verpachten. Was dann aus ihr werden sollte, wusste sie nicht. Der Hof war ihre Heimat. Den größten Teil ihres Lebens hatte sie hier verbracht. Wohin sollte sie gehen? Sie war verzweifelt, und diese Verzweiflung rührte mehr aus der Sorge um ihre eigene Zukunft als aus dem Verlust ihres Ehemannes.

Denn die Pläne, welche sie einst für ihr Leben geschmiedet hatte, schienen mittlerweile so weit entfernt. Unerreichbar. Deshalb klammerte sie sich an jeden Grashalm, der sich ihr bot.

»Und wenn ich vielleicht Friedhelm und Irmtraud frage?«

»Bist du verrückt?«

Ulf schaute sie verständnislos an. Nach alledem, was zwischen dem Onkel und seinem Vater vorgefallen war, würde dieser wohl kaum den Hof übernehmen. Gut, seine Mutter hatte sich weitgehend aus dem Streit herausgehalten. Aber ergriff sie allein dadurch nicht bereits Partei für seinen Vater? Sein Onkel könnte das jedenfalls so sehen.

»Du kannst doch nicht, nach allem, was vorgefallen ist, Friedhelm anbetteln, dass er dir den Hof führt!«

»Wieso?«, fragte seine Mutter und gab zu bedenken, dass sie mit dem Streit der beiden Männer nichts zu tun gehabt hätte. Sie würde in der Nachlasssache dem Schwager freie Hand lassen, dann würde er sich sicherlich revanchieren.

»Außerdem ist ihm die Familientradition doch so wichtig.«

»Ich glaube nicht, dass es in dem Streit nur um Omas Erbe gegangen ist.«

Sophie Carstensen hob ihren Blick von dem Fotoalbum und blickte ihn an. Er hatte recht. Die Situation war bereits vor dem Tod der Mutter angespannt gewesen. Die Brüder hatten sich schon länger nicht sonderlich gut verstanden, ständig gestritten, wegen jeder Kleinigkeit waren sie aneinandergeraten. Wann das angefangen hatte, wusste sie nicht mehr genau, aber sie konnte den Grund dafür erahnen.

Als sie Kalli kennenlernte, war das Verhältnis innerhalb der Familie noch in Ordnung. Jedenfalls einigermaßen. Ihr Mann hatte nie verstanden, warum sein Bruder lieber Bäckergeselle geworden war, statt sein eigner Herr zu sein. Er hatte zwar des Öfteren über die kleinen Brötchen gespottet, die dieser bedingt durch seinen Job im Gegensatz zu ihm, einem erfolgreichen Landwirt, backen musste, aber im Großen und Ganzen waren sie miteinander ausgekommen. Erst später nahmen die Zwistigkeiten zwischen den beiden zu, und Friedhelm und Irmtraud waren immer seltener ihre Gäste, bis sie schließlich gar nicht mehr kamen. Anfangs versuchte sie zu vermitteln, fragte, ob sie die Verwandten nicht einmal wieder einladen sollten.

›Der soll bleiben, wo er ist und sich um seinen eigenen Kram kümmern‹, lautete Kallis grimmige Antwort, worauf sie sich nicht traute zu fragen, was genau er damit meinte.

»Hast du etwa mit Friedhelm darüber gesprochen?«

Sie war beunruhigt und wartete ängstlich auf eine Antwort. Ulfs letzte Äußerung rief ihr ins Gedächtnis, auch ihm war verständlicherweise der Auslöser des heftigen Streits bekannt. Doch zu ihrer Erleichterung schüttelte der Sohn wortlos seinen Kopf.

»Also ich glaube nicht, dass er etwas mit dem Mord zu tun hat!«

Marlene legte die Speisekarte zur Seite und blickte Tom und Haie über den Tisch hinweg an. Sie saßen in einem kleinen italienischen Restaurant in Wyk.

Auf ihrem Rückweg zum Fahrradverleih waren sie an dem weißen Haus vorbeigekommen, aus dessen Inneren köstliche Gerüche zu ihnen auf die Straße geströmt waren. Das Wasser war ihnen förmlich im Mund zusammengelaufen, so herrlich hatte es nach aromatischen Kräutern und pikanten Nudelgerichten geduftet. Und so hatten sie schnell die Fahrräder zurück auf den kleinen Vorplatz des Fahrradverleihs gestellt und waren eilig die wenigen Schritte zurück zum Restaurant gelaufen.

»Wie kannst du dir da so sicher sein? Du kennst Barne doch gar nicht.«

Tom klappte ebenfalls die Karte zu. Im Gegensatz zu seiner Freundin hatte ihm das Gespräch mit dem ehemaligen Dorfbewohner weniger Klarheit verschafft. Er wusste nicht, was er von der ganzen Sache halten sollte.

»Na hör mal«, entgegnete Marlene auf seine anzweifelnde Feststellung, »man merkt doch, ob jemand lügt.«

Die Tränen, so behauptete sie, seien jedenfalls echt gewesen. So sehr konnte man sich ihrer Ansicht nach nicht verstellen. Nicht, wenn es um den Tod eines geliebten Menschen ging.

»Das mag ja sein, aber das beweist noch lange nicht, dass er Kalli nicht umgebracht hat. Oder wie siehst du das, Haie?«

Der Freund, der während ihrer Diskussion stumm am Tisch gesessen hatte, fuhr erschrocken auf. Er war mit seinen Gedanken weit zurück in die Vergangenheit gereist und hatte sich mit den anderen Kindern auf dem Schulhof herumtollen sehen. Barne war wie immer nicht dabei. Er spielte nicht mit ihnen, hielt sich abseits und spießte lieber mit einem abgebrochenen Zweig eine der zahlreichen Nacktschnecken auf, die bei feuchtem Wetter den Schulhof bevölkerten.

»Ich weiß nicht. Ein starkes Motiv hätte er zumindest gehabt.«

Das konnte auch Marlene nicht abstreiten. Barne musste Kalli gehasst haben. Egal ob der Landwirt wirklich für den Krebs verantwortlich war, aus der Sicht des verzweifelten Mannes sah es jedenfalls so aus. Und das war nicht alles. Der vermeintlich Schuldige nutzte dann auch noch die schreckliche Situation aus und erkaufte sich Barnes Schweigen. Sie hätte nachvollziehen können, wenn der Witwer sich nun rächte. Aber irgendetwas in ihrem Innersten sagte ihr, dass der ehemalige Dorfbewohner das nicht getan hatte.

»Er hat sich doch geschämt, dass er sich von Kalli kaufen ließ. Scham und Rache, das passt nicht zusammen«, versuchte sie ihr Gefühl zu begründen.

Wer ihr denn sage, dass diese Scham nicht nur vorgetäuscht war? Tom hatte sich sowieso gewundert, dass der Mann so schnell gesprächig geworden war. Das sei doch verdächtig. So eine persönliche Geschichte erzähle man schließlich nicht jedem Dahergelaufenen.

»Wahrscheinlich hatte er sich das Ganze schon zurechtgelegt. Musste ja damit gerechnet haben, dass früher oder später jemand wegen der Sache bei ihm auftauchen würde.«

Dass Barne in der Tat so schnell sein Misstrauen ihnen gegenüber abgelegt hatte, war auch Haie merkwürdig erschienen. Außerdem kannten sie einander wirklich nicht so gut, als dass man sich derart persönliche Dinge anvertraut hätte. Er stimmte Tom zu, das Ganze hatte auf ihn ebenfalls wie eine Inszenierung gewirkt. Wenn Barne mit Kallis Tod nichts zu tun hatte, wieso reagierte er dann derart übertrieben, stellte sofort eine Verbindung zu der Anzeige her und führte anschließend gleich die detaillierte Darstellung des damaligen Sachverhaltes an?

»Also, das finde ich überhaupt nicht verdächtig«, hielt Marlene dem entgegen. Es sei doch nur logisch, wenn Barne ihren Besuch mit dem einstigen Vorfall in Verbindung brachte. Schließlich hatten sie selbst, als sie von der Anzeige erfuhren, sofort eine Parallele zu dem Mord an Kalli gezogen. Dass der ehemalige Dorfbewohner ihnen allerdings anschließend gleich seine halbe Lebensgeschichte in aller Ausführlichkeit darlegte, fand sie jedoch ebenso wie die beiden Freunde äußerst sonderbar. Sie selbst käme nie auf die Idee, einem Unbekannten vom Mord an ihrer Freundin zu erzählen. Das war doch viel zu persönlich.

Dennoch war sie nach wie vor davon überzeugt, dass Barne die Wahrheit gesagt hatte. Die Bedienung kam, um ihre Bestellung aufzunehmen.

»Was schmeckt denn bei Ihnen am besten?«, fragte Haie, der aufgrund seiner Grübeleien noch keine Wahl getroffen hatte. Die freundliche Dame empfahl ihm eine der zahlreichen Pizzen.

»Giovanni macht einen Teig … Sie werden begeistert sein!«

Während sie auf das Essen warteten, lenkte Tom noch einmal das Thema auf ihren Besuch bei dem Verdächtigen.

»Mich würd' ja interessieren, ob dieser Barne überhaupt ein Alibi hat. Ich mein, seine traurige Geschichte hat er uns ja in epischer Breite dargelegt, aber wo er am Dienstagabend gewesen ist, hat er mit keiner Silbe erwähnt.«

»Hm«, entgegnete Haie, merkte jedoch an, dass sie ihn dazu wohl kaum hätten befragen können. Derartige Befragungen oblägen nun einmal der Polizei. Sie konnten froh sein, dass Barne ihnen überhaupt Auskunft zu der damaligen Sache gegeben hatte. Dazu sei er schließlich in keinerlei Weise verpflichtet. Er schlug vor, am Montag Kommissar Thamsen einen Besuch abzustatten und ihm zu erzählen, was sie bei ihren Erkundigungen herausgefunden hatten.

»Wenn die Geschichte überhaupt wahr ist, die uns Barne Christiansen da erzählt hat.«

»Darüber kann er sich dann selbst eine Meinung bilden«, beschied Haie und sah damit die Diskussion um den Wahrheitsgehalt von Barnes Aussage für beendet an. Sie hatten sowieso keinerlei Möglichkeit festzustellen, ob das, was sie am Nachmittag erfahren hatten, der Realität entsprach.

»Außerdem kann der Kommissar uns dann ja vielleicht im Gegenzug etwas zu Friedhelm erzählen. Nach all dem, was zwischen ihm und Kalli in der letzten Zeit so abgegangen ist, finde ich ihn mindestens ebenso verdächtig wie Barne.«

Marlene stimmte ihm zu. Sie verteidigte weiterhin ihre Meinung, der ehemalige Dorfbewohner habe die Wahrheit gesagt, und da kam ihr ein weiterer Verdächtiger gerade recht.

Das Essen wurde serviert und ihre Unterhaltung dadurch abermals unterbrochen. Die Bedienung behielt recht; Haie war mehr als begeistert von der Pizza.

»Wie bekommt Ihr Koch den Teig nur so hin?«

Er kochte selbst leidenschaftlich gern und war stets daran interessiert, seine eigenen Kochkünste zu perfektionieren.

»Ein wenig Olivenöl hinzugeben«, flüsterte ihm die Kellnerin verschwörerisch zu und legte dabei den Zeigefinger an ihre Lippen, als verrate sie ihm ein Staatsgeheimnis.

»Das hätte ich dir auch sagen können«, prahlte Tom,

nachdem die Bedienung sich in die Küche begeben hatte, um dem Koch das Lob zu überbringen.

»Du?« Haie blickte den Freund erstaunt an. Bisher hatte er Toms Kochkünste als eher bescheiden eingestuft. Und selbst das war noch eine übertriebene Bezeichnung für das, was der Freund in seinen Töpfen zusammenrührte. Das letzte Mal, als er von ihm zum Essen eingeladen worden war, hatte Tom ein Fertiggericht aufgewärmt. Hühnerfrikassee. Das gummiartige Fleisch, das in einer sämigen Soße schwamm, wäre ihm beinahe im Hals stecken geblieben.

Zum Glück hatte Tom Marlene kennengelernt. Sie war eine grandiose Köchin und konnte selbst aus den einfachsten Zutaten ein köstliches Mahl zaubern. Oft holte Haie sich Ratschläge bei ihr. Sie besaß die seltene Gabe, durch ein klein wenig Oregano hier, ein klein wenig Safran da aus einem Gericht ein Gedicht zu machen. Davon konnte bei Toms Mahlzeiten nicht die Rede sein. In solchen Dingen war er eher ein Pragmatiker. Schnell und unkompliziert musste es gehen. Deswegen bezog er seine Kenntnisse über die Zubereitung eines vorzüglichen Pizzateigs auch nicht aus eigenen Erfahrungen, sondern aus einer Kochsendung, die er neulich zufällig im Fernsehen angeschaut hatte, wie er kundtat.

Haie grinste. Es war genau dieser Wesenszug, den er an seinem Freund so schätzte, der niemals auch nur im Traum auf die Idee gekommen wäre, sich mit fremden Federn zu schmücken. Es war eine von vielen bemerkenswerten Charaktereigenschaften, die Tom in seinen Augen zu einem liebenswerten und einzigartigen Menschen machten, und er war froh, ihn zum Freund zu haben.

9

Als Marlene am nächsten Morgen aufwachte, schien die Sonne bereits hell durch das Dachfenster in das Zimmer. Sie drehte sich zur Seite und sah Tom noch tief und fest schlafen.

Es war spät geworden am gestrigen Abend. Sie hatten noch ausgiebig über die Verdächtigen im Fall Kalli Carstensen gesprochen und dabei das ein oder andere Glas Wein getrunken. Insgesamt hatten sie vier Flaschen über den Abend verteilt geleert und waren nicht mehr ganz nüchtern zum Hotel zurückgewankt. Zumindest die Männer.

An eine rauschende Liebesnacht war natürlich nicht mehr zu denken gewesen. Tom hatte bereits schnarchend im Bett gelegen, als sie aus dem Badezimmer gekommen war.

Sie stand leise auf und trat ans Fenster. Der Blick war atemberaubend. Die Sonne streute glitzernde Zauberpunkte auf die gekräuselte Wasseroberfläche der Nordsee. Wie ein kostbarer Teppich, welcher über und über mit Diamanten besetzt war, wirkte das endlos erscheinende Meer. Möwen zogen erhabene Kreise am wolkenlosen Himmel, dessen strahlendes Blau sich in der unendlichen Weite mit dem des Meeres vereinigte. Am liebsten hätte sie den Augenblick für immer festgehalten. Ihr fiel das Bild aus der Galerie in Oldsum ein. Der Maler hatte in seinem Kunstwerk eine ganz ähnliche Stimmung eingefangen. Sie zog sich beinahe geräuschlos an und machte sich auf den Weg zu dem Atelier, das sie gestern Abend auf dem Heimweg in der Fußgängerzone entdeckt hatte.

Der Morgen empfing Marlene mit klarer, würziger Seeluft, als sie das Hotel verließ. Sie atmete tief durch. Trotz
des Sonnenscheins war es verhältnismäßig kalt. Sie knöpfte
ihren Mantel zu und band ihren Schal fest um den Hals.
Auf der Strandpromenade spazierten nur vereinzelt Leute;
zum Teil mit Kindern, deren Lachen die Stille des Morgens
durchschnitt.

Sie stieg zunächst die wenigen Stufen zum Strand hinunter. Wenigstens einmal musste sie zum Meer hinunter-
laufen, wenn sie auf der Insel war. Gestern hatten sie dazu
gar keine Gelegenheit gefunden, obwohl die Nordsee ständig zum Greifen nahe gewesen war. Der Boden gab unter
ihren Füßen nach. Sie liebte das knirschende Geräusch des
noch feuchten Sandes und ging ein paar Schritte.

In der Ferne sah sie einen Drachen fliegen. Die bunten Farben leuchteten strahlend zu ihr herüber und erinnerten sie an
ihre Kindheit. Die Ferien hatte sie oft auf Amrum verbracht.
Seitdem liebte sie den Norden. Selbst in Hamburg geboren
und aufgewachsen, fühlte sie sich Nordfriesland jedoch noch
inniger verbunden als ihrer nordischen Geburtsstadt. Dort,
zwischen dem Lärm und Trubel einer Großstadt, fand man
selten Momente wie diesen, in welchem man einmal inne-
halten und die Schönheiten der Natur betrachten konnte.

Sie lief hinunter zum Wasser und betrachtete die Ausläu-
fer der Wellen, die gleichmäßig und beständig an den Strand
rollten. Durch das fortwährende Rauschen des Meeres wurden ihre Gedanken fortgetragen. Sie sah sich und Tom Hand
in Hand den Weg zu einer kleinen Kapelle hinaufgehen. Sie
trug ein weißes Kleid aus Seide, während er in einem schwarzen Smoking neben ihr herlief.

Ob sie überhaupt jemals heiraten würde? Und Kinder?
Immerhin war sie bereits Anfang 30, viel Zeit blieb ihr nicht

mehr. Die biologische Uhr tickte. Früher, es musste noch zu Schulzeiten gewesen sein, da hatte sie immer die feste Vorstellung gehabt, dass sie wahrscheinlich mit 20 oder wenig später heiraten und ein, zwei Jahre danach Mutter werden würde. Sie hatte sich immer eine große Familie gewünscht, denn sie selbst war leider ein Einzelkind.

Doch irgendwie verlief ihr Leben bisher ganz anders. Sämtliche Freundschaften gingen bereits nach wenigen Monaten wieder auseinander; Tom war der erste Mann, mit dem sie eine längerfristige Beziehung hatte. Prinzipiell konnte sie sich schon vorstellen, den Rest ihres Lebens mit ihm zu verbringen und ein oder zwei Kinder in die Welt zu setzen, aber bisher hatten sie noch nicht wirklich darüber gesprochen. Sie wusste nicht, wie und wann sie das Thema am besten anbringen sollte, geschweige denn, wie er überhaupt zu Kindern stand. Er hatte lediglich einmal geäußert, er wünsche niemandem eine Kindheit wie die seine.

Toms Eltern waren früh bei einem Autounfall ums Leben gekommen. Einige Jahre kümmerte sich sein Großvater um ihn, bis auch der starb und Tom von seinem Onkel, von dessen Existenz er erst zu diesem Zeitpunkt erfuhr, aufgenommen wurde. Es war nicht leicht für ihn, sich an ein Leben mit einem völlig Fremden zu gewöhnen, zumal der Onkel sehr zurückgezogen lebte und im Umgang mit Kindern über keinerlei Erfahrung verfügte. Freunde hatte Tom kaum gefunden, und auch die Beziehung zu seinem Onkel erwies sich als schwierig. So wurde seine Kindheit durch viele traurige Momente und vor allem durch Einsamkeit geprägt. Doch bei Tom und Marlene würde sich das natürlich ganz anders darstellen. Ein Kind könnte glücklich in einer intakten Familie aufwachsen, auf dem Land, wo es reichlich Platz zum Spielen gab. Wie aber sollte sie ihn darauf ansprechen? Würde er ihre Sehnsucht nach einer Familie, insbesondere nach Kindern verstehen? Sie seufzte und ließ ihren Blick noch einmal über die Weite des Meeres schweifen, ehe sie sich umdrehte.

Die Galerie lag nur wenige Meter vom Strand entfernt, und Marlene hatte Glück, der Laden war bereits geöffnet. Der Inhaber begrüßte sie freundlich.

»Was kann ich für Sie tun?«

»Ich suche ein Bild.«

Der hochgewachsene Mann, dessen lange, blonde Haare im Nacken zu einem Zopf zusammengefasst waren, grinste, während er entgegnete, dass sie diesbezüglich bei ihm goldrichtig sei. Sie solle sich in aller Ruhe umschauen. Für Fragen stünde er gerne zur Verfügung.

Marlene blickte sich in dem kleinen Ladenlokal um. An den Wänden hingen Ölgemälde, Aquarelle und Kohlezeichnungen. Allen gemeinsam waren die Motive der nordischen Landschaft. Das Meer, Leuchttürme, Schiffe, Strand, grüne Wiesen.

»Was ist mit diesem Bild hier?«, fragte sie den Galeristen und deutete auf ein Gemälde, das in düsteren Farben die tosende Nordsee zeigte.

»Eine gute Wahl«, bestätigte der Mann, bezweifelte jedoch, dass solch ein finsteres Bild etwas für eine so bildhübsche Frau sei. Marlene fühlte sich geschmeichelt. Dennoch nickte sie. Irgendwie passte das Bild zu ihrem Gemütszustand.

Der Inhaber nannte den Preis. Sie schluckte.

»Ich habe aber noch ein ganz ähnliches Werk. Nur etwas kleiner«, fügte der blonde Mann schnell hinzu, als er ihre Reaktion wahrnahm. Er sah sich das Geschäft bereits durch die Lappen gehen, aber zu seiner Überraschung schüttelte sie den Kopf.

»Akzeptieren Sie Kreditkarten?«

Das Bild in Packpapier gewickelt unter den Arm geklemmt, verließ Marlene die Galerie. Als sie den Kreditkartenbeleg unterschrieben hatte, war kurz ihr schlechtes Gewissen aufgeflammt. So viel Geld für ein Gemälde. Du bist verrückt! Doch sie war sich ganz sicher. Das war ihr Bild. Freudestrahlend lief sie zurück zum Hotel.

In der Eingangshalle stieß sie mit Haie zusammen.

»Was machst du denn hier?«, fragte er, doch als sein Blick auf das sperrige Paket unter ihrem Arm fiel, beantwortete das bereits seine Frage.

»Sag bloß, du hast ein Bild gekauft? Zeig mal!«

Sie trat einen Schritt zur Seite und entfernte das Packpapier. Ein Lächeln umspielte ihre Lippen, als sie das Bild enthüllte.

»Sieht teuer aus«, war Haies erster Kommentar und weckte damit wieder Marlenes schlechtes Gewissen.

»Aber die Farben. Ich finde der Künstler hat eine einzigartige Stimmung eingefangen«, verteidigte sie ihren kostspieligen Geschmack.

»Schon«, stimmte der Freund zu. Wer denn der Maler sei?

Danach hatte Marlene gar nicht gefragt. Es war ihr nicht wichtig. Sie war lediglich von dem bewegenden Gefühl, das dieses Bild in ihr ausgelöst hatte und welches sich mit ihrer momentanen Gemütsverfassung eins zu eins deckte, überwältigt gewesen.

»Ich finde es trotzdem schön«, sagte sie und packte ihre Errungenschaft wieder sorgfältig ein. Dabei erkundigte sie sich nach Tom.

»Der scheint noch zu schlafen. Hab zwar ein, zwei Mal angeklopft, aber da hat sich nichts geregt. Ich wollte euch ja auch nicht stören.«

Er spielte auf Toms gestrige Reaktion an. Gleichzeitig prophezeite er ihr, dass der Freund über ihre künstlerische Anschaffung auch nicht gerade erfreut sein würde. Sie überging absichtlich Haies Vorhersage und hakte sich schnell bei ihm ein.

»Dann gehen wir beiden eben schon mal frühstücken. Der Faulpelz hat selbst Schuld, wenn er den halben Tag verschläft.«

Thamsen war an diesem Sonntagmorgen früh aufgestanden. Die Kinder schliefen noch, und so schlüpfte er leise in seine Sportsachen und verließ die Wohnung. Er liebte es, am Morgen laufen zu gehen, wenn alle anderen noch in ihren Betten lagen und man nur selten auf jemanden traf. Während ihn die Füße automatisch hinaus in den Gotteskoog trugen, ließ er seinen Gedanken freien Lauf.

Seine ersten Überlegungen galten dem heutigen Tag. Er war mit Timo und Anne zum Mittag bei seinen Eltern eingeladen. Besonders viel Lust hatte er auf den Besuch nicht. Er tat es hauptsächlich den Kindern zuliebe. Und seiner Mutter. Sie hatte die Einladung ausgesprochen. Vermutlich gegen den Willen seines Vaters.

»Der Junge muss endlich lernen, mit den Kindern allein klarzukommen«, hatte er ihr sicherlich vorgehalten, als sie das gemeinsame Mittagessen vorschlug. Dabei ahnte er nicht, dass Dirk inzwischen bestens zurechtkam. Gut, hin und wieder bat er seine Mutter, für ihn einzuspringen. Aber ansonsten hatte er sein Leben relativ gut in den Griff bekommen. Aber das interessierte seinen Vater nicht. Hatte es eigentlich noch nie. Thamsens Verhältnis zu seinem Erzeuger war kein sonderlich gutes. Die Beziehung der beiden gestaltete sich schon immer schwierig. Bereits als Kind erschien es ihm stets so, als sei er nur ein Störfaktor im Leben seines Vaters. Woran das allerdings lag, wusste er bis heute nicht. Aber es machte seiner Ansicht nach auch keinen Sinn, sich diesbezüglich immer wieder das Gehirn zu zermartern. Zu häufig hatte er darüber gegrübelt und gegrübelt und war doch zu keinem brauchbaren Ergebnis gekommen.

Nach dem Essen würde er sich deshalb mit den Kindern so schnell wie möglich wieder aus dem Staub machen. Bei dem guten Wetter konnten sie eigentlich mal einen Ausflug nach Schleswig ins ›Haitabu-Museum‹ machen. Das wünschten sich Timo und Anne schon lange. Weitere Ermittlungen würde er heute sowieso nicht durchführen können. Es war Sonntag, und wenn kein dringender Tatverdacht bestand, konnte er unmöglich bei fremden Leuten auftauchen und Fragen zu dem Mordfall stellen. Das würde bestimmt Ärger geben, und den konnte er momentan wirklich nicht gebrauchen. Sein Vorgesetzter war ohnehin nicht sonderlich gut auf ihn zu sprechen. Das hatte er bereits am Freitag zu spüren bekommen. Nach den Obduktionsergebnissen, die bewiesen, dass Kalli Carstensen keines natürlichen Todes gestorben war, hatte sein Chef auf Ergebnisse gedrängt. Die Presse säße ihm im Nacken, sie bräuchten Resultate. Am Montag würden sie Unterstützung aus Flensburg erhalten.

Das fehlte Thamsen gerade noch. Nicht, dass er die Kollegen der Kripo nicht schätzte – sie leisteten eigentlich ganz anständige Arbeit –, aber er ermittelte lieber allein. Da musste er wenigstens niemandem Rechenschaft über seine Vorgehensweise ablegen. Er hielt sich nämlich nicht immer korrekt an alle Vorschriften. Hatte er noch nie getan. Wenn er etwas in einem Fall für notwendig erachtete, reizte er die Grenzen schon manchmal aus.

Er erreichte die Kreuzung, an der er für gewöhnlich umkehrte. Doch heute lief er weiter; seine Gedanken brauchten zusätzlichen Auslauf.

Ein Mensch war ermordet worden, und bisher wusste er weder von wem noch warum. Es gab zwar einige Anhaltspunkte, aber die Teile ließen sich nicht zusammenfügen. Der Bruder des Opfers war sein Hauptverdächtiger. Er verfügte über ein starkes Motiv und besaß kein konkretes Alibi. Außerdem war sein Wagen momentan in der Werkstatt, angeblich zur Inspektion. Überprüfen konnte Thamsen das jedoch bisher noch nicht. Die Firma, in welcher sich der Pkw laut Friedhelm Carstensen befand, war bereits geschlossen, als er gestern Mittag dort angerufen und versucht hatte, jemanden zu erreichen.

Der Nächste auf seiner Liste der möglichen Täter war Barne Christiansen. Die Anzeige wegen des illegalen Verkaufs von Genmais machte ihn verdächtig. Thamsen hatte die Akte inzwischen gelesen. Kalli Carstensen sollte demnach für den Tod von Barne Christiansens Frau verantwortlich gewesen sein. Zu einer genaueren Untersuchung des Falls war es seinerzeit jedoch nicht gekommen, da die Anzeige zurückgezogen worden war. Ohne Angabe von Gründen. Das erschien ihm äußerst merkwürdig. Da würde er sich noch einmal dahinterklemmen und genauere Informationen sammeln. Hass war ein starkes Mordmotiv und in Zusammenhang mit Geld beinahe nicht zu übertreffen.

Allerdings gab es neben Friedhelm Carstensen und Barne Christiansen auch noch einige Landwirte aus dem Dorf, die nicht sonderlich gut auf den Ermordeten zu sprechen waren. Das Land, welches Kalli Carstensen beim Zocken in der Gastwirtschaft gewonnen hatte, war wohl eine Stange Geld wert. Die ehemaligen Besitzer waren mit Sicherheit nicht besonders erfreut über den Verlust, was man sich an fünf Fingern abzählen konnte. War deswegen einer von ihnen zum Mörder geworden? Spielschulden waren Ehrenschulden. Und Ehre wurde hier im Norden großgeschrieben. Also eher unwahrscheinlich. Aber nicht ausgeschlossen. Deshalb setzte er die Bauern auf seiner Liste der Verdächtigen erst einmal an die letzte Stelle.

Das Gedankenknäuel in seinem Kopf löste sich durch die Sortierung der möglichen Täter ein wenig auf. Er spürte einen Schmerz am rechten Fuß, blieb stehen und zog den Schuh aus. Die Socke war ganz blutig.

Der kleine spitze Stein musste sich schon in seinem Schuh befunden haben, als er hineingeschlüpft war. Mürrisch schnippte er den Störenfried zur Seite. Apropos Störenfried. Er blickte auf seine Uhr. Es war bereits kurz nach neun Uhr. Die Kinder waren inzwischen bestimmt lange wach und wunderten sich sicherlich, wo er steckte. Schließlich hatte er nicht vorgehabt, so lange zu laufen, und keine Notiz hinterlassen. Eilig zog er den Schuh wieder an und joggte nach Hause.

»Ach, die Herrschaften frühstücken bereits.«

Tom stand vor ihrem Tisch und blickte beleidigt von Haie zu Marlene. Die beiden hatten sich reichlich an dem üppigen Buffet bedient: Kaffee, frische Brötchen, Rührei, Müsli. Den Tag sollte man schließlich mit einer ausgiebigen Mahlzeit beginnen.

»Ich hab bei dir geklopft, aber du hast dich nicht geregt«, entschuldigte sein Freund ihr Verhalten.

Tom trabte ohne ein weiteres Wort davon, um sich an den Resten des Frühstücksbuffets zu bedienen.

»Was hat er denn nur?«, fragte Haie.

»Keine Ahnung«, antwortete Marlene. Sie schob Toms schlechte Laune immer noch auf den entgangenen Sex. Aber sie hatte keine Lust, sich darüber den Kopf zu zerbrechen. Schließlich war es seine Schuld, dass sie gestern Abend nicht mehr miteinander geschlafen hatten. Er hätte ja nicht so viel Alkohol trinken müssen. Wer für aufreizende Dessous nur einen grunzenden Schnarcher übrig hatte, der musste sich halt nicht wundern, wenn er morgens allein im Bett aufwachte. Sie knüpfte an das Gespräch an, welches Toms missgelaunter Auftritt unterbrochen hatte.

»Es gibt so viele schöne Bilder in dieser Galerie«, schwärmte sie. Sie hätte gar nicht gewusst, auf welch mannigfache Weise man die nordfriesische Landschaft darstellen konnte. Bisher hatte sie sich eher für andere Gemälde interessiert.

»Was für welche?«

»Nolde zum Beispiel. Warst du schon einmal in Seebüll in der Ausstellung?«

Das sei lange her. Kurz nach der Öffnung musste es gewesen sein. Wahrscheinlich ein Schulausflug oder Ähnliches.

»Aber ich erinnere mich kaum noch daran.«

»Dann wird es aber höchste Zeit, dass du dich mal wieder mit dem bekanntesten Maler dieser Gegend auseinandersetzt. Wir könnten ja heute auf dem Rückweg einen Abstecher nach Seebüll machen.«

»Was ist mit Seebüll?« Tom war vom Buffet zurückgekehrt und setzte sich mit einem übervollen Teller an den Tisch. Marlene wiederholte ihren Vorschlag, am Nachmittag das ›Nolde-Museum‹ zu besuchen, doch er zeigte wenig Begeisterung.

»Bei dem Wetter ins Museum? Das ist doch eher etwas, wenn's regnet.«

Er biss genüsslich in ein Brötchen, das er daumendick mit Käse belegt hatte.

Nach dem Frühstück packten sie ihre Sachen und bezahlten die Hotelrechnung. Die Fähre ging in einer halben Stunde. Gemächlich schlenderten sie zum Hafen. Haie gönnte sich unterwegs noch ein letztes frisches Krabbenbrötchen.

Das Schiff war voll mit Touristen, die das Deck in Scharen bevölkerten. Nur mit viel Glück fanden die drei Freunde einen freien Sitzplatz. Kaum hatten sie sich hingesetzt, klingelte Toms Handy. Marlene verdrehte genervt die Augen. Nicht einmal am Wochenende konnte er das Telefon abschalten.

»Meissner?«, meldete Tom sich und sprang gleich, nachdem der Teilnehmer am anderen Ende der Leitung seinen Namen genannt hatte, hektisch auf. Haie und Marlene beobachteten, wie der Freund an die Reling trat. Er wandte ihnen den Rücken zu. Wild gestikulierend diskutierte er mit dem Anrufer. Als er zurück an seinen Platz kam, wirkte er verändert.

»Wer war das denn?«, fragte Marlene, der die hektischen, roten Flecken an seinem Hals nicht entgangen waren.

»Ein Kunde«, antwortete er kurz angebunden. Es war nur zu offensichtlich, dass er über das Telefonat nicht sprechen wollte. Diese Tatsache machte die beiden Freunde jedoch erst recht neugierig.

»Am Sonntag?« Haie zog seine rechte Augenbraue hoch.

»Ging um einen wichtigen Termin. Wollen wir denn nun noch ins Museum?«, versuchte Tom plump, das Thema zu wechseln. Er fühlte sich nicht wohl in seiner Haut. Lügen konnte er nun einmal nicht.

Der Anrufer war nämlich kein Kunde gewesen, sondern Monika. Sie wolle ihn besuchen, über die ganze Sache von damals noch einmal sprechen. Angeblich hatte sie die Trennung nie verwunden, ihr Therapeut empfahl ihr ein persönliches Gespräch mit ihm. Er glaubte ihr nicht. Seiner Ansicht nach steckte mehr hinter ihren Anrufen und dem plötzlichen Wunsch, ihn zu treffen. Vielleicht wusste sie inzwischen von Marlene und wollte die Beziehung zerstören. Ein später Rachezug sozusagen. Er traute ihr so einiges zu. Oder aber sie wollte ihn zurückerobern, Marlene ausstechen und ihn für sich gewinnen, was ihm eigentlich schmeicheln sollte. Doch ganz gleich wie ihr Interesse an seiner Person auch gelagert war, er wollte sie auf keinen Fall sehen. Und das hatte er ihr deutlich gesagt.

Haie spürte sofort, dass Tom nicht die Wahrheit sagte, und fragte sich, warum. Scheinbar handelte es sich um eine heikle Angelegenheit. Er vermutete, dass eine Frau der Grund für Toms Lügen war. Die beiden Männer hatten eigentlich so gut wie keine Geheimnisse voreinander. Dafür vertrauten sie mittlerweile einander zu sehr. Um den Freund aus der unangenehmen Situation zu befreien, ging er auf den Themenwechsel ein. Er würde sicherlich später die Gelegenheit finden, Tom auf sein merkwürdiges Verhalten anzusprechen.

»Also ich bin dabei!«

10

In der Montagsausgabe des ›Nordfriesland Tageblatt‹ gab es einen weiteren Bericht über die Leiche im Maisfeld, wahrscheinlich von dem Reporter, der Thamsens Vorgesetzten im Nacken saß, wie er sich ihm gegenüber ausgedrückt hatte. Der Artikel verdeutlichte schnell, dass es der Polizei bisher nicht gelungen war, einen möglichen Täter zu ermitteln. Die Frage, wie sicher sich die Bewohner Nordfrieslands überhaupt noch fühlen konnten, wurde aufgeworfen. Man hatte dazu ein paar Leute aus Risum-Lindholm und den umliegenden Dörfern befragt und Aussagen wie: ›Wer weiß, wen der Maismörder sich als Nächstes holt?‹ und ›Da draußen in so 'nem Maisfeld, da hört dich ja auch keiner um Hilfe schreien.‹ abgedruckt.

Die Tatsache, dass Kalli Carstensen durch einen Verkehrsunfall ums Leben gekommen war und der Täter die Leiche nur im Maisfeld versteckt hatte, wurde im Text mit keiner Silbe erwähnt.

Thamsen wunderte sich. Ob sein Chef dies den Presseleuten verschwiegen hatte? Oder wollte der Verfasser des Zeitungsberichtes absichtlich die Angst der Leser schüren? Ein Bericht über einen mutmaßlichen Mörder, der frei herumlief, willkürlich Leute in ein Maisfeld zerrte und ermordete, war selbstverständlich weitaus sensationeller und ließ die Auflagenzahlen viel stärker in die Höhe schnellen als die profane Meldung eines Verkehrsunfalls.

Er legte die Zeitung zur Seite und blickte auf die Uhr.

»Anne!«, rief er dann, da die Zeiger stark auf acht Uhr zueilten, »bist du fertig?«

Er lieferte die Kinder vor der jeweiligen Schule in der Marktstraße ab und fuhr anschließend zur Dienststelle. Um neun Uhr war eine Besprechung mit den Kollegen von der Kripo aus Flensburg angesetzt. Vorher wollte er noch ein paar Telefonate führen.

»Und, war am Wochenende viel los?«, fragte er seinen Kollegen, als er den Gemeinschaftsraum betrat. Sein Gegenüber, der gerade an einer Tasse Kaffee nippte, schüttelte kaum merklich den Kopf.

»Nicht wirklich. Ein paar Besoffene, Schlägerei, das Übliche halt. Außer dass wir den Sohn von Kalli Carstensen am Samstag festgenommen haben.«

Dirk Thamsen runzelte die Stirn.

»Hat total betrunken in der Gastwirtschaft im Dorf rumrandaliert«, beantwortete der Kollege seine unausgesprochene Frage.

»Und wo ist er jetzt?«

Der Polizist berichtete, dass sie Ulf Carstensen nach einer Nacht in der Zelle wieder laufen gelassen hatten.

»Dem hat der Tod des Vaters wohl ganz schön zugesetzt. Ist ja verständlich.«

Thamsen nickte, obwohl er die Erklärung für Ulf Carstensens Ausraster für zweifelhaft hielt. Ganz im Gegenteil. Der Sohn hatte kein gutes Haar an seinem Vater gelassen. Es hatte auf ihn eher gewirkt, als sei Ulf Carstensen sogar froh über das Ableben seines Erzeugers gewesen. Wieso also sollte er sich deshalb betrinken? Welchen Kummer hätte er betäuben sollen? Da steckte sicherlich etwas anderes dahinter. Er nahm sich vor, später noch einmal bei der Familie vorbeizufahren. Er musste sowieso nach Risum-

Lindholm, da die Befragung der beiden Stammtischbrüder noch ausstand. Jetzt aber musste er sich erst einmal beeilen, um nicht zu spät zu der Besprechung zu kommen.

*

Auch Haie hatte am Morgen den Bericht über Kalli Carstensen in der Zeitung gelesen. Weiter hinten in dem Nachrichtenblatt war er dann auf die Traueranzeige gestoßen. Für gewöhnlich wurden diese nur in der Mittwoch- und Samstagsausgabe abgedruckt, aber in diesem Fall gab es wohl eine Ausnahme.

In tiefer Trauer und mit Unverständnis nehmen wir Abschied von unserem lieben Ehemann und Vater.

Unter dem Sterbedatum und der Ankündigung der Trauerfeier für den kommenden Donnerstag standen die Namen von Sophie und Ulf Carstensen. Weitere Verwandte oder Freunde hatten sich der Trauerbekundung nicht angeschlossen. Haie trank seinen Kaffee aus und faltete die Zeitung zusammen. Er war mit Tom und Marlene verabredet. Sie wollten nach Niebüll fahren und Kommissar Thamsen von ihrem Treffen mit Barne Christiansen berichten.

Im Flur griff er nach den Haustürschlüsseln, die er gestern Abend zusammen mit dem Prospekt vom ›Nolde-Museum‹ auf die Kommode gelegt hatte. Es war ein seltsamer Nachmittag gewesen. Schweigend und mit ziemlich gedrückter Stimmung waren sie nach Seebüll gefahren. Er ging davon aus, dass auch Marlene Tom durchschaute. Ihr Blick hatte keine Zweifel über die Fragen aufkommen lassen, die ihr durch den Kopf schwirrten. Was war los mit Tom? Verheimlichte er etwas?

In einem der Ausstellungsräume hatte er den Freund dann zur Seite genommen und ihn gefragt, was Sache sei. Tom hatte so getan, als ob er überhaupt nicht verstünde, worauf Haie anspielen würde. Es sei alles in Ordnung, er habe nur einen kleinen Kater, war er ihm ausgewichen. Haie hatte ihm das nicht abgekauft, aber er wollte Tom auch nicht vor Marlene in Verlegenheit bringen. Vielleicht ergab sich ja heute die Gelegenheit, unter vier Augen mit ihm zu sprechen.

Er holte sein Fahrrad aus dem Schuppen und radelte los.

Die Kollegen von der Kripo und sein Vorgesetzter erwarteten ihn bereits ungeduldig. Thamsen lehnte sich betont lässig auf einen der Stühle vor dem Schreibtisch seines Chefs und ließ die Fragen über den aktuellen Ermittlungsstand im Fall Kalli Carstensen über sich ergehen.

»Das ist nicht besonders viel«, stellte der jüngere der beiden Mitarbeiter aus Flensburg fest, als Thamsen seine Ausführungen beendet hatte. Nicht besonders viel? Er musste tief Luft holen. Was stellten sich diese Schreibtischtäter eigentlich vor? Hatten die überhaupt eine Ahnung, wie schwer es war, an brauchbare Informationen zu kommen? Gut möglich, dass die Leute in der Stadt auskunftsfreudiger waren, aber hier auf dem Land verhielten sich die Dinge nun einmal anders. Insbesondere in Nordfriesland. Hier waren die Menschen eher verschlossen.

Er schlug vor, den Kollegen zunächst einmal sämtliche Akten zur Verfügung zu stellen. Anschließend konnten die beiden Beamten sich die Werkstatt vornehmen, in der sich Friedhelm Carstensens Wagen zur Inspektion befand.

»Ich fahre noch einmal zu den beiden Stammtischbrüdern. Vielleicht stellt sich ja heraus, dass Kalli Carstensen gar nicht in Richtung Herrenkoog gegangen ist, oder vielleicht haben die beiden etwas Auffälliges beobachtet, einen unbekannten Wagen oder Ähnliches.« Sein Vorgesetzter nickte. Thamsen verließ das Büro.

Draußen schien die Sonne. Er atmete noch einmal tief durch, ehe er in seinen Wagen stieg. Mit welcher Arroganz die Beamten aus Flensburg ihm gegenüber aufgetreten waren. Als wenn die etwas Besseres waren. Er hatte eigentlich erwartet, dass Kriminalhauptkommissar Euler und sein Kollege ihn unterstützen würden. Mit ihnen hatte er schon des Öfteren zusammengearbeitet und immer gute Ergebnisse erzielt. Warum man stattdessen nun diese beiden arroganten Herrschaften schickte, verstand er nicht.

»Never change a winning team«, murmelte er in seinen nicht vorhandenen Bart.

Über die Bundesstraße fuhr er nach Risum-Lindholm. Die Häuser der beiden Stammtischbrüder lagen nicht weit entfernt voneinander in der Dorfstraße, welche sich beinahe zwölf Kilometer lang durch mehrere Ortsteile schlängelte. Es war also nicht selbstverständlich, dass man zwangsläufig nah beieinander wohnte, nur weil man in der derselben Straße lebte. Aber Ole Jessen und Manni Thiele waren beide ganz in der Nähe des SPAR-Ladens zu Hause und somit quasi Nachbarn. Und wie es sich für anständige Nachbarn gehörte, achtete man besonders darauf, was sich auf dem Grundstück des anderen so abspielte.

Thamsen hatte kaum den schwarzen Klingelknopf betätigt, als wie aus dem Nichts ein etwa zwei Meter großer Mann auf der anderen Seite des angrenzenden Zaunes auftauchte.

»Manni ist nicht to huus!« Die dunklen Augen des Riesen blickten ihn neugierig an.

»Wo steckt er denn?« Thamsen trat einige Schritte auf die dicht bewachsene Hecke zu. Er musste seinen Kopf leicht in den Nacken legen, um seinem Gegenüber ins Gesicht schauen zu können.

»Auf Arbeit«, gab dieser bereitwillig Auskunft. Was er denn von ihm wolle?

Was ihn das denn anginge, hätte Thamsen ihn am liebsten gefragt. Aber aus Erfahrung wusste er, es war besser, sich zurückzuhalten und allzu neugierigen Fragen lieber mit einer belanglosen Antwort zu begegnen.

»Nur was nachfragen«, entgegnete er deshalb.

»Und ich kann Ihnen nicht weiterhelfen?«

Hilfsbereit waren sie ja, die Dorfbewohner. Da konnte man nicht klagen. Thamsen bezweifelte jedoch, dass der Riese ihm hilfreiche Auskünfte zum Fall erteilen konnte. Aber einen Versuch war es wert.

»Kannten Sie Kalli Carstensen?«

Der Mann auf der anderen Seite des Zaunes nickte stumm. Seine Auskunftsfreude schien sich plötzlich in Luft aufgelöst zu haben. Thamsen versuchte, den Redefluss des Mannes wieder in Gang zu bringen, indem er seinen Dienstausweis in die Luft hielt. Das zeigte Wirkung.

»Eigentlich kannte ja jeder aus dem Dorf den Kalli.« Fast klang es, als wolle der Riese diese Tatsache als eine Art Verteidigung vorbringen, aber dann fuhr er fort, dass er den toten Landwirt regelmäßig in der Gastwirtschaft getroffen hätte. Auch am Dienstagabend zum Stammtisch. Er sei sozusagen einer der letzten Menschen, die Kalli Carstensen lebend gesehen hatten.

»Dann sind Sie Ole Jessen?«

Die drei Freunde warteten ungeduldig im Gang vor Thamsens Büro.

»Der Kollege ist unterwegs«, hatte ein freundlicher Polizist ihnen auf ihre Frage nach dem Kommissar zur Antwort gegeben. Wann er wiederkäme, wusste er nicht.

»Wir müssen ihn dringend sprechen. Persönlich«, hatte Haie ihr Auftreten erklärt und ihn gebeten, warten zu dürfen.

»Hoffentlich dauert es nicht zu lange.« Marlene blickte besorgt auf ihre Uhr. Sie musste um elf Uhr am Institut sein. Die Besprechung ihrer bisherigen Ergebnisse stand an. Eigentlich hatte sie vorgehabt, ihre Notizen noch in einem Skript zusammenzufassen, aber die Unterstützung des Freundes bei der Aufklärung des Mordes an seinem Schulkameraden war ihr wichtiger erschienen.

»Zur Not fährst du direkt von hier aus nach Bredstedt. Haie und ich können uns ja ein Taxi nehmen«, bot Tom ihr an.

»Wenn er überhaupt vorher hier auftaucht.« Ruhelos tigerte sie den Gang auf und ab. Der Linoleumbelag klickte unter ihren Schuhen. Das Geräusch machte Tom nervös.

»Vielleicht fährst du besser gleich?«

Sie hielt inne und trat auf ihn zu.

»Du willst mich wohl nicht dabeihaben, hm?«

Seit dem ominösen Anruf und Toms rätselhafter Reaktion darauf waren ihre Sensoren in Alarmbereitschaft. Sie wunderte sich sowieso über sein merkwürdiges Verhalten. Seine schlechte Stimmung und launisches Gehabe ihr gegenüber konnten nicht allein auf eine entgangene Liebesnacht zurückzuführen sein. Da musste doch mehr dahinter stecken. Aber wieso sprach er nicht mit ihr darüber? Wenn er Stress mit einem Kunden hatte, konnte er es ihr doch sagen. Sie tauschten sich doch sonst über alles aus.

Vielleicht reagiere ich aber auch nur etwas zu empfindlich, überlegte sie. Als sie allerdings sah, dass auch Haie auf Toms Äußerung etwas perplex wirkte, wusste sie, dass dem nicht so war.

»Ich glaube, was Tom meint, ist, wenn du dringend losmusst ...«, versuchte der Freund, die Situation zu retten.

Ob sie denn annähmen, der Kommissar würde sich nicht dafür interessieren, was sie von Barnes Geschichte hielt. Immerhin hatte sie die Schilderungen des ehemaligen Dorfbewohners anders wahrgenommen als die beiden Männer. Sie wollte Thamsen auch ihre Sichtweise schildern.

»Es ist ja lieb von dir gemeint. Ich weiß das zu schätzen«, bemühte sich Haie nochmals um Verständnis, aber es sei bereits kurz nach zehn Uhr. Sie müsse sich doch nicht unnötig abhetzen. Er könne dem Kommissar sicher auch ihren Eindruck schildern.

Marlene zögerte. Sie wurde das Gefühl nicht los, dass die beiden Männer sie loswerden wollten. Allerdings wollte sie auch nicht zu spät zu der Besprechung kommen. Das Projekt war ihr wichtig. Sie hatte lange an den Ergebnissen gearbeitet und war stolz, ihrem Vorgesetzten die neu gewonnenen Aspekte präsentieren zu können.

»Na gut«, lenkte sie schließlich ein. Aber sie mussten hoch und heilig versprechen, ihr anschließend alle Details zu erzählen. Tom und Haie nickten synchron.

Sie beobachteten, wie Marlene den Gang entlanglief und am Ende des Flures links zur Tür hinaus verschwand. Tom lehnte sich auf dem schlichten Holzstuhl leicht nach hinten und stützte seinen Kopf an der Wand ab. Haie entgegen stand auf und baute sich in voller Größe vor dem Freund auf.

»Und nun erzählst du bitte schön mal, was los ist.«

Seiner Stimmlage konnte Tom entnehmen, es war ihm ernst. Mit einer simplen Ausrede würde er wohl diesmal nicht davonkommen. Dass er sich aber auch nicht zusammenreißen konnte, schallt er sich. Monika war sein Problem, da hatten weder Haie und schon gar nicht Marlene etwas mit zu tun.

»Es ist wirklich nichts«, versuchte er deshalb, die Aufforderung des Freundes abzuwehren.

Der ließ sich diesmal jedoch nicht so schnell zufriedenstellen.

»Ach ja, und wegen nichts bist du total hibbelig und fährst Marlene so an?«

Tom spürte, wie sein Gesicht anfing zu glühen. Er fühlte sich ertappt. Ahnte der Freund womöglich etwas von dem, was er so krampfhaft versuchte geheim zu halten? Immerhin wusste Haie, dass er noch mit Monika zusammengewesen war, als er Marlene kennengelernt hatte. Über die genauen Umstände der Trennung hatten sie allerdings nie gesprochen. Nachdem Tom nach Risum-Lindholm gezogen und er und Marlene ein Paar waren, schien dieses Thema für seinen Freund erledigt zu sein. Und ähnlich hatte Tom es auch gesehen. Monikas erwartete Anrufe waren ausgeblieben, und er hatte die Tatsache, dass seine Beziehung zu Marlene auf einer großen Lüge – immerhin hatte er ihr vorgespielt, frei und ungebunden zu sein – beruhte, einfach verdrängt. Das war ihm bis auf einige wenige Momente auch ganz gut gelungen. Bis letzte Woche, als Monika ihn plötzlich nach all der Zeit angerufen hatte und sich nun auch noch unbedingt mit ihm treffen wollte.

»Monika hat angerufen.« Er wusste, es hatte keinen Sinn, dem Freund weiterhin etwas vorzumachen. Vielleicht würde es ihm sogar helfen, wenn er sich Haie anvertraute. Der schaute allerdings zunächst einmal irritiert. Anscheinend konnte er mit dem Namen nichts anfangen.

»Du weißt schon, meine Ex aus München«, half er deshalb seinem Freund auf die Sprünge.

»Und?« Für Haie erklärte die schlichte Tatsache, dass Toms Exfreundin sich gemeldet hatte, nicht dessen unwirsches Verhalten. An und für sich fand er es völlig normal, wenn man zu dem Menschen, mit dem man eine gewisse Zeit seines Lebens zusammen verbracht hatte, Kontakt hielt. Es sei denn, man war im Streit auseinandergegangen. Doch darüber war ihm nichts bekannt.

»Sie will mich treffen.«

Auch diesen Umstand fand Haie nicht ungewöhnlich. Er verabredete sich regelmäßig mit seiner Exfrau. Anfänglich hatte er zwar derartige Treffen vermieden, da es auf ihn den Eindruck gemacht hatte, es gehe Elke lediglich darum, ihn zurückzugewinnen, aber nach einer Weile hatte sich ihre Beziehung normalisiert. Elke wusste inzwischen, dass er nicht zu ihr zurückkehren würde. Seitdem waren sie beinahe wieder befreundet. Gingen sogar ab und an zusammen zum ›Plattdeutschen Abend‹.

Da sei doch nichts dabei, entgegnete er daher. Tom sei doch schließlich jetzt mit Marlene fest zusammen, schon mehr als drei Jahre. Sie liebten sich, waren glücklich. Was sollte da ein Treffen mit der Exfreundin schon für eine Bedeutung haben?

»Oder ist da noch was anderes?« Haie kniff die Augenlieder zusammen.

»Na ja«, druckste Tom ein wenig herum, so einfach sei die ganze Sache leider nicht. Er hatte sich seinerzeit nicht ganz korrekt verhalten, hätte zunächst seine Beziehung beenden sollen, bevor er etwas mit Marlene angefangen hatte. Aber irgendwie hatte sich das damals alles verselbstständigt, die Gefühle hatten ihn überwältigt und seinen Verstand völlig außer Gefecht gesetzt. Er war derart hingerissen von Marlene gewesen und hatte darüber Monika und ihre Beziehung total ausgeblendet.

»Kann ja mal vorkommen«, versuchte Haie die Tatsache, dass Tom seine damalige Freundin betrogen hatte, herunterzuspielen. Er mochte Marlene. Man musste sie gernhaben. Ihr fröhliches Wesen, ihr charmantes Lachen, das ein Leuchten in ihre strahlend blauen Augen zauberte, und ihre ganze Art waren einfach hinreißend. Hinzu kam, sie sah auch noch umwerfend aus.

Tom war erstaunt, wie locker Haie die ganze Sache sah. Normalerweise reagierte der Freund eher mit Unverständnis, wenn es ums Lügen und Betrügen ging. Und das dicke Ende kam erst noch. Er schluckte.

»Ich habe Marlene nichts von Monika erzählt!«

»Was?« Haie sprang von seinem Stuhl auf und stieß dabei mit Kommissar Thamsen zusammen, der sich von der anderen Seite des Ganges genähert hatte. Vertieft in das Gespräch hatten sie ihn nicht kommen sehen.

»Hoppla, Herr Ketelsen. Was machen Sie denn hier?«

»Wir wollten zu Ihnen.« Tom stand eilig auf, froh, die unangenehme Unterhaltung beenden zu können, und streckte dem Kommissar die Hand entgegen.

»Na, dann kommen Sie mal mit«, forderte Thamsen die beiden auf, ihm in sein Büro zu folgen. Er setzte sich an den Schreibtisch und schaute sie erwartungsvoll an.

»Wir waren bei Barne Christiansen«, sprudelte es förmlich aus Haie heraus.

»Barne Christiansen?«

»Ja, Sie wissen schon. Der mit der Anzeige gegen Kalli!«

Thamsen nickte. Er wusste sehr genau, um wen es sich handelte, fragte aber zunächst einmal, was sie denn bei dem ehemaligen Dorfbewohner zu suchen gehabt hätten.

»Wir waren zufällig auf Föhr und haben mal bei ihm vorbeigeschaut.«

Der Kommissar ahnte, dass der Besuch kein Zufall gewesen war. Sicherlich befanden die drei sich schon wieder mitten in privaten Ermittlungen. Er hielt jedoch seine mahnenden Worte zurück; immerhin interessierte es ihn, was die Freunde bisher herausgefunden hatten.

Haie schilderte in allen Einzelheiten, welche Details sie auf Föhr in Erfahrung gebracht hatten. Er erzählte zunächst, wie es zu der Anzeige gegen Kalli Carstensen gekommen war, dass Barne Christiansen davon überzeugt gewesen war, der Genmais sei der Auslöser für die Krebserkrankung seiner Frau gewesen, und wie Kalli Carstensen ihn mit Geld zum Schweigen gebracht hatte. Auch Marlenes Eindrücke ließ er nicht unerwähnt und entschuldigte dabei die Freundin, welche leider aufgrund eines dringenden Termins nicht anwesend sein konnte.

»Nur nach einem Alibi konnten wir ihn verständlicherweise nicht fragen«, schloss Haie schließlich seine Schilderungen über das Gespräch mit dem ehemaligen Dorfbewohner.

Thamsen hatte seine Ausführungen aufmerksam verfolgt. Er war beinahe froh, dass die drei Hobbydetektive zu dem Verdächtigen gefahren waren. Solch detaillierte Informationen über den damaligen Sachverhalt in Erfahrung zu bringen, wäre ihm wohl kaum gelungen. Zumindest bezweifelte er das.

Natürlich war der Wahrheitsgehalt von Barnes Christiansens Aussage noch zu überprüfen, denn dessen plötzliche Mitteilsamkeit kam auch ihm merkwürdig vor.

»Meine Kollegen werden das Alibi übernehmen. Vielen Dank!«

Tom und Haie schauten einander verblüfft an. War das alles? Sie lieferten dem Kommissar einen Tatverdächtigen, und er wollte seine Lakaien zu ihm schicken? Und wann? Nächste Woche? Thamsens Ansage hatte nicht sonderlich ambitioniert geklungen. Da stimmte doch etwas nicht. Sicherlich gab es längst einen anderen Hauptverdächtigen, hatte der Kommissar den Täter wohlmöglich schon ausfindig gemacht?

»Gibt es denn etwas Neues?« Haie beugte sich auf seinem Stuhl leicht nach vorne und blickte dem Kommissar direkt in die Augen.

»Über den Stand der Ermittlungen darf ich keine Auskunft geben«, versuchte Thamsen, sich aus der Affäre zu ziehen.

»Und was ist mit Friedhelm?«

»Nun ja, zwischen den beiden Brüdern tobte ein Kampf um das Erbe der Mutter.«

Die beiden nickten. Das wussten sie bereits. Vielmehr interessierte sie, wie der Bruder des Opfers sich bei der Befragung verhalten hatte. Gab es vielleicht Anhaltspunkte, dass er Kalli Carstensen umgebracht hatte? Oder hatte seine Frau eventuell etwas geäußert? Erst nach mehrmaligem Nachfragen gab Thamsen schließlich nach und berichtete – und das nur, nachdem er öfter wiederholt hatte, er dürfe ihnen das eigentlich gar nicht erzählen –, dass für ihn Friedhelm Carstensen momentan der Hauptverdächtige in dem Fall war. Der Bruder hatte ihn jahrelang schikaniert, Gerüchte im Dorf verbreitet, schlecht über ihn geredet, wo er ging und stand. Der Erbstreit hatte seiner Meinung nach dem Ganzen nur noch das i-Tüpfelchen aufgesetzt und das Fass vermutlich zum Überlaufen gebracht. Beinahe verständlich.

»Hier«, er deutete auf einen Stapel Briefe, »das sind alles Schreiben von Kalli Carstensens Anwalt.«

Die beiden blickten sprachlos auf die Anhäufung von Umschlägen auf seinem Schreibtisch.

Das Einzige, was seiner Ansicht nach nicht ins Bild passte, merkte Thamsen an, und das habe er erst vor Kurzem erfahren, war der weiße Wagen mit dem auswärtigen Kennzeichen, welchen die beiden Stammtischbrüder auf ihrem Heimweg gesehen hatten. Nachdem sie sich von Kalli verabschiedet und beinahe den SPAR-Laden erreicht hatten, war ihnen der Wagen auf der Dorfstraße entgegengekommen. Der Fahrer hatte ordentlich Gas gegeben, der Pkw war geradezu an ihnen vorbeigerauscht. Wahrscheinlich sei das der Grund gewesen, warum den beiden Männern der Wagen aufgefallen war. Obwohl, zu solch später Stunde fuhren sowieso nur vereinzelt Autos durch das lang gezogene Dorf in den Koog hinaus. Aufgrund der Geschwindigkeit sei es ihnen jedoch nicht möglich gewesen, das Kennzeichen zu identifizieren. Schließlich sei es dunkel und die beiden, laut Aussage Ole Jessens, auch nicht mehr ganz nüchtern gewesen. Der Stammtischbruder hatte lediglich erkennen können, dass es sich nicht um ein einheimisches Nummernschild gehandelt hatte. ›SL‹ oder ›FL‹, aber genau konnte er das nicht sagen.

»Aber das hieße ja, dass der Täter gar nicht aus dem Dorf kommt. Vielleicht hat Barne sich einen Mietwagen genommen. Vielleicht …« Haie redete sich in Rage. Thamsen kostete es einige Mühe, ihn zu bremsen: »Noch steht überhaupt nicht fest, dass der Wagen etwas mit dem Mord zu tun hat.«

Der mysteriöse Tod von Kalli Carstensen hatte sich bis ins ›Nordfriisk Instituut‹ herumgesprochen. Als Marlene das alte Volksschulgebäude betrat, stieß sie mit ihrem Chef zusammen, der sie sogleich nach Neuigkeiten zu dem Fall befragte. Sie vermutete, dass er aus der Zeitung davon erfahren hatte.

»Schrecklich, was hier in Nordfriesland so vor sich geht«, klagte er, als sie ihm berichtete, dass die Polizei von einem Unfall ausging. »So etwas wäre früher nicht möglich gewesen.« Sie nickte, auch wenn sie anderer Meinung war. Mord- und Totschlag hatte es auch schon zu früheren Zeiten in dem Landkreis gegeben. See- und Strandräuber hatten, soweit ihr bekannt war, ihr Unwesen getrieben, und in ihren Kämpfen war es sicherlich so manches Mal brutal und überaus blutig zugegangen.

Ganz zu schweigen von den Kriegen, welche im vorigen Jahrhundert im Land getobt hatten. Streitigkeiten um den Besitz der Herzogtümer, die lange Zeit unter der Herrschaft des dänischen Königs standen, und die damit verbundene Frage der Staatszugehörigkeit hatten einen massiven Widerstand ausgelöst, der im Deutsch-Dänischen Krieg gegipfelt war. Die blutige Schlacht um das von Dänen besetzte Friedrichstadt hatte viele Todesopfer gefordert. So friedlich, wie Nordfriesland sich heutzutage gab, war es also bei Weitem nicht immer gewesen.

Sie schaltete den Computer ein. Bis zur Besprechung blieb ihr noch ein wenig Zeit; sie wollte ein letztes Mal ihre Notizen durchgehen. Zu den Oterbaankins hatte sie bisher kaum Literatur gefunden, deshalb würde sie zunächst stärker auf die Teufelssage eingehen, in der es um angebliche Düwelssporen in der Föhrer Marsch ging. Sie hatte dazu den Text ins Inselfriesische übersetzt, was für sie eine wahre Herausforderung war. Als ihr vor etwas mehr als drei Jahren die Stelle am Institut angeboten wurde, sprach sie so gut wie kein Wort Friesisch. Das war anfänglich auch nicht notwendig, denn ihr erstes Projekt war eine Arbeit über

Theodor Storm, und der hatte seine Dichtung in Hochdeutsch verfasst.

Wenig später hatte sie jedoch angefangen, Friesisch zu lernen. Immerhin kämpfte das Institut um den Erhalt der Sprache. Tapfer hatte sie sich durch mehrere Sprachkurse gekämpft, und das kam ihr nun zugute. Mittlerweile verstand und sprach sie es ziemlich gut; deshalb hatte man ihr auch das neue Projekt anvertraut. Nur das Fering bereitete ihr doch hin und wieder Schwierigkeiten.

Sie öffnete einige Dokumente. Irgendwie war sie jedoch nicht ganz bei der Sache. Ihre Gedanken schweiften immer wieder ab. Sie schloss die Augen und sah Tom mit verschränkten Armen durch das ›Nolde-Museum‹ schlendern. Seine Laune, welche ohnehin schon nicht die beste gewesen war, hatte sich nach dem ominösen Anruf im absolut negativen Bereich bewegt. Anders konnte sie sein gereiztes Verhalten nicht bezeichnen. Kaum hatten sie die Fähre verlassen, beschwerte er sich über den weiten Fußmarsch zum Parkplatz. Dabei waren es nur wenige Schritte vom Hafen bis zu ihrem Wagen.

Im Museum hatte sich seine Nörgelei dann fortgesetzt. Der Eintritt sei überteuert. Im Ausstellungsraum sei es viel zu kalt. Die Bilder gefielen ihm nicht. Marlene hatte Tom noch nie so erlebt. Sie fragte sich, was mit ihm los war.

»Frau Schumann?« Sie fuhr zusammen. Ihr Vorgesetzter war von ihr unbemerkt neben ihren Schreibtisch getreten. »Wir warten auf Sie.«

Ihr Blick huschte auf dem Bildschirm auf die rechte untere Ecke. Es war bereits Viertel nach elf. Sie erschrak. Über ihre Grübeleien hatte sie die Zeit völlig vergessen. Hastig schob sie ihre Unterlagen zusammen und stand auf.

Als sie den Besprechungsraum betrat, blickten alle

Anwesenden verständlicherweise auf sie. Sie spürte plötzlich einen Kloß in ihrem Hals wachsen. Neben ihrem Chef saßen dort auch namhafte Vertreter des ›Nordfriesischen Vereins‹. Normalerweise kannte Marlene keinerlei Hemmungen im Umgang mit den Herren, aber heute wuchs ihr die Situation irgendwie über den Kopf. Mit zitternden Händen legte sie ihre Papiere auf den großen, runden Tisch und schaltete den Overheadprojektor an.

»Also«, sie räusperte sich, »was bisher schriftlich niedergelegt war zu …«

Sie drehte sich unsicher zu der Leinwand um. Auf dem weißen Hintergrund wurde eine Zeichnung von Theodor Storms Schimmelreiter projiziert. Marlene wurde kreidebleich und begann, hektisch in Ihren Unterlagen zu blättern. Die anwesenden Herren verfolgten mit fragenden Gesichtern ihren verzweifelten Versuch, die korrekten Dokumente in dem inzwischen unsortierten Haufen aus Zetteln, Folien und anderen Blättern zu finden.

»Frau Schumann?« Sie nahm gar nicht wahr, dass ihr Chef aufgestanden war. In ihrem Kopf gab es nur Raum für die Frage nach den richtigen Unterlagen. Doch alles Suchen nützte nichts, die korrekte Folie war nicht aufzufinden.

Dann muss es halt ohne Projektion gehen, dachte sie, hob ihren Kopf und schaute direkt in das Gesicht ihres Chefs, der sie mit besorgtem Blick anschaute.

»Geht es Ihnen gut?«

Marlene verstand die Frage nicht. Ihr war nicht bewusst, dass sie mehrere Minuten lang völlig apathisch in ihren Unterlagen gewühlt hatte, ohne auf seine Ansprache zu reagieren.

»Ich bin gestern gerade erst von Föhr zurückgekommen«, versuchte sie, das Durcheinander der Papiere zu erklären.

»Ich hatte noch nicht die Gelegenheit, alle Notizen zusammenzuschreiben.«

Die älteren Herren des ›Nordfriesischen Vereins‹ nickten im Takt.

»Dann geben Sie uns doch vielleicht erst einmal eine mündliche Zusammenfassung Ihrer neuesten Erkenntnisse«, forderte der Leiter des ›Nordfriisk Instituut‹ sie auf.

Marlene schluckte. Was sollte sie sagen? Sie hatte die Insel ja gar nicht wegen irgendwelcher Forschungen besucht. Der Grund ihres Kurztrips nach Föhr war vielmehr Barne Christiansen gewesen. Wie aber sollte sie den Männern, die vor ihr am Tisch saßen, erklären, dass sie auf der Insel weniger nach kulturellen Spuren als nach einem möglichen Mörder gesucht hatte?

Um Zeit zu gewinnen, gab sie zunächst eine kurze Zusammenfassung der Teufelssage: »In der Marsch auf der Insel Föhr gibt es ein paar kahle Stellen, an denen keine Pflanze wächst und deren Ausmaß etwa eine halbe Rute misst. Man hat die Stellen ausgegraben, mit anderer Erde wieder aufgefüllt, doch kein Kraut noch Gras gedieh darauf. Nicht einmal die Vögel lassen sich darauf nieder. Man sagt, dass, als der Teufel Helgoland von Norwegen herholte, er über die Insel Föhr kam und dabei seine Fußspuren in das Land eindrückte. Darum nennt man die Stellen auch Düwelspuren.«

Ihr Publikum hatte den Ausführungen interessiert gelauscht und wartete nun gespannt auf die Forschungsergebnisse. Da Marlene jedoch schwieg und erneut begann, in ihren Unterlagen zu blättern, versuchte ihr Vorgesetzter durch Fragen eine Diskussion in Gang zu bringen.

»Was genau hat es mit Helgoland und Norwegen auf sich?«

Sie erklärte, es gäbe eine Sage, der zufolge der Teufel Helgoland von Norwegen hergeholt hatte.

»Und, weiter?« Langsam, aber sicher wurde er ungeduldig. Immerhin hatte man die Herren des Vereins geladen, um ihnen Forschungsergebnisse zu präsentieren. Nicht um ihnen von Sagen zu erzählen, die ihnen längst bekannt waren. Er schaute Marlene auffordernd an. Sie ahnte, wie enttäuscht er von ihr war. Immerhin war er es gewesen, der ihr das Projekt anvertraut hatte. Und nun das. Sie entschied sich, dass es besser war, die Wahrheit zu sagen, als ihren Vorgesetzten weiter zu blamieren.

»Ich habe am Wochenende keine neuen Erkenntnisse bezüglich des Projekts gewinnen können.«

Sie hatte den Blick gehoben und schaute unsicher in die Runde. Als sie jedoch in die wider Erwarten offenen und freundlichen Gesichter der anwesenden Gäste blickte, fuhr sie fort.

»Wenn ich ehrlich bin, war ich auch nicht zu Forschungszwecken auf Föhr.« Sie räusperte sich kurz, ehe sie mit dem wahren Grund ihres Wochenendausflugs rausrückte.

»Der Tote, den man vor wenigen Tagen in dem Maisfeld in Risum-Lindholm gefunden hat, ist ein alter Schulkamerad eines Freundes von mir. Es gibt einen ehemaligen Dorfbewohner, der eventuell in den Fall involviert ist. Wir haben den Mann auf Föhr besucht, um herauszufinden, ob er etwas mit dem Mord an Kalli Carstensen zu tun hat.«

Ein Raunen ging durch den Raum.

»Mord? Sie sagten doch vorhin, dass die Polizei davon ausgeht, es handele sich um einen Unfall.« Der Mann sah sie fragend an. Vergessen schienen die Forschungsergebnisse, die Leiche aus dem Maisfeld stand nun im Mittelpunkt des Interesses.

Marlene nickte und berichtete von den bisherigen Ermittlungen der Polizei.

»Und was hat dieser Barne Christiansen mit dem Fall zu tun?«

Sie zuckte mit den Schultern und schilderte den Eindruck, welchen sie aus dem Gespräch mit dem ehemaligen Dorfbewohner am Wochenende gewonnen hatte.

»Ich glaube nicht, dass er der Täter ist, aber er ist natürlich verdächtig. Immerhin hatte er ein Motiv.«

Ein etwas korpulenter Herr im dunklen Anzug fragte, ob der Verdächtige denn ein Alibi besäße. Wahrheitsgemäß antwortete sie, dass sie das nicht wüsste. Die Polizei würde das allerdings sicher noch überprüfen. Außerdem gäbe es auch noch weitere Personen, die verdächtig wären. Sie berichtete von dem Bruder des Opfers und den Landwirten, denen Kalli Carstensen Land beim Glücksspiel abgerungen hatte.

»Und ein Unfall scheidet definitiv aus?« Die anwesenden Gäste schienen sich mit der Vorstellung eines frei umherlaufenden Mörders, der in ihrem friedlichen Landkreis sein Unwesen trieb, nicht anfreunden zu können. Marlenes Bild von der Idylle Nordfrieslands war allerdings bereits seit dem Verbrechen an ihrer Freundin Heike zerstört.

»Also wenn Sie mich fragen«, antwortete sie deshalb mit fester Stimme, »gibt es zu viele Verdächtige, als dass man einen Mord ausschließen könnte.«

Tom und Haie hatten sich nach dem Gespräch mit Kommissar Thamsen in die ›Alte Schmiede‹ zum Mittagessen begeben. Marlene würde ohnehin erst am Nachmittag vom Institut zurückkehren, und die Diskussionen über den Mörder Kalli Carstensens hatten sie hungrig gemacht, zumindest Haie.

»Also, ich bin mir ziemlich sicher, dass dieser weiße Wagen etwas mit dem Mord zu tun hat«, äußerte er, während sie auf ihr Essen warteten. »Auswärtiges Kennzeichen, das ist doch verdächtig. Und dann um diese Uhrzeit.«

Tom war skeptisch und gab zu bedenken, dass es sich auch um einen Urlauber handeln konnte. Immerhin hielten sich um diese Jahreszeit noch zahlreiche Touristen in Nordfriesland auf.

»Aber die rasen nicht mit 180 Sachen nachts durchs Dorf«, verteidigte Haie seine Sicht der Dinge.

»Aber wenn es ein Mietwagen gewesen ist, dann kann es auch jeder andere aus dem Dorf gewesen sein. Ist ja nicht so, dass nur Barne sich einen Leihwagen hätte nehmen können.«

»Schon, aber wieso sollte sich jemand aus dem Dorf einen Wagen leihen? Die haben doch alle mindestens ein oder zwei Autos.«

»Außer dir«, bemerkte Tom und lächelte dabei süffisant.

»Ich habe auch keinen Führerschein«, äußerte sich Haie etwas beleidigt auf die herablassende Anspielung des Freundes. Für ihn stand so gut wie fest, Barne musste am Dienstag von der Insel aufs Festland gereist sein. Dort hatte er sich einen Mietwagen genommen und seinen Widersacher gnadenlos über den Haufen gefahren. Da gab es seiner Ansicht nach nichts zu diskutieren. Gleich am Nachmittag würde er sämtliche Autovermietungen im Umkreis anrufen und zu Barne befragen. Wer wusste schon, ob die Polizei sich ausreichend um diesen wertvollen Hinweis von Ole Jessen kümmern würde?

Das Essen wurde serviert, und er langte kräftig zu. Das Grillhähnchen schmeckte vorzüglich. Die Haut war knusprig braun und das Fleisch saftig.

»Meinst du eigentlich, dass Thamsen persönlich nach Wyk fahren wird?«, fragte er und nagte dabei genüsslich die Reste von einem Knochen. Das Bratenfett lief ihm dabei links und rechts am Mund vorbei das Kinn hinunter.

Tom stocherte lustlos in seinem Salat.

»Keine Ahnung.« Er war mit seinen Gedanken bereits wieder bei seinem Beziehungsproblem.

»Aber irgendwie muss er ja Barnes Alibi überprüfen. Wenn der überhaupt eines hat.« Er schob den Teller von sich und griff zu einem Stapel Servietten. Während er seinen Mund sorgfältig von den Spuren des köstlichen Mahls befreite, betrachte er seinen Freund, der immer noch vor einem vollen Teller saß. Augenblicklich fiel ihm wieder die Diskussion ein, welche sie auf der Polizeidienststelle vor dem Eintreffen des Kommissars geführt hatten.

»Wieso hast du Marlene nichts von Monika erzählt?«

Tom holte tief Luft und schob nun ebenfalls seinen Teller von sich. Die Angelegenheit mit seiner Exfreundin verdarb ihm jeglichen Appetit. Als er Marlene kennengelernt hatte, war er sich anfänglich unsicher gewesen, wie die Dinge sich entwickeln würden. Er hatte ihr absichtlich nichts von seiner Beziehung in München erzählt. Vermutlich weil er selbst nicht gewusst hatte, was er eigentlich wollte. Und später hatte es sich nicht ergeben.

»Ich habe immer auf den richtigen Zeitpunkt gewartet, aber der ist nie gekommen«, antwortete er entschuldigend.

»Aber du musst mit ihr darüber sprechen«, forderte Haie, für den Lügen ein absolutes Tabu waren und der bereits jetzt die Katastrophe vor seinem inneren Auge sah, die sich abspielen würde, wenn Marlene von Toms jahrelangem Geheimnis erfahren würde.

»Stell dir nur vor, was passieren wird, wenn diese Monika

unverhofft bei euch auftaucht. Deine Telefonnummer hat sie ja bereits herausgefunden.«

Marlene befand sich auf dem Heimweg. Sie lenkte den Wagen über die Bundesstraße Richtung Risum-Lindholm.

Ihr Vorgesetzter und die Herren des ›Nordfriesischen Vereins‹ hatten noch eine Weile über den Mord im Dorf diskutiert und dann beschlossen, ihr für die weiteren Forschungen des Projekts Zeit zu geben, bis der Fall geklärt war. Sie sei durch ihren Freund emotional zu stark in die Geschehnisse eingebunden, als dass sie sich mit kulturellen Aspekten der Inselbewohner beschäftigten könne, hatte man einstimmig beschlossen. Die Aufklärung des Mordes und die Ergreifung des Täters seien vorrangig. Insbesondere für die Sicherheit im nordfriesischen Landkreis. Da mussten Sagen und deren Ursprung mal eine Weile in den Hintergrund treten. Der Mörder musste zunächst gefasst werden, da war man sich einig gewesen.

Marlene hatte sich für das entgegengebrachte Verständnis bedankt und um eine Beurlaubung gebeten, die angesichts des Nickens der Vertreter des ›Nordfriesischen Vereins‹ kommentarlos genehmigt wurde.

Sie bog von der B5 in die Dorfstraße ab und folgte dem Verlauf der Fahrbahn. Die Sonne schien und lockte reichlich Menschen ins Freie, die sich teils mit dem Fahrrad, teils zu Fuß und einen Kinderwagen vor sich herschiebend im Dorf tummelten. Kurz vor dem SPAR-Laden sah sie Elke. Am Lenker ihres Fahrrades hingen schwere Taschen. Anscheinend kam sie gerade vom Einkauf. Marlene grüßte flüchtig. Beim Anblick der Plastiktüten fiel ihr das Gespräch von ihrem letzten Besuch im SPAR-Laden ein. Das Motiv eines möglichen Eifersuchtmordes hatten sie gar nicht weiter verfolgt. Dabei kam doch auch ein betrogener Ehemann oder Kallis Frau selbst durchaus als Täter in Betracht. Immerhin hatte die Kundin des kleinen Supermarktes solch einen Verdacht geäußert. Wie hatte sie es noch gleich formuliert?

›Hat Sophie bestimmt betrogen, so wie der immer durchs Dorf schlawinert is. Wenn die Sophie ihn man nicht eigenhändig …‹ Vielleicht sollten sie sich noch einmal mit der Witwe unterhalten.

Sie parkte den Wagen vor dem Haus und lief den kleinen Weg hinauf. Die Tür war abgeschlossen. Tom demzufolge noch nicht da. Ob das Gespräch mit dem Kommissar tatsächlich so lange dauerte? Oder wo trieben sich die beiden wieder rum? Sie holte ihr Handy aus der Handtasche und warf einen prüfenden Blick auf das Display. Doch es war kein Anruf in Abwesenheit verzeichnet. Sie drückte die Kurzwahltaste, auf der Toms Nummer gespeichert war, als plötzlich das Telefon im Wohnzimmer läutete. Marlene eilte durch den Flur und griff schnell zum Hörer.

»Schumann?«

Sie hörte ein lautes Knacken. Dann Stille.

»Hallo?«

»Ja, ähm«, ein Räuspern erklang am anderen Ende der Leitung, »bin ich da nicht richtig bei Meissner, Tom Meissner?«

Sie war es gewohnt, dass hin und wieder einer von Toms Kunden auch auf dem Festnetzanschluss anrief und erteilte der anrufenden Dame die Auskunft, sie habe zwar die richtige Nummer gewählt, aber der gewünschte Teilnehmer sei momentan leider nicht zu erreichen.

»Kann ich vielleicht etwas ausrichten?«

»Dann sind Sie also seine Freundin?«, tönte die Frauenstimme aus dem Hörer, ohne auf die vorangegangene

Frage einzugehen. Marlene war überrascht. Was sollte diese Frage? Und was ging es die Dame am Telefon an, wer sie war? Toms private Lebensumstände hatten doch nun wirklich nichts mit den geschäftlichen Dingen zu tun.

»Ja«, antwortete sie deshalb kurz und knapp.

»Na, dann«, Gelächter schallte aus dem Hörer, »willkommen im Club. Ich bin Monika, Toms Exfreundin ...«

Dirk Thamsen legte resigniert den Telefonhörer auf. Barne Christiansen war nicht daheim; zumindest ging er nicht ans Telefon. Die Informationen über die Hintergründe der Anzeige gegen Kalli Carstensen hatten ihn neugierig gemacht. Die Schilderungen über das Verhalten des Verdächtigen, welches von den Freunden in unterschiedlicher Weise aufgenommen worden war, animierten ihn, sich selbst ein Bild zu machen. Jeder Mensch hatte nun mal eine andere Art, Dinge wahrzunehmen. Frauen verfügten meist über feinere Sensoren, Männer hingegen sahen viele Aspekte realistischer. Ihnen entgingen jedoch auch eine Menge Informationen, die Frauen allein aufgrund der Körpersprache ihres Gegenübers ausmachten. Für einen Polizisten war es oftmals schwierig, aus geschlechterspezifischen Schilderungen die für ihn wichtigen und neutralen Informationen herauszufiltern. Im Fall der drei Freunde war ihm das so gut wie gar nicht möglich gewesen, zumal Marlene Schumann überhaupt nicht zugegen gewesen war und er ihre Sichtweise lediglich aus den Schilderungen ihrer männlichen Freunde kannte. Nur eines war ihm klar geworden: Der ehemalige Dorfbewohner hatte ein wirklich gutes Motiv, um als mutmaßlicher Mörder Kalli Carstensens in Betracht gezogen zu werden.

Er griff erneut zum Telefonhörer, um die Kollegen auf

der Insel über den Verdächtigen zu informieren, da wurde die Tür zu seinem Büro geöffnet und die beiden Kriminalpolizisten aus Flensburg betraten den Raum. Sie hatten den Vormittag genutzt, um die gesamten Akten gründlich durchzugehen, und waren anschließend zu der Werkstatt gefahren, die Friedhelm Carstensen angegeben hatte.

»Und?« Thamsen war gespannt, ob es den Kollegen gelungen war, neue Erkenntnisse in dem Fall zu gewinnen.

»Nichts«, antwortete der Kleinere der beiden, von dem ihm lediglich bekannt war, dass er Johannson hieß. Der Wagen des Bruders war anscheinend tatsächlich nur zur Inspektion in der Werkstatt gewesen. Größere Schäden hatte es an dem Pkw nicht gegeben. Die Aussagen des Kfz-Meisters und seiner Gesellen seien durchaus glaubwürdig.

Thamsen nickte. Er hatte nichts anderes erwartet. Seit er von dem unbekannten weißen Wagen wusste, den die beiden Stammtischbrüder in der Nacht gesehen hatten, war er sich ziemlich sicher, dass sie an Friedhelm Carstensens Auto keinerlei Spuren finden würden. Er überlegte, ob es sinnvoll war, sich mit den vorliegenden Informationen an die Bevölkerung zu wenden, doch seine Kollegen wehrten seinen Vorschlag ab.

»Uns sind zu wenige Einzelheiten bekannt. Wie sollten wir relevante Angaben lokalisieren?«

Es schien, als träten sie auf der Stelle. Da ihnen nichts anderes übrig blieb, als die bisherigen Spuren weiterzuverfolgen, beschloss er, dass die beiden Kollegen sich um Barne Christiansens Alibi kümmern sollten. Immerhin zählte der neben dem Bruder des Opfers nach neuesten Erkenntnissen zu den Hauptverdächtigen. Er wollte in der Zwischenzeit den Anwalt des Verstorbenen kontaktieren, um mehr über den Erbstreit in Erfahrung zu bringen.

Nachdem die Beamten sein Büro verlassen hatten, wählte er die Nummer der Auskunft und wartete, bis eine angenehme Frauenstimme ihm mitteilte, dass sie ihn mit dem gewünschten Teilnehmer in Rendsburg verbinden würde.

»Anwaltskanzlei Dr. Münsterthaler & Co., Seifert, guten Tag.«

Die Dame am anderen Ende der Leitung klang freundlich und zuvorkommend. Thamsen erklärte, wer er war und bat, Dr. Münsterthaler sprechen zu dürfen.

»Tut mir leid. Herr Doktor ist im Urlaub.«

Es schien aber auch wie verhext in diesem Fall zuzugehen. Irgendetwas stellte sich ihm immer in den Weg. Seine Laune bewegte sich unaufhaltsam dem Nullpunkt zu. Er unternahm einen letzten Versuch, an weitere Informationen zu gelangen, doch Frau Seifert machte ihm, zwar immer noch mit freundlicher, aber ebenso bestimmter Stimme, deutlich, dass sie dazu nicht befugt sei.

»Haben Sie schon einmal etwas von anwaltlicher Schweigepflicht gehört?«

Er gab auf. An diesem Hindernis in Form eines Art Bürodrachens schien er nicht vorbeizukommen. »Ab wann ist Herr Dr. Münsterthaler denn wieder zu sprechen?« Nach der Privatnummer traute er sich gar nicht mehr zu fragen.

Die Sekretärin atmete laut aus. Anscheinend glaubte sie, er habe sie nicht richtig verstanden. Doch statt des erwarteten Vortrags über die Schweigepflichten eines Anwalts, vernahm er plötzlich ein Geräusch, welches auf das Blättern von Papier – vermutlich schlug sie in einem Kalender nach – schließen ließ.

»Wahrscheinlich nächste Woche Dienstag. Aber er hat bereits jede Menge Termine.«

Als Tom nach Hause kam, saß Marlene in der Küche und starrte aus dem Fenster. Seinen Gruß erwiderte sie nicht. Er schloss daraus, dass ihr Vortrag am Institut nicht besonders erfolgreich gewesen war, und verkniff sich die Frage danach. Stattdessen begann er einfach, von dem Besuch auf der Polizeidienststelle zu berichten und wie der Kommissar auf die Neuigkeiten von Barne Christiansen reagiert hatte. Doch schon nach wenigen Sätzen war ihm klar, sie hörte ihm gar nicht richtig zu.

»Was ist los?«

Sie löste ihren Blick von dem Punkt außerhalb des Raumes und wandte ihm den Kopf zu. Die geröteten Augen zeugten davon, dass sie geweint hatte. War ihr Referat derart in die Hose gegangen? Er griff nach ihrer Hand. Sie zuckte zurück.

Er wiederholte seine Frage, doch seine Worte verhallten unbeantwortet im Raum. Lediglich der traurige Ausdruck, mit dem sie ihn anblickte, verriet ihm, dass etwas sie stark betroffen machte. War es der Mordfall? Vielleicht spülten die aktuellen Ereignisse wieder die Erinnerungen an die Freundin an die Oberfläche? Auch wenn er hoffte, ihre traurige Stimmung habe etwas mit dem Mord an Heike zu tun; insgeheim spürte er, dass dem nicht so war.

»Du hast mich angelogen, oder?«, fragte sie leise.

Tom schluckte. Er ahnte, was geschehen war, und nickte langsam.

Monika hatte angerufen. Marlene war völlig ahnungslos ans Telefon gegangen und hatte stumm dem Wortschwall gelauscht, der aus dem Hörer auf sie niedergeprasselt war und urplötzlich die letzten vier Jahre ihres Lebens infrage gestellt hatte.

›Hat er Ihnen erzählt, dass er in einer festen Partnerschaft lebte, als Sie ihn kennengelernt haben?‹, hatte Toms Exfreundin ohne Umschweife gefragt und anschließend den damaligen Sachverhalt eindrucksvoll geschildert. Dass er sie betrogen, ohne eine Erklärung von heute auf morgen seine Koffer gepackt und die gemeinsamen Jahre wie ein gebrauchtes Tempotaschentuch weggeworfen hatte.

›Passen Sie bloß auf, eines Tages könnte es Ihnen auch so ergehen‹, hatte sie Marlene abschließend ermahnt und noch einmal explizit auf Toms verlogene Art hingewiesen.

Marlene war nach dem Anruf wie gelähmt gewesen. Natürlich hatte sie bisher nur eine Sichtweise der vorgefallenen Dinge gehört. Vielleicht würde er den Fall ganz anders schildern. Doch das war ihr momentan ziemlich egal. Sie hatte nie geglaubt, es habe vor ihr keine andere Frau in seinem Leben gegeben. So naiv war sie nicht. Aber ihren Fragen war er immer wieder ausgewichen, hatte irgendwelche fadenscheinigen Ausreden erfunden, wenn es zum Beispiel um den Wechsel seiner Telefonnummern ging oder darum, wieso er ihre Hilfe beim Umzug von München nach Risum-Lindholm nicht benötigte.

Was hatte er gedacht, wie sie reagieren würde, wenn sie erfuhr, dass er sie jahrelang belogen hatte? Sie hasste Lügen. Sie waren keine Basis für eine Beziehung. Wie sollte sie ihm jetzt noch vertrauen? Konnte sie ihm überhaupt jemals wieder vertrauen? Würde er sie vielleicht eines Tages auch so behandeln? Ihre Existenz verschweigen und sich in eine neue Beziehung stürzen? Sie war sich unsicher. Kannte sie den Mann vor sich überhaupt wirklich?

Sie stand auf und blickte auf ihn hinunter. Wie ein Häufchen Elend saß er am Tisch und murmelte unentwegt: »Ich wollte dir ja davon erzählen. Ich …«

Sie wusste nicht warum, aber plötzlich konnte sie seine

Nähe nicht mehr ertragen. Der Raum erschien ihr beengt, sie hatte das Gefühl, keine Luft zu bekommen.

»Ich fahre ein paar Tage nach Hamburg. Ich brauche ein wenig Abstand«, unterbrach sie seine Ausflüchte, verließ die Küche und ging ins Schlafzimmer. Dort packte sie einige Sachen in eine kleine Reisetasche.

11

Die nächsten Tage verliefen irgendwie zäh und schleppend. Kommissar Thamsen blätterte wieder und wieder in den Akten, doch der erwartete Geistesblitz blieb aus. Und auch die Ermittlungen der Kollegen aus Flensburg stockten. Barne Christiansen hatte für die Tatzeit ein hieb- und stichfestes Alibi. Er war am späten Nachmittag beim Arzt gewesen. Nierenschmerzen. Die Untersuchungen hatten lange gedauert, sodass es ihm unmöglich gewesen wäre, die letzte Fähre zu erreichen, selbst wenn diese erst verspätet abgelegt hätte. Somit schied der ehemalige Dorfbewohner zunächst einmal aus dem Kreis der Verdächtigen aus.

Die Stammtischbrüder gaben sich selbstverständlich gegenseitig ein Alibi. Kalli Carstensen sei einer der ersten der Gäste gewesen, der nach Angaben des Wirts die Gastwirtschaft verlassen hatte. Natürlich war nicht auszuschließen, dass Ole Jessen noch einmal umgekehrt war, nachdem er Manni Thiele abgeliefert hatte, aber ausgerechnet der besaß kein wirkliches Motiv. Er hatte weder Geld noch Landbesitz an den Ermordeten verloren, noch war er jemals den Lästerattacken Kalli Carstensens zum Opfer gefallen. Das jedenfalls hatten die anderen Teilnehmer der wöchentlichen Stammtischrunde ausgesagt. Wieso also sollte Ole Jessen den Landwirt aus dem Herrenkoog umgebracht haben?

Von dem angeblichen weißen Wagen, der mit überhöhter Geschwindigkeit durchs Dorf gerauscht war, fehlte bisher leider auch jede Spur. Die Kollegen aus Flensburg hatten sich noch einmal diesbezüglich im Dorf umgehört, aber niemandem sonst war der verdächtige Kleinwagen aufgefallen. Es kannte auch keiner den Besitzer eines solchen Pkws mit auswärtigem Kennzeichen, der sich zu der Zeit im Dorf aufgehalten haben könnte.

Blieb lediglich der Bruder des Ermordeten, doch dem hatten sie bisher nichts nachweisen können. Ohne Spuren war es ohnehin schwierig, einen Verdacht zu erhärten. Sie konnten ja schlecht jemanden aufgrund eines schlichten Bauchgefühls verhaften. Nur weil Friedhelm Carstensen seiner Ansicht nach das stärkste Motiv besaß, hieß das leider noch lange nicht, dass er es auch gewesen war, der seinen Bruder umgebracht hatte. Vielleicht war der Tod des Bauern doch schlichtweg ein Unfall gewesen? Unfall mit Fahrerflucht?

Thamsen schüttelte heftig den Kopf. Wie konnte er sich nur dazu hinreißen lassen, nach einer solch einfachen Erklärung des Mordes zu greifen. Tief in seinem Inneren spürte er, dass der Tod Kalli Carstensens kein Unfall gewesen war. Er durfte sich von den schleppenden Ermittlungen und Rückschlägen in dem Fall nur nicht entmutigen lassen.

Er blickte auf seine Uhr und stand seufzend auf. Heute war die Beerdigung des Ermordeten. Die Leiche war bereits seit einigen Tagen von der Gerichtsmedizin freigegeben und sollte heute auf dem kleinen Dorffriedhof beigesetzt werden. So jedenfalls hatte es in der Traueranzeige gestanden. Er trat ans Fenster und blickte durch die regennassen Scheiben. Na klasse, dachte er. Genau das richtige Wetter für eine Beerdigung.

*

»Hat Marlene sich gemeldet?«

Haie goss seinem Freund eine Tasse Kaffee ein und stellte sie vor ihm auf den Tisch. Der schüttelte stumm seinen Kopf und griff nach dem Kaffeebecher, auf dem zwei Esel abgebildet waren. Über den Köpfen der beiden Grautiere prangte die provokative Frage ›Wann sehen wir drei uns wieder?‹

Tom umklammerte den Becher mit beiden Händen und nahm einen Schluck des Heißgetränks. Über zwei Tage waren vergangen, seit Marlene mit einer kleinen Reisetasche in ihren roten Polo gestiegen und davongefahren war. Seine entschuldigenden Worte, Liebesbekundungen und reumütigen Zugeständnisse, wie dumm sein Verhalten ihr gegenüber gewesen war, hatten sie nicht aufhalten können. Ohne sich von ihm zu verabschieden, hatte sie ihm den Rücken gekehrt und war abgereist. Seitdem hatte er kein Wort von ihr gehört. Ihr Handy war abgeschaltet, und er wusste nicht einmal, wo sie genau steckte. Ihre Mutter lebte in Hamburg, aber er traute sich nicht, dort anzurufen. Er hatte Angst vor den unangenehmen Fragen, die Gesine Liebig stellen könnte und auf die er keine Antwort wusste.

»Soll ich vielleicht mal bei ihren Eltern anrufen?« Haie konnte den Zustand, an welchem sein Freund seiner Ansicht zwar selbst schuld war, trotzdem kaum ertragen. Es tat ihm weh, Tom so verzweifelt zu sehen, und er konnte sich vorstellen, dass es Marlene nicht besser erging. Vielleicht war es ihm möglich, zwischen den beiden zu vermitteln. Doch der Freund lehnte sein Angebot ab.

»Sie braucht nur etwas Zeit für sich.« Es klang, als wolle er sich mit diesem einsichtigen Argument lediglich selbst beruhigen, und Haie ahnte, dass Tom aus Angst seine Unterstützung ablehnte. Was nämlich, wenn Marlene ihm nicht verzeihen würde, wenn sie beschlossen hatte, nicht zurückzukehren? Solange er nichts von ihr hörte, konnte er immer noch auf einen positiven Ausgang der Krise hoffen.

»Wir sollten uns langsam auf den Weg machen«, wechselte Tom das Thema. Er war froh über die Ablenkung von seinen Problemen, auch wenn eine Beerdigung nicht unbedingt ein geeigneter Anlass war, um auf andere Gedanken zu kommen. Aber er hatte Haie versprochen, ihn zur Trauerfeier zu begleiten. Immerhin war Kalli Carstensen ein Schulfreund gewesen, da war es nur verständlich, dem Verstorbenen eine letzte Ehre zu erweisen. Außerdem bestand die Möglichkeit, sich ein Bild über die anwesenden Trauergäste zu machen. Eine Beerdigung gab manchmal mehr Aufschluss über die Art der Beziehungen, welche andere zu dem Verstorbenen gehabt hatten, als Befragungen. Vielleicht würde sogar der Mörder am Grab auftauchen. Wer konnte das schon vorhersagen?

Aufgrund des starken Regens beschlossen sie, mit dem Auto zum Friedhof zu fahren. Es war zwar nicht besonders weit, aber aus dem wolkenverhangenen Himmel goss es wie aus Kübeln. Die Scheibenwischer kämpften gegen die Fluten auf der Windschutzscheibe an. Angestrengt starrte Tom zwischen dem Auf und Ab der Wischblätter auf die Straße.

Sie parkten auf dem kleinen Vorplatz zum Friedhof. Der Boden war durch den Regen stark aufgeweicht. Haie trat beim Aussteigen direkt in eine der zahlreichen Pfützen, die sich auf dem matschigen Untergrund gebildet hatten.

»Mist!«, schimpfte er und betrachtete ausgiebig seinen nassen Fuß. Der neue schwarze Lederschuh war beinahe komplett ruiniert.

»Nu komm«, trieb Tom ihn an, der inzwischen ebenfalls ausgestiegen war, »oder willst du da Wurzeln schlagen?«

Das Tor zum Friedhof war weit geöffnet. Am Ende des Kieswegs, der zur Kirche führte, stand der Leichenwagen, aus dem einige Männer gerade den dunklen Eichensarg hoben. Ein mulmiges Gefühl ergriff Tom. Es war nicht so sehr der Gedanke an den Leichnam, der sich in dem schweren Holzkasten befand, sondern vielmehr die Vorstellung, einmal selbst in solch einer dunklen Kiste zu liegen. Sie folgten den Trägern in einigem Abstand ins Innere des Backsteingebäudes.

Wider Erwarten war die Kirche gut besucht. Nur hier und da gab es noch vereinzelt freie Plätze.

»Hätt' nicht gedacht, dass so viele kommen würden«, flüsterte Haie ihm zu. Tom nickte. Auch er war überrascht, so viele Trauergäste in der kleinen Dorfkirche versammelt zu sehen. Er vermutete jedoch, dass die meisten nicht gekommen waren, um dem ermordeten Landwirt einen letzten Gruß mit auf seinen Weg in die Ewigkeit zu geben, sondern weil Sensationslust sie hierher getrieben hatte.

Jeder wollte dabei sein, wenn das Opfer des Gewaltverbrechens, welches sich vor wenigen Tagen vor ihren eigenen Haustüren ereignet hatte, der Erde übergeben wurde. Würde der Pastor in seiner Trauerrede ein Wort über die ungeklärten Todesumstände verlieren? Würde die Polizei vor Ort sein? Und der Mörder? War er vielleicht unter den Trauergästen?

Und selbstverständlich wollte man nicht verpassen, wenn sich eventuell eine Tragödie am Grab des Ermordeten abspielte. Würde die Familie überhaupt kommen? All dies waren Gründe, warum die Menschen in Scharen zu dieser Trauerfeier strömten.

Der Sarg wurde im vorderen Bereich des Kirchenschiffs, gesäumt von Kerzen und Blumenkränzen, aufgebaut. Tom und Haie hatten jeweils einen Platz in einer der hinteren Reihen ergattern können. Sie blickten sich interessiert um.

In der vordersten Reihe saßen Sophie Carstensen und ihr Sohn Ulf, daneben die Schwägerin Irmtraud. Kallis Bruder war nicht gekommen. Haie hatte es nicht anders erwartet. Die Carstensens waren bekannt für ihren Sturkopf und Starrsinn.

Die meisten anderen Gäste kannte er ebenfalls. Nur eine Reihe vor ihnen saß Thamsen, der sich anscheinend von der Beerdigung neue Ermittlungsansätze versprach. Wahrscheinlich tritt auch er auf der Stelle, mutmaßte Haie über die Gründe für die Anwesenheit des Kommissars und dachte an seine eigenen Nachforschungen, die in den letzten Tagen immer mehr ins Stocken geraten waren.

Er hatte aufgrund des verdächtigen weißen Wagens auf eigene Faust sämtliche Autovermietungen im Umkreis angerufen. Doch entweder erhielt er als Privatperson keine Auskunft, oder aber man teilte ihm mit, dass es in den letzten Tagen keinerlei Schäden an den vermieteten Autos gab. Der Wagen, dem Kalli Carstensen jedoch zum Opfer gefallen war, musste erhebliche Blessuren aufgewiesen haben. Das jedenfalls hatte Kommissar Thamsen behauptet, als er ihnen von der Todesursache berichtete. Der Aufprall musste derart heftig gewesen sein; unter Garantie waren auch Schäden am Fahrzeug entstanden.

Vielleicht hatte der Fahrer des Wagens, den Ole Jessen und Manni Thiele des Nachts durch Risum-Lindholm hatten rasen sehen, aber auch gar nichts mit dem Tod des Landwirts zu tun. Doch wenn der Täter nicht aus dem Dorf kam, sondern tatsächlich von außerhalb, dann würde diese Tatsache für Barne Christiansen als möglichen Mörder sprechen. Der allerdings hätte sich einen Mietwagen nehmen müssen. Es sei denn, er war mit seinem eigenen Pkw aufs Festland gereist, schoss es ihm plötzlich durch den Kopf.

Aber besaß Barne überhaupt ein Auto? Und hatte die Polizei diesen auf Spuren untersucht? Er beschloss, den Kommissar später darauf anzusprechen.

Die Kirche war mittlerweile bis auf den letzten Platz besetzt. Orgelmusik setzte ein, der Pastor trat neben den Sarg. Beinahe unmerklich nickte er der Witwe zu, ehe er die Hände faltete und die Augen zu einem stillen Gebet schloss, welches bis zum Schlussakkord des vorgetragenen Liedes aus Händels Oper ›Xerxes‹ andauerte.

»Liebe Familie des Heimgegangenen, Freunde und Gäste, liebe Trauergemeinde. Wir haben uns hier im Haus des Herrn versammelt, um Abschied von Kalli Carstensen zu nehmen.«

Ein lautes Schluchzen ertönte bereits nach den wenigen ersten Worten des Geistlichen. Haie reckte neugierig seinen Hals, sah, wie Ulf Carstensen tröstend den Arm um seine Mutter legte.

»Unvermittelt und vor allen Dingen gewaltsam wurde unser lieber Bruder aus unserer Mitte gerissen. Wir alle fragen uns warum? Wieso lässt Gott so etwas zu? Aber ich sage euch, die Wege des Herrn sind nun einmal unergründlich.«

Dirk Thamsen, der zwischen zwei älteren Damen in raschelnden schwarzen Kleidern saß, zog ein wenig abfällig seine rechte Augenbraue hoch. Er schlussfolgerte bereits aus den einleitenden Worten des Pastors, dass dieser in seiner Trauerrede keinerlei Spekulationen über einen möglichen Täter zum Ausdruck bringen würde.

Er bedauerte diesen Umstand, denn nur zu gern hätte er die Reaktionen der anwesenden Trauergäste gesehen, wenn der Geistliche Hypothesen über den vom Weg abgekommenen Mörder aufstellte oder vielleicht sogar den Verdacht äußerte, dass der mutmaßliche Täter sich unter ihnen befand.

In einer modernen religiösen Welt musste so etwas doch erlaubt sein, oder?

Aber wie so häufig brachte der Pastor den brutalen Mord eines Dorfbewohners mit dem unergründlichen Plan Gottes in Verbindung und legte über das Geschehen die göttliche Allmacht, deren Ausmaß einem kleinen Erdenbewohner nicht einmal annähernd bewusst sein konnte. Wahrscheinlich war das der Grund, warum er vor Jahren aus der Kirche ausgetreten war. Er war Polizist, da ließen sich Verbrechen nun einmal nicht mit einem Gottesplan erklären. Jede Tat hatte Thamsens Auffassung nach ein Motiv, einen Grund, warum der Täter so und nicht anders handelte. Ob das nun von Gott gewollt war, sei einmal dahingestellt. Aber um in die Abgründe eines grausamen Verbrechens hinabzugleiten, war es nun einmal notwendig, dessen Hintergründe zu erforschen. Da konnte man einen Raubmord oder ein Eifersuchtsdrama nun einmal nicht mit Gottes Willen begründen. Wer wusste denn, ob es der Wille des Allmächtigen war, dass die Menschen sich gegenseitig die Köpfe einschlugen? Was war das überhaupt für ein Gott, der solche Verbrechen zuließ oder vielmehr sogar anstrebte?

Er schüttelte kaum merklich den Kopf und zog damit die Blicke der beiden in Schwarz gekleideten Damen auf sich. Seine unbedachte Geste stand wohl in einem krassen Gegensatz zu dem, was der Geistliche gerade über den dahingeschiedenen Landwirt gesagt hatte.

Allerdings schloss der Pastor gerade seine Trauerrede mit einem weiteren Gebet und stellte anschließend die Frage an die anwesenden Gäste, ob unter ihnen jemand sei, der ein paar tröstende Abschiedsworte sprechen wollte.

Der Raum wurde plötzlich von einer Unruhe erfasst, welche an die Atmosphäre in einem Klassenraum erinnerte, in dem der Lehrer auf der Suche nach einem Freiwilligen war, der an die Tafel treten sollte.

Blicke huschten durch das Kirchenschiff. Erwartungsvoll wurden die Hälse verdreht. Doch auch auf dieser letzten Feier, der Kalli Carstensen, wenngleich auch tot in einem Holzkasten liegend, beiwohnte, wurde deutlich, dass der Verstorbene sich nicht allgemeiner Beliebtheit im Dorf erfreut hatte. Keiner der anwesenden Gäste erklärte sich bereit, auch nur wenige gute Worte über den Verstorbenen zum Ausdruck zu bringen. Lieber schwieg man, als heuchlerische Phrasen vorzutragen. Das musste man den Leuten hier im Norden zugutehalten. Ehrlichkeit wurde großgeschrieben.

Und so erklang erneut nach einem kurzen Augenblick der Stille laute Orgelmusik, und vier auserwählte Männer erhoben sich, um den schweren Holzsarg an seinen Ecken zu fassen und durch den Mittelgang nach draußen zu tragen.

Die Trauergäste standen ebenfalls auf und formatierten sich zu einer dunklen Menge, die dem Sarg in einigem Abstand folgte. Auch die beiden Damen neben Thamsen richteten sich unter dem Rascheln ihrer Kleider auf und drängten ihn mit in den Mittelgang.

Die beiden Freunde gliederten sich in die Reihe der Trauergäste ein. Tom drehte sich suchend nach Haie um, der einige Meter hinter ihm ging. Er fühlte sich unwohl in der schiebenden Menge und versuchte, sich zurückfallen zu lassen. Doch die ins Freie drängenden Menschen zogen ihn mit sich, bis er schließlich die niedrige Kirchentür passierte und einen Schritt zur Seite treten konnte.

»Mensch«, flüsterte er seinem Freund zu, als dieser endlich neben ihn trat, »was ist das denn für eine kuriose Veranstaltung?« Der zuckte mit den Schultern. »Hast du etwas anderes erwartet?«

Hatte er eigentlich nicht. Er wusste ja, dass der Tote nicht besonders beliebt gewesen war. Das durfte auch dem Pastor nicht entgangen sein. Er stellte es sich nicht einfach vor, eine Trauerrede über einen derart unsympathischen Dorfbewohner zu halten. Zumal dieser nun auch noch Opfer eines Gewaltverbrechens geworden war. Das warf ein schlechtes Licht auf die Gemeinde. Wer wollte schon in einem Ort wohnen, in dem ein Mörder sein Unwesen trieb?

Dass sich jedoch nicht ein einziger Redner gefunden hatte, der ein paar persönliche Worte über den Verstorbenen hatte sagen wollen, fand er höchst seltsam. Nicht einmal der Sohn hatte der Mutter zuliebe seine Trauer über den Verlust des Familienoberhauptes zum Ausdruck gebracht. Auf den Beerdigungen, auf denen er bisher gewesen war, hatte sich meist immer jemand gefunden, der eine freundliche Ansprache über den Dahingeschiedenen hielt. Auch wenn diese nicht immer der Wahrheit entsprochen hatte, worüber man jedoch angesichts des Todes der gewürdigten Person meist großzügig hinwegsah.

Der Regen hatte nachgelassen. Sie folgten in einigem Abstand dem Trauerzug zur Grabstelle. Kommissar Thamsen stand etwas abseits der Menge in einem der kleinen Nebenwege, die sich zwischen den Gräbern entlangzogen. Tom und Haie gesellten sich zu ihm. Schweigend betrachteten sie das Vorgehen an der frisch ausgehobenen Grube. Der Sarg wurde langsam an zwei dicken Seilen in das Loch hinabgelassen und verschwand bald aus ihrem Sichtfeld. Dann trat der Pastor vor und sprach ein weiteres Gebet, ehe er nach einer kleinen Schaufel zu seiner Rechten griff und etwas Sand in die Grube schippte. Das dumpfe Klatschen der Erde auf den Holzdeckel des Sarges drang zu ihnen herüber und wieder ergriff Tom dieses mulmige Gefühl. Das

Szenario weckte in ihm abermals das Bewusstsein, sterblich zu sein. Keiner wusste, wann seine Zeit gekommen war, es galt, allzeit bereit zu sein. Er dachte an Marlene. Undenkbar, wenn ihm etwas zustoßen sollte und sie im Streit auseinandergegangen waren. Er musste unbedingt mit ihr sprechen. Ihr erklären, warum er damals so gehandelt hatte, dass er sie liebte und immer mit ihr zusammen sein wollte. Er hatte sie nicht verletzen wollen, seine Lügen waren keine böse Absicht gewesen. Er hatte Angst gehabt, dass sie sich von ihm abwenden würde. Sie musste das wissen. Ungeduldig blickte er auf seine Uhr.

»Hast du noch etwas vor?«, fragte Haie flüsternd.

»Ich muss dringend telefonieren«, erklärte er und entfernte sich über den knirschenden Kiesweg.

Marlene hatte sich nach Monikas Anruf tatsächlich zu ihren Eltern nach Hamburg geflüchtet. Seit Heikes Tod gab es eigentlich keine Freundin, der sie sich anvertrauen konnte, und so war sie in ihr Elternhaus zurückgekehrt. Ihre Mutter hatte auf ihre Ausrede, sie wolle in dem Hamburger Stadtarchiv nach Literatur für ihr Projekt suchen, zwar skeptisch dreingeschaut, aber keine weiteren Fragen gestellt. Sie war froh, die Tochter wieder einmal um sich haben, auch wenn diese ganz offensichtlich nicht ihretwegen gekommen war.

Die ersten beiden Tage hatte Marlene nach dem Frühstück das Haus verlassen und war einfach so durch die Gegend gefahren. Sie hatte lange Spaziergänge an der Elbe entlang unternommen, Hagenbecks Tierpark besucht und den Michel bestiegen. Sie brauchte Zeit für sich, musste sich klar darüber werden, was sie wollte. Konnte sie Tom noch vertrauen? War sie bereit, ihm zu verzeihen? Ihre Gedanken hatten sich immer wieder im Kreis gedreht. Sie war zu keinem Ergebnis gekommen. Zu allem Übel jedoch vermisste sie ihn. Das machte die ganze Situation nicht gerade einfacher für sie.

Um sich abzulenken, war sie in die Unibibliothek gefahren. Als sie vor dem gewaltigen Gebäude der ›Staats- und Universitätsbibliothek‹ gestanden und den Schriftzug des Namensgebers der Bibliothek gelesen hatte, war es ihr wie eine Ewigkeit vorgekommen, seit sie das letzte Mal hier gewesen war. Doch Frau Grau, die ältere Dame von der Ausleihe, bei der Marlene während ihres Studiums zur Stammkundschaft gezählt hatte, erkannte sie sofort wieder und winkte ihr lächelnd zu. Und auch die mannshohen Regale mit den unzähligen Büchern und Zeitschriften begrüßten sie, als sei sie niemals fort gewesen. Langsam schritt Marlene durch die Gänge, bis sie die Abteilung für Geistes- und Kulturwissenschaften erreichte. Hier fühlte sie sich heimisch. Die Bücher strahlten eine solche Ruhe aus, sie griff wahllos eines heraus und setzte sich an einen der Lesetische am Fenster.

Sie wusste nicht, wie lange sie schon so dagesessen und auf den Umschlag des Buches gestarrt hatte, als plötzlich ein Mann neben sie trat.

»Entschuldigung, aber dürfte ich fragen, was du an dem Bild so faszinierend findest?« Wie unter Studenten üblich, duzte er sie.

Marlene hob fragend den Blick. Der dunkelhäutige, junge Mann deutete auf das Buch und gestand, sie bereits seit einer ganzen Weile zu beobachten. Sie errötete sanft und stammelte: »Oh, also wenn Sie das Exemplar benötigen …« Er schüttelte seinen Kopf und wiederholte seine Frage. Erst jetzt las sie bewusst den Titel des Buches. ›Wer gab dir, Liebe, die Gewalt.‹ Die rötliche Farbgebung ihres

Gesichtes intensivierte sich. Wahrscheinlich zog der Mann falsche Schlüsse.

»Da muss ich mich vergriffen haben«, erklärte sie rasch und sprang auf. Die Situation war ihr unangenehm. Sie hatte doch nur ihre Ruhe haben wollen. Auf den Titel der Lektüre hatte sie gar nicht geachtet.

»Was genau suchst du denn?«

Ruhe, hätte sie am liebsten geantwortet. Und eine Lösung für meine Beziehungsprobleme, doch stattdessen sagte sie: »Was über Unterirdische.«

Er konnte ihr ohnehin nicht helfen, weder bei ihren Problemen mit Tom, noch bei der Suche nach entsprechender Literatur. So wie er aussah, studierte er wahrscheinlich Journalismus oder etwas Ähnliches. Das würde auch seine ungeniert neugierige Art erklären, dachte sie. Doch zu ihrem Erstaunen grinste er wissend und fragte, ob sie eher an nordischen Unterirdischen oder an jenen aus der griechischen Mythologie interessiert sei.

»Da gab es auch welche?«

»Selbstverständlich. Denk nur an Hades.«

Ihr Gesicht glühte förmlich. Wie konnte sie nur solch eine dämliche Frage stellen? Natürlich war ihr die griechische Unterwelt bekannt. Dass aber auch ihr Gegenüber sich bei den Göttern und Sagengestalten bestens auskannte, gab ihr zu denken. Sollte ihre weibliche Intuition sie etwa im Stich gelassen haben? Sie stellte ihn auf die Probe.

»Ich suche etwas über Otterbankies.«

Zu ihrer Verwunderung grinste er nur noch mehr. Er stieß einen leichten Pfiff aus, ehe er antwortete: »Da hast du aber Glück. Gerade neulich erst ist mir ein Buch von Philipsen aufgefallen. Warte, ich hole es.«

Mit dynamischen Schritten verschwand er zwischen den

Regalen, um kurze Zeit später mit einem triumphierenden Lächeln und einem schmalen Buch in den Händen wieder aufzutauchen.

»Hier sind etliche Begegnungen aufgezeichnet.« Er reichte ihr das Werk, dem man sein Alter und einen regen Gebrauch bereits ansah.

»Kann ich dir sonst noch irgendwie helfen?«

Sie heftete ihren Blick auf das Buch und schüttelte den Kopf. Es war ihr peinlich, voreilige Schlüsse über ihn gezogen zu haben, und sie fragte sich, ob sie andere Situationen vielleicht auch falsch eingeschätzt hatte. War es dem ehemaligen Dorfbewohner gelungen, sie zu täuschen? Oder hatte Barne Christiansen tatsächlich nichts mit Kalli Carstensens Tod zu tun? Und was war mit dem Anruf von Toms Exfreundin? Hatte Monika wirklich die Wahrheit erzählt? Wieso hatte sie überhaupt angerufen? Marlene wurde plötzlich unsicher. Die Begegnung mit dem Fremden stellte ihre sonst so untrügliche Wahrnehmung infrage. Sie musste sich dringend mit jemandem darüber austauschen. Nur mit wem? Sie löste ihren Blick von dem Buch und schaute geradewegs in das freundliche Gesicht ihres Gegenübers, der immer noch auf eine Antwort wartete. Sie zögerte einen kurzen Augenblick. Der Gedanke, mit einem fremden Mann über ihre Probleme zu reden, schien ihr absurd.

Er hingegen deutete ihr Zögern richtig. »Also ich hätte Lust auf einen Kaffee. Wie sieht es mit dir aus?«

Nach der Beerdigung hatte die Familie des Verstorbenen noch zu einer Kaffeetafel in die Gastwirtschaft im Dorf eingeladen. Der kleine Gastraum war gut gefüllt. Keiner der anwesenden Gäste zögerte, sich auf Kosten des unbeliebten Dorfbewohners den Bauch mit köstlichem Kuchen vollzuschlagen.

Auch Tom und Haie waren der Einladung gefolgt und hatten sich zusammen mit Kommissar Thamsen an einem Tisch in der Nähe der Tür niedergelassen. Haie griff sofort das Thema des verdächtigen weißen Pkws auf. Endlich konnte er seine Frage bezüglich Barne Christiansens Wagen stellen, die ihm förmlich auf der Zunge brannte.

»Herr Christiansen hat ein Alibi. Meine Flensburger Kollegen haben das überprüft«, antwortete Thamsen und fügte hinzu, man würde auf der Insel außerdem dieselben Kennzeichen wie im restlichen Kreisgebiet führen.

»Und?«, warf Haie ein. Er war sich nicht sicher, ob die beiden Stammtischbrüder tatsächlich ein auswärtiges Kennzeichen wahrgenommen hatten. Immerhin waren sie auf dem Heimweg von der Gastwirtschaft und mit Sicherheit nicht mehr nüchtern gewesen. Davon konnte man ausgehen.

»Wer weiß, was die sich in ihrem Rausch zusammengesponnen haben?«

»Halten Sie es eigentlich für möglich, dass es jemanden mit einem ähnlichen Motiv wie Barne Christiansen gibt?«, schaltete Tom sich unvermittelt in die Unterhaltung ein. Ihm war der Gedanke bereits auf dem Friedhof gekommen, als er durch Zufall das Grab von Birthe Christiansen entdeckt hatte. Es war nicht auszuschließen, dass noch andere Personen von dem Verkauf des Genmaises gewusst hatten. Vielleicht gab es sogar weitere Todesfälle in dem Dorf, welche die Hinterbliebenen mit dem schadhaften Korn in Verbindung brachten.

»Soweit ich weiß«, entgegnete Thamsen, »gibt es keine weiteren Anzeigen.«

»Das muss ja nichts heißen«, konterte Haie und beschloss, sich diesbezüglich in den nächsten Tagen einmal umzuhören.

Kaffee und Kuchen wurden serviert, und langsam löste sich die angespannte Stimmung. Zwar war es immer noch verhältnismäßig ruhig in dem Raum, aber allmählich wurden an den Tischen erste Gespräche aufgenommen. Thamsen betrachtete die anwesenden Gäste. Einige kannte er bereits von seinen Ermittlungen. An einem Tisch weiter hinten im Raum saßen Sophie und Irmtraud Carstensen sowie der Sohn des Verstorbenen. Der Mann zur Linken der Witwe war ihm allerdings nicht bekannt. Er lehnte sich zu seinem Tischnachbarn hinüber.

»Wer ist denn der grauhaarige Mann?«

Haie schielte unauffällig zu dem fremden Gast.

»Das ist Martin«, antwortete er und schob sich ein großes Stück Butterkuchen in den Mund.

»Und wer ist dieser Martin?« Tom interessierte sich nun auch für den Unbekannten, konnte allerdings ebenso wenig mit der komprimierten Auskunft des Freundes etwas anfangen wie der Kommissar, dessen Gesicht ein einziges großes Fragezeichen zu sein schien.

Haie kaute und schluckte.

»Kommt ursprünglich auch aus dem Dorf. Ist Anwalt. Ich vermute, er hat Kalli im Erbstreit vertreten. Wahrscheinlich kümmert er sich jetzt auch um den Nachlass.«

»Dann ist das Dr. Münsterthaler?«

Thamsen reckte sich, um einen besseren Blick auf den Advokat zu haben. Der große grauhaarige Mann trug einen schlichten Anzug, darunter ein weißes Hemd. Sein Gesicht wurde von einer klobigen Hornbrille beinahe zur Hälfte bedeckt. Die andere Hälfte verbarg sich unter einem voluminösen Backenbart. Er unterhielt sich eingehend mit Irmtraud Carstensen, die unablässig zu seinen scheinbar interessanten Ausführungen nickte.

»Dass die sich mit dem überhaupt unterhält.«

»Wieso denn nicht? Schließlich ist er ein alter Bekannter.« Haie stopfte sich ein weiteres Stück Kuchen in den Mund.

»Der hat ihren Mann verklagt«, gab Thamsen zu bedenken. Soweit er es den anwaltlichen Schreiben entnommen hatte, wollte Dr. Münsterthaler den Verkauf des Elternhauses erzwingen. Verständlich, dass Friedhelm Carstensen der Trauerfeier nicht beigewohnt hatte. Allerdings machte ihn diese Tatsache auch wiederum verdächtig. Vielleicht steckte hinter seinem Fernbleiben doch mehr als nur die Wut auf den geldgierigen und Gerüchte verbreitenden Bruder? Irmtraud Carstensen besaß zumindest den Anstand, dem Schwager die letzte Ehre zu erweisen. Dabei mussten auch ihr die Streitigkeiten nahegegangen sein. Das jedenfalls war der Eindruck, den er bei seinem Besuch der beiden gewonnen hatte.

Die ersten Schnäpse wurden ausgeschenkt, und die Lautstärke in dem kleinen Gastraum schwoll beachtlich an. Tom schüttelte beim Anblick der anderen Gäste verständnislos den Kopf. Während die trauernde Witwe mit gesenktem Blick und hängenden Schultern dasaß, unterhielt man sich um sie herum prächtig. Er fragte sich, warum sie sich diesem seltsamen Schauspiel aussetzte. Nur weil es Tradition war? Weil es sich eben so gehörte? Wer war nur jemals auf die Idee des sogenannten Leichenschmauses gekommen? Er blickte zu Haie, der gerade seinen Teller hob, um sich ein drittes Stück Kuchen reichen zu lassen.

»Also, wenn ich sterbe, will ich auf gar keinen Fall, dass sich die Leute den Bauch auf mein Ableben hin vollschlagen«, zischte er ihm zu. »Und erst recht keinen Alkohol.« Er wandte seinen Blick zum Nachbartisch, an dem bereits die dritte Runde Hochprozentiges ausgeschenkt wurde. Der

Freund, der diese Art von Zusammensein nach einer Beerdigung nicht anders gewohnt war, schaute ihn verwundert an, doch seine Frage nach dem Warum wurde jäh unterbrochen.

Friedhelm Carstensen riss die Tür zur Gaststube auf und torkelte durch den Raum. Anscheinend hatte er seinen ganz persönlichen Abschied von seinem Bruder gefeiert und dabei tief in das eine oder andere Glas geblickt. Wie zur Bestätigung, dass dieser Tag für ihn Anlass zur Freude gab, forderte er die anwesenden Gäste, die bei seinem polternden Auftritt augenblicklich verstummt waren, auf, kräftig zu feiern.

»Heute ist ein Tag der Freude«, lallte er fröhlich in die Runde, »mein Bruder hat endlich bekommen, was er verdient. Los lasst uns darauf trinken.« Er griff wahllos nach einem der Gläser, die überall zahlreich auf den umliegenden Tischen standen. Tom beobachtete ebenso wie all die anderen Gäste das peinliche Schauspiel. Eigentlich sah er es als des Kommissars Pflicht, dem beschämenden Auftritt Friedhelm Carstensens ein Ende zu bereiten. Doch Thamsen saß wie angewachsen auf seinem Stuhl und verfolgte gebannt das Geschehen. Wahrscheinlich wartete er auf die Reaktionen der anderen Gäste, von denen er sich neue Erkenntnisse für den Fall erhoffte. Doch die Männer und Frauen hockten bewegungslos an den Tischen. Ein betretenes Schweigen legte sich über den Raum.

Plötzlich sprang Irmtraud Carstensen wie vom Blitz getroffen von ihrem Stuhl auf, der durch die heftige Bewegung polternd zu Boden fiel. Anscheinend hatte es einige Minuten gedauert, bis ihr bewusst geworden war, dass es ihr Mann war, der betrunken in der Gastwirtschaft herumpöbelte.

»Komm Friedhelm, lass gut sein.« Sie versuchte, ihn am Arm in Richtung Tür zu zerren, doch er riss sich immer wieder los. Hilflos blickte die Ehefrau durch die Gaststube, dabei versuchte sie immer wieder erneut, ihren betrunkenen Mann zum Ausgang zu ziehen. Thamsen beobachtete, wie Sophie Carstensen ihren Sohn leicht mit dem Ellenbogen anstieß, der sich daraufhin erhob und zwischen den Tischen hindurch zu seinem Onkel zwängte.

»Nu komm man.« Er hakte sich bei ihm unter und zog ihn zur Tür. Der Betrunkene bewegte sich durch den starken Griff des Neffen zunächst einige Schritte Richtung Ausgang, dann aber schien er plötzlich wahrzunehmen, wer an seiner Seite war. Mit einem kräftigen Ruck befreite er sich aus der Umklammerung und stieß Ulf Carstensen von sich. Der stolperte rückwärts gegen einen Tisch. Das Geschirr darauf schepperte laut.

»Geh mir weg!«, schrie Friedhelm Carstensen. »Bist auch nicht besser als dein Alter.«

Er spuckte auf den Boden. »Dir geht's doch auch nur ums Geld! Geld, Geld, Geld! Den feinen Herrn Advokaten hast du ja auch schon eingeladen!«

Er wankte ein paar Schritte auf den Tisch zu, an dem der Rechtsanwalt und die Witwe wie versteinert auf ihren Stühlen saßen. Sophie Carstensens Augen waren weit aufgerissen. Ihr Gesicht war kreidebleich. Sie schien nicht glauben zu wollen, was sich wenige Meter von ihr entfernt abspielte. Befand sie sich tatsächlich auf der Trauerfeier ihres verstorbenen Gatten? Und war der Mann, der sich kaum auf den Beinen halten konnte und bösartige Parolen durch den Raum grölte, ihr Schwager, der seinen Bruder durch einen kaltblütigen Mord verloren hatte?

»Schluss jetzt!«, schrie sie unvermittelt und schlug mit ihrem Gipsarm auf die Tischplatte, dass es nur so krachte. »Raus, alle raus!« Sie preschte von ihrem Stuhl hoch. Dr. Münsterthaler versuchte, sie zurückzuhalten, doch vergeblich. Sophie Carstensen eilte mit großen Schritten auf ihren Schwager zu, schwang dabei drohend ihren schweren Arm.

Tom, der sich sowieso gewundert hatte, dass man dem Unruhestifter noch keinen Einhalt geboten hatte, stand auf und zog dabei seinen Freund mit vom Tisch hoch.

»Komm, fass mit an.«

Gemeinsam packten sie Friedhelm Carstensen, der sich lautstark dagegen wehrte, und beförderten ihn nach draußen. Kommissar Thamsen und Irmtraud Carstensen folgten ihnen in sicherem Abstand.

Es hatte wieder zu regnen begonnen, doch die Abkühlung tat dem erhitzten Gemüt des Betrunkenen gut. Langsam wurde er ruhiger.

»Ich fahre Sie nach Hause«, bot Thamsen an und lief los, um seinen Wagen zu holen. Vermutlich hoffte er, der Bruder des Ermordeten würde in seinem jetzigen Zustand wichtige Informationen ausplaudern.

Tom und Haie halfen, den betrunkenen Mann auf den Rücksitz des dunkelblauen Fords zu verfrachten. Kaum hatten sie die Wagentür zugeschlagen, gab der Kommissar auch schon Gas und bog nach links in die Dorfstraße ein. Die beiden standen auf dem kleinen Vorplatz und blickten nachdenklich dem davonfahrenden Auto hinterher.

»Also ich glaub nicht, dass Friedhelm etwas mit dem Mord an seinem Bruder zu tun hat«, entgegnete Haie, nachdem Thamsen an der Verkehrsinsel abermals links abgebogen und der Pkw aus ihrem Blickfeld verschwunden war.

»Aber ganz koscher ist der nicht«, wandte Tom ein.

Er konnte den skurrilen Auftritt des Betrunkenen zwar nicht wirklich in die Geschehnisse einordnen, aber in ihm breitete sich immer stärker das Gefühl aus, Friedhelm Carstensen könne nicht unbeteiligt an dem Mord gewesen sein.

»Der ist einfach fertig mit der Welt«, versuchte Haie, das sonderbare Verhalten des anderen zu erklären. Und das sei ja wohl nun wirklich nachvollziehbar. Der Streit um das Erbe habe ihm vermutlich mehr zugesetzt als es auf den ersten Blick schien. Nicht zu vergessen die hässlichen Gerüchte, die Kalli im Dorf über ihn verbreitet hatte. So etwas zerrte doch an den Nerven. Ganz abgesehen von der Schmach, die sein Bruder ihm damit bereitet hatte. Egal wie wenig Wahrheit solch böswilliges Gerede auch beinhalte, ein bisschen davon blieb immer an dem Verspotteten hängen.

»Wer den Spott hat, braucht für den Schaden nicht zu sorgen«, untermauerte Haie seine Erläuterungen.

»Es heißt, wer den Schaden hat, braucht für den Spott nicht zu sorgen«, korrigierte Tom, doch der Freund ging darauf gar nicht ein, sondern fuhr mit seinen erklärenden Ausführungen fort.

»Und dann der Mord. Plötzlich steht er unter dem Verdacht, seinen eigenen Bruder umgebracht zu haben. Und Kommissar Thamsen ist sicherlich nicht der Einzige, der Friedhelm verdächtigt. Dass man da irgendwann ausrastet, ist doch nur verständlich, oder?«

12

Marlene hatte sich von ihrer Bibliotheksbekanntschaft in ein zauberhaftes Café in der Nähe des Campus entführen lassen.

Zunächst unterhielten sie sich über die nordischen Unterirdischen. Ari, so hieß der junge Mann aus der Unibücherei, studierte Germanistik und Geschichte und hatte im letzten Semester eine Hausarbeit über sagenumwobene Geister im norddeutschen Sprachgebiet verfasst. Begeistert, in Marlene eine interessierte Zuhörerin gefunden zu haben, erzählte er ihr von zahlreichen Geschichten über Zwerge und Spukgestalten, die zum Teil nur mündlich überliefert waren. Doch Marlene war nicht bei der Sache, immer wieder schweiften ihre Gedanken ab. Ihrem aufmerksamen Begleiter entging das zunächst. Erst als er sie nach dem Grund für ihr Interesse an der nordischen Geisterwelt fragte, bemerkte er, dass sie seine Erzählungen nicht wirklich verfolgt hatte.

»Hast du Stress?«, versuchte er, den Grund ihrer Unaufmerksamkeit zu ermitteln. Sie nickte, allerdings zögerte sie immer noch, mit einem Fremden über ihre Beziehungsprobleme zu sprechen. Auch wenn der junge Mann sehr nett und aufmerksam war; sie konnte ihm doch nicht von ihren Schwierigkeiten mit Tom erzählen. Deshalb schob sie zunächst den Mord an Kalli Carstensen vor und schilderte, was sich vor einigen Tagen in dem Dorf, in dem sie lebte, ereignet hatte.

»Echt krass«, kommentierte Ari ihre Darstellung der aktuellen Ereignisse in Risum-Lindholm. Sie erzählte von dem Leichenfund, dass der Tote ein alter Schulkollege ihres Freundes gewesen sei und sie sich deshalb an der Mördersuche beteilige.

»Es gibt jede Menge Verdächtige, aber mittlerweile bin ich mir unsicher, welches das stärkere Motiv für einen Mord ist. Geld oder Liebe?«

Er wiegte nachdenklich seinen Kopf hin und her, und sie berichtete von dem Erbstreit und Barne Christiansens Anschuldigungen gegen den Ermordeten.

»Liebe ist schon ein ziemlich starkes Motiv«, unterstützte Ari ihren Verdacht, gab jedoch zu bedenken, dass womöglich noch weitere Personen Kalli Carstensen lieber tot als lebendig hatten sehen wollen.

»Was ist denn mit der Ehefrau? Ich hab mal gelesen, dass häufig auch die Frauen als Mörderinnen ihrer Ehegatten auftreten.« Marlene runzelte ihre Stirn.

»Und welches Motiv soll Sophie Carstensen deiner Meinung nach gehabt haben? Eifersucht kommt doch wohl kaum in Betracht, dann hätte sie ja wohl eher die Nebenbuhlerin umgebracht, oder?«

Ihr Gegenüber lächelte über ihre direkte und unverblümte Schlussfolgerung. Er fand sie sympathisch.

»Da gibt es viele Gründe, warum eine Frau ihren Mann umbringt. Habt ihr die Familienverhältnisse schon einmal durchleuchtet? Vielleicht wollte er sich scheiden lassen? Oder er hat sie jahrelang gepiesackt. Gewalt in der Ehe ist bestimmt ein ebenso verbreitetes Mordmotiv wie Geld oder Liebe. Sie muss ja nicht immer körperlich angewandt werden.«

»Gewalt in der Ehe?«

Marlene schüttelte ungläubig ihren Kopf. Nicht, dass sie von dem Umstand, dass einige Männer ihre Ehefrauen wie den letzten Dreck behandelten, noch nie etwas gehört hatte, doch konnte diese Tatsache wirklich in Betracht gezogen werden? Die Frau konnte doch gehen. Da musste man ja nun nicht gleich zur Mörderin werden. Sie blieb skeptisch.

»Nehmen wir einmal an, Kalli Carstensen hätte seine Frau misshandelt. Meinetwegen jahrelang. Wieso aber sollte sie ihn dann umgebracht haben? Sie hätte doch ihre Koffer packen und gehen können.«

Ari nickte. Das hätte Sophie Carstensen sicherlich tun können. Aus Marlenes und seiner Sicht wäre das unter Garantie die einfachste Lösung des Problems gewesen. Doch sie durften auch nicht vergessen, dass die Frauen, die unter häuslicher Gewalt litten, in einem Zwiespalt steckten.

»Wer gab dir Liebe die Gewalt? Oder vielleicht sollte man in solch einem Fall lieber fragen: Wer gab dir Liebe die Kraft, all die Gewalt zu ertragen?«

Sophie Carstensen saß in eine karierte Wolldecke gehüllt auf dem Sofa und blickte auf die dampfende Tasse Tee, die Ulf vor ihr auf den hölzernen Couchtisch gestellt hatte. Das feine Bändchen des Teebeutels hing einsam und verlassen über den Becherrand. Dem eckigen Etikett an dessen Ende entnahm sie, dass ihr Sohn einen Kamillentee, vermutlich zur Beruhigung, für sie aufgebrüht hatte.

Doch sie war ganz ruhig, beinahe gelähmt. Nur das schmerzhafte Pochen in ihrem Arm erinnerte sie daran, dass sie noch lebendig war. Dabei hätte sie sich nach dem peinlichen Vorfall in der Gastwirtschaft am liebsten in Luft aufgelöst. Wollte nicht mehr da sein, sondern den mitleidigen Blicken der anderen entfliehen. Sie konnte sich ohnehin denken, was man über Friedhelms Auftritt dachte und darüber im ganzen Dorf reden würde. Sie wollte davon nichts hören.

Nachdem ihr Schwager endlich aus dem Lokal entfernt worden war, hatte Martin Münsterthaler ihr angeboten, sie nach Hause zu begleiten. Doch sie hatte dankend abgelehnt. Sie wollte nach dem beschämenden Schauspiel in der Wirtschaft allein sein.

Sophie Carstensen griff nach der Teetasse und schloss die Augen. Das war es nun also gewesen. Sie hatte ihren Ehemann beerdigt, das gemeinsame Leben war damit endlich vorbei. Nun war sie auf sich allein gestellt. Doch wie sollte es weitergehen? Wollte sie überhaupt im Dorf bleiben? Würde sie das Gerede der Leute ertragen können?

Und wohin sollte sie gehen? Ihr Zuhause und ihre Familie waren doch nun einmal hier. Oder hatte sie keine Familie mehr? Die vielen Fragen, auf die sie keine Antwort wusste, surrten wie ein wild gewordener Bienenschwarm durch ihren Kopf. Äußerlich ganz ruhig, fühlte sie sich innerlich aufgewühlt und zerrissen.

Sie hörte Schritte. Ulf betrat das Wohnzimmer. Sein Blick wirkte besorgt, als er fragte:

»Ich müsste dann los. Kommst du zurecht?«

Sie nickte. Was sollte sie auch anderes tun? Mühsam erhob sie sich von der abgewetzten Couch und begleitete den Sohn zur Tür.

»Meinst du eigentlich, Friedhelm ist wirklich froh, dass Papa tot ist?« Der Vorfall auf der Trauerfeier ließ ihr keine Ruhe.

»Ach, Mama«, seufzte Ulf, »Onkel Friedhelm war nur betrunken. Papas Tod macht ihm, glaube ich, mehr zu schaffen, als wir denken. Mach dir nicht allzu viele Gedanken. Ich ruf dich später an.« Er küsste seine Mutter flüchtig auf die Wange, bevor er das Haus verließ und durch den Regen zu seinem Wagen lief.

Sophie Carstensen beobachtete, wie er in seinen alten Mercedes stieg und davonfuhr. Er ist froh, dem allen hier entfliehen zu können, dachte sie und schloss die Tür, nachdem der Wagen den Hof verlassen hatte und das Motorengeräusch verklungen war.

»Wenn ich das doch auch nur könnte«, seufzte sie und ging zurück ins Wohnzimmer.

Haie schloss gerade die Haustür auf, als er das Telefon im Flur klingeln hörte.

»Ketelsen?«

Es war Marlene. Ohne Umschweife erzählte sie von dem Verdacht, die Witwe des Ermordeten könne eventuell etwas mit dessen Tod zu tun haben. Ihre Stimme klang aufgeregt.

»Ich habe mich mit einem völlig Unbeteiligten über die ganze Angelegenheit unterhalten, und der ist auf die Idee mit der Misshandlung gekommen.«

Haie dachte an Sophie Carstensens angeblichen Fahrradunfall. Die Sache war ihm zwar merkwürdig vorgekommen, dennoch traute er der Hinterbliebenen keinen Mord zu.

»Heute war übrigens die Trauerfeier. Friedhelm Carstensen hat sich einen unmöglichen Auftritt geleistet.« Er berichtete ihr von dem Vorfall in der Gastwirtschaft.

»Das klingt mir aber verdächtig«, entgegnete sie. »Hast du denn mal mit ihm gesprochen?«

Er verneinte. Dazu sei er überhaupt noch nicht gekommen. Und Ole Jessen und Manni Thiele wollte er zu dem auffälligen weißen Wagen auch noch befragen.

»Wir könnten hier dringend deine Hilfe gebrauchen. Wann kommst du zurück?«

Sie zögerte. Natürlich würde sie dem Freund gerne bei der Suche nach dem Mörder seines Schulfreundes unterstützen, wenn da nicht diese ungeklärte Sache mit Tom wäre.

»Ihr solltet euch aussprechen«, versuchte er zu vermitteln.

»Mhm.«

»Ihr könnt das nicht einfach aussitzen. Tom tut die ganze Sache unheimlich leid. Er hatte vor, dir von Monika zu erzählen, aber irgendwie hat er nie den passenden Augenblick gefunden.«

»In über drei Jahren kein passender Augenblick?«

Sie hatte recht. Auch ihm war es unverständlich, wie Tom so lange hatte schweigen können. Er hätte mit Marlene sprechen müssen. Spätestens, nachdem Monika sich wieder gemeldet hatte. Doch nun war es dafür zu spät. Jetzt konnte er nur noch versuchen zu retten, was zu retten war, und Haie empfand es als seine Pflicht, den Freund dabei zu unterstützen.

»Ich kann verstehen, dass du enttäuscht und verletzt bist. Aber gib ihm eine Chance. Er liebt dich!«

Er hörte sie schwer atmen. »Ich denk drüber nach«, antwortete sie schließlich.

13

Thamsen lenkte seinen Wagen über die Bundesstraße Richtung Flensburg. Kurz hinter Handewitt fuhr er auf die Autobahn. Er hatte einen Termin bei Dr. Münsterthaler in Rendsburg.

Während der Fahrt ging er in Gedanken nochmals die Geschehnisse des vergangenen Tages durch. Die kuriose Trauerfeier, der beschämende Auftritt Friedhelm Carstensens in der Gaststätte und das seltsame Gespräch, welches sich ergeben hatte, während er den Betrunkenen und dessen Frau nach Hause brachte. Wiederholt hatte der Bruder des Ermordeten betont, er sei froh, dass das unliebsame Familienmitglied endlich unter der Erde sei. Irmtraud Carstensens Versuche, ihren Mann zurechtzuweisen, waren erfolglos geblieben. Sie hatte sich immer wieder für das unmögliche Verhalten ihres Ehegatten entschuldigt, der lauthals vom Rücksitz verkündete, was für ein Schwein sein Bruder gewesen sei und er es nicht anders verdient hätte, als dass irgendjemand ihm endlich den Garaus machte.

»Und dieser jemand waren nicht zufällig Sie?«, hatte Thamsen gefragt, worauf der betrunkene Bäckergeselle nur lauthals gelacht hatte.

»Wegen so einem mach ich mir doch nicht die Hände schmutzig.«

Er nahm die Ausfahrt vor der Brücke über den Nord-Ostsee-Kanal und folgte der B 203 Richtung Rendsburg. Dr. Münsterthalers Büro lag in einem gepflegten Stadtteil. Das imposante Gebäude, in dem sich die Kanzlei des Anwalts befand, ließ darauf schließen, dass er an den Streitigkeiten anderer Leute gut verdiente.

Eine freundliche junge Sekretärin, die das absolute Gegenteil von dem Bürodrachen, mit dem er vor einigen Tagen telefoniert hatte, war, führte ihn in ein geräumiges Büro, das stilvoll mit teuren, antiken Möbeln eingerichtet war.

»Bitte nehmen Sie Platz«, forderte sie ihn mit einem Lächeln auf. »Dr. Münsterthaler kommt gleich zu Ihnen.« Sie zog diskret die schwere Holztür hinter sich zu, als sie das Büro verließ.

Thamsen setzte sich auf einen der beiden Holzstühle, die vor dem massiven Eichenschreibtisch standen, auf welchem eine überdimensionale Büste Theodor Storms thronte, und blickte sich um. In einem riesigen Regal hinter dem Sekretär standen ordentlich aufgereiht zahlreiche Aktenordner, die mit penibler Handschrift klassifiziert waren. An der gegenüberliegenden Wand hing ein gigantisches Ölgemälde. Er stand auf und versuchte, die Signatur des Künstlers zu entziffern.

»Gauguin. Ein Original«, klärte Dr. Münsterthaler ihn auf, während er beinahe lautlos das Büro betrat. Thamsen fuhr erschrocken herum. Der grauhaarige, große Mann stand mitten im Raum und blickte stolz durch seine übergroße Hornbrille auf das farbenfrohe Gemälde. Den dunklen Anzug hatte er gegen einen modischen, naturfarbenen Leinenanzug eingetauscht. Statt einer Krawatte trug er ein rotes Seidentuch locker um den Hals gebunden.

»Kunst war schon immer eine meiner großen Leidenschaften«, fuhr er fort und trat einige Schritte auf das Bild zu. »Je nach Lichteinfall und Blickwinkel erscheint das Kunstwerk dieses grandiosen Meisters in immer neuen Dimensionen. Sehen Sie hier«, er bedeutete Thamsen, sich in seine

Richtung zu bewegen, und erläuterte dann mit ausladenden Gesten die Einzigartigkeit der Pinselführung und Farbwahl. Anschließend komplimentierte er ihn auf die andere Seite des Gemäldes und wiederholte die Prozedur.

Thamsen versuchte angestrengt, den blumigen Ausführungen des Advokaten zu folgen. Er kniff die Augenlider zusammen, konnte jedoch den angeblich unübersehbaren Unterschied in der Bildstruktur nicht erkennen.

»Sehr schön«, kommentierte er knapp das teure Kunstwerk, um anschließend endlich das Gespräch auf den eigentlichen Grund seines Besuchs zu lenken.

»Soviel ich weiß, haben Sie Kalli Carstensen in dem Erbstreit gegen seinen Bruder vertreten.« Dr. Münsterthaler nickte.

»Worum ging es in dem Streit genau?«

»Sie müssen verstehen, dass ich Ihnen dazu keine Auskunft geben kann.« Der Anwalt zog sich hinter seinen stattlichen Schreibtisch zurück und bot Thamsen durch eine entsprechende Geste an, vor dem hölzernen Monstrum Platz zu nehmen.

»Ich bin schon ziemlich lange mit der Familie befreundet. Da ist es ja nur verständlich, dass ich Kalli Carstensen in der Nachlassangelegenheit vertreten habe.«

»Und mit seinem Bruder sind Sie nicht befreundet?«

Dr. Münsterthaler verneinte. Friedhelm Carstensen hatte sich bereits lange von seiner Familie abgewandt. Sie schien ihm nicht wichtig zu sein.

»So?«

Auf Thamsens Stirn bildeten sich starke Falten. Soweit er wusste, war es Friedhelm Carstensen doch um den Erhalt der Familientradition gegangen, als er sich gegen den Verkauf des Elternhauses gesträubt hatte.

»Und der Ermordete. War ihm denn die Familie wichtig?«

»Schon, aber er war auch ein Realist. Sehen Sie, das alte Haus der verstorbenen Mutter verursacht momentan nur Kosten, und je länger der Verkauf herausgezögert wird, umso mehr verliert es an Wert.«

Das war verständlich. Nur Friedhelm Carstensen ging es ja offensichtlich überhaupt nicht um den materiellen Wert des Erbes. Er verband mit dem Haus ganz andere Erinnerungen. Jedenfalls hatte Thamsen das aus seinen Aussagen geschlussfolgert.

»Was passiert denn nun mit dem Erbe? Ich meine, jetzt, wo Herr Carstensen tot ist. Geht der Nachlass auf seine Frau über?«

»Teilweise. Ulf ist natürlich auch erbberechtigt. Aber ich habe mit Sophie noch nicht darüber gesprochen.«

Dr. Münsterthaler schien fest davon auszugehen, dass die Witwe ihn weiterhin mit den Erbangelegenheiten betrauen würde.

»Sagen Sie, haben Sie Kalli Carstensen damals auch in der Angelegenheit bezüglich der unerlaubten Veräußerung von genmanipuliertem Mais juristisch beraten?«

Sein Gegenüber schien erstaunt, dass die Polizei von dem Fall überhaupt Kenntnis hatte.

»Die Anzeige wurde damals fallen gelassen.«

»Weil Kalli Carstensen dafür bezahlt hat. Ein Rat von Ihnen?«

Der Anwalt rutschte nervös auf seinem wuchtigen Ledersessel hin und her. »Derartige Methoden gehören nicht zu meinem juristischen Repertoire«, versuchte er auszuweichen.

»Na«, Thamsen zwinkerte ihm leicht zu, »vielleicht ein gut gemeinter Rat unter Freunden?«

Dr. Münsterthaler schüttelte energisch den Kopf. »Ich berate nur auf seriöse Weise. Das gilt selbstverständlich auch für meine Freunde.« Er erhob sich aus seinem Sessel und deutete freundlich, aber bestimmt zur Tür. »Wenn Sie keine weiteren Fragen haben? Ich habe noch einen wichtigen Termin.«

Kommissar Thamsen überkam plötzlich ein seltsames Gefühl. Die gelassene und souveräne Art des Anwalts war ihm ein bisschen zu plötzlich in hektische Betriebsamkeit umgeschlagen. Beharrlich blieb er auf dem Stuhl sitzen. Für ihn war das Gespräch noch nicht beendet, wenngleich sein Gastgeber bereits ungeduldig neben dem klobigen Schreibtisch stand und nervös seine Handflächen aneinanderrieb.

»Woher kannten Sie Kalli Carstensen eigentlich so gut?«

Dr. Münsterthaler räusperte sich. Anscheinend hatte er keine weiteren Fragen erwartet.

»Ich habe früher auch in Risum-Lindholm gelebt. Bin dort aufgewachsen.« Das war Thamsen bekannt. Aber diese Tatsache stellte seiner Meinung nach keine ausreichende Erklärung dar. Nicht jeder Einwohner des Dorfes war mit dem Ermordeten befreundet gewesen. Ganz im Gegenteil. Die Anzahl der Leute, welche ein gutes Wort über den toten Landwirt verloren hatten, hielt sich eher in Grenzen. Er hakte nochmals nach und fragte ganz konkret nach der Verbindung, die zwischen seinem Gegenüber und dem Mordopfer bestanden hatte.

»Also eigentlich war ich eher mit Sophie befreundet«, rückte der große, grauhaarige Mann schließlich heraus.

Haie war früher als gewöhnlich zur Arbeit geradelt. Er wollte heute bereits kurz nach Schulschluss Feierabend machen; außerdem hatte er noch ein paar Stunden aufzuarbeiten, denn in den letzten Tagen war er eher mit privaten

Ermittlungen beschäftigt gewesen, als sich seiner Tätigkeit als Hausmeister an der Grundschule zu widmen. Er konnte nur froh sein, einen so großzügigen Chef zu haben, der ihm bei seiner Arbeitszeiteinteilung relativ freie Hand ließ. Aber Haie wollte diese Freizügigkeit auf gar keinen Fall ausnutzen und machte sich deshalb an diesem Tag bereits um sechs Uhr fleißig an die Reinigung des Fußbodens der kleinen Sporthalle. Pfeifend fuhr er mit dem Bohnergerät über den Bodenbelag und schaffte es pünktlich zur ersten Unterrichtsstunde, dass die gesamte Fläche sich in einem strahlenden Glanz präsentierte. Anschließend fegte er den Pausenhof und reparierte einen defekten Fahrradständer.

Er arbeitete zügig, und so gelang es ihm rechtzeitig, bevor die Schulglocke das Ende des heutigen Unterrichtstages verkündete, auch den Außenbereich in einem tadellosen Zustand zu versetzen.

Nachdem auch das letzte Kind das Gelände verlassen hatte, machte er Feierabend, schwang sich auf seinen neongelben Drahtesel und fuhr die Herrenkoogstraße Richtung Dorf hinunter.

Ole Jessen stand in seinem Garten und unterhielt sich über den Zaun hinweg mit einem Stammtischbruder. Jens Matthiesen war gestern nicht auf der Trauerfeier gewesen.

»Und dann kam der Friedhelm reingepoltert«, berichtete Ole gerade, als Haie neben ihm abbremste und vom Fahrrad stieg.

»Moin, Moin«, begrüßte er die beiden und schaltete sich unaufgefordert in deren Gespräch ein. »Ja, da hast du gestern echt was verpasst, Jens. Also, was der Friedhelm sich da geleistet hat.«

»Peinlich«, kommentierte Jens Matthiesen den unschönen Auftritt des Bruders des Ermordeten.

»Genauso peinlich wie die bisherigen Ermittlungen der Polizei«, versuchte Haie, die Unterhaltung in die gewünschte Richtung zu lenken.

»Die haben noch nicht mal eine Spur! Und euren verdächtigen Wagen haben die auch noch nicht ausfindig gemacht.«

»Welchen Wagen?«, warf Jens Matthiesen fragend ein.

Ole Jessen blickte überrascht auf. Er konnte ja nicht ahnen, dass Haie gute Kontakte zur Polizei pflegte und deshalb von der Aussage über den rasenden Pkw erfahren hatte. Als der Stammtischbruder, der sich mit seinen Beobachtungen bei der Polizei wichtig hervorgetan hatte, nun allerdings herumdruckste, verkündete Haie dem anderen Gesprächsteilnehmer stolz, es sei nur Ole Jessen und Manni Thiele zu verdanken, dass die Polizei überhaupt einen Anhaltspunkt hätte.

»Dank den beiden weiß man nämlich, dass der Mörder nicht aus dem Dorf kommt. War ja ein auswärtiges Kennzeichen. Stimmt's Ole?«

»Na ja«, lenkte dieser vorsichtig ein. »War ja schon reichlich dunkel. Also so genau hab ich das auch nicht gesehen. Ehrlich gesagt, hab ich gar nicht auf das Kennzeichen geachtet. Hab mich nur gewundert, wer zu solch später Zeit wohl so durchs Dorf heizt.«

Haie nickte. So ähnlich hatte er sich das beinahe gedacht, nachdem sich partout kein weißer Wagen mit auswärtigem Kennzeichen, der an jenem Abend in einen Verkehrsunfall verwickelt gewesen war, bei einer Autovermietung ausfindig hatte machen lassen.

Demzufolge war es also gut möglich, dass der Fahrer und mögliche Mörder Kalli Carstensens aus dem Dorf stammte. Und auch Barne Christiansen gesellte sich damit wieder zu dem Kreis der Verdächtigen.

»Habt ihr denn sehen können, wer am Steuer saß?«

Ole schüttelte bekümmert den Kopf.

»Und waren da mehrere Personen im Auto oder nur eine?« Haie wollte es nun ganz genau wissen, und auch Jens Matthiesen fragte interessiert:

»Was für'n Wagen war das denn?«

»Mensch!«, Ole Jessen riss ob der vielen Fragen, auf die er keine Antwort geben konnte, der Geduldsfaden. »Wir kamen vom Stammtisch und hatten ordentlich einen gehoben. Was weiß ich denn da, was für'n Wagen das gewesen ist. Wahrscheinlich hatte der gar nichts mit dem Mord zu tun.«

»Gut möglich«, bemerkte Haie und stieg wieder auf sein Fahrrad. »Auf jeden Fall solltet ihr eure Aussage bei der Polizei richtigstellen. Am Ende verfolgen die eine völlig falsche Spur. Eventuell hat doch Friedhelm was mit Kallis Tod zu tun. So wie der sich gestern aufgeführt hat. Aber das kann Ole dir erzählen. Ich muss weiter.« Er hob zum Abschied kurz die Hand, ehe er weiter Richtung Risumer Weg radelte.

Dirk Thamsen saß in seinem Büro und arbeitete sich durch den Stapel der Anwaltsschreiben, welche Friedhelm Carstensen ihm freundlicherweise für seine Ermittlungen überlassen hatte. Anne saß an einem kleinen runden Tisch neben der Tür und malte mit Wachsbuntstiften ein farbenfrohes Bild. Er hatte sie nach seinem Besuch bei Dr. Münsterthaler von der Schule abgeholt.

»Was ist das denn hier?«

Einer der Flensburger Kollegen betrat sein Büro und blickte verwundert auf das malende Kind. »Ist das hier etwa eine Kindertagesstätte?«

»Der Hort hat heute zu, und Tante Elsbeth ist krank«,

gab Anne dem schlanken jungen Mann Auskunft. Der schaute fragend auf Thamsen.

»Tante Elsbeth ist die Tagesmutter«, fügte er erklärend hinzu.

Der Beamte nickte und erkundigte sich dann, ob die Befragung des Anwalts neue Erkenntnisse gebracht hätte.

»Na ja, wie man's nimmt.« Thamsen legte den Brief, den er zuletzt gelesen hatte, zurück auf den Stapel.

»Dr. Münsterthaler hat früher wohl auch in Risum-Lindholm gewohnt.«

»Das ist nichts Neues«, kommentierte der andere ungeduldig seine Bemerkung. Dirk Thamsen spürte, wie ihm der Ärger, welchen die herablassende Art seines Gegenübers in ihm aufsteigen ließ, langsam die Luft abschnürte. Was bildete sich dieser junge Schnösel überhaupt ein. Selbst keinerlei Ergebnisse liefern und seine Arbeit arrogant abwerten. Für wen hielt der sich?

Er beschloss, die Tatsache, dass der Anwalt nach eigener Aussage eher mit der Witwe als mit Kalli Carstensen befreundet gewesen war, für sich zu behalten. Und auch sein schlechtes Bauchgefühl, welches den Wahrheitsgehalt von Dr. Münsterthalers Auskünften über seine freundschaftlichen Dienste gegenüber der Familie des Opfers betraf, verschwieg er wohlweislich. Der Kollege interessierte sich seiner Ansicht nach sowieso nicht übermäßig für das, was Thamsen herausgefunden hatte. Und wahrscheinlich schon gar nicht für irgendwelche vagen Vermutungen, die ihm aufgrund seines unguten Empfindens in der Gegenwart des Advokaten durch den Kopf geschossen waren. Sein Spürsinn war hier wohl nicht gefragt. Der junge Kollege glaubte vermutlich, Erfahrung und eine gewisse Menschenkenntnis spielten in ihrem Job keine sonderliche Rolle. Für ihn zählten nur handfeste Beweise, die er möglichst schwarz auf weiß in irgendwelchen Berichten bestätigt bekam. Doch das war in diesem Fall nun einmal schwierig. Sie hatten so gut wie keine Spuren. Da musste man halt verschiedene Ansätze in Betracht ziehen und sich auch einmal von seinen Eindrücken und Gefühlen leiten lassen. Anders kamen sie hier nun einmal nicht weiter. Aber das lernte man nicht auf der Polizeischule, und so jung, wie der Kollege auf ihn wirkte, hatte er diese vor noch nicht allzu langer Zeit gerade erst absolviert.

Er schwieg also über den neuesten Ermittlungsstand in Bezug auf den Anwalt und fragte stattdessen, was denn der Kollege in der Zwischenzeit herausgefunden hatte.

»Wir werden ein Team der Spurensicherung auf die Insel schicken. Der Verdächtige fährt tatsächlich einen weißen Opel Astra.«

Thamsen sah überrascht auf. »Ich dachte, Barne Christiansen hat ein wasserdichtes Alibi?«

Der Kollege trat von einem Fuß auf den anderen. Fast wirkte es so, als müsse er dringend auf die Toilette.

»Uns ist da ein Fehler unterlaufen«, gestand er mit gesenkter Stimme. Seine überhebliche Art war wie weggeblasen.

Dirk Thamsen erhob sich hinter seinem Schreibtisch und ging auf den jungen Beamten zu. Obwohl er selbst nicht besonders groß war, überragte er ihn beinahe um eine Kopflänge. Er genoss es, für einen kurzen Augenblick auf den anderen herabzusehen und ihm nur ein Stück weit den Eindruck zu vermitteln, den er vor wenigen Minuten noch selbst hatte durch den anderen erfahren müssen.

»Das heißt?«

»Wir haben noch einmal die angegebenen Zeiten verglichen. Also Arzttermin und Fährzeiten.«

»Und?«

»Nun ja«, der junge Kollege senkte nun zusätzlich zu seiner Stimme auch den Blick. »Rein theoretisch wäre es dem Verdächtigen doch möglich gewesen, das Festland an diesem Tag noch zu erreichen.«

Tom hatte beinahe bis mittags geschlafen und saß noch am Frühstückstisch, als Haie die Küche betrat.

»Mensch, wie siehst du denn aus?«, äußerte der Freund sich über sein ungepflegtes Aussehen. »Wenigstens rasieren hättest dich können.«

»Ich frühstücke noch«, versuchte Tom sich herauszureden, doch wenn er ehrlich war, verspürte er keine Lust, seine Morgentoilette in Angriff zu nehmen. Seit Marlene nicht mehr da war, erschienen ihm solche Kleinigkeiten irgendwie sinnlos.

Haie ließ sich jedoch nicht täuschen. »Los jetzt!«, scheuchte er ihn vom Tisch auf, »mach dich mal fertig. Wir haben noch eine Menge zu tun.«

»Und das wäre?«

»Erzähl ich dir später. Sieh erst zu, dass du ins Bad kommst.«

Während Tom ins Badezimmer schlurfte, machte Haie sich daran, das Geschirr abzuräumen und den Tisch abzuwischen. Dann holte er aus Marlenes Büro Papier und Stifte.

Als Tom frisch geduscht und rasiert wieder in die Küche kam, hatte er bereits angefangen, eine Liste der möglichen Tatverdächtigen zu erstellen.

»Was machst du da?«

Haie erzählte, was er von Ole Jessen bezüglich des verdächtigen Wagens erfahren hatte.

»Ich denke, es wäre klug, sich mal im Dorf nach einem weißen Pkw umzuschauen.«

»Und wofür machst du dann diese Auflistung da?« Tom schaute dem Freund interessiert über die Schulter. Haie hatte das Blatt in zwei Spalten unterteilt. Auf die linke Seite hatte er bereits einige Namen geschrieben. Barne Christiansens stand an erster Stelle. In die zweite Spalte hatte er jeweils die Farbe des Wagens notiert, welcher der entsprechenden Person gehörte.

»Ich denke allerdings, dass es dennoch Sinn macht, wenn wir uns alle Autos anschauen«, bemerkte Haie, nachdem er Tom seine Gedankenstütze erläutert hatte. »Wer weiß, ob Ole und Manni sich nicht die Farbe des Fahrzeugs auch nur ausgedacht haben.«

Sie fuhren in Toms Wagen die Dorfstraße entlang, und Haie bestimmte, dass sie sich zunächst die Autos der Stammtischbrüder vornehmen sollten. Immerhin gab es unter ihnen auch einige, die über ein fundiertes Motiv verfügten.

»Und was ist mit Friedhelm?«

»Da war ich schon. An dessen Wagen gibt es keine Spuren.«

»Hat er dir das Auto freiwillig vorgeführt?«

Haie schüttelte den Kopf. Friedhelm sei bei seinem Besuch überhaupt nicht daheim gewesen. Irmtraud habe ihm den Wagen gezeigt.

»Ihr war der Vorfall von der Trauerfeier immer noch so peinlich. Sie hat kaum Fragen gestellt.«

»Hat sie sonst etwas erzählt?«

»Nee, ich glaub, sie war froh, als ich wieder abgehauen bin. Hat nur immer wieder gesagt, Friedhelm habe das nicht so gemeint, was er da in der Gastwirtschaft gesagt hat. Er sei halt betrunken gewesen.«

»Na ja«, bemerkte Tom skeptisch, »im Wein liegt Wahrheit. Das wird bei Korn und Bier nicht unbedingt anders sein. Also, ich wäre mir nicht so sicher, ob das nicht den Tatsachen entsprochen hat, was Friedhelm Carstensen da zum Besten gegeben hat.«

Er lenkte den Wagen die Auffahrt zu Ernst Lorenzens Hof hinauf. Der Landwirt war einer der Verlierer des in der Gastwirtschaft betriebenen Glücksspiels und stand deshalb auf Haies Liste.

Tom parkte vor dem Tor einer baufälligen Scheune und stieg aus. Noch ehe er die Wagentür hinter sich geschlossen hatte, vernahm er ein knurrendes Geräusch. Erschrocken fuhr er herum. Vor ihm saß ein riesiger, schwarzer, zotteliger Hund mit gefletschten Zähnen. Reflexartig hob er die Hände. Seit frühester Kindheit ängstigte er sich vor diesen Tieren. Er konnte nicht einmal genau sagen, woher diese Angst stammte, hatte eigentlich keinerlei schlechte Erfahrungen mit Hunden gemacht. Dennoch hielt er sie schlichtweg für hinterhältig und unberechenbar.

»Hasso aus!« Eine Frau war zwischenzeitlich, angelockt durch das fremde Motorengeräusch, aus der Scheune getreten und versicherte, dass der gefährlich wirkende Hund absolut harmlos sei. Tom senkte dennoch nur langsam wieder seine erhobenen Arme und ließ das Tier dabei nicht aus den Augen.

»Moin Karla«, begrüßte nun Haie die schmächtige Frau in der geblümten Kittelschürze.

»Moin Haie. Was verschlägt dich denn hierher?«

»Wir wollten zu Ernst. Ist er da?«

Die Hofbesitzerin schüttelte bedauernd den Kopf. Ihr Mann sei draußen im Koog. Es sei schließlich Erntezeit. Die letzten Felder mussten gemäht werden. Da war der Landwirt von morgens früh bis abends spät schwer beschäftigt.

»Was wollt ihr denn von ihm?«

»Och«, Haie versuchte, den Anlass ihres Besuches möglichst belanglos klingen zu lassen. »Wir müssten einen Blick auf euren Wagen werfen. Der Ernst ist doch dienstags auch immer beim Stammtisch.«

»Ja, ja«, bestätigte sie, fügte jedoch gleich die Frage an, was denn ihr Wagen mit dem Stammtisch zu tun habe. Ihr Mann fahre schließlich immer mit dem Fahrrad in die Gastwirtschaft.

»Reine Routine«, antwortete Haie und ließ sich von Karla Lorenzen zur Garage führen. Tom folgte den beiden in einigem Abstand, wobei er sich immer wieder nach dem riesigen, schwarzen Hofhund umdrehte.

Der rote Opel Astra von Ernst Lorenzen stand unversehrt in der breiten Doppelgarage, die sich direkt neben dem Wohnhaus anschloss.

»War der Wagen in den letzten Tagen in der Werkstatt oder habt ihr ihn sonst wo zur Reparatur gegeben?«

Die Frau in der Kittelschürze verneinte und blickte interessiert auf Haies Liste, auf welcher er einige Notizen vermerkte.

»Spielt ihr wieder Hilfspolizei, oder was machst du da?« Sie grinste.

»Na ja«, erklärte Haie den Umstand, dass sie einige Ermittlungen im Mordfall Kalli Carstensen durchführten. »Die Polizei ist chronisch unterbesetzt. Weißt ja, wie das im öffentlichen Dienst ist. Überall wird gespart. Wir übernehmen nur kleine Überprüfungen. Nichts Wildes. Dafür sind wir ja auch gar nicht ausgebildet.« Er grinste zurück.

Tom war überrascht, wie leicht Haie diese kleine Notlüge über die Lippen ging. Und das, wo er doch ein absoluter Verfechter der Wahrheit war.

»Halt du mir noch mal einen Vortrag übers Lügen!«,

zischte er dem Freund zu, nachdem sie sich verabschiedet hatten und zu ihrem Wagen zurückgingen.

Da sie sowieso schon im Herrenkoog waren, schlug Haie vor, bei Sophie Carstensen vorbeizuschauen.

»Bei der Witwe? Was soll die denn mit dem Mord zu tun haben?«

Sein Freund blickte starr geradeaus durch die Windschutzscheibe, als er von Marlenes Theorie der sich rächenden Ehefrau berichtete.

»Marlene? Du hast mit ihr gesprochen?«

Haie nickte.

»Und?«

»Was und?«, entgegnete er.

»Na, was hat sie gesagt? Wie geht es ihr? Wann kommt sie zurück?« Die Fragen sprudelten nur so aus Tom heraus, und Haie hatte Mühe, ihm zu erklären, dass der Streit zwischen den beiden eigentlich nicht der Grund für ihren Anruf gewesen war.

»Habt ihr denn nicht darüber gesprochen?«

»Schon, auch.« Er holte tief Luft. Er wollte in dem Freund keine falschen Hoffnungen wecken. Auch wenn es ihn schmerzte, Tom so leiden zu sehen. Letztendlich konnte er eh nicht sagen, wie Marlene sich entscheiden würde. Ob sie Tom eine Chance geben würde, ihr alles zu erklären.

»Ich denke, sie wird dich vielleicht anrufen«, formulierte er vage die Tatsache, dass Marlene gesagt hatte, sie werde darüber nachdenken. Doch Tom, der sich in der für ihn qualvollen Situation an jeden Strohhalm klammerte, überhörte den zweifelnden Unterton in der Stimme des Freundes.

»Das sind gute Nachrichten. Bestimmt kommt sie bald nach Hause!«, trällerte er fröhlich vor sich hin und trat kräftig aufs Gaspedal.

Haie war sich dessen zwar nicht sicher, hatte jedoch keine Gelegenheit mehr, etwas darauf zu erwidern, da er aufgrund Toms rasanter Fahrweise krampfhaft nach einem Halt am Türgriff suchen musste. Er war solche Geschwindigkeiten kaum gewohnt. Die grünen Felder schienen nur so an ihm vorüberzufliegen, während Tom wie ein Besessener die Landstraße durch den Koog entlangraste. Ihm wurde plötzlich speiübel.

»Halt an!«, schrie er und öffnete bereits die Beifahrertür; noch ehe der Wagen mit quietschenden Reifen vollkommen zum Stehen gekommen war.

14

Ulf Carstensen lenkte seinen Wagen über die Bundesstraße ins Dorf. Er war auf dem Weg zu seiner Mutter. Sein schlechtes Gewissen trieb ihn zu ihr.

Nach der Trauerfeier hatte er es in ihrer Nähe nicht länger aushalten können. Ihr leidiger Blick, die zusammengesunkene Körperhaltung, ihr Schweigen. Er hatte das alles nicht länger ertragen können, musste raus aus seinem ehemaligen Zuhause, weg von seiner Mutter, fort aus dem Dorf. Ihr hatte er erzählt, er müsse arbeiten.

»Aber hättest du denn an solch einem Tag nicht freinehmen können? Da muss man doch Verständnis für haben«, hatte sie gefragt und ihn mit ängstlichen Augen angeschaut. Sie hatte Angst vor dem Alleinsein, fürchtete sich vor der Einsamkeit, die mit eisigen Fingern nach ihr zu greifen drohte.

»Ich hab in den letzten Tagen schon so viele Dienste verschoben und getauscht. Heute ging es wirklich nicht.«

Tatsächlich aber war er nach Flensburg zu Freunden gefahren. Und dort war er geblieben. Nicht nur an diesem Abend, sondern auch noch den nächsten Tag und den darauf folgenden. Er brauchte Abstand, musste erst einmal seine Gedanken sortieren, die Ereignisse der letzten Tage verdauen.

Doch gegen Abend hatte sein schlechtes Gewissen ihn dann doch überwältigt, und er hatte sich auf den Weg nach Risum-Lindholm gemacht. Schließlich war sie seine Mutter.

Und sie musste viel durchmachen in der letzten Zeit. Nicht nur der Mord an seinem Vater und der unmögliche Auftritt des Schwagers auf der Trauerfeier machten ihr zu schaffen. Sie hatte es auch zu Lebzeiten ihres Mannes nicht leicht gehabt. Und immer stand sie allein da, mit ihren Ängsten und Nöten, einfach mit ihrem ganzen bedauernswerten Leben. Wer hielt denn zu ihr? Ulf war bereits vor etlichen Jahren ausgezogen, hatte sie quasi im Stich gelassen. Niemals machte sie ihm deswegen Vorwürfe, aber er wusste, dass sie es so empfand, empfinden musste. Beinahe fluchtartig hatte er, als sich die Gelegenheit ergab, sich für zwölf Jahre bei der Bundeswehr zu verpflichten, seine Sachen gepackt und war nach Schleswig gezogen.

Er war froh, dem allen entflohen zu sein, vor allem seinem Vater, der sowieso nur an ihm herumnörgelte. ›Sei fleißiger. Schreib bessere Noten. Aus dir wird nie etwas Anständiges!‹

Ulf hörte die Vorwürfe seines Erzeugers förmlich in seiner Erinnerung laut widerhallen.

Nur um seine Mutter hatte es ihm stets leidgetan. Genauso wie heute.

Friedhelm würde sie nicht unterstützen und sich um das Erbe seines Bruders kümmern. Ausgeschlossen. Nicht nach dem, was er in der Gastwirtschaft von sich gegeben hatte. Er war doch froh, das gehasste Familienmitglied endlich unter der Erde zu wissen, und würde keinen Finger rühren, um den Hof und die Ländereien, die sein Bruder sich nach seiner Ansicht sowieso nur durch schmutzige Geschäfte und Betrügereien ergaunert hatte, zu bewirtschaften.

Es würde ihr also nichts anderes übrig bleiben, als das Gehöft zu verkaufen. Wie er ihr das beibringen sollte, wusste er noch nicht. Sie hing irgendwie an dem alten Haus.

Und wenn es verkauft wurde, wo sollte sie dann leben? Er würde kurz über lang mit ihr darüber sprechen müssen. Vielleicht würde sich ja morgen die Gelegenheit ergeben, in Ruhe ein Gespräch über den Nachlass mit ihr zu führen. Martin Münsterthaler unterstützte ihn gewiss dabei. Jedenfalls hatte er das auf der Trauerfeier bereits angedeutet. Der Anwalt war seiner Mutter wohl gesonnen, kannte sie seit der Schulzeit. Wenn sie nicht immer so zurückhaltend und verschlossen gewesen wäre, hätten die beiden womöglich gute Freunde sein können. Von Martin Münsterthalers Seite aus sprach sicherlich nichts dagegen. Ulf hatte bei den Besuchen des Anwalts den Eindruck gewonnen, dass der ältere Mann sich durchaus seiner Mutter zugeneigt fühlte. Natürlich konnte er sich auch getäuscht haben, aber ein guter Freund wäre momentan für seine Mutter eine enorme Bereicherung.

Er konnte schließlich nicht ständig bei ihr sein, und wahrscheinlich würde sie mit ihm, ihrem Sohn, auch nicht über all ihre Probleme und Sorgen, die sie belasteten, sprechen wollen. Aber dass sie mit jemanden über ihren Kummer sprechen musste, hielt er für unumgänglich. Ansonsten würde sie daran zugrunde gehen. Zu lange hatte sie bereits geschwiegen.

Als er die Hofeinfahrt passierte, sah er im Wohnzimmer Licht brennen. Er hatte befürchtet, sie könne nicht daheim sein, denn als er sie vor gut einer Stunde telefonisch versuchte zu erreichen, hatte sie nicht abgehoben. Aber vielleicht war sie auch eingeschlafen und hatte das Läuten des Telefons nicht gehört.

Er schloss die Tür auf und trat in den düsteren Flur. Für Notfälle besaß er noch einen Schlüssel, den seine Mutter ihm ohne das Wissen seines Vaters hatte nachmachen lassen und den er nun nutzte, um ins Haus zu gelangen. Falls sie noch schlief, wollte er sie nicht durch sein Klopfen an der Haustür wecken. Leise schlich er durch den engen Gang zum Wohnzimmer. Die Tür war nur angelehnt. Vorsichtig öffnete er diese einen Spalt weit.

Der Raum war jedoch leer. Auf dem Sofa lag die karierte Wolldecke ordentlich zusammengefaltet, neben den adrett zurechtgeschüttelten Zierkissen. Er ging in die Küche. Auch hier war alles gründlich aufgeräumt.

Sie wird doch wohl nicht schon ins Bett gegangen sein, überlegte er und blickte auf die Küchenuhr, welche über der Eckbank hing. Es war halb acht.

Er löschte das Licht und trat wieder in den dunklen Flur. Ein ungutes Gefühl beschlich ihn plötzlich. Er hätte es nicht in Worte fassen können, aber die Stille im Haus machte ihm Angst. Normalerweise waren immer irgendwelche Geräusche zu hören, wenn seine Mutter daheim war. Meist lief das Radio oder zu späterer Stunde der Fernseher. Dass überhaupt kein Laut vernehmbar war, kam ihm merkwürdig vor.

Er lief zur Treppe und stieg ins Obergeschoss, in dem sich das Schlafzimmer seiner Eltern befand. In seinem alten Jugendzimmer, das sich gleich gegenüber dem Elternschlafzimmer befand und welches seine Mutter nach seinem Auszug zu einem Gästezimmer umgestaltet hatte, brannte ebenfalls Licht. Auf einem runden Beistelltisch neben dem Gästebett lagen aufgeschlagen alte Fotoalben aus seiner Kinder- und Jugendzeit. Er hatte sie damals absichtlich nicht mitgenommen, um nicht an seine Vergangenheit erinnert zu werden.

Nun warf er einen Blick auf die Bilder, die ihn bei seiner Einschulung zeigten. Stolz hielt er eine bunte Schultüte in die Kamera, auf dem Rücken ein übergroßer Tornister. Er musste grinsen, als er sah, dass er zu blauen Bermudashorts grüne Kniestrümpfe trug. Das bunte T-Shirt war viel zu kurz. Seine Mutter hatte ihn damals nicht überreden können, das neue karierte Hemd, welches sie ihm extra für diesen Anlass gekauft hatte, anzuziehen. Er hatte unnachgiebig darauf bestanden, sein altes, verwaschenes Lieblings-Shirt zu tragen und hatte sich, wie unschwer auf dem Bild zu erkennen war, letztendlich auch durchgesetzt.

Er schlich zur Schlafzimmertür und öffnete sie. In dem Raum war es dunkel, tastend suchte er nach dem Lichtschalter. Noch ehe er den Kippschalter unter seinen Hand fühlen konnte, flüsterte er in die Finsternis hinein: »Mama?«

Doch als das Licht aufflammte, musste er feststellen, dass seine Mutter nicht in ihrem Bett lag. Die Federdecken waren akkurat zusammen geschlagen und penibelst glatt gestrichen. Hier hatte sich an diesem Abend noch niemand sorgenvoll zwischen den Laken gewälzt.

Er wurde unruhig, lief durch den Flur und öffnete jede der angrenzenden Zimmertüren. »Mama?«, rief er dabei jedes Mal laut, wenn er einen weiteren Raum öffnete. Als er im Badezimmer die heruntergelassene Bodenluke sah, pochte sein Herz plötzlich bis zum Hals. Er bekam eine Gänsehaut. Mit zitternden Knien stieg er die schmale Leiter zum Dachboden hinauf.

Und dort hing sie. Über einen Querbalken war ein Seil geschlungen, an dessen anderes Ende sie eine Schlinge geknüpft hatte. Unter dem Balken befand sich ein Stapel aus alten Kisten und Kartons, der einst bis zu ihren Füßen hinaufgereicht haben musste. Es war nur ein winziger Schritt, ein Tritt gewesen, der sie aus ihrer trostlosen, einsamen Welt ins Jenseits befördert hatte.

Dirk Thamsen war zusammen mit einigen Kollegen von der Spurensicherung nach Wyk gefahren. Er wollte sich selbst ein Bild von dem Mann machen, dessen Verhalten bei den drei Freunden solch unterschiedliche Eindrücke hinterlassen hatte und der nun wohl doch als möglicher Mörder Kalli Carstensens galt. Immerhin besaß er nach neuestem Stand der Ermittlungen kein hundertprozentiges Alibi.

Er hatte Anne bei seinen Eltern abgeliefert und erklärt, er müsse zu einem dringenden Einsatz auf die Insel fahren. Sein Vater hatte natürlich wieder herumgenörgelt, aber seine Mutter hatte ihn nachsichtig nickend aus der Tür geschoben und versichert, dass es überhaupt kein Problem sei, auf die Enkelin aufzupassen. Schließlich handele es sich um einen Notfall, hatte sie gesagt und sich gleichzeitig nach Timo erkundigt. Doch der wollte an diesem Abend bei einem Freund übernachten und war deswegen sowieso nicht da.

»Geh nur und mach deine Arbeit«, hatte Magda Thamsen ihren Sohn beruhigt und ihm durch ein Augenzwinkern angedeutet, sie würde die Angelegenheit mit seinem Vater schon regeln.

Gerade noch rechtzeitig hatte er die Drei-Uhr-Fähre erreicht und sich dem Team der Spurensicherung angeschlossen. Die Mitarbeiter waren wenig begeistert gewesen, so kurz vor dem Wochenende nach Föhr zu fahren. Bedeutete das doch, dass sie an diesem Abend nicht mehr nach Hause fahren konnten. Die Untersuchungen würden mit Sicherheit mehrere Stunden in Anspruch nehmen, und die letzte Fähre legte bereits gegen 19 Uhr Richtung Festland ab. Der Flensburger Kollege hatte daraufhin vorsorglich Zimmer in einer kleinen Pension außerhalb der Stadt reserviert. Er hatte Glück gehabt, denn um diese Jahreszeit kurzfristig ein freies Bett auf der Insel zu finden, war beinahe unmöglich. Außerdem war das Budget, welches der Polizei für solche Einsätze zur Verfügung stand, äußerst begrenzt.

Er selbst war jedoch nicht mitgefahren, nachdem Thamsen verkündet hatte, das Team der Spurensicherung persönlich zu begleiten. Wahrscheinlich hatte er Angst gehabt, sich ein weiteres Mal vor ihm zu blamieren.

Barne Christiansen verzog erstaunt das Gesicht, als er den Trupp vor seiner Hautür erblickte.

»Wir müssten einen Blick auf Ihren Wagen werfen.« Thamsen erklärte ihm knapp die Zusammenhänge, worauf sich die Miene des Bewohners des ansehnlichen Friesenhäuschens verfinsterte.

»Waren Haie und seine Freunde also doch nicht rein zufällig in der Gegend und haben mir einen Besuch abgestattet«, kombinierte er schnell die Verbindung zwischen dem Besuch der drei Freunde und dem Erscheinen der Polizei vor seiner Haustür.

»Hat er Ihnen gleich auf die Nase gebunden, dass ich einen Mordshass auf Kalli hatte, was?«, entgegnete er aufgebracht.

Thamsen versuchte, beruhigend auf den ehemaligen Dorfbewohner einzureden. Sie müssten jeder Spur nachgehen. Das sei reine Routine.

»Und wenn ich nicht zustimme?«

»Machen Sie sich doch nur verdächtig. Außerdem könnten wir dann eine richterliche Anordnung erwirken. Sie können die Untersuchung nur hinauszögern, nicht aber verhindern.«

Barne nickte. Misslaunig stieg er in seine Holzschuhe, die neben der Eingangstür standen, und führte die Beamten zu seiner Garage.

Der weiße Astra präsentierte sich ihnen in strahlendem Glanz.

»Sieht ganz so aus, als hätte der Wagen gerade eine intensive Komplettreinigung hinter sich«, flüsterte der Kollege von der Spurensicherung Thamsen zu.

»Ich pflege mein Auto regelmäßig. Das ist ja wohl nicht verboten«, bemerkte Barne. Ihm war die Feststellung des Beamtens trotz des leisen Tons nicht entgangen.

Das Team machte sich unverzüglich an die Arbeit, und der ehemalige Dorfbewohner verfolgte mit Argusaugen jeden ihrer Handgriffe. »Dass Sie mir ja keine Schrammen in den Lack machen.«

Dirk Thamsen konnte an den Gesichtern seiner Kollegen ablesen, wie genervt sie über die Anmerkungen des Wagenbesitzers waren.

»Ob ich wohl freundlicherweise Ihre Toilette benutzen dürfte?« Barne Christiansen blickte ihn misstrauisch an, nickte aber.

Er folgte dem Mann in Holzschuhen ins Haus. Der deutete stumm auf einen der Räume, die vom Eingangsbereich abgingen, und blieb lauernd neben einem massiven Bauernschrank stehen. Thamsen beeilte sich, ins Badezimmer zu gelangen. Er verriegelte die Tür hinter sich und atmete erst einmal kräftig durch. Er konnte ja verstehen, dass es nicht gerade angenehm sein musste, wenn die Polizei plötzlich bei einem auftauchte und anfing, in privaten Dingen herumzuschnüffeln. Selbst wenn man nichts mit dem Verbrechen zu tun hatte, unangenehm war das allemal. Aber durch seine mürrische Art machte Barne Christiansen sich geradezu verdächtig. Thamsen war der störrische Wesenszug der Menschen hier durchaus bekannt – schließlich war er doch selbst einer von ihnen –, trotzdem erschien es ihm, als habe der ehemalige Dorfbewohner irgendetwas zu verbergen.

Das geräumige Badezimmer war geschmackvoll eingerichtet. Über einem breiten Waschtisch hing ein in Silber gefasster Spiegel, an dessen Seiten sich beinahe nahtlos kleine Regalfächer anschlossen. Er betrachtete die fein säuberlich geordneten Waschutensilien, die mit Sicherheit darauf schließen ließen, dass der Verdächtige allein in diesem Haus lebte. Neben dem formschönen Nassrasierer stand ein Pinsel aus echtem Dachshaar. Ein Regal tiefer befanden sich Bürste, Kamm und Haarspray. Ganz schön eitel, der vergrämte Witwer, dachte Thamsen und sammelte ein paar Haare in einen Plastikbeutel, welchen er für solche Zwecke stets in seiner Jackentasche mit sich trug. Dann betätigte er die Wasserspülung der Toilette und wusch sich die Hände.

»Sagen Sie, wie sind Sie damals eigentlich dahintergekommen, dass Kalli Carstensen den Genmais verkauft hat?«, fragte er, während er aus dem Badezimmer trat. Barne Christiansen stand immer noch neben dem Eichenschrank.

»Ich habe es beobachtet.«

»Wie?«

Der untersetzte Mann holte tief Luft.

»Ich habe gesehen, wie er den verseuchten Mais auf einen Anhänger geladen hat, der bereits zur Hälfte mit legalem Erntegut gefüllt war.«

Die Versuchsfelder seien mit besonderen Hinweisschildern gekennzeichnet gewesen. Zufällig sei er an einem dieser Felder vorbeigekommen, als Kalli Carstensen gerade mit der Ernte begonnen hatte. Am Straßenrand habe jedoch ein bereits halb voller Anhänger mit Mais gestanden. Er hatte den Landwirt direkt darauf angesprochen, als dieser mit der ersten Fuhre auf den Lastenwagen zugesteuert war.

»Daraufhin ist er total ausgerastet. Ich solle mich gefälligst um meinen eigenen Kram kümmern, hat er mich angeschrien. Da bin ich natürlich misstrauisch geworden.«

»Und haben ihn angezeigt.«

Barne nickte und erzählte, dass es sich damals an jeden Strohhalm geklammert hätte. Seine abweisende Art brach mehr und mehr auf. Die traurigen Erinnerungen schoben seine schroffe Schale beiseite.

»Ich habe gedacht, ich könnte sie dadurch irgendwie retten.«

»Doch Sie konnten nicht beweisen, dass der manipulierte Mais der Auslöser für die Krankheit Ihrer Frau war, oder?«

So weit sei es gar nicht gekommen. Der Anwalt, den er damals zurate gezogen hatte, war der Meinung gewesen, dass eine Klage keine Aussicht auf Erfolg versprach. Aber er hätte dennoch gekämpft, beteuerte er, wenn Kalli ihn nicht zum Schweigen gebracht hätte.

»Na ja«, warf Thamsen korrigierend ein, »soweit ich weiß, haben Sie sich Ihr Schweigen anständig bezahlen lassen.«

»Was hätte ich denn tun sollen?« Der kurze Moment, in welchem sein Gegenüber die garstige Hülle hatte fallen lassen, war vorüber. Wütend blitzte Barne Christiansen ihn an. »Sie haben ja keine Ahnung, wie viel Geld eine anständige Therapie kostet.«

Da hatte der Witwer allerdings recht. Weder in Thamsens Familie noch in seinem Freundeskreis hatte bisher jemand an dieser tückischen Krankheit gelitten. Und er wollte sich das lieber auch gar nicht vorstellen. Was er darüber erfahren hatte, reichte ihm. Eigene Erfahrungen brauchte es nicht. Leid, Schmerz und Tod brachte die Krankheit der Marschen, wie Storm den Krebs in seiner letzten Novelle bezeichnete.

»Dirk, kommst du mal?«

Sein Kollege von der Spurensicherung stand in der Haustür. Er folgte ihm in die Garage.

»Die hier haben wir unter der Kofferraumabdeckung gefunden.« Der Beamte hielt ein Paar vollkommen verdreckte Gummistiefel in die Höhe. »Sieht aus wie Ackerboden«, mutmaßte Thamsen und warf einen fragenden Blick auf Barne Christiansen, der ihnen nachgegangen war. Der schluckte erst einmal kräftig, ehe er behauptete, die Stiefel letzte Woche im Watt getragen zu haben.

»Und wieso lagen sie unter der Abdeckung?«

Tom hatte Haie nach ihrem Besuch bei Sophie Carstensen zu Hause abgesetzt.

Eine weitere Überprüfung der Fahrzeuge von den Stammtischbrüdern machte in seinen Augen wenig Sinn. Für ihn waren diese Nachforschungen verschwendete Zeit. Wenn der Mörder wirklich unter ihnen zu finden war, dann hatte er den Schaden an dem Pkw unter Garantie längst reparieren lassen.

»Außerdem wird er das heimlich gemacht haben und uns wohl kaum davon erzählen!«, hatte er den Freund schließlich überzeugt.

Und sowieso hatte er keine Lust auf weitere Befragungen gehabt, wollte lieber allein sein und auf Marlenes Anruf warten. Dass sie anrufen würde, war für ihn nach den Schilderungen des Freundes über das gestrige Telefonat gewiss. Es war nur eine Frage des Zeitpunkts, und den wollte er unter gar keinen Umständen verpassen.

So saß er im Wohnzimmer und starrte beharrlich auf den schwarzen Apparat, der auf einer halbhohen Anrichte stand. Nun läute schon, versuchte er das Telefon durch den Einsatz scheinbar telepathischer Kräfte zum Klingeln zu bewegen.

Doch das Gerät blieb stumm. So sehr er auch seine Blicke in die Oberfläche des kleinen schwarzen Kastens bohrte, dieser schwieg eisern.

Mit zunehmender Wartezeit schweiften seine Gedanken mehr und mehr ab. Er dachte an den Besuch bei der Witwe des Ermordeten und überlegte, warum sich diese so merkwürdig verhalten hatte. Gut, sie trauerte um ihren Mann, und der peinliche Auftritt ihres Schwagers auf der Trauerfeier war ihr sichtlich unangenehm gewesen, als Haie sie darauf ansprach.

»Er hat's sicherlich nicht so gemeint«, hatte sie dennoch versucht, Friedhelms unmögliches Benehmen zu entschuldigen. »Ich glaube, Kallis Tod nimmt ihn schon sehr mit.«

Das hingegen glaubte Tom weniger. Und auch der Sohn des toten Landwirts schien nicht wirklich um seinen Vater zu trauern. Er sei gleich nach der Trauerfeier zur Arbeit gefahren, antwortete Sophie Carstensen auf die Frage, warum Ulf nicht bei ihr sei.

»Fährt er immer noch den alten weißen Mercedes?«, hatte Haie gefragt.

»Der Junge hängt doch so an dem Wagen«, hatte sie lächelnd geantwortet und angemerkt, dass nun aber sicherlich bald ein neues Fahrzeug hermüsse.

»Wieso?« Tom war hellhörig geworden.

»Lange macht der es nicht mehr. So alt und verbeult, wie der schon ist.«

Auf der Rückfahrt hatten die beiden Freunde darüber spekuliert, ob Ulf der Mörder seines Vaters sein könnte. »Ich weiß nicht«, hatte Haie skeptisch bemerkt. »Was für ein Motiv sollte er denn gehabt haben?«

Darauf hatte er keine Antwort geben können. Aber vielleicht gab es Probleme zwischen Kalli Carstensen und seinem Sohn. Eventuell ein lang gehegter Streit oder sonstige Differenzen.

»Wäre sogar verständlich«, murmelte Tom in Gedanken, während er seine Sitzposition vor dem Telefon veränderte. Seine linke Pobacke fühlte sich aufgrund der unbequemen Haltung ganz taub an.

Nach all dem, was er zwischenzeitlich über das Opfer erfahren hatte, würde es ihn nicht wundern, wenn es auch innerhalb der Vater-Sohn-Beziehung zu Spannungen gekommen war. Nur, was konnte einen so wütend machen, dass man jemanden dafür umbrachte? Und dann auch noch den eigenen Vater? Jahrelange seelische Grausamkeit? Körperliche Züchtigung? Marlene hatte doch vermutet, der ermordete Landwirt könne vielleicht gewalttätig gewesen sein.

Sein Blick hing immer noch an dem schwarzen Apparat. Ich könnte sie doch ganz unverbindlich anrufen und um ihren Rat in der Angelegenheit fragen, dachte er und fuhr erschrocken auf, als plötzlich ein schrilles Geräusch die grüblerische Stille durchschnitt. Doch es war nicht das erhoffte Klingeln des Telefons, sondern das Läuten der Türglocke.

Tom ließ sich davon jedoch nicht entmutigen und schöpfte sofort neue Hoffnung. Vielleicht war es Marlene, die dort vor der Tür stand. Er sprang auf. Sie rief gar nicht an. Sie kam gleich nach Hause, zurück zu ihm. Schwungvoll riss er die Haustür auf und erstarrte förmlich beim Anblick der Person, die lächelnd vor ihm stand.

»Monika?«

Das kleine Hotel lag wirklich ziemlich außerhalb der Stadt und hatte außer einem tollen Weitblick über die grünen Wiesen der Insel wenig zu bieten.

Das Abendessen, welches man ihm und seinen Kollegen serviert hatte, war jenseits von Gut und Böse gewesen, und die schäbige Bar, an der er anschließend noch ein Feierabendbier genießen wollte, hatte lediglich mit Dosenbier aufwarten können. Die Kollegen waren noch einmal in den Ort gefahren, wollten eine Kneipe oder Diskothek ausfindig machen. Er hatte wenig Lust verspürt, sie zu begleiten, und war im Hotel geblieben.

Das Zimmer war lieblos eingerichtet. Die Möbel passten nicht wirklich zueinander. Bilder oder ähnliche Dekorationen gab es keine. Er hatte sich auf das Bett gelegt, dessen Matratze mehr als durchgelegen war, und bei seiner Mutter angerufen. Es tat gut, in dieser trostlosen Umgebung wenigstens eine vertraute Stimme zu hören.

»Anne schläft schon.«

Er war ein wenig enttäuscht. Hatte er doch gehofft, noch einmal mit seiner Tochter sprechen zu können. Er erkundigte sich, was sie den Tag über unternommen hatten, und seine Mutter berichtete, dass sie mit Anne im Kino gewesen sei und sie anschließend alle zusammen zu Abend gegessen hatten. Alle, damit waren sein Vater, Anne und sie gemeint. Er konnte sich gut vorstellen, wie wenig begeistert sein Vater gewesen war, als sie durch den Kinobesuch mit der Enkelin seinen gewohnten Tagesablauf durcheinandergebracht hatte, aber seine Mutter bestätigte ihm gegenüber immer wieder, es sei alles in bester Ordnung und er müsse sich keinerlei Sorgen machen. Danach legte sie auf.

Thamsen drehte sich auf die Seite und starrte auf die kahle weiße Wand.

Die Stiefel, die sie bei Barne Christiansen gefunden hatten, waren beschlagnahmt worden. Der Verdächtige hatte zwar immer wieder beteuert, die Gummischuhe im Watt getragen und anschließend unter der Abdeckung verstaut zu haben, da er nicht den gesamten Kofferraum habe verschmutzen wollen, dennoch hatten sie die möglichen Beweisstücke in einen großen Plastiksack gesteckt und mitgenommen.

Er musste den Freunden, die dem ehemaligen Dorfbewohner bereits einen Besuch abgestattet hatten, recht geben. Irgendwie verhielt er sich merkwürdig. Er hatte gedacht, es sei vielleicht nur die Tatsache gewesen, dass Barne Christiansen ein starkes Motiv gehabt hatte, Kalli Carstensen zu ermorden, welche diese merkwürdigen Eindrücke bei den Dreien hervorgerufen hatte. Aber er musste zugeben, er selbst hegte den Verdacht, dass es noch einen anderen Grund gab, der den seltsamen Witwer verdächtig erscheinen ließ.

Er überlegte, was diese eigenartige Empfindung in ihm auslöste.

War es vielleicht das Haus und der offensichtliche finanzielle Wohlstand des Verdächtigen, die ihn stutzig werden ließen? Wie hoch mochte die Versicherungssumme gewesen sein, die der Hinterbliebene nach dem Ableben seiner Frau erhalten hatte? War der Betrag so groß gewesen, dass er sich dies ansehnliche Haus hatte leisten können und noch Geld zum Bestreiten seines weiteren Lebensunterhaltes übrig geblieben war? Der Mann lebte nicht schlecht. Thamsen schloss das aus der Kleidung – ›Boss‹ und ›Armani‹ –, die der Verdächtige trug. Und auch die teure ›Lange & Söhne‹ an Barne Christiansens Handgelenk war ihm nicht entgangen.

Hatte der ehemalige Dorfbewohner eventuell mehr Geld von Kalli Carstensen erhalten, als er angab? Oder ihn womöglich noch weiter erpresst, und als dieser nicht mehr zahlen wollte, umgebracht? Seine Gedanken überschlugen sich beinahe auf der Suche nach weiteren Anhaltspunkten, die den Verdacht gegen den angeblich wohlhabenden Witwer untermauerten. Er stellte sich vor, wie die beiden Männer über die nicht gezahlten Beträge in Streit geraten waren. Gut möglich, dass Barne Christiansen seiner Geldquelle an diesem Dienstagabend vor der Gastwirtschaft aufgelauert und ihn anschließend auf dessen einsamen Heimweg einfach über den Haufen gefahren hatte. Die Frage war nur, mit wessen Wagen, denn der weiße Opel Astra wies keinerlei Schäden auf. Jedenfalls hatten die Kollegen keine Spuren eines Unfalls an dem Pkw entdecken können.

Irgendwie kam er nicht weiter. Aber es gab nun einmal nicht den perfekten Mord. Das stand für ihn fest. Jeder Täter hinterließ Spuren, auch wenn sie noch so klein und winzig waren. Hautpartikel, Haare, Stofffasern. Selbst an der übel zugerichteten Leiche Kalli Carstensens hatte der Rechtsmediziner noch Nachweise gefunden. Nur gab es bisher keinerlei Vergleichsmaterial. Er stand auf und zog den Plastikbeutel mit den Haaren des Verdächtigen aus seiner Jackentasche. Er hatte über die beschlagnahmten Stiefel ganz vergessen, das Tütchen seinen Kollegen zu geben. Vielleicht seid ihr des Rätsels Lösung, dachte er und blickte auf die dunklen Strähnen. Gleich morgen lasse ich euch ins Labor bringen.

Er trat ans Fenster und war erstaunt, wie finster es war. Ein schwarzes Tuch hatte sich über die Erde gespannt und hüllte alles in eine absolute Dunkelheit. Ähnlich düster hatte es in dem Maisfeld sein müssen. Wie war es dem Mörder gelungen, sich dort zurechtzufinden? Hatte er eine Taschenlampe dabeigehabt? Wie aber war es ihm dann möglich gewesen, den schweren Körper zwischen den Stauden hindurchzuschleifen?

Er versuchte angestrengt, in der tiefschwarzen Kulisse hinter der Scheibe etwas auszumachen, Umrisse, Lichtpunkte, hellere Nuancen, doch die Finsternis schien undurchdringlich. Solch eine Dunkelheit hatte er kaum jemals erlebt. Vor seinem Schlafzimmerfenster daheim leuchtete die ganze Nacht die Straßenlampe, und selbst wenn er die Jalousie herunterließ, drangen dünne Lichtstrahlen in das Innere des Zimmers und malten abstruse Schatten an die Wände. Häufig lag er wach und rätselte, welcher Form sie ähnelten. Manchmal war es ihm möglich, Tiere oder Bäume den Umrissen an der Wand zuordnen zu können, aber oft waren es nur abstrakte Bilder, die der Schein der Lampe auf die Tapete zeichnete. Er zog die muffige Gardine vor das Fenster und ging ins Bad. Aus seiner Badetasche holte er Zahnbürste und Zahnpasta, dann begann er, mit kreisenden Bewegungen sein Gebiss zu reinigen.

Die minzfarbene Creme war gerade richtig aufgeschäumt, als sein Handy klingelte. Eilig spuckte er den Schaum in das Waschbecken und rannte zum Bett. Auf dem Nachttisch lag sein Telefon, das Display blinkte ungeduldig auf.

»Thamsen?« Er schluckte die Reste der Zahnpasta würgend hinunter.

Es war die Dienststelle.

»Wir haben eine weitere Leiche. Ulf Carstensen hat seine Mutter stranguliert auf dem Dachboden gefunden.«

»Mist«, entfuhr es ihm. Und das ausgerechnet jetzt, wo er in diesem heruntergekommenen Hotel festsaß. Er erkundigte sich, welche Maßnahmen die Kollegen getroffen hatten, und wies dann an, man solle auf keinen Fall etwas unternehmen, ehe er wieder da sei.

»Ich nehme morgen früh gleich die erste Fähre. Bis dahin keine weiteren Veranlassungen.«

Nachdem Tom seinen ersten Schock über das Erscheinen seiner Exfreundin überwunden hatte, verspürte er eine gewisse Verärgerung über ihren unerwünschten Besuch in sich aufsteigen. Für ihn war sie der Grund seiner aktuellen Beziehungsprobleme. Dass diese zwar eher in seiner Unehrlichkeit gegenüber Marlene begründet waren, verdrängte er vollkommen anlässlich Monikas überraschenden Auftretens.

»Was willst du?«

Ihr Lächeln wich einem Schmollen. »Ist das eine Begrüßung? Nach all den Jahren? Möchtest du mich nicht hineinbitten?«

Er blieb demonstrativ mitten im Hauseingang stehen.

»Eigentlich nicht.« Seine Stimme klang abweisend. Für ihn war das Kapitel Monika abgeschlossen, auch wenn er es sich damals vielleicht etwas zu leicht gemacht hatte. Aber er hatte sie nun einmal nicht mehr geliebt. Sein Handeln war nur die Konsequenz gewesen. Außerdem war das alles Jahre her. Wieso tauchte sie also plötzlich hier auf? Für ihn gab es eigentlich nur einen Grund. Sie hatte die Trennung nicht überwunden und wollte ihn zurückgewinnen. Doch auch wenn ihm das eigentlich schmeicheln sollte, für ihn gab es kein Zurück mehr.

»Ich möchte mit dir reden«, versuchte sie, ihn umzustimmen. »Bitte!«

Mit flehendem Blick schaute sie ihn an. Er glaubte sogar, erste Anzeichen von Tränen in ihren Augen ausmachen zu können. Und obwohl er diese Eigenart bereits früher an ihr gehasst hatte, dass, wenn immer sie ihren Willen nicht durchsetzen konnte, sie auf die Tränendrüse gedrückt und versucht hatte, ihn so unter Druck zu setzen, tat sie ihm aus unerklärlichen Gründen plötzlich leid.

Sie hatte den langen Weg aus Süddeutschland in Kauf genommen, obwohl er ihr am Telefon deutlich gesagt hatte, dass er sie nicht sehen wollte. Und alles nur, um mit ihm zu reden? Um ihn zu sehen? Warum?

»Na gut«, lenkte er ein, da er nun doch neugierig darauf geworden war, den Grund ihres Besuches zu erfahren. »Aber nicht hier. Lass uns ein Stückchen gehen.« Er griff sich eine Jacke vom Garderobenständer und trat zu ihr vor die Tür.

Sie gingen schweigend die Dorfstraße bis zur scharfen Kurve entlang und bogen dann Richtung Wehle ab. »Also«, brach er schließlich das Schweigen, als sie das Gewässer erreicht hatten, »was möchtest du mit mir besprechen?« Sie ging auf seine Frage nicht ein, bemerkte stattdessen, wie schön die Landschaft sei.

»Und die Luft«, schwärmte sie, »da kann man so richtig durchatmen!«

Sie wollte Zeit gewinnen, war sich aber ganz offensichtlich unsicher, wie sie das lang ersehnte Gespräch beginnen sollte. Er kannte diesen Wesenszug an ihr. Dafür waren sie lange genug zusammen gewesen. Immer wenn es um ernste Gesprächsthemen ging oder es galt, unangenehme Dinge zu besprechen, versuchte sie, durch mehr oder weniger belanglose Bemerkungen von der eigentlichen Sache abzulenken. Doch er war ungeduldig, wollte nun endlich von ihr wissen, warum sie gekommen war. Abrupt blieb er stehen und blickte sie auffordernd an. Ihr blieb keine andere Wahl, als mit dem Grund ihres Erscheinens herauszurücken.

»Du bist damals so plötzlich weg«, begann sie flüsternd und ließ dabei ihren Blick über die Felder schweifen. »Hast mir nicht erklärt, warum. Dass eine andere Frau dahinter steckte, habe ich mir denken können.« Sie machte eine kurze Pause, so als wolle sie ihm verdeutlichen, dass er ihr nichts hatte vormachen können.

Toms Gedanken kehrten unweigerlich in die Zeit zurück, in der sie ein Paar gewesen waren. Ihre ständige Eifersucht, die beinahe zu einer Art Kontrollwahn geworden war. Dauernd hatte sie ihn angerufen, gefragt, wo er sich aufhielt, wer bei ihm war. Hinter jedem Termin, jedem Anzeichen, das seine Liebe zu ihr auch nur in noch so geringer Weise infrage stellte, hatte sie eine andere Frau vermutet. Kein Wunder also, wenn sie auch ihre Trennung damit in Verbindung gebracht hatte.

»Ich hab versucht, mich damit abzufinden, dich zu vergessen. Es hat nicht funktioniert. Jede neue Beziehung, die ich einging, endete in einem Fiasko, weil ich den anderen immer nur mit dir verglich.«

Und dass es vielleicht an dir liegen könnte, hast du nicht in Betracht gezogen? Er sprach die Frage nicht aus, die ihm auf der Zunge lag, sondern folgte ihren weiteren Ausführungen.

»Wir waren doch so ein tolles Team, liebten uns, hatten Pläne für die Zukunft. Ich habe nicht verstanden, wie du das alles einfach so wegwerfen konntest. Verstehe es bis heute nicht. Was kann eine andere Frau dir geben, was ich dir nicht geben kann?« Sie sah ihn unverwandt an und wartete auf eine Antwort. Doch er konnte ihr nicht sagen, was er bei Marlene gefunden hatte. Liebe, Geborgenheit, Vertrauen. Auch wenn ihre Beziehung momentan durch einen blöden Fehler seinerseits auf der Kippe stand, so war diese Partnerschaft genau das, wonach er immer gesucht hatte. Und Marlene war genau der Mensch, mit dem er den Rest seines Lebens verbringen wollte. Er liebte sie über alles. Aber irgendwie brachte er es nicht übers Herz, Monika exakt das zu sagen, ihr seine Gefühle zu erklären und unmissverständlich deutlich zu machen, dass es keine Chance mehr für sie als Paar gab. Er wusste selbst nicht, warum er ihr abermals die Wahrheit verschwieg. Vielleicht wollte er sie nicht ein weiteres Mal verletzten. Doch sein rücksichtsvolles Schweigen entpuppte sich als Fehler, denn Monika sah darin eine Art Bestätigung ihrer Theorie.

»Siehst du, nichts! Es gibt nichts, was eine andere Frau dir geben könnte, was du bei mir nicht auch finden könntest. Und darum bitte ich dich, lass es uns noch einmal miteinander versuchen.«

Ulf saß mit zusammengesacktem Körper auf einem bescheidenen Bett in einem der Zimmer der Pension an der B5. In den Händen hielt er einen Briefumschlag, auf dem in akkurater Schrift sein Name notiert war.

Als er seinen Blick endlich von dem toten Körper lösen konnte, war ihm das weiße Kuvert aufgefallen, welches seine Mutter offensichtlich auf einer der dunklen Kisten in der Nähe der Dachluke für ihn deponiert hatte. Gegenüber der Polizei erwähnte er den Brief nicht. Schließlich war das Schreiben privat, an ihn adressiert. Das ging die Beamten nichts an.

Es hatte ihn sowieso gestört, wie sie nur wenige Minuten nach seinem Anruf quasi in das Haus eingefallen waren. Wie die Heuschrecken hatten sie sich ausgebreitet, alles abgesperrt und ihn letzten Endes aus seinem Elternhaus ausquartiert.

Seitdem saß er in diesem Raum des Gasthofes, dessen Betrieb neben einem Speiselokal auch die Vermietung einer Handvoll Fremdenzimmer umfasste.

Er hatte zunächst versucht, sich von seiner grausigen Entdeckung auf dem Dachboden abzulenken, und den Fernseher eingeschaltet. Doch vor die flimmernden Szenen schob sich immer wieder das Bild seiner toten Mutter, das sich in sein Gehirn regelrecht eingebrannt hatte. Den Kopf in der Schlinge, die sich unter dem Gewicht ihres Körpers zusammenzog, vom Dachbalken an einem schäbigen Strick herabbaumelnd. Zu ihren Füßen eine feuchte Lache.

Am schlimmsten war jedoch der Ausdruck in ihren Augen. Keine Angst oder Panik, sondern eine Entschlossenheit lag in ihrem starren Blick, die ihn mehr als alles andere erschrocken hatte. Eine Entschlossenheit, die deutlich darauf schließen ließ, dass sie wusste, was sie tat – und wofür.

Umständlich riss er den Umschlag auf. Er enthielt zwei fein säuberlich zusammengefalzte Briefbögen. Auf einem der Blätter stand in großen Druckbuchstaben GESTÄNDNIS, das andere war eine Mitteilung an ihn.

Mein lieber Ulf,

Du wirst enttäuscht sein von mir. Enttäuscht, weil ich meinem Leben ein Ende setze.

Du wirst es nicht verstehen, ebenso wenig wie Du je verstehen konntest, warum ich Deinen Vater nicht verlassen habe. Warum ich das all die Jahre ertragen habe. Mich nicht gewehrt, bloß eingesteckt und geschwiegen habe. Ich kann Dir selbst noch nicht einmal genau sagen, warum ich bei ihm geblieben bin. Wahrscheinlich, weil ich ihn trotz alledem geliebt habe.

Ich weiß, dass Du Papa für all das gehasst hast, was er mir angetan hat. Dein Hass war so groß, ich verstehe, dass Du ihn umbringen musstest, wenngleich ich es nicht gutheiße, was Du getan hast. Aber vermutlich konntest Du mich einfach nicht länger leiden sehen. Hast es nicht mehr ertragen, wie er mich gequält hat. Du hast zu lange mit ansehen müs-

sen, wie sehr ich unter ihm gelitten habe. Du musstest handeln und hast meiner Hölle ein Ende bereitet.

Doch ich will nicht, dass Du ins Gefängnis musst, nur weil ich zu schwach war. Dass Du für etwas büßt, was ich zu verantworten habe.

Dein ganzes Leben liegt noch vor dir. Meines ist sowieso schon längst vorbei. Es spielt keine Rolle mehr, wenn man mich für Papas Mörderin hält. Ich werde es nicht mitbekommen. Du aber sollst dein Leben genießen. Das wünsche ich mir.

Ich habe ein Geständnis geschrieben, in dem ich alle Schuld auf mich nehme. Bitte gib es der Polizei. Sie werden dann nicht länger nach einem Schuldigen suchen.

Nun bleibt mir nichts, außer Dir Lebewohl zu sagen. Ich liebe Dich und danke Gott, dass es Dich gibt.

Mama

15

Die erste Fähre von Wyk nach Dagebüll fuhr um 6.15 Uhr.
Seine Kollegen waren nicht besonders begeistert, als Thamsen sie um kurz nach fünf Uhr aus den Federn warf. Sie hatten nicht nur den Samstag auf der Insel verbringen müssen,
sondern durften jetzt noch nicht einmal ausschlafen. Und
das, obwohl sie sich die halbe Nacht in einer Diskothek
um die Ohren geschlagen hatten, die sie schließlich nach
einigem Herumfragen ausfindig gemacht hatten. Mürrisch
folgten sie seinem Weckruf.

Frühstück wurde zu solch früher Stunde im Hotel natürlich noch nicht serviert. Und so machten sie sich mit leeren Mägen und ohne eine anständige Koffeinration auf den
Weg zum Hafen.

An Bord gab es erst einmal für alle einen starken Kaffee. Thamsen ließ die Kollegen, die stumm die Tassen mit
dem schwarzen Heißgetränk umklammerten, allein und
stieg an Deck.

Doch auch die Natur schien noch zu schlafen. Über dem
Wasser lag ein dichter Nebelschleier, der das Festland hinter undurchdringlichen Schwaden versteckte. Die Möwen,
ohne die man sich die Nordsee eigentlich gar nicht vorstellen konnte, waren im grauen Dunst verborgen. Jedenfalls konnte Dirk Thamsen keinen der Seevögel, deren
gedämpfte Schreie er vernahm, am Himmel ausmachen.

Er lehnte sich über die Reling und blickte hinab in das
dunkle, gurgelnde Wasser. Eine gewisse Anziehungskraft

konnte er dieser beinahe schwarzen Masse nicht absprechen. Es war, als zöge einen die unergründliche Tiefe des Meeres zu sich hinab, forderte einen auf, sich ihr hinzugeben. Dennoch konnte er nicht glauben, dass, wie so oft berichtet wurde, allein der Lockruf des Meeres Schuld am Tod etlicher Menschen war, die sich in die Fluten gestürzt hatten. Diese Leute mussten seiner Meinung nach schon Selbstmordgedanken gehegt haben. Ansonsten sprang man wohl kaum ins Wasser. Da schaltete sich seiner Ansicht nach vorher doch noch der Verstand ein, der einen letztendlich vor dem Sprung bewahrte.

Der Verstand Sophie Carstensens hatte jedoch gegen die Hoffnungslosigkeit, welche sie empfunden haben musste, den Kürzeren gezogen. Völlig ausweglos musste sich die Situation für die Witwe dargestellt haben. Einsam und hilflos hatte sie nur den Freitod als Möglichkeit gesehen, diesem für sie scheinbar unerträglich gewordenen Leben zu entkommen. Dass es sich um einen Selbstmord handelte, davon ging er zunächst einmal aus. Obwohl er auch einen Mord nicht für ausgeschlossen hielt. Immerhin war der Ehemann der Toten erst wenige Tage zuvor Opfer eines Gewaltverbrechens geworden. Vielleicht rechnete der Täter gerade mit der gesamten Familie ab. Als Nächstes war womöglich der Sohn an der Reihe.

Nun mal man nicht gleich den Teufel an die Wand, wies er sich selbst zurecht. Erst einmal sprach nach den Angaben des Kollegen, der ihn über den Leichenfund informiert hatte, alles für einen Selbstmord. Weiteres musste die Obduktion ergeben, die er gleich heute Morgen beim zuständigen Staatsanwalt beantragt hatte.

Die Fähre erreichte pünktlich nach 45-minütiger Fahrtzeit das Festland, und Thamsen machte sich mit dem Team

der Spurensicherung sofort auf den Weg in die Polizeidienststelle. Der Bericht des Kollegen über den Leichenfund lag bereits auf seinem Schreibtisch.

»Die Leiche wurde durch das ortsansässige Bestattungsunternehmen ins Krankenhaus abtransportiert«, las er vor
und entschied sofort, dass sein erster Gang in die nur wenige
Hundert Meter entfernte Klinik sein würde.

»Ihr fahrt raus in den Herrenkoog. Den Sohn nehmt ihr
am besten gleich mit. Der ist, Moment«, er blätterte zwischen den Seiten des Pamphlets, »im Gasthof an der B5 ein-
quartiert. Er soll euch zeigen, wo genau und wie er seine
Mutter gefunden hat. Ich hoffe nur, es sind nicht alle Spuren
zertrampelt worden.« Ihm war die Arbeitsweise der Kollegen bekannt. Oftmals stürzten sie etwas zu unbedacht an
den Tatort, ohne ihn vorher ausreichend gesichert zu haben.
Dabei gingen so manches Mal wichtige Hinweise verloren.

»Anschließend kümmert euch bitte um die Stiefel und …«,
er zog den Plastikbeutel mit Barne Christiansens Haaren aus
seiner Jackentasche, »das hier. Ich möchte die Ergebnisse so
schnell wie möglich auf meinem Schreibtisch haben.«

Nachdem der Trupp der Spurensicherung sein Büro verlassen hatte, rief er zunächst einmal bei seiner Mutter an.

»Kann ich Anne etwas später abholen?« Er hörte, wie
sie auf seine Frage hin tief Luft holte. Eigentlich waren sie
und sein Vater heute zu einem Geburtstagsempfang eingeladen. Da konnten sie die Enkelin unmöglich mitnehmen.

»Kannst du nicht Iris fragen, ob sie die Kleine abholt?«

Gegen den Gedanken, seine Exfrau anzurufen und um
ihre Hilfe zu bitten, sträubte sich alles in ihm. Für ihn war
es wie eine Art Eingeständnis, das zeigte, dass er mit der
Situation nicht allein zurechtkam. Doch so schnell würde
er sich nicht geschlagen geben.

»Wann müsst ihr los? Ich hole Anne dann pünktlich vorher ab«, versicherte er zähneknirschend und legte wieder auf.

Draußen hatte sich inzwischen die Sonne durch die grauen Wolken gekämpft und versucht, dem Herbst noch einmal Paroli zu bieten. Thamsen lief die wenigen Schritte zum Krankenhaus und genoss die warmen Strahlen, ehe er die schattige Eingangshalle der Klinik betrat.

Der Weg in die Leichenhalle war ihm bekannt. Schon öfter in seiner Laufbahn hatte er die kahle Treppe hinabsteigen müssen, welche in die weiß gekachelten Kellerräume führte. Hinter einer der Türen befand sich neben dem Raum, in dem die Leichen aufbewahrt wurden, auch ein kleines Labor.

Dr. Hermes, ein junger Assistenzarzt, saß tief über ein Mikroskop gebeugt, als Thamsen den Bereich betrat, zu dem Unbefugten der Zutritt verboten war.

»Herr Kommissar«, begrüßte der Mediziner ihn, als er seinen Blick hob, »was führt Sie denn in unsere schauerlichen Hallen?«

Ein Grinsen breitete sich auf dem Gesicht des jungen Mannes aus, das von einem Ohr zum anderen reichte. Er stand auf und wischte sich die Handflächen an seinem weißen Kittel ab, bevor er ihm die Rechte zur Begrüßung reichte.

Thamsen, dem in dieser Umgebung tatsächlich kleine Schauer über den Rücken liefen, lächelte gequält. Er fühlte sich unwohl in diesen kalten Kellerräumen, durch die der Hauch des Todes wehte. Der süßliche Leichengeruch, der die Luft in diesen Räumen schwängerte, erschien ihm beinahe unerträglich. Die toten Körper bleich und blass. Kalt, da kein Leben mehr in ihnen pulsierte. Er konnte sich nicht daran gewöhnen. Nicht an den Anblick und auch nicht an den fauligen Gestank.

Den anderen jedoch belustigte sein Unwohlsein. »Bisschen Gruselkabinett erleben?«, witzelte er und schnitt ein paar hässliche Grimassen. Thamsen kannte den Arzt bereits von vorangegangenen Ermittlungen und auch seine makabere Art im Umgang mit seinem Betätigungsfeld. Für Hermes waren der Verwesungsgeruch und die Leichen Alltag. Gehörten zu seinem Leben, waren etwas völlig Normales. Er hatte sich an die eisigen Körper gewöhnt, sah in ihnen nicht mehr den Menschen als solches, als Persönlichkeit, sondern nur noch seine sterbliche Hülle, das Material, an dem er seine Arbeit verrichtete.

Wahrscheinlich kann man den Job ohne eine gehörige Portion schwarzen Humors gar nicht ausüben, dachte Thamsen beim Anblick seines Gegenübers, der sein Gesicht mit beiden Händen zu einer einzigen Hautfalte zusammenschob.

»Ich bin wegen der toten Frau aus dem Herrenkoog hier«, versuchte er die Vorführung des jungen Arztes zu beenden. Der unterbrach tatsächlich seine Grimassenshow und schaute ihn mitleidig an.

»Da sind Sie leider zu spät dran.«

»Zu spät? Was soll das heißen? Die Tote wurde doch erst gestern Abend hierher überführt.«

»Und vor einer knappen halben Stunde auch schon wieder abgeholt«, klärte Dr. Hermes ihn auf. Der Staatsanwalt habe eine Obduktion angeordnet.

»Das weiß ich. Schließlich habe ich diese selbst beantragt. Aber wieso kommt denn Dr. Becker nicht her?« Er war es gewohnt, dass der Gerichtsmediziner aus Kiel bei ungeklärten Fällen meist persönlich nach Niebüll kam. Oft nutzte der Arzt diese Gelegenheit, sich gleichzeitig ein Bild vom Tatort zu machen.

»Dr. Becker ist in Urlaub, und seine Vertretung hat gesagt, wegen eines Suizids fahre er keine 120 Kilometer. Deswegen ist die Überführung der Leiche nach Kiel angeordnet worden.«

Thamsen, der zwar zunächst auch davon ausgegangen war, dass Sophie Carstensen sich freiwillig das Leben genommen hatte, hielt die vorschnelle Vorgehensweise der Mediziner dennoch für unangebracht. Nicht umsonst hatte er eine Obduktion beantragt.

»Wer sagt denn, dass es sich tatsächlich um einen Selbstmord handelt?«, fuhr er den Mediziner an.

»Ist es keiner?«

Friedhelm Carstensen saß bewegungslos am Küchentisch und starrte auf den Kalender an der gegenüberliegenden Wand. Das Bild über den Datumsangaben zeigte eine Blüte der Echinacea, darunter den Werbeslogan einer großen Arzneimittelfirma. Seine Frau hatte den Jahresweiser als Werbegeschenk von dem netten Apotheker am Marktplatz bekommen.

»Das hab ich doch nicht gewollt«, murmelte er ununterbrochen und meinte damit den Selbstmord seiner Schwägerin. Er fühlte sich schuldig, nicht zuletzt, weil seine Frau ihm vorwarf, Sophie mit seinem unmöglichen Benehmen und unflätigen Äußerungen auf der Trauerfeier regelrecht in den Freitod getrieben zu haben.

»Was glaubst du denn, wie sie sich gefühlt haben muss?«, fragte Irmtraud und blickte ihn dabei vorwurfsvoll an.

Sie hatten in der Nacht von der Selbsttötung der Schwägerin erfahren. Ulf hatte angerufen und ihnen unter Tränen vom Tod seiner Mutter berichtet.

»Sollen wir kommen?«, war Irmtraud Carstensens prompte Reaktion gewesen, doch der Neffe hatte dankend abgelehnt. Die Polizei habe das Haus vorläufig abgesperrt, hatte er erklärend hinzugefügt. Er selbst sei im Gasthaus an der B5 untergebracht.

»Das hab ich nicht gewollt«, wiederholte Friedhelm Carstensen. »Die arme Sophie, das hab ich wirklich nicht gewollt.«

»Das hättest du dir vielleicht vor deinem unmöglichen Auftritt in der Wirtschaft überlegen sollen«, kommentierte seine Frau die viel zu späte Einsicht. Sie war immer noch verärgert über sein peinliches Benehmen an der Kaffeetafel. Im Erdboden hätte sie am liebsten versinken mögen, als er betrunken in die Gastwirtschaft gepoltert war und grölend Freudenreden über den Tod seines Bruders geschwungen hatte. Und dann die Leute. Die zerrissen sich natürlich auch schon wieder die Mäuler über den beschämenden Vorfall. Erst gestern war sie Zeuge eines Gespräches im Supermarkt geworden, als die Ladenbesitzerin sich lauthals über das blamable Ereignis ausgelassen hatte.

»Ich verstehe sowieso nicht, wie du derart über seinen Tod reden konntest. Du kannst doch nicht froh darüber sein, dass Kalli einem Mörder zum Opfer gefallen ist. Er war doch schließlich dein Bruder.«

Unter der anklagenden Feststellung zog er reuig den Kopf ein. Natürlich freute er sich nicht. Jedenfalls nicht wirklich. Den Tod hatte er seinem Bruder nun wirklich nicht gewünscht, auch wenn er nicht allzu viele gute Gedanken für ihn hegte.

Diese Antipathie hatte bereits in ihrer Kindheit erste Wurzeln geschlagen.

Kalli war immer der Stärkere und Klügere von den beiden gewesen. Auf eine Art verständlich, denn schließlich war er auch der Ältere. Doch das allein war es nicht, was immer wieder aufs Neue zu Auseinandersetzungen zwischen ihnen führte. Sein Bruder ließ ihn mehr als deutlich spüren, für welch einen Schwächling er ihn hielt. Und das brachte er auch stets zum Ausdruck. Vor allen Leuten redete Kalli schlecht über ihn, machte seine Schulleistungen nieder, und selbst die Erfolge, die Friedhelm mit seiner Fußballmannschaft beim ›SV Frisia‹ errang, zog er ins Lächerliche.

Hinzu kam, dass sein Bruder der Liebling der Mutter war, verhätschelt und bevorzugt. Jeden Wunsch las sie ihm von den Augen ab und ergriff stets Partei für ihn, wenn es zum Streit zwischen den beiden Zankhähnen kam. Friedhelm konnte sich noch so sehr bemühen, die Gunst seiner Mutter einmal für sich zu gewinnen, er zog doch immer den Kürzeren und musste mit ansehen, wie sein Bruder mit ihrer Liebe und Zuneigung überschüttet wurde.

Seiner Mutter machte er keine Vorwürfe, niemals. Er sah ja selbst, wie Kalli sie immer wieder aufs Neue um den Finger wickelte und ihn, seinen Konkurrenten, bei ihr schlechtmachte. Belügen und betrügen konnte er als Kind schon und hatte bei allen Erfolg. Damals hatte Friedhelm Carstensen angefangen, seinen Bruder zu hassen, wenngleich auch noch auf eine ziemlich kindliche Art.

Später dann hatte Kalli ihm beinahe jede seiner Freundinnen ausgespannt. Viele waren es nicht, Friedhelm war mehr ein zurückhaltender Mensch und zudem noch ein Spätzünder. Aber Kalli machte sich regelrecht einen Spaß daraus, jedes Mädchen, das sein Bruder mit nach Hause brachte, davon zu überzeugen, er sei die bessere Partie der beiden, und gab nicht eher auf, bis Hanna, Margot und wie sie auch hießen mit fliegenden Fahnen in seine Arme flüchteten. Anschließend servierte er die Mädchen sehr schnell ab. Er liebte sie sowieso nicht, sondern sah sie nur als eine Art Trophäe im Wettstreit mit seinem Bruder.

Ähnlich war es bei Sophie, auf die auch Friedhelm damals ein Auge geworfen hatte. Kalli interessierte sich eigentlich nicht für sie, wollte nur wieder eines seiner Spielchen treiben. Leider war es dabei zu diesem ›Unfall‹ gekommen, wie sein Bruder die Schwangerschaft bezeichnete.

Sophies Eltern hatten auf einer Heirat bestanden. Mit der Schande eines unehelichen Kindes könnten weder sie noch ihre Tochter leben, hatten sie argumentiert und reichlich Druck auf Kalli ausgeübt. Der sträubte sich zunächst dagegen, die Geschwängerte zu heiraten, doch als auch die Mutter ihm mit rügenden Worten und regelrechter Schelte immer wieder zusetzte, war er letztendlich unter viel Murren dazu bereit, Sophie zu heiraten. Nicht aus Liebe wohlgemerkt, sondern einzig und allein, weil man ihn dazu nötigte, wie er stets betonte.

Obwohl er seinem Bruder die aufgezwungene Heirat gegönnt hatte – sein Mitleid für Sophie überwog. Sie hatte sich ihre Zukunft damals sicherlich auch anders vorgestellt, als mit einem blasierten Bauernsohn, der sie immer wieder deutlich spüren ließ, dass er sie nur aufgrund der Schwangerschaft zur Frau genommen hatte, in dem ländlichen Nest den Rest ihrer Tage zu verbringen.

Aber es waren nicht nur Kallis verletzende Worte, die seiner Schwägerin zu schaffen machten. Regelmäßig ging er fremd und machte noch nicht mal einen Hehl daraus. Beinahe jeder im Dorf wusste Bescheid über seine zahlreichen Affären, einschließlich Sophie.

Friedhelm hatte anfänglich versucht, mit seinem Bruder

darüber zu sprechen. Ihn aufgefordert nicht nur an sich selbst, sondern auch an Frau und Kind zu denken. Natürlich war es zum Streit zwischen ihnen gekommen.

»Das geht dich nichts an!«, hatte er ihn angeblafft. »Halt dich da raus!« Doch das war ihm schwergefallen. Und so kam es immer wieder zu Auseinandersetzungen zwischen ihm und seinem Bruder. Und je öfter er Kalli auf sein unmögliches Verhalten ansprach, desto schlechter behandelte der seine Frau. Daraufhin hatte er sich letztendlich zurückgezogen, obwohl er sich sicher war, dass ihm das Ausmaß der miserablen Situation, in welcher sich die Schwägerin befand, nicht einmal zur Hälfte bekannt war. Kalli behandelte Sophie nicht nur in aller Öffentlichkeit wie den letzten Dreck. Was sich dort hinter geschlossenen Türen abspielte, das hatte er zwar nur erahnen können, verborgen war es ihm dennoch nicht geblieben.

»Sie hat was?« Haie schaute den Freund ungläubig an, als der von Monikas unerwartetem Besuch berichtete.

»Na ja, ich denke, es war gut, dass ich ihr endlich die Wahrheit gesagt habe.«

Tom füllte sich noch einmal von dem köstlichen Eintopf nach.

Er hatte gestern Abend nach dem klärenden Gespräch mit seiner Exfreundin lange wach gelegen und über sein Verhalten nachgedacht. Wieso hatte er Marlene und Monika derart belogen? Nicht den Mut gehabt, zu seinen Gefühlen zu stehen? Diese Frage hatte ihn bis tief in die Nacht beschäftigt. Wenn er damals ehrlich zu den beiden Frauen gewesen wäre, wären ihm die ganzen Probleme, mit denen er sich zurzeit herumschlagen musste, einfach erspart geblieben. Müsste er nun nicht um Marlenes Verlust bangen. Ob sie ihm überhaupt jemals verzeihen würde? Er war sich nicht sicher.

Dabei war für ihn seine Beziehung in München so gut wie beendet, als er Marlene kennenlernte. Mental hatte er damals bereits einen Schlussstrich unter die Partnerschaft mit Monika gezogen. Er liebte sie nicht mehr, und seiner Ansicht nach passten sie auch nicht wirklich zueinander. Er konnte ihr nicht geben, wonach sie sich in der Beziehung so sehr sehnte. Vielleicht weil er nicht bereit dazu war. Auf jeden Fall aber hätte er offen mit ihr darüber sprechen müssen, zumindest bei der Trennung. Er hingegen hatte sich jedoch mehr oder weniger sang- und klanglos aus dem Staub gemacht und sie mit ihren Fragen und Kummer völlig verzweifelt sitzen lassen. Ein Fehler, den er heute mehr als bereute. Ebenso wie die Tatsache, damals nicht ehrlich mit Marlene über Monika und sein Verhältnis zu ihr gesprochen zu haben. Er hätte ihr erzählen sollen, wie es damals um seine Partnerschaft bestellt war und dass er sich seiner Ansicht nach niemals in Marlene hätte verlieben können, wenn seine Beziehung zu Monika noch intakt und er sie noch geliebt hätte. Sie hätte sicherlich Verständnis gezeigt, vielleicht von ihm gefordert, zunächst für geordnete Verhältnisse zu sorgen, aber sicherlich auf ihn gewartet, ihn mit offenen Armen empfangen, wenn er frei und ungebunden aus München zurückgekehrt wäre.

Aber irgendwie war er damals unsicher, oder war es schlichtweg Feigheit, die ihn dazu veranlasste, den beiden Frauen jeweils nichts von der Existenz der anderen zu erzählen und ehrlich zu seinen Gefühlen zu stehen?

Die quälenden Gedanken hatten ihn nicht zur Ruhe kommen lassen, und so war er erst in den frühen Morgenstunden eingeschlafen.

Das Frühstück hatte er ausfallen lassen, da er erst um 11.30 Uhr aufgewacht und bereits um 12.30 Uhr bei Haie zum Mittagessen eingeladen war.

»Trotzdem, da gehört schon was dazu, hier aufzukreuzen.«

Tom zuckte mit den Schultern. Für ihn war das Thema erledigt. Monika war gestern, nachdem er sich endlich mit ihr ausgesprochen hatte, wieder abgereist. Er hatte, als ihm bewusst wurde, wie ernst es ihr mit der Bitte um eine zweite Chance war, endlich reinen Tisch gemacht. Warum er damals gegangen war. Ob sie wirklich verstanden hatte, was er ihr gesagt hatte? Er wusste es nicht. Aber als er seine ausführliche Erklärung beendet hatte, in welcher er diesmal nicht seine Liebe zu Marlene und auch nicht ihrer beider Verhältnis zueinander verschwieg, hatte sie traurig genickt. Zum Abschied hatte sie ihn sanft auf die Wange geküsst und ihm alles Gute gewünscht. Er hoffte nur, dass sich wirklich alles zum Guten wenden, Marlene zu ihm zurückkommen und ihm die Gelegenheit geben würde, ihr ebenfalls alles zu erklären.

Sie fehlte ihm so sehr. Morgens, wenn er aufwachte und das leere Bett neben sich erblickte, ergriff ihn eine Sehnsucht, die in seinem Inneren schmerzte und ihn den ganzen Tag über begleitete. Bei allem, was er tat, dachte oder sagte, stets sah er ihr bezauberndes Gesicht vor sich und wünschte sich nichts mehr, als einfach die Hand danach ausstrecken und ihre zarte, warme Haut spüren zu können.

»Ich vermisse sie«, flüsterte er leise.

»Wen?«

Haie hatte den Gedanken des Freundes nicht folgen können. Doch ehe Tom auf die verwunderte Frage antworten konnte, wurde ihr Beisammensein jäh durch das schrille Läuten der Türglocke gestört.

Es war der Nachbar. Angeblich wollte er sich ein paar Eier zum Backen ausleihen, aber tatsächlich war er gekommen, um von den Neuigkeiten zu erzählen, welche er beim Frühschoppen in der Gastwirtschaft erfahren hatte.

»Hett jem all hört?«, fragte er nach Aufmerksamkeit heischend, kaum dass er die Küche betreten und Tom erblickt hatte. Haie, der bereits vor dem Kühlschrank kniete, um nach den Eiern zu schauen, drehte sich fragend um.

»Sophie hett sich ophängt.«

»Was«, Haie richtete sich auf. »Kallis Sophie?«

Der andere nickte nur stumm und genoss ganz offensichtlich, der Erste zu sein, der den beiden die sensationelle Nachricht überbrachte.

»Aber wir waren doch gestern noch bei ihr«, Tom konnte sich nicht vorstellen, dass die Frau, mit der sie am vorangegangenen Tag noch zusammen Kaffee getrunken hatten, sich das Leben genommen haben sollte. Nichts hatte seiner Meinung nach darauf hingewiesen, dass die Witwe mit dem Gedanken gespielt hatte, sich selbst umzubringen. Eher im Gegenteil. Hatte Sophie Carstensen ihnen doch berichtet, ihr Sohn habe sich wohl bereit erklärt, den Hof weiterzuführen, schon übernächste Woche wolle er bei ihr einziehen.

»Wer hat sie gefunden?« Auch Haie war misstrauisch.

»Ulf. Gestern Abend. Auf'm Dachboden«, antwortete der Nachbar kurz und völlig sachlich.

»Und was sagt die Polizei? War es wirklich Selbstmord?«

»Was denn sonst? Die hat keinen anderen Ausweg mehr gesehen.«

Der dunkelhaarige, etwas schlaksig wirkende Mann in Cordhosen und Wollpullover wirkte überzeugt von dem, was er sagte. Schließlich hatte er am Vormittag bereits ausgiebig über die Hintergründe von Sophie Carstensens Selbstmord mit den anderen Männern in der Gastwirtschaft diskutiert. Haies zweifelnde Anmerkung, dass ihm die Witwe bei ihrem gestrigen Besuch in keinerlei Weise suizidgefährdet erschienen sei, fegte er deshalb einfach zur Seite.

»Die Sophie ist schon immer eine gute Schauspielerin gewesen. Von wegen glückliche Familie und so. Jeder im Dorf hat doch Bescheid gewusst, was dort los war.«

Tom, der vermutete, der Nachbar spiele auf die Seitensprünge des ermordeten Landwirts an, wendete ein, dass er dieses Argument für haltlos erachtete. »Wenn es um Kallis Affären gegangen wäre, dann hätte sie sicherlich bereits viel früher einen Schlussstrich gezogen. Wie immer der auch ausgesehen hätte.«

»Ach wat«, der Nachbar winkte ab. »Dass er sie betrogen hat, damit hatte sie sich längst abgefunden.«

Haie runzelte die Stirn. Ihm war nicht klar, worauf sein Gegenüber anspielte. Was genau hatte sich in dem Haus seines ehemaligen Schulkollegen zugetragen? Er musste sich eingestehen, dass ihm der einstige Schulkamerad in den letzten Jahren mehr als fremd geworden war und er über dessen Familienverhältnisse so gut wie gar nichts wusste. In Gedanken kehrte er noch einmal in das Haus im Herrenkoog zurück. Was war ihm aufgefallen, was hatte ihn stutzig gemacht? Die düstere Atmosphäre, die beinahe ärmlich wirkende Einrichtung, der leicht muffige Geruch. Doch das allein war es nicht gewesen, was ihn diese Kälte hatte verspüren lassen, während er durch die Tür ins Innere der Wohnung getreten war. Ein eisiger Wind hatte dort geweht. Man konnte ihn weder hören, noch bewegte der Luftzug Gardinen oder Vorhänge, dennoch fühlte man einen kalten Hauch auf der Haut, sobald man in den finsteren Flur trat.

Plötzlich schoss ihm Marlenes Verdacht durch den Kopf.

»Sag bloß, Kalli hat …«

Noch ehe er den Satz vollendet hatte, bestätigte ihm ein Kopfnicken des Nachbars, dass er mit seiner Vermutung richtig lag.

Thamsen verließ das Krankenhaus und trat hinaus an die frische Luft. Die Sonne schien immer noch herrlich warm und bot einen krassen Gegensatz zu den düsteren Kellerräumen der Leichenhalle. Er atmete tief durch, ehe er sich auf den Weg zurück in die Dienststelle machte. Irgendwie fühlte er sich erleichtert. Er hatte zwar schon des Öfteren einer Obduktion beigewohnt, war aber immer wieder froh, wenn er diesem unschönen Szenario entkommen konnte.

Er stieg in seinen Wagen, den er vor dem Polizeigebäude geparkt hatte, und fuhr Richtung Herrenkoog. Auf der Bundesstraße herrschte dichter Verkehr. Jede Menge Urlauber waren anscheinend vor Kurzem mit einem der Autozüge aus Westerland auf dem Festland eingetroffen und fuhren zurück gen Süden. Beinahe im Schritttempo rollte die Blechlawine über die B5, und Thamsen war froh, als er endlich das Ortsschild Risum-Lindholms passierte und in die Dorfstraße abbiegen konnte.

Auf dem Hof war einiges los. Neben seinen Kollegen von der Schutzpolizei und dem Team der Spurensicherung hatten sich auch etliche Schaulustige am Tatort versammelt. Die Nachricht über den Selbstmord Sophie Carstensens hatte sich schnell im Dorf herumgesprochen. Er musste sich regelrecht durch eine Schar neugieriger Zuschauer kämpfen, ehe er an der Haustür auf einen seiner Flensburger Kollegen traf.

»Gut, dass Sie kommen«, begrüßte der Beamte ihn. »Wir haben ein Geständnis.«

Thamsen runzelte die Stirn.

»Was für ein Geständnis?« Ihm war nicht klar, was der Kriminalist meinte. Handelte es sich womöglich doch nicht um einen Selbstmord? Gab es einen Täter, dessen Bestreben es war, die gesamte Familie Carstensen zu eliminieren? Wie aber war es den Kollegen gelungen, den Mörder zu fassen und diesem anscheinend auch gleich ein Geständnis abzuringen?

Noch ehe er eine der vielen Fragen, die in seinem Kopf umherschwirrten, formulieren konnte, streckte der andere ihm eine Klarsichtfolie entgegen. Die dünne Kunststoffhaut schützte einen Briefbogen, auf dem in sorgfältiger Schrift das Bekenntnis am Mord Kalli Carstensens niedergelegt war.

Thamsen las die wenigen Zeilen. Sophie Carstensen offenbarte darin, dass sie ihren Mann umgebracht hatte. Nach dem Warum suchte er jedoch vergeblich in der kurzen Nachricht.

»Woher habt ihr das?«

Er zweifelte an der Echtheit des Schreibens.

»Der Sohn hat es uns überreicht. Angeblich hat er das Schreiben gestern neben der Leiche seiner Mutter gefunden.«

»Und dann rückt er erst heute damit raus?« Ihm erschien die ganze Sache höchst merkwürdig.

»Wo steckt er?«

Der Flensburger Kollege deutete ins Haus. Thamsen betrat den düsteren Flur und blieb dort einen kurzen Moment lang stehen. Seine Augen benötigten etwas Zeit, um sich an die düstere Umgebung zu gewöhnen.

Ulf Carstensen saß mit gesenktem Blick auf dem Sofa im Wohnzimmer. Angestrengt starrte er auf seine Schuhe, sah nicht einmal auf, als Thamsen den Raum betrat.

»Mein Beileid.«

Er nahm in dem Sessel Platz, der an der Stirnseite des niedrigen Couchtisches positioniert war, und wartete. Das Schweigen des jungen Mannes dominierte den Raum. Er saß nur da und stierte vor sich hin. Eine Weile betrachtete Thamsen den Sohn des Hauses. Er wirkte erschöpft, so als habe er die letzten Nächte nicht geschlafen. Unter seinen Augen hatten sich dunkle Ringe gebildet, die Haut war blass und wies einen grau-blauen Schimmer auf. Die Kleidung hatte Ulf Carstensen wahrscheinlich auch seit mehreren Tagen nicht gewechselt, vermutlich hatte er sogar in dem zerknitterten karierten Hemd und der angestaubten Jeans geschlafen.

»Herr Carstensen, woher haben Sie das Geständnis Ihrer Mutter?«

Der Angesprochene hob langsam den Kopf und blickte ihn mit einem leeren Ausdruck in den Augen an. Er hatte die Frage entweder akustisch nicht verstanden oder wollte sie nicht verstehen, jedenfalls ging er nicht darauf ein. Stattdessen murmelte er:

»Wieso hat sie das nur getan? Wie konnte sie glauben, dass …« Seine Stimme versagte.

Thamsen hakte nach. »Meinen Sie den Selbstmord Ihrer Mutter oder dass sie Ihren Vater umgebracht hat?«

Sein Gegenüber schüttelte energisch den Kopf.

»Nein, ich meine, dass sie davon ausging, dass ich Papa umgebracht habe.«

Thamsen blinzelte mehrere Male schnell hintereinander mit den Lidern, so als wolle er sich vergewissern, dass die Situation, in der er sich befand, real war. Oder hatte er sich die Worte, die wenige Sekunden zuvor an sein Ohr gedrungen waren, nur eingebildet? War Sophie Carstensen tatsächlich der Meinung gewesen, der Sohn habe ihren Ehemann ermordet? Und wenn ja, wie war sie zu dieser Annahme gekommen? Es musste Hinweise gegeben haben, Spuren, die ihm bisher verborgen geblieben waren.

»Wie ist Ihre Mutter zu dieser Auffassung gekommen?«

Ulf Carstensen zuckte mit den Schultern. Fakt sei, äußerte er, sie habe ihn für den Mörder seines Vaters gehalten, warum auch immer. Und um ihn zu schützen, hatte sie die Schuld auf sich genommen. Sie habe ihn sehr geliebt, hatte nicht gewollt, dass er ins Gefängnis kam.

»Aber deswegen hätte sie sich ja nicht gleich umbringen müssen«, kommentierte Thamsen lapidar die Äußerung des anderen. Er war nun viel mehr an der Frage interessiert, ob Sophie Carstensen mit ihrer Vermutung richtig gelegen hatte.

»Und?«, fragte er deshalb auch ganz direkt, »haben Sie Ihren Vater tatsächlich umgebracht?«

16

Marlene nahm die letzte Ausfahrt vor der Bundesgrenze und steuerte den Wagen durch die scharfe Rechtskurve Richtung Harrislee.

Haie hatte sie gestern Abend angerufen und gebeten, möglichst schnell zu kommen. »Wir brauchen dringend deine Unterstützung. Nun ist auch noch Sophie Carstensen tot.«

Sie hatte nicht lange gezögert und ihm versprochen, sich sofort am nächsten Morgen auf den Weg zu machen. Immerhin war Haie ihr Freund. Sie musste ihm einfach helfen, den Mörder seines Schulkollegen zu finden. Der Streit zwischen Tom und ihr hatte schließlich nichts damit zu tun. Außerdem sah sie die Situation zwischenzeitlich ein wenig entspannter. Das Gespräch mit Ari, dem Studenten aus der Universitätsbibliothek, hatte sie nachdenklich gestimmt.

»Bist du dir denn überhaupt sicher, dass das alles stimmt, was diese Monika dir erzählt hat? Was hat dein Freund denn dazu gesagt?«, hatte er sie gefragt, als sie ihm letztendlich doch von ihren Beziehungsproblemen erzählte.

Auf diese Frage konnte Marlene ihm keine Antwort geben, und sie hatte eingestehen müssen, gar nicht darüber nachgedacht zu haben, warum Monika überhaupt angerufen hatte und ob die Darstellung der damaligen Vorfälle aus Sicht der Exfreundin der Wahrheit entsprach. Außerdem war es Tom gar nicht möglich gewesen, ihr die Angelegenheit zu erklären. Zu schnell war sie geflüchtet.

Nach dem Gespräch mit Ari und einem gewissen Abstand zu der gesamten Situation tat es ihr leid, derart überreagiert zu haben. Trotzdem traute sie sich nicht, Tom anzurufen. Sie hatte irgendwie ein schlechtes Gewissen, und zudem war sie sich unsicher, wie er über ihr Verhalten urteilte. Er musste enttäuscht von ihrer Reaktion gewesen sein. Vielleicht war nun er es, der ihre Beziehung infrage stellte. Ein mulmiges Gefühl begleitete sie auf ihrem Weg Richtung Norden.

Sie kam zügig auf der B199 voran und passierte schon nach gut 20 Minuten das Ortsschild Lecks. Doch anstatt wie ausgeschildert über die B5, wählte sie den Weg durchs Dorf, um anschließend über den sogenannten Schnapsweg nach Risum-Lindholm zu gelangen. Sie liebte die holprige, kurvenreiche Strecke. Außerdem konnte sie bei der Gelegenheit in dem ortsansässigen Bücherladen einen kurzen Zwischenstopp einlegen. Sie wollte sich erkundigen, ob es dort Bücher zum Thema Gewalt in der Ehe gab. Unter Umständen lieferte die Literatur auch Informationen über Suizidfälle anlässlich der familiären Verbrechen.

Nachdem Haie ihr gestern von dem Selbstmord Sophie Carstensens berichtet und ihre Vermutung, nämlich dass die Ehefrau von Kalli Carstensen misshandelt worden war, bestätigt hatte, war ihr Interesse an der Thematik noch gewachsen. Sie brauchte jedoch mehr Hintergrundinformationen, um sich besser in die Lage des Opfers versetzen zu können. Bisher hatte sie lediglich zwei Reportagen über Gewalt in der Ehe im Fernsehen verfolgt. Doch das reichte bei Weitem nicht, sich in Sophie Carstensens Situation hineinzudenken. Warum hatte sie ihren Mann nicht verlassen? Hatte sich schlagen, treten, vielleicht sogar vergewaltigen lassen? Marlene hoffte, in entsprechenden Büchern vielleicht eine Antwort zu finden.

Sie parkte am Marktplatz und lief zu dem Buchladen, der sich in einer kleinen Seitenstraße befand. Eine helle Glocke ertönte, als sie die Tür öffnete.

»Moin, Frau Schumann«, grüßte die dralle Buchhändlerin, die vor einem der Regale kniete und Bücher einsortierte. Sie kannte Marlene, hatte bereits öfter für sie nicht nur aktuelle Bücher, sondern auch vergriffene Werke von Storm und anderen regionalen Dichtern aufgetrieben.

»Moin, Frau Klaas.«

Sie trat wie gewöhnlich an einen der Tische im Eingangsbereich und überflog die Titel der ausliegenden Bücher.

»Na?«, Frau Klaas legte den Stapel Neuerscheinungen zur Seite und kam auf sie zu, »wieder auf der Suche nach verschollenen Werken?« Sie lächelte freundlich und zeigte dabei eine Reihe strahlend weißer Zähne. Marlene fragte sich immer wieder, wie die Buchhändlerin es schaffte, mit so einem schneeweißen Gebiss aufzuwarten. Ihre eigenen Zähne kamen ihr im Vergleich dazu immer schmutzig gelb vor, obwohl dem sicherlich nicht so war. Aber das makellose Strahlen der ansonsten eher unscheinbar wirkenden Frau faszinierte sie stets aufs Neue und löste in ihr Selbstzweifel in Bezug auf ihre eigene Mundhygiene aus.

»Nee, eigentlich suche ich nach einem bestimmten Thema«, erwiderte sie die Frage. »Ich bin mir aber nicht sicher, ob es überhaupt Lektüre dazu gibt«, druckste sie herum. Es war ihr unangenehm, nach der gewünschten Literatur zu fragen. Womöglich zog Frau Klaas noch falsche Schlüsse, wenn sie nach Büchern über Gewalt und Missbrauch zwischen Ehepartnern fragte. Vielleicht dachte sie, Marlene sei selbst betroffen.

»Also ich möchte eine Arbeit über misshandelte Ehefrauen schreiben«, log sie deshalb, um alle Missverständnisse von vornherein auszuschließen, »und brauche dafür entsprechenden Input.«

Frau Klaas blickte sie aufmerksam an. Sie erkannte sofort, dass Marlenes Äußerung nicht der Wahrheit entsprach, und folgerte selbstverständlich daraufhin, ihre Kundin sei selbst Opfer solcher Gewalttaten. Ihr Blick wurde ganz weich, als sie fragte:

»Und an was genau haben Sie da gedacht? Einen Ratgeber, vielleicht mit Telefonnummern entsprechender Hilfseinrichtungen?«

Marlene schüttelte vehement den Kopf und erklärte, dass sie eher an Fachliteratur interessiert sei.

»Psychologische Hintergründe, Erfahrungsberichte, Gutachten, vielleicht auch Statistiken«, zählte sie die Gebiete auf, von denen sie glaubte, das alles könnte sich bei dem Versuch, sich in Sophie Carstensen hineinzuversetzen, als hilfreich erweisen. Frau Klaas ließ sich indessen nicht so schnell von ihrem Verdacht abbringen, ein vermeintliches Opfer vor sich zu haben.

»Ich kenne hier auch eine Dame von der Beratungsstelle. Wenn Sie vielleicht Kontakt aufnehmen möchten?«

Marlene lehnte dankend ab, und um alle Missverständnisse ein für alle Mal auszuräumen, versicherte sie der besorgt dreinblickenden Frau, wirklich nicht selbst betroffen zu sein, sondern die Literatur lediglich für die erwähnte Abhandlung zu benötigen.

»Na wenn das so ist«, die Buchhändlerin schien zwar nicht wirklich überzeugt, drehte sich aber dennoch um, steuerte zielstrebig auf eines der Regale zu und angelte einen dicken Wälzer aus dem Bücherbord.

»Da haben Sie aber Glück, denn normalerweise habe ich solche speziellen Bücher nicht vorrätig.« Sie reichte Mar-

lene das an die 700 Seiten umfassende Werk eines Dr. Löb-
bich: ›Frau und Mann – Liebe und Gewalt‹.

»Ein Kunde hat es vor einigen Wochen bei mir bestellt
und dann nicht abgeholt. Kommt natürlich hin und wieder
vor, aber bei solch einem speziellen Buch ist das besonders
ärgerlich. Wird man ja kaum los. Leider wurde die Adresse
nicht notiert. Ich hatte frei, und der Auszubildende war
völlig überfordert an diesem Nachmittag.«

Marlene nickte abwesend zu diesen Ausführungen und
schlug den Deckel des Wälzers auf. Sie überflog kurz das
Inhaltsverzeichnis. Der Band behandelte das Thema auf
den ersten Blick sehr ausführlich: Studien, psychologische
Gutachten, Entwicklungshistorie, Statistiken.

»Das ist genau das, wonach ich gesucht habe«, versicherte
sie, nachdem sie ein wenig geblättert hatte.

»Dann hab ich ja noch einmal Glück gehabt.« Frau Klaas
zeigte wieder ihr makelloses Gebiss, doch an ihrem Blick
war zu erkennen, dass sie immer noch an Marlenes Moti-
ven bezüglich des Kaufs eines solchen Buches zweifelte. Ihr
Lächeln wirkte aufgesetzt.

»Zukünftig wird Fachliteratur nicht mehr ohne Anzah-
lung und genaue Adressangaben bestellt. Ich habe eine entsprechende Dienstanweisung verfasst.«

»Wer hat denn das Buch wohl bestellt und nicht abgeholt?«
Marlene hatte den Gedanken laut ausgesprochen.

»So Dirk, hier ist Herr Carstensen«, sein Kollege führte den
jungen Mann in sein Büro. Der sah ähnlich bekümmert wie
am Vortag aus, hatte allerdings zwischenzeitlich zumindest
die Kleidung gewechselt. Nachdem der verwaiste Bauernsohn
gestern immer wieder beteuert hatte, weder mit dem Mord an
seinem Vater noch mit dem Tod seiner Mutter etwas zu tun

zu haben, war er gezwungen gewesen, Ulf Carstensen laufen zu lassen. Es bestand aus Dirk Thamsens Sicht keinerlei Fluchtgefahr, die eine Festnahme gerechtfertigt hätte. Allerdings hatte er ihn für den heutigen Vormittag in die Dienststelle bestellt. Die Kollegen sollten seine Fingerabdrücke abnehmen und eine DNA-Probe sicherstellen. Dem Sohn des toten Landwirts hatte er gesagt, sie bräuchten die Merkmale, um die Spuren am Tatort eindeutig zuweisen zu können. Tatsächlich versprach er sich von den Proben weitere Hinweise, eventuell sogar übereinstimmende Ergebnisse, um den Verdächtigen überführen zu können. Er war sich zwar nicht sicher, ob der Sohn in einem direkten Zusammenhang mit dem Mord oder dem vermeintlichen Suizid stand, aber nach dem Geständnis Sophie Carstensens, welches momentan auf seine Echtheit hin überprüft wurde, zog er die Möglichkeit durchaus in Betracht. Nicht unbedingt in Bezug auf den Selbstmord, aber zumindest im Hinblick auf den ermordeten Kalli Carstensen. Immerhin hatte wahrscheinlich auch die Mutter, wenn sich herausstellte, dass der Brief der Toten nicht gefälscht war, den Sohn für den Mörder ihres Ehemannes gehalten.

Er wies wortlos auf einen der Holzstühle vor seinem Schreibtisch, und der junge Mann setzte sich.

»Hier ist übrigens auch der Obduktionsbericht. Gerade eben eingetroffen.« Der Kollege reichte ihm eine graue Mappe, ehe er sich diskret zurückzog.

Thamsen schlug die Akte auf. Der Gerichtsmediziner hatte keinerlei Hinweise auf Fremdeinwirkung entdecken können, ein Mord schied deshalb seiner Ansicht nach aus. Sophie Carstensen hatte sich das Leben genommen. Allerdings hatte die Untersuchung der Leiche andere interessante Befunde zum Vorschein gebracht.

»Sagen Sie Herr Carstensen«, er blickte den Verdächtigen über den Rand der grauen Mappe hinweg an, »hatte Ihre Mutter mal einen Unfall? Oder Verletzungen, die nicht anständig behandelt worden sind?«

Ulf Carstensen, der auf dem unbequemen Holzstuhl leicht zusammengesackt war, richtete sich unvermittelt kerzengerade auf.

»Nicht, dass ich wüsste«, entgegnete er.

»Hm«, kommentierte Thamsen die Antwort seines Gegenübers und kratzte sich dabei an seinem linken Ohr. Er warf erneut einen Blick auf die Akte.

»Ist sie vielleicht gestürzt?«

»Vor ungefähr zwei Wochen. Mit dem Fahrrad.«

»Und davor?«

Er spürte, wie Ulf Carstensen unruhig wurde. Die Beine des antiquierten Stuhls knarrten mächtig unter seinem nervösen Hin-und-her-Rutschen.

»Ich glaube, sie ist mal die Treppe im Stall hinuntergefallen. Das muss aber schon Jahre her sein.«

Treppensturz, Fahrradunfall – alles Ausreden, die seine Mutter wahrscheinlich sogar selbst benutzt hatte. Ausflüchte, um die wahren Ursachen ihrer Verletzungen, Knochenbrüche und Narben zu verschleiern.

Der Rechtsmediziner ging nach den Ergebnissen der Obduktion davon aus, dass Sophie Carstensen seit Jahren misshandelt worden war. Schlecht verheilte Frakturen, Brandnarben und Hautabschürfungen ließen auf extreme körperliche Gewalteinwirkungen schließen. Über den oder die Verursacher konnte die Untersuchung der Leiche natürlich keine Ergebnisse liefern, nur, dass der Täter von kräftiger Statur gewesen sein musste. Ansonsten wäre er rein körperlich kaum in der Lage gewesen, der Verstorbenen Verletzungen solchen Ausmaßes zuzufügen.

Und mit Sicherheit, mutmaßte Thamsen, hatte Ulf Carstensen von den Misshandlungen gewusst. Die Blessuren hatte die Mutter nicht ständig vor ihm geheim halten können. Zumindest bei den Knochenbrüchen musste sie über mehrere Monate hinweg geradezu außer Gefecht gesetzt gewesen sein. Und dass der Sohn sich niemals gefragt hatte, warum seine Mutter humpelte oder woher die blauen Flecken an ihren Armen und Beinen stammten, glaubte er ihm nicht.

»Ihre Mutter ist misshandelt worden.« Er stellte keine Frage, sondern äußerte den Umstand gleich als Feststellung. »Und ich vermute, dass Ihr Vater dafür verantwortlich war.«

Auf seine Bemerkung hin verstummte plötzlich das Knarren des Stuhls. Ulf Carstensen saß wie angewurzelt vor ihm und starrte ihn an. Sämtliche Farbe war aus seinem Gesicht gewichen. Wahrscheinlich hatte er nicht damit gerechnet, dass die Obduktion diesen Umstand ans Licht bringen würde. Obwohl die letzten Misshandlungen erst wenige Tage zurücklagen, deren Folgen Sophie Carstensen selbst mit einem Fahrradsturz begründet hatte.

»Ihre Mutter hatte keinen Unfall, stimmt's?«

Thamsen blickte sein Gegenüber an. Er vermutete, das Gehirn hinter der blassen Stirn arbeitete auf Hochtouren, um eine plausible Ausrede zu finden. Doch die gab es nun einmal nicht, und so musste Ulf Carstensen schließlich eingestehen, dass seine Mutter jahrelang misshandelt worden war.

Er konnte sich nicht mehr genau erinnern, wann sein Vater angefangen hatte, sie zu schlagen. Streit war zwischen seinen Eltern eigentlich an der Tagesordnung gewesen, aber irgendwann war Kalli Carstensen das erste Mal die Hand ausgerutscht. Anfänglich kam es nur hin und wieder zu gewalttätigen Auseinandersetzungen, meist wenn sein Vater zu viel getrunken hatte, aber schon bald verkürzten sich die Abstände zwischen den körperlichen Tätlichkeiten. Seine Mutter hatte immer wieder versucht, die blauen Flecken und blutigen Schrammen vor ihm zu verheimlichen oder eine Ausrede für die Verletzungen zu finden. Mal war es die Kellertreppe, die sie angeblich hinuntergestürzt war, oder irgendein Möbelstück, das sie übersehen und deshalb daran gestoßen war. Doch er hatte gewusst, dass das alles nur Ausflüchte und der wahre Grund für ihren geschundenen Körper die Schläge seines Vaters waren.

»Und Sie haben tatenlos zugesehen?« Thamsen konnte nicht nachvollziehen, dass der Sohn seiner Mutter nicht geholfen hatte, sich nicht vor sie gestellt, sie beschützt hatte.

»Sie wollte keine Hilfe«, flüsterte Ulf Carstensen.

»Wie bitte?« Akustisch hatte er trotz des Flüstertons sehr wohl die Antwort seines Gegenübers verstanden. Aber begreifen konnte er sie nicht. Hatte Sophie Carstensen wirklich jeglichen Beistand des Sohnes abgelehnt? Und selbst wenn, überlegte er, wäre es nicht trotzdem dessen Pflicht gewesen, der Mutter zu helfen. Immerhin mussten die Misshandlungen ziemlich nah an schwere Körperverletzung gegrenzt haben. Da konnte man doch nicht einfach zusehen oder, besser gesagt, wegsehen. Also wenn sein Vater … Er steigerte sich förmlich in die Vorstellung hinein.

»Aber das kann man doch nicht schlichtweg ignorieren. Sie müssen doch gesehen habe, wie sehr Ihre Mutter …«

»Meinen Sie, mir ist das leichtgefallen? Meinen Sie, ich hätte nicht alles versucht, sie da rauszuholen?« Ulf Carstensen war unvermittelt aufgesprungen. Rote Flecken bildeten sich plötzlich überall in seinem Gesicht und am Hals. Mit wütendem Blick blitzte er ihn an.

Gebeten und gebettelt habe er, sie solle sich von seinem Vater trennen, und als das nichts nützte, hatte er seine Mutter sogar angebrüllt und gedroht, zur Polizei zu gehen. Nicht nur einmal, immer wieder. Jedes Mal, wenn sie mit geschwollenem Gesicht und aufgeplatzten Lippen vor ihm stand, hatte er auf sie eingeredet. Einmal war er bei einem handgreiflichen Streit der Eltern sogar dazwischengegangen, hatte sich schützend vor seine Mutter gestellt und drohend die Hand gegen den Vater erhoben. In dem Moment war er sich wie ein Held vorgekommen. Doch im Endeffekt hatte dies die Sache eher schlimmer gemacht. Nur einen Tag später ließ sein Vater die aufgestaute Wut so gewaltig an seiner Ehefrau aus, dass Ulf Carstensen, als er am Abend heimkam, die Mutter schwer verletzt auf dem Küchenboden liegend vorfand.

»Selbst danach wollte sie ihn nicht anzeigen. Hat ihn sogar noch verteidigt. Es sei alles ihre Schuld und so, hat sie gefaselt. Ich hab das nicht verstanden.«

Der junge Mann, der aufrecht vor Thamsens Schreibtisch stand, setzte sich langsam wieder. Sein Blick wanderte Richtung Fenster und suchte verloren nach einem Halt hinter der gläsernen Scheibe.

Thamsen, der von dem emotionalen Ausbruch gänzlich überrascht war, versuchte sich zu sammeln. Er hatte schon öfters von Frauen gehört, die von ihrem Ehemann verprügelt, vergewaltigt, misshandelt wurden. Nur selten gelang es den Opfern, sich aus der unerträglichen Situation zu befreien. Es schien ein Teufelskreis zu sein, in dem sich Hoffnung und Angst, Hass und Liebe abwechselten. Diese Frauen verfügten meist über keinerlei Selbstwertgefühl, gaben sich oft noch selbst die Schuld an ihrer eigenen leidvollen Lage. Und häufig sahen sie keinen anderen Ausweg als den Freitod; vorausgesetzt, sie hatten bis dahin die tätlichen Übergriffe der Männer überlebt, denn viele Opfer starben an den Folgen der körperlichen Misshandlungen.

Doch wie war Ulf Carstensen mit der Angelegenheit umgegangen? Was hatte er empfunden, als er bemerkte, dass er nicht in der Lage war, seiner Mutter zu helfen und er durch sein Eingreifen die Situation nur verschlimmert hatte?

»Aber Sie haben ihn auch nicht angezeigt?«

Der junge Mann schüttelte sacht seinen Kopf. »Es hätte nichts genützt. Meine Mutter hat gesagt, dass sie die Misshandlungen nicht bestätigen würde, und ohne ihre Angaben wäre eine Anzeige sinnlos gewesen.«

Da musste Thamsen dem Sohn leider zustimmen. Ohne eine belastende Aussage von Sophie Carstensen hätten sie nichts gegen Kalli Carstensen unternehmen können. Langsam ahnte er, wie hilflos Ulf Carstensen sich gefühlt haben musste.

»Sie haben ihn gehasst, oder?«

Sein Gegenüber nickte kaum merklich. Seine Augen hatten wieder einen Punkt außerhalb des Raumes anvisiert.

Eine Spannung lag in der Luft, beinahe greifbar. Ein Knistern, und Thamsen spürte, er stand kurz davor, den Fall zu lösen. Mit ruhiger, leicht gedämpfter Stimme formulierte er den allentscheidenden Satz.

»Und weil Sie nicht ertragen haben, wie Ihre Mutter litt, weil sie Angst hatten, Ihr Vater könnte sie eines Tages totprügeln, haben Sie ihn umgebracht.«

Marlene war über Umwege zunächst nach Maasbüll gefahren. Sie hatte ganz bewusst die Dorfstraße gemieden, um das Wiedersehen mit Tom möglichst lange hinauszuzögern.

Sie parkte ihren Wagen am Straßenrand vor dem kleinen Reetdachhaus, in dem Haie wohnte, und stieg aus. Durch den Garten führte ein schmaler Weg zum Haus hinauf. Der Rasen links und rechts der Gehwegplatten war akkurat gestutzt. In einem abgegrenzten Beet blühten herrliche Blumen. Man sah, wie viel Zeit und Liebe der Gartenfreund hier investierte.

Die Haustür war verschlossen. Eigentlich ein untrügliches Zeichen, dass Haie nicht zu Hause war. Er sperrte nur ab, wenn er das Haus verließ. Selbst nachts verriegelte er die Tür nicht. Marlene hatte schon oftmals ihre Bedenken diesbezüglich geäußert.

»Da kann doch jeder reinmarschieren und dir die Bude ausräumen, während du schläfst.«

Doch der Freund hatte ihre besorgten Hinweise mit der Begründung, sie würden schließlich nicht in New York leben, abgetan und seine Angewohnheit weiter beibehalten.

»Herr Ketelsen ist nicht da.«

Marlene fuhr erschrocken herum. Sie hatte den Nachbar nicht bemerkt, der auf der anderen Seite des Zaunes stand und interessiert ihren erfolglosen Versuch, den Freund um diese Tageszeit anzutreffen, verfolgte. Wie fast alle Bewohner des Dorfes hatte er stets ein wachsames Auge auf das Geschehen in seinem nächsten Umfeld.

»Moin«, grüßte sie den dunkelhaarigen Mann auf dem angrenzenden Grundstück und erklärte, dass sie zwar selbst vermutet hatte, Haie befände sich auf der Arbeit, aber da er sie gestern angerufen und um ihr Kommen gebeten hatte, vielleicht doch zu Hause auf ihre Ankunft warten würde.

»Ob er heute in der Schule ist, weiß ich nicht«, entgegnete der Anwohner und trat dabei noch ein Stück näher an den Zaun heran. Mit verschwörerischer Miene äußerte er, dass er eher davon ausging, der Hausmeister sei bereits wieder auf Verbrecherjagd.

»Er war ganz schön aus dem Häuschen, als ich ihm von dem Selbstmord erzählt habe.«

Das konnte Marlene bestätigen. Haie hatte am Telefon ziemlich aufgeregt geklungen.

»Ist ja auch 'ne unschöne Angelegenheit«, fuhr der Nachbar fort und berichtete, dass keiner im Dorf Sophie Carstensens Tat nachvollziehen konnte. »Schließlich war sie ihren Alten doch nun los. Da hätte sie sich doch endlich ein schönes Leben machen können.«

Sie nickte, obwohl sie die Sache ein klein wenig anders sah, denn anscheinend hatte die Witwe ihre Situation ganz anders bewertet. Warum sonst hatte sie sich das Leben genommen? Wenn der Tod ihres Mannes für sie eine Art Befreiung gewesen wäre, dann hätte sie sicherlich nicht einen Strick genommen und sich aufgehängt. Es sei denn … Marlene durchzuckte ein plötzlicher Geistesblitz.

»Sagen Sie, halten sie es für möglich, dass Sophie Carstensen etwas mit dem Mord an ihrem Mann zu tun haben könnte?«

Der ältere Mann in Cordhosen und Karohemd kniff die Augen zusammen und fuhr sich nachdenklich mit seiner rechten Hand durch das Gesicht.

»Also Grund genug hätte sie auf jeden Fall dazu gehabt.«

Tom war nach einem Geschäftstermin in Husum zur Risumer Grundschule gefahren und hatte Haie wie verabredet abgeholt. Der wartete bereits auf dem Schulhof, da er sich kaum gedulden konnte, dem Kommissar die Neuigkeiten über Sophie Carstensens Misshandlung mitzuteilen.

»Das wirft doch ein völlig anderes Licht auf die ganze Sache«, hatte er gestern Abend den Selbstmord der Witwe kommentiert.

In der Polizeidienststelle teilte man ihnen jedoch mit, dass Dirk Thamsen momentan ein Verhör führe, welches sicherlich noch einige Zeit dauern würde.

»Wer wird denn verhört?«, fragte Haie neugierig den Polizisten in grüner Uniform, der sie auf dem Gang abgefangen hatte.

Darüber durfte der Beamte keine Auskunft geben. Sie befanden sich schließlich mitten in den Ermittlungen zu einem Mordfall. Er riet ihnen, in der Zwischenzeit das schöne Wetter zu genießen und später noch einmal vorzusprechen.

Auf dem Rathausplatz tummelten sich jede Menge Leute und genossen den noch angenehm wärmenden Schein der Herbstsonne. Beinahe alle Bänke waren besetzt; und so schlenderten die beiden Freunde hinüber zum ›Haizmann-Museum‹, welches sich seit den 8oer-Jahren in dem alten Rathaus der Stadt Niebüll befand. Hier wurden in einer ständigen Ausstellung Malereien, Plastiken, Zeichnungen und Grafiken des Künstlers gezeigt, der sich 1934 von Hamburg in diesen ruhigen Ort zurückgezogen hatte.

»Wollen wir uns die Ausstellung ansehen?« Haie hatte zwar erst vor einigen Tagen dem Museum einen Besuch abgestattet, trotzdem wollte er sich gerne noch ein weiteres Mal die Bilder des berühmten Malers anschauen, zumal auch vor wenigen Tagen zusätzlich eine Wechselausstellung eröffnet worden war, die ihn interessierte. Doch Tom verdrehte bei seinem Vorschlag nur die Augen. Er hatte vorläufig genug von Kunst und Kultur.

»Lass uns lieber ein Eis essen gehen. Komm, ich lad dich ein.«

Zielstrebig steuerte er auf das Rathauscafé auf der gegenüberliegenden Seite des Platzes zu, vor dem bei dem schönen Wetter noch einige Tische im Freien aufgebaut waren.

»Für mich bitte ein Bananensplit«, antwortete Tom auf die Frage des Kellners nach ihrer Bestellung. Der Freund wählte eine Tasse Kaffee und ein Stück Friesentorte.

»Bin gespannt, wen Thamsen denn da so lange verhört«, bekundete Haie seine Neugierde an dem Vorgehen des Kommissars. »Meinst du, die Polizei hat einen konkreten Verdächtigen?«

»Wer sollte das denn sein?«

Haie zuckte mit den Schultern. Bereits vor Sophies Selbstmord hatte es eine Menge Leute gegeben, die als Mörder von Kalli Carstensens in Betracht kamen. Barne, Friedhelm, die Verlierer des Glücksspiels …

Allerdings verlieh die Tatsache, dass der ermordete Schulfreund seine Frau jahrelang misshandelt haben sollte, dem Mordfall ein weiteres mögliches Motiv: Rache.

»Also, dass Sophie Kalli umgebracht hat, kann ich mir nicht wirklich vorstellen.«

»Wieso nicht?« Tom blickte ihn fragend an.

Er konnte seine Annahme nur gefühlsmäßig damit begründen, dass ein Mord nicht zu der Witwe passte.

»Bin mal gespannt, was Marlene dazu herausfindet. Sie wollte sich ein wenig über die Thematik informieren.«

»Marlene?«

Er hatte dem Freund nichts von seinem Anruf und der Bitte um ihre Hilfe erzählt, was er nun ein klein wenig bereute. Die Tatsache, erneut hinter Toms Rücken mit Marlene gesprochen zu haben, stieß bei dem Freund nicht gerade auf Verständnis. Dabei war es in dem Telefonat überhaupt nicht um die Probleme der beiden gegangen.

»Ich habe sie gebeten zurückzukommen. Wir brauchen ihre Hilfe. Sie war es doch, die die Möglichkeit der Misshandlung bereits in Betracht gezogen hatte, bevor wir überhaupt etwas davon erfahren haben. Bestimmt hat sie sich in der Zwischenzeit schlaugemacht«, begründete Haie sein Verhalten.

»Und?«, fragte Tom und versuchte, seine Stimme möglichst gleichgültig klingen zu lassen, obwohl er die Antwort kaum erwarten konnte. »Wird sie kommen?« Er war zwar enttäuscht über das eigenmächtige Handeln des Freundes, und ihm war bewusst, dass, wenn Marlene kommen würde, es nicht seinetwegen war. Trotzdem schlug sein Herz augenblicklich einen Takt schneller, als Haie nickte.

Der Kellner servierte das Bestellte und unterbrach dadurch ihre Unterhaltung. Tom löffelte langsam die Sahne von seinem Eisbecher und überlegte, wie die Begegnung mit Marlene verlaufen könnte. Ob er in der Lage sein würde, die Distanz zwischen ihnen zu überwinden? Er war sich unsicher.

Nachdenklich blickte er auf das Bananensplit. Er liebte diesen Eisklassiker seit seiner Kindheit. Wenn er mit seinem Großvater am Sonntag ins Café gegangen war, hatte er sich immer diese Köstlichkeit bestellt. Sein Opa hatte ihn oft aufgefordert, doch auch einmal einen anderen Eisbecher auszuprobieren, ansonsten könne er doch gar nicht beurteilen, ob er nicht etwas anderes lieber essen würde. Aber Tom hatte jedes Mal nur mit dem Kopf geschüttelt und geantwortet, ihm könne sowieso nichts besser schmecken als diese Kombination aus zart schmelzendem Vanilleis, reifen Bananen, luftig geschlagener Sahne und dickflüssiger Schokoladensoße. Irgendwie beruhigte ihn diese süße Erinnerung, und er schloss die Augen, während er die Eiscreme auf seiner Zunge schmelzen ließ.

Haie war froh, dass der Freund für den Moment anscheinend ihr letztes Gesprächsthema vergessen zu haben schien, und nutzte die Gelegenheit, die Unterhaltung wieder in ihre ursprünglichen Bahnen zu lenken.

»Vielleicht hat aber auch Ulf etwas mit Kallis Tod zu tun.«

»Inwiefern?« Tom tauchte langsam aus seiner Gedankenwelt auf und warf ihm einen forschenden Blick zu.

»Na, vielleicht konnte er es nicht mehr ertragen, wie sein Vater seine Mutter gequält hat.«

»Du meinst, der Sohn hat …?«

Haie nickte. Seiner Ansicht nach würde das auch den Selbstmord erklären. Wahrscheinlich hatte Sophie Carstensen selbst den Verdacht gehegt, Ulf habe seinen Vater umgebracht, oder es sogar gewusst.

»Ich hab mal gelesen, dass Opfer von Gewalttaten häufig die Schuld für das an ihnen begangene Verbrechen bei sich selbst suchen.« Unter Umständen verhielt es sich bei der Frau seines ehemaligen Schulkollegen ähnlich. Wie sonst hatte sie all die Jahre die Schläge und Quälereien ihres Mannes ertragen können? Sie musste sich selbst für den Auslöser seiner Wutattacken gehalten haben.

»Und wenn dem so war, dann hat sie sich unter Garantie jetzt auch schuldig dafür gefühlt, dass der eigene Sohn ihretwegen zum Mörder geworden war.«

Tom nickte. Haies Ausführungen klangen plausibel.

»Ich kann allerdings nicht verstehen, wie sie das über Jahre hinweg ertragen konnte«, bemerkte er und kratzte die letzten Restes des Bananensplits von seinem Teller.

Das konnte der Freund auch nicht. Was ihm jedoch noch wesentlich mehr zu schaffen machte, war die Tatsache, wie sein alter Schulfreund überhaupt in der Lage gewesen war, sich an seiner eigenen Frau zu vergreifen. Nicht im Traum hätte er Kalli so etwas zugetraut.

»Manchmal kann man sich in einem Menschen schon sehr täuschen«, murmelte er.

17

Nachdem Thamsen das Verhör beendet hatte, war er zum Bahnhof gefahren, um sich etwas zu essen zu kaufen.

Nun saß er an seinem Schreibtisch und blätterte abermals zwischen den Seiten des Obduktionsberichtes, während er nebenbei Pommes und Currywurst aß.

Ulf Carstensen hatte er erneut laufen lassen müssen. Immer wieder hatte dieser beteuert, nichts mit dem Mord an seinem Vater zu tun zu haben, und da keinerlei Beweise gegen ihn vorlagen, war ihm nichts anderes übrig geblieben, als den Verdächtigen nach mehr als zwei Stunden zu verabschieden. Obwohl der Sohn ihnen das Geständnis seiner Mutter übergeben hatte, glaubte er nicht daran, dass Sophie Carstensen die Mörderin ihres Mannes war. Natürlich hätte sie ihn einfach überfahren können, sie besaß zumindest einen Führerschein und war nach Ulf Carstensens Angaben auch hin und wieder Auto gefahren. Wie aber sollte die zierliche Frau, zumal sie noch durch die letzten Misshandlungen in ihrer Bewegungsfreiheit außerordentlich eingeschränkt gewesen war, den schweren Körper des Opfers in das Maisfeld gehievt haben? Das erschien ihm beinahe unmöglich.

Vielmehr hatte er nach wie vor den Verdacht, der Sohn selbst könne etwas mit dem Tod des Vaters zu tun haben. Vielleicht hatte er das Schriftstück gefälscht, nachdem er die Mutter auf dem Dachboden fand. Immerhin hatte er es ihnen nicht gleich, sondern erst einen Tag später überreicht.

Blieb also genügend Zeit, solch ein Schriftstück anzufertigen. Außerdem besaß Ulf Carstensens ein plausibles Motiv. Und wer wusste schon, ob der Vater sich nicht auch an dem Sohn vergangen hatte? Bisher war zwar immer nur die Rede von Tätlichkeiten gegen Sophie Carstensen. Das hieß aber nicht, dass nicht auch der Sohn Prügel von Kalli Carstensen bezogen hatte. Zumindest bis zu dem Zeitpunkt, an dem er dem Vater körperlich überlegen gewesen war.

Er griff zum Telefonhörer und wählte die Nummer der Kollegen in Kiel. Thamsen fischte in der beinahe aufgeweichten Pappschale nach den letzten Wurststücken, während er wartete, dass am anderen Ende der Leitung endlich abgehoben wurde.

»Steffensen?«

»Manfred, ich bin's, Dirk. Habt ihr schon die Proben von Ulf Carstensen bekommen?«

Er vernahm ein Schnauben aus dem Hörer.

»Ich weiß, ich weiß, ihr habt alle Hände voll zu tun«, versuchte er den Kollegen zu besänftigen, noch ehe dieser das Klagelied von unzähligen Tests und Untersuchungen anstimmen konnte. Er war auf die Arbeit der Mitarbeiter der KTU angewiesen, da war es ratsam, sich gut mit ihnen zu stellen.

»Ich hab die Sache vorhin auf'n Tisch bekommen, aber momentan bin ich noch mit den Bodenanalysen beschäftigt. Der gute Herr Christiansen hatte nämlich jede Menge Dreck an seinen Stiefeln.«

Thamsen nickte gewohnheitsmäßig. Die Analyse der Spuren, die den ehemaligen Dorfbewohner betrafen, erschien ihm momentan allerdings nicht mehr ganz so dringend. Barne Christiansen würde ihnen schon nicht davonlaufen. Bei Ulf Carstensen hingegen war er sich nicht ganz so sicher.

Er schilderte Manfred Steffensen kurz den Stand der Ermittlungen und bat ihn, den DNA-Test des Sohnes vorzuziehen.

»Is' gut, aber dauern wird's trotzdem ein wenig. Ich melde mich bei dir, sobald ich die Ergebnisse habe.«

Er bedankte sich, legte auf und drehte sich zum Fenster. Draußen schien die Sonne von einem strahlend blauen Himmel, und er überlegte, welche weiteren Schritte er außerhalb des Büros angehen konnte. Das Haus der Carstensens war auf Spuren und Beweise untersucht worden, die Kollegen arbeiteten auf Hochtouren an den Auswertungen. Alle Verdächtigen waren verhört, Befragungen der Dorfbewohner durchgeführt. Beinahe alle Maßnahmen zur Aufklärung des Falls waren abgehakt, aber noch immer hatten sie den Täter nicht überführen können.

Allerdings war sich Thamsen relativ sicher, dass Ulf Carstensen etwas mit dem Mord an seinem Vater zu tun hatte. Sie brauchten nur abzuwarten, über kurz oder lang würden sie ihm das Verbrechen schon nachweisen können. Vielleicht sollte er sich noch einmal bei den Dorfbewohnern umhören, wie die den Sohn des Opfers einschätzten. Er sah sich bereits wieder in der kleinen Gastwirtschaft zwischen den wortkargen Gästen, denen er beinahe jedes Wort aus der Nase ziehen musste, und stöhnte leise auf.

»Na, das Verhör scheint ja anstrengend gewesen zu sein, hm?«

Der Kommissar fuhr erschrocken auf seinem Stuhl herum und stieß dabei gegen die Pappschale mit den Resten der Currysoße, die natürlich genau mit der umgedrehten Seite – wie sollte es auch anders sein – auf seiner Hose landete.

»Mist!«, schimpfte Thamsen und entfernte mit spitzen Fingern die soßenverschmierte Schale. Er war so in die nächsten

Ermittlungsschritte vertieft gewesen, dass er Tom und Haie gar nicht gehört hatte. Die beiden standen mit belustigten Mienen vor seinem Schreibtisch, während er versuchte, die rote, dickflüssige Masse von seiner Hose zu wischen. Doch der Fleck wurde nur größer, und er ärgerte sich, den Restmüll nicht sofort entsorgt zu haben, nachdem er aufgegessen hatte.

»Da hilft nur Fleckenmittel«, beurteilte Haie fachkundig den Zustand der Hose, »und nach dem Waschen direkt in die pralle Sonne hängen. Das wirkt.«

Thamsen blickte erstaunt auf den anderen, der seine Kenntnisse über Wäschepflege mit einer kurzen und knappen Äußerung kommentierte: »Junggesellenerfahrung.«

Tom konnte sich ein Schmunzeln nicht verkneifen. Er vermutete, dass die schlauen Worte seines Freundes auf einem Tipp von Haies Exfrau Elke beruhten.

Sie nahmen vor dem Schreibtisch Platz und schauten erwartungsvoll auf den Kommissar. Für einen kurzen Augenblick entstand ein Schweigen zwischen ihnen, da alle Anwesenden anscheinend vom jeweils anderen erwarteten, dass dieser zuerst sprach.

»Also«, es war Thamsen, der schließlich als Erster das Wort ergriff, »was führt Sie zu mir?«

Die beiden Freunde hatten den eigentlichen Anlass ihres Besuches beinahe vergessen. Zu groß war ihre Neugierde über den Stand der Ermittlungen, insbesondere in Bezug auf das vorangegangene Verhör.

»Wir haben von Sophie Carstensens Selbstmord gehört«, erklärte Haie und machte eine kurze Pause, ehe er fortfuhr. »Im Dorf vermutet man, die Witwe habe sich wegen ihrer häuslichen Situation das Leben genommen.«

Thamsen nickte. Er konnte sich sehr gut vorstellen, welche Gerüchte in dem kleinen Ort wieder im Umlauf waren.

»Wir wissen bereits, dass Kalli Carstensen seine Frau misshandelt hat. Der Sohn hat es uns bestätigt.«

Enttäuschung machte sich auf den Gesichtern seiner Besucher breit. Offenbar waren sie davon ausgegangen, dass der Polizei dieser Umstand noch nicht bekannt war.

»Ach so«, entgegnete der Hausmeister etwas niedergeschlagen, als ihm bewusst wurde, nicht in Besitz exklusiver Hinweise zu sein. »Dann haben Sie vorhin also Ulf Carstensen verhört? Hat er denn gestanden?«

»Nein.«

»Nein?« Die beiden Freunde blickten sich überrascht an. Sie hatten den Sohn ebenfalls als Mörder in Betracht gezogen. Immerhin hatte er ein starkes Motiv. Wer sonst hatte ein solch eindeutiges Interesse an Kalli Carstensens Tod gehabt?

*

Irmtraud Carstensen öffnete die Tür und war erstaunt, als sie ihren Neffen mit hängenden Schultern und niedergeschlagenem Blick auf der Schwelle stehen sah. Sie hatte nicht damit gerechnet, dass Ulf sich in dieser Situation an sie wenden würde.

»Komm rein«, bat sie den jungen Mann und umarmte ihn flüchtig.

Sie kochte erst einmal einen starken Kaffee, ehe sie sich zu ihm an den Küchentisch gesellte. Geduldig wartete sie, bis er den Grund seines Besuches nannte.

»Sie verdächtigen mich.«

»Was?« Irmtraud Carstensen war empört. Nicht genug, dass die Polizei zunächst ihren Mann des Mordes an seinem Bruder beschuldigte, nun hatten sie auch noch den Sohn des Opfers im Visier. Sie ließ ihrem Ärger freien Lauf.

»Das ist ja ungeheuerlich! Die sollen sich lieber darauf konzentrieren, den wahren Mörder zu finden, statt sämtliche Familienangehörige der Reihe nach zu beschuldigen. Immerhin läuft der Täter noch frei herum.« Sie verschränkte ihre Arme vor der Brust, um ihrer Entrüstung mehr Ausdruck zu verleihen. Doch Ulf Carstensen nahm die ihn verteidigenden Worte seiner Tante gar nicht wahr. Wie ein Häufchen Elend saß er auf der Eckbank und starrte in den vor ihm stehenden Kaffeebecher, aus dem kleine Dampfwolken aufstiegen.

»Mama hat auch gedacht, dass ich Papa umgebracht habe.«

Irmtraud Carstensen schaute zweifelnd auf. Sie konnte nicht glauben, was ihr Neffe gerade von sich gegeben hatte.

»Woher willst du das wissen?«

Ohne ein weiteres Wort holte Ulf Carstensen den zusammengefalteten Brief aus seiner Hosentasche und schob den Zettel seiner Tante zu.

»Heißt das, dein Vater hat …?«, fragte sie ungläubig, nachdem sie die letzten Zeilen ihrer Schwägerin gelesen hatte.

»Ja, sag bloß, du wusstest das nicht?«

Er konnte sich nicht vorstellen, dass sie nichts von den Misshandlungen gewusst hatte. Beinahe jeder im Dorf hatte zumindest vermutet, sein Vater würde die eigene Frau schlagen. Er hatte die Leute doch auch reden hören. Dass seine Tante davon nichts gewusst haben wollte, kaufte er ihr nicht ab.

Doch Irmtraud Carstensen bestritt vehement, auch nur die leiseste Ahnung von den Qualen der Schwägerin gehabt zu haben.

»Wir hatten ja schon seit Jahren so gut wie keinen Kontakt mehr«, versuchte sie ihre Unwissenheit zu erklären.

»Aber Onkel Friedhelm hat Papa doch darauf angesprochen. Mehrere Male. Ich habe es selbst gehört!«

Plötzlich fiel es Irmtraud Carstensen wie Schuppen von den Augen. Deshalb hatte ihr Mann den Kontakt zu seinem Bruder immer mehr eingestellt. Die Besuche reduziert, Ausreden erfunden, warum man die Verwandtschaft nicht einladen konnte. Es war gar nicht nur um irgendwelche Streitigkeiten der beiden Brüder, das Erbe und die Tradition gegangen; nicht ums Geld oder das Ansehen der Familie. Friedhelm hatte gewusst, dass Kalli seine Frau misshandelte, und versucht zu helfen, dem Bruder ins Gewissen geredet. Doch der hatte sich natürlich nichts sagen lassen, wollte ja sowieso nie einen Rat oder Hilfe annehmen. Wie ohnmächtig musste ihr Mann sich gefühlt haben? Ein Versager, der nicht in der Lage war, seiner Schwägerin zu helfen, weil er sich nicht gegen seinen Bruder durchsetzen konnte. Stattdessen hatte er wieder einmal klein beigegeben, die brutalen Zustände in der Familie seines Bruders verschwiegen und sich von ihnen distanziert. Höchstwahrscheinlich gab es noch weitere Punkte, die das schlechte Verhältnis der beiden begründet hatten, aber Kallis gewalttätige Ausbrüche gegenüber seiner Frau waren sicherlich der Hauptgrund für Friedhelms Hass auf seinen Bruder. Und da er sich gegen den anderen nicht hatte behaupten können, nicht einmal in dieser brisanten Angelegenheit, in der es um die Misshandlung einer Familienangehörigen gegangen war, hatte er ...

Irmtraud Carstensen schluckte, als ihr bewusst wurde, welch starkes Motiv ihr Mann gehabt hatte, den eigenen Bruder zu töten.

Toms Wagen stand nicht vor dem Haus, und Marlene atmete erleichtert auf. Trotzdem blieb sie kurz im Auto sitzen und blickte auf das Haus, ehe sie zögernd ausstieg.

Ihre Tasche stellte sie zunächst einmal im Flur ab. Sie

wusste ja nicht, ob sie bleiben würde, oder besser gesagt: bleiben durfte. Schließlich hatte Tom sich bei ihr in den letzten Tagen nicht wirklich gemeldet. Er hatte zwar ein paar Mal versucht sie zu erreichen, jedoch keinerlei Nachricht hinterlassen. Diesen Umstand wertete sie eher als schlechtes Zeichen. Vielleicht hatte er ihr nicht auf die Mailbox sprechen wollen, dass er ihr Verhalten unmöglich fand und sich fragte, ob es für ihre Beziehung unter diesen Voraussetzungen überhaupt eine Zukunft gab.

Als sie jedoch die Haustür aufgeschlossen und die Wohnung betreten hatte, waren ihre Zweifel ein Stück weit in den Hintergrund gerückt. Ihr liebevoll eingerichtetes Zuhause empfing sie mit offenen Armen, und sofort war ihr ein klein wenig wohler zumute. Anfangs war es ihr schwergefallen, sich an die neue Umgebung zu gewöhnen, und es hatte einige Zeit gedauert, bis sie sich in dem alten und renovierungsbedürftigen Haus heimisch fühlte. Mittlerweile konnte sie sich jedoch beinahe gar nicht mehr vorstellen, irgendwo anders zu leben.

Sie seufzte laut, als ihr bewusst wurde, durch ihre heftige Reaktion auf den Anruf von Toms Exfreundin dies alles aufs Spiel gesetzt zu haben.

In der Küche brühte sie sich einen Tee auf und setzte sich an den Küchentisch. Der vertraute Blick aus dem Fenster wirkte beruhigend auf sie. Über den Hofplatz konnte man in den Garten schauen. Der riesige Apfelbaum hing voll reifer Früchte, die nur darauf warteten, geerntet zu werden. An der hölzernen Gartenlaube lehnte der Apfelpflücker.

Marlene trank ihren Tee aus und stand auf. Im hinteren Hausflur schlüpfte sie in ihre Gummistiefel und zog sich eine alte Jacke an, die sie extra für die Gartenarbeit ausrangiert hatte.

Die rotbäckigen Äpfel lachten sie geradezu an, als sie mit dem Erntegerät nach ihnen langte. Schnell füllte sich der Korb zu ihren Füßen mit dem reifen Obst. Nach etwa einer Stunde hatte sie alle Früchte gepflückt, die ohne eine Leiter erreichbar waren. Doch in den oberen Ästen hingen noch eine Menge weiterer Äpfel.

Riese müsste man sein, dachte Marlene und grinste bei der Vorstellung, wie sie sich bücken musste, um die kleinen runden Obststücke zu ihren Füßen einzusammeln. Früher sollte es ja tatsächlich Riesen in diesem Landstrich gegeben haben. Im Institut hatte sie einige Sagen über diese übergroße Menschengattung gelesen. Der weiseste und beste Riese in ganz Nordfriesland sollte Bolder gewesen sein. Er hatte der Sage nach Boldixum, einen eher ländlichen Stadtteil von Wyk, erbaut. An viel mehr Details der Sage konnte sie sich allerdings nicht mehr erinnern. Nur, dass Bolder wohl mit Nanna, dem schönsten friesischen Mädchen, verheiratet gewesen und es um irgendwelche Beziehungsgeschichten gegangen war, als plötzlich ein Nebenbuhler auf der Bildfläche erschienen war.

Marlene legte den Pflücker ins Gras und ließ sich auf der weißen Friesenbank unter dem Apfelbaum nieder, die Tom vor Kurzem von einem Geschäftspartner als Dankeschön für seine hervorragende Beratung geschenkt bekommen hatte. Erst jetzt machte sich die ungewohnte Anstrengung in ihren Gliedern bemerkbar. Ihre Arme schmerzten leicht, in ihrer rechten Handfläche wuchs eine Blase phänomenalen Ausmaßes.

Sie legte den Kopf in den Nacken und hielt ihr Gesicht in die Sonne. Die letzten Strahlen der Herbstsonne wärmten angenehm, Marlene schloss die Augen und dachte, wie ruhig es hier doch im Gegensatz zu Hamburg war. Nur das Rauschen des Windes in den Blättern über ihr, das zur Musik der Stille wurde.

Ein Motorengeräusch ließ sie erschrocken auffahren. Sie musste eingeschlafen sein. Ein Blick auf ihre Armbanduhr verriet ihr, dass es bereits nach 17 Uhr war. Die Sonne war längst weiter gezogen und verschwand langsam am Horizont. Sie fröstelte.

Das gleichmäßige Brummen des sich nähernden Wagens verstummte, und augenblicklich wusste sie, dass Tom nach Hause gekommen war. Sie stand auf und fuhr sich hektisch durch ihr langes, blondes Haar. Viel Zeit blieb ihr nicht, sich auf die Begegnung einzustellen, denn schon vernahm sie Stimmen, die sich näherten.

»Marlene!«, rief Haie erfreut zur Begrüßung und kam mit ausgebreiteten Armen auf sie zugestürmt. Tom folgte dem Freund zögernd. Sein Herz hatte zwar einen Freudenhüpfer gemacht, als er Marlenes Auto vor dem Haus hatte stehen sehen, und er hatte es kaum erwarten können, ihr zu begegnen, doch nun, da er ihr gegenüberstand, wusste er nicht, wie er sich verhalten sollte. War sie seinetwegen gekommen oder nur, weil Haie sie darum gebeten hatte? Verlegen blickte er zu Boden, während die beiden Freunde sich zur Begrüßung umarmten.

»Na, dann will ich euch erst einmal allein lassen«, sagte der Freund, nachdem sich Marlene aus seiner Umarmung gelöst hatte, und zwinkerte Tom zu. Haie sah in ihrem Kommen ein gutes Zeichen.

»Aber willst du nicht erst einmal erzählen, was passiert ist? Immerhin gibt es eine weitere Leiche«, bemühte Marlene sich eilig, ihn zum Bleiben zu bewegen. Sie fürchtete sich ein wenig davor, mit Tom allein zu sein.

»Das kann Tom dir auch alles erzählen. Ich muss zur

Schule«, behauptete Haie. Seiner Ansicht nach war es das Beste, wenn die beiden sich zunächst aussprachen und ihre eigenen Probleme lösten, anstatt sich in die Ermittlungen des Mordfalls zu flüchten.

Er winkte ihnen zum Abschied kurz zu und lief anschließend los.

Tom und Marlene sahen dem Freund schweigend nach, bis er aus ihrem Blickfeld verschwunden war.

»Wollen wir reingehen?« Sie drehte sich zu ihm um. Er nickte stumm und folgte ihr ins Haus.

Im Flur fiel sein Blick auf ihre noch nicht ausgepackte Reisetasche. Hat sie noch keine Zeit gefunden, ihre Sachen auszuräumen, oder wartet sie auf ein Zeichen von mir, fragte Tom sich beim Anblick der Tasche, und schlagartig wurde ihm klar, dass es einzig und allein von ihm abhing, ob Marlene bleiben würde. Er spürte, wie sein Herz noch schneller zu schlagen begann. Angst schnürte ihm die Kehle zu.

»Möchtest du etwas trinken?«, fragte er mit belegter Stimme.

In der Küche holte er zwei Gläser aus dem Schrank und mixte eine Apfelschorle. Mit Erstaunen bemerkte Marlene, wie sehr seine Hand zitterte, als er das Getränk vor ihr auf den Tisch stellte. Sie betrachtete eingehend sein Gesicht. Er sah müde aus, so als habe er die letzten Nächte kaum geschlafen. Wahrscheinlich war es ihm ähnlich wie ihr ergangen, denn auch unter ihren Augen lagen dunkle Ringe, nur sie konnte diese unter etwas Make-up und Puder verstecken.

Sie nahm einen Schluck von der Schorle und erzählte, dass sie im Garten jede Menge Äpfel gepflückt hatte. »Vielleicht kann man aus einem Teil auch Apfelsaft machen«, schlug sie vor. Sie benutzte absichtlich das Wort ›man‹ anstelle von ›wir‹ oder ›ich‹. Schließlich wusste sie nicht, ob es ein

›wir‹ überhaupt noch gab, beziehungsweise ob es in Toms zukünftigen Leben noch einen Platz für sie geben würde.

Durch oberflächliches Geplänkel über den Garten und das Wetter versuchte sie den Zeitpunkt, an dem sie darüber Klarheit erlangen würde, möglichst lange hinauszuzögern.

Tom deutete ihre belanglosen Äußerungen als kein gutes Zeichen. Er ahnte nicht, dass Marlene zwischenzeitlich ebenso viel Angst hatte wie er. Auch sie fürchtete, ihre Beziehung könnte nicht mehr zu retten sein.

Doch der allgemeine Gesprächsstoff war verhältnismäßig schnell ausgeschöpft, und ein unbehagliches Schweigen machte sich in der kleinen Küche breit.

Marlene starrte angestrengt auf ihre Fingernägel, während Tom seinen Blick aus dem Fenster gerichtet hatte und scheinbar interessiert eine Amsel beobachtete, die zwischen dem Fallobst unter dem Apfelbaum nach Insekten Ausschau hielt.

»Es tut mir leid«, flüsterte sie nach einer Weile, als ihr die Stille unerträglich erschien.

»Nein«, Tom fuhr unvermittelt auf und griff über den Tisch hinweg nach ihren Händen. »Mir tut es leid, es ist doch alles meine Schuld. Ich hätte dir von Monika erzählen müssen.«

Marlene war über seine heftige Reaktion beinahe erschrocken und hob den Kopf. Angst und Verzweiflung lagen in seinem Blick, während er versuchte, ihr mit stammelnden Worten zu erklären, dass die Beziehung mit Monika für ihn längst beendet gewesen sei, als er sie kennengelernt hatte.

»Und ich hätte dir die Chance geben müssen, mir das gleich nach dem Anruf erklären zu können. Es war falsch von mir, einfach wegzulaufen. Ich hätte dir vertrauen müssen.« Sie blickte ihn schuldbewusst an.

Tom stand auf, zog sie von ihrem Stuhl hoch und schloss sie fest in seine Arme.

»Wichtig ist jetzt nur, dass du wieder da bist«, raunte er leise in ihr Ohr. Seine Lippen berührten dabei sanft ihr Ohrläppchen und wanderten anschließend warm und weich über ihr Gesicht. Marlene durchzuckte ein heißer Blitz, als seine Zunge sich fordernd den Weg in ihren Mund bahnte. Kleine Stromstöße schossen durch ihren Körper, jagten Schauer über ihren Rücken. Sie spürte, wie ihre Schamlippen anschwollen und ließ ihre Hände forschend über seinen Körper gleiten, bis sie sein steifes Glied ertastete. Beinahe hektisch machte sie sich an seinem Gürtel zu schaffen, und auch er öffnete eilig den Reißverschluss ihrer Jeans.

Endlich fiel das letzte störende Kleidungsstück zu Boden, und er hob sie auf den Küchentisch. Sie lehnte sich ein Stück zurück, dass es ihm ein Leichtes war, in sie einzudringen. Die kräftigen Stöße entfachten eine Hitze in ihr, die sich langsam zu einer riesigen Welle auftürmte. Je tiefer er in sie eindrang, umso heftiger zogen sich ihre Beckenmuskeln zusammen. Sie glaubte, diesen Zustand nicht eine Sekunde länger aushalten zu können, und bäumte sich auf. Sämtliche Muskeln verfielen gleichzeitig in ein rhythmisches Zucken. Unter Stöhnen gab auch Tom endlich dem Drang seines Körpers nach.

Erschöpft ließ Marlene sich nach hinten fallen, und Toms Kopf sank auf ihre Brust. Mit kreisenden Bewegungen fuhren ihre Finger durch sein Haar.

»Ich liebe dich«, flüsterte sie und dachte, dass es eigentlich keinen perfekteren Augenblick als diesen geben konnte, um ihn zu bitten, sie zu heiraten. Sie spürte seine Wärme, fühlte sich geborgen. Die Bedenken der letzten Tage waren wie weggeblasen. Tom war der Mann ihres Lebens, da war sie sich sicher. Der Wunsch, immer mit ihm zusammen zu sein, sich leidenschaftlich zu lieben, eins zu sein, war so präsent, sie musste ihn fragen.

Etwas umständlich rappelte sie sich auf, umfasste sein Gesicht mit beiden Händen und hob seinen Kopf leicht an. Eine Weile schaute sie ihn nur schweigend an, bis sie letztendlich die sehnsuchtsvolle Frage nicht mehr zurückhalten konnte.

»Willst du mich heiraten?«

Nach dem Gespräch mit den beiden Freunden hatte Thamsen an einer Konferenz teilgenommen. Er und die Flensburger Kollegen hatten dem Staatsanwalt ihre bisherigen Ergebnisse vorgetragen, und man war zu dem Schluss gekommen, den Schwerpunkt der Ermittlungen auf den verdächtigen Sohn zu legen. Er besaß nach Ansicht aller das stärkste Motiv, seinen Vater zu ermorden, auch wenn das ihnen vorliegende Geständnis der Mutter etwas anderes besagte.

»Vielleicht wollte sie ihn auch nur schützen«, hatte einer der Flensburger Kripobeamten geäußert.

»Gut möglich«, war Thamsens Kommentar, »vorausgesetzt das, Schriftstück ist echt.«

Aber auch wenn sich herausstellen sollte, dass die handschriftlichen Zeilen Sophie Carstensens gefälscht waren, blieb nur Ulf Carstensen als möglicher Täter übrig, befand er. Deshalb habe er, so hatte er dem Staatsanwalt berichtet, auch die Untersuchung der DNA-Probe des Verdächtigen vorziehen lassen. Barne Christiansen sei zwar noch nicht entlastet, aber durch die Tatsache, dass Kalli Carstensen seine Frau misshandelt hatte, beurteilte man Ulf Carstensens Motivation als weitaus stärker. Zumindest vorläufig, solange ihnen die Ergebnisse der kriminaltechnischen Untersuchung nicht vorlagen. Der Staatsanwalt hatte ihn zwar für seine Vorgehensweise gelobt, aber dennoch einige Einwände gehabt.

»Sind denn die Spuren, die an der Leiche sichergestellt worden sind, hundertprozentig dem Täter zuzuordnen?«

»Nicht unbedingt«, hatte Thamsen eingestehen müssen, jedoch angemerkt, dass dem Verdächtigen dieser Sachverhalt nicht bekannt sei. »Vielleicht gesteht er ohne weitere Umstände, wenn wir ihn mit den Ergebnissen konfrontieren.«

Seine Hoffnung diesbezüglich war groß, denn in der Tat waren übereinstimmende DNA-Spuren aufgrund der Familienzusammengehörigkeit kein ausreichender Beweis.

Nach der Lagebesprechung war er zum Hort gefahren und hatte Anne abgeholt. Die Kleine hatte bereits sehnsüchtig auf ihn gewartet. Sie fühlte sich nicht wohl in der Tageseinrichtung, in der überwiegend Kleinkinder untergebracht waren. Aber momentan gab es nun einmal keine andere Alternative der Kinderbetreuung, denn eine Tagesmutter konnte er sich nur ein, zwei Mal die Woche leisten.

»Na, was habt ihr heute Schönes gemacht?«

Anne saß auf der Rückbank und schaute aus dem Seitenfenster.

»Hast du deine Hausaufgaben schon fertig?«

»Hm.« Aus der zögerlichen Antwort seiner Tochter schätzte er die Wahrscheinlichkeit nicht besonders hoch ein und nahm sich vor, die Schularbeiten später zu überprüfen. Es fiel ihm nicht leicht, Beruf und Familie unter einen Hut zu bringen. Besonders Anne brauchte meistens mehr Aufmerksamkeit und Unterstützung, als er ihr geben konnte. Manchmal fehlte eben doch eine Partnerin, die ihm bei der Erziehung der Kinder und der Organisation des Haushaltes helfen konnte. Aber allein deswegen würde er nicht zu seiner Exfrau zurückkehren, auch wenn er in letzter Zeit immer öfter das Gefühl hatte, dass Iris nicht abgeneigt wäre, erneut eine Beziehung mit ihm einzugehen. Doch für ihn war das Kapitel abgeschlossen. Zu viel war zwischen ihnen vorgefallen, zu tief hatte sie ihn verletzt. Durch Worte und Taten.

Nein, das war ein für alle Mal beendet, wenngleich er gerne an die schönen Zeiten zurückdachte, die sie zusammen erlebt hatten. Außerdem hatten Timo und Anne in dieser Zeit das Licht der Welt erblickt, und die Kinder wollte er auf gar keinen Fall mehr missen.

Daheim bereitete er das Abendbrot zu. Timo war bereits von seinem Fußballtraining zurück und half ihm, den Tisch aufzudecken.

»Und, hast du heute wieder Verbrecher gejagt?«

Er nickte.

»Habt ihr einen gefangen?« Sein Sohn interessierte sich immer brennend für seine Arbeit, wollte selbst einmal Polizist werden. Doch Dirk Thamsen hielt sich ihm gegenüber meist zurück. Mord und Totschlag waren kein kindgerechtes Thema, und so erzählte er lediglich, wie sie ein paar Spuren ausgewertet und einen Mann verhört hatten. Timo ließ allerdings nicht locker, wollte weitere Einzelheiten erfahren.

»Was hat der Mann denn getan? Kommt er ins Gefängnis?«

Er musste über die kindlichen Fragen schmunzeln und erklärte ihm, dass nicht jeder Verdächtige gleich in Haft genommen werden konnte.

»In Deutschland gibt es ein Rechtssystem. Da braucht man schon handfeste Beweise, um einen Verbrecher hinter Gitter zu bringen.«

»Und die habt ihr nicht?« Sein Sohn schaute ihn ungläubig an. Es schmeichelte ihm, dass Timo ihn anscheinend für eine Art Superkommissar hielt, aber leider sah die Realität momentan ein wenig anders aus. Sie hatten zwar einige Verdächtige, darunter sogar jemanden, den er für den Täter hielt, aber über wirkliches Beweismaterial verfügten sie nicht.

»Wir suchen noch, aber lange kann es nicht mehr dauern, bis wir etwas gefunden haben«, versuchte er, die missliche Lage herunterzuspielen.

Nach dem Abendessen ließ er sich von Anne die Schulaufgaben zeigen. Sie hatte die aufgetragenen Arbeiten zwar erledigt, aber die krakelige Schrift ließ nicht gerade auf viel Fleiß und Sorgfalt schließen. Er korrigierte mir ihr zusammen noch ein paar kleinere Fehler und schickte sie anschließend ins Bett.

»Erzählst du mir noch eine Geschichte, Papa?«

Ihm stand heute wirklich nicht der Kopf danach.

»Nur eine klitzekleine«, bettelte sie und er gab sich geschlagen.

»Eines Morgens überraschte Ekke Nekkepenn ...«, begann er zu erzählen, während er sich zu ihr auf die Bettkante setzte. Anne strahlte ihn an. Sie kannte das Märchen vom Meermann, und als er an der Stelle, an welcher Ekke Nekkepenn im Mondschein von seiner heimlichen Braut und der gemeinsamen Hochzeit singt, angelangt war, sprach sie den Text auswendig mit:

>»Ekke skel brun,
> En Ekke skel baak,
> Ekke hi wel Bröllep maak.
> Dörte Bunjis es min Brid;
> Isen Ekke Nekkepenn,
> En dit weet nemmen iis ik alliining.«

Im Badezimmer türmten sich die dreckigen Kleider zu wahren Bergen. Er sortierte rasch die Wäsche nach hell, dunkel und bunt, ehe er es sich zum Feierabend auf dem Sofa gemütlich machte und den Fernseher anschaltete. Der ›NDR‹ zeigte eine Zusammenfassung über das Leben der kürzlich verstorbenen Raissa Gorbatschowa. Er betrachtete die Bilder der charismatischen Frau. Wie glamourös sie als First Lady neben ihrem Mann daherkam. Doch als in der Dokumentation über das Öffnen des Eisernen Vorhangs berichtet wurde, schweiften Thamsens Gedanken mehr und mehr ab.

Die Fragen seines Sohnes hatten ihm wieder deutlich vor Augen geführt, momentan nichts gegen Ulf Carstensen in der Hand zu haben. Was, wenn sich herausstellte, dass das Geständnis echt war und die DNA-Spuren nicht miteinander übereinstimmten?

Hatte sich Sophie Carstensen vielleicht wirklich von den Tyranneien ihrer Ehe befreit? Oder war es doch einer der anderen Verdächtigen gewesen, der den unliebsamen Landwirt beseitigt hatte?

Wenn das Motiv aber in den Misshandlungen begründet war, und diesen Antrieb hielt er nach wie vor für den stärksten Beweggrund in diesem Fall, dann kam unter Umständen auch der Bruder des Ermordeten als möglicher Täter in Betracht. Vielleicht war der Anlass ihres Streits gar nicht das Erbe der Mutter gewesen. Unter Garantie hatte Friedhelm Carstensen gewusst, dass sein Bruder die eigene Frau misshandelte. Immerhin hatte man im Dorf darüber geredet. Das konnte auch den Familienangehörigen nicht entgangen sein. Möglicherweise hatte er Kalli Carstensen zur Rede gestellt, und als sich ihm dieser widersetzte, ihn anschrie, er solle sich gefälligst um seinen eigenen Kram kümmern, hatte er, Friedhelm Carstensen, der Versager der Familie, die über Jahre aufgestaute Wut nicht mehr zügeln können und Gas gegeben.

*

Tom und Marlene wurden von Haie mitten in ihren Hochzeitsplanungen unterbrochen. Der Freund hatte sich aus Angst darüber, ob die beiden wieder zueinanderfinden würden, schreckliche Sorgen gemacht. Er hatte quasi die Minuten von dem Zeitpunkt ab gezählt, an dem er Tom und Marlene allein gelassen hatte. Nach etwas über drei Stunden war er der Ansicht gewesen, es sei genügend Zeit vergangen. Entweder die zwei hatten sich nun getrennt, oder aber beschlossen, es noch einmal miteinander zu versuchen.

Er konnte gar nicht ausdrücken, wie erleichtert er war, als er die Freunde Händchen haltend am Küchentisch sitzen sah. Verliebt strahlten Tom und Marlene sich an, so als hätte es niemals Probleme zwischen ihnen gegeben.

»Na, wieder versöhnt?«

Eigentlich wollten sie dem Freund noch gar nichts von den Hochzeitsplänen erzählen. Sie mussten die Aufregung erst einmal selbst verdauen. Doch als Marlene Haies erleichterten Gesichtsausdruck sah, sprudelte die Neuigkeit, dass Tom ihrem Heiratsantrag zugestimmt hatte, einfach so aus ihr heraus.

»Na, darauf müssen wir aber anstoßen!«, äußerte Haie freudestrahlend und umarmte die Freunde kräftig. Er freute sich wirklich für die beiden. Sie gehörten nun einmal zusammen, und wenn er ehrlich war, hatte er sich bereits öfters gefragt, warum sie nicht heirateten.

Die Gläser klirrten, als sie auf das freudige Ereignis anstießen. Anschließend setzten sie sich an den Tisch, und Haie fragte nach ihren Plänen.

»So weit sind wir noch nicht«, antwortete Tom schnell. »Auf jeden Fall wollen wir erst einmal die Aufklärung des Mordfalls abwarten. Dann sehen wir weiter.«

Plötzlich ging ihm das Ganze doch ein wenig zu schnell. Nicht dass er sich unsicher war – er liebte Marlene, wollte den Rest seines Lebens mit ihr verbringen. Das war ihm in den letzten Tagen mehr als deutlich geworden. Aber wie viele Fragen solch eine Hochzeit aufwarf und welche Entschlüsse gefasst werden mussten, darüber hatte er sich bisher noch keinerlei Gedanken gemacht. An welchem Datum sollte die Trauung sein, und wollten sie nur standesamtlich oder auch kirchlich heiraten? Wünschten sie sich ein großes Fest anstatt einer kleinen Feier im Kreise der engsten Freunde? Und wohin sollte die Hochzeitsreise gehen?

»Ja, ich will«, hatte er ihrem Antrag ohne zu zögern zugestimmt, dabei jedoch nicht geahnt, wie viele Fragen im Zuge dieses Heiratsversprechens noch beantwortet werden mussten.

Nun, da ihm langsam bewusst wurde, dass es mit Liebe allein bei solch einer Hochzeit wohl nicht getan war, kam ihm der Mordfall beinahe gelegen.

Er und Haie erzählten Marlene von den Ereignissen der letzten Tage. Als sie ihr von Friedhelm Carstensens Auftritt während der Kaffeetafel berichteten, schaute sie ungläubig.

»Er ist froh, dass sein Bruder tot ist?« Sie schüttelte fassungslos ihren Kopf. »Aber dann ist es doch gut möglich, dass er ihn umgebracht hat.«

»Schon«, bestätigte Haie, »aber die Polizei geht davon aus, dass Ulf ein stärkeres Motiv als sein Onkel gehabt hat.

Immerhin hat er jahrelang mit ansehen müssen, wie sein Vater die Mutter quälte.«

»Aber Friedhelm hat doch sicherlich auch davon gewusst«, versuchte sie, dem Verdacht der Polizei etwas entgegenzusetzen. »Wenn selbst dein Nachbar davon erfahren hatte. Wahrscheinlich hat das halbe Dorf darüber geredet. Hast du mal Elke gefragt?«

Haie verneinte. Zu seiner Exfrau hatte er in den letzten Tagen wenig Kontakt gehabt.

»Ich kann sie fragen. Aber um ehrlich zu sein: Im Dorf wird viel geredet. Da nimmt man ohnehin nicht alles für bare Münze.«

»Du vielleicht nicht«, bemerkte Tom. Aber viele Dorfbewohner sahen das vermutlich anders. Er erinnerte den Freund an das Gespräch, das er und Marlene kurz nach Kalli Carstensens Tod im SPAR-Laden mitbekommen hatten.

»Die haben doch da schon gemutmaßt, dass Sophie Carstensen ihren Mann umgebracht hat. Wenn die man nicht sogar recht hatten. Immerhin gibt es ein Geständnis.«

»Was gibt es?« Marlene blickte die beiden fragend an. Von einem Schriftstück war bei den bisherigen Schilderungen noch nicht die Rede gewesen.

»Sophie hat schriftlich bestätigt, Kalli umgebracht zu haben«, klärte Haie sie auf, »aber Thamsen geht davon aus, dass das Schreiben gefälscht ist. Und zwar von Ulf.«

»Warum sollte er das tun?«

»Um sich zu schützen.« Tom griff nach der Sektflasche und schenkte nochmals ein. Marlene betrachtete nachdenklich die sprudelnde Flüssigkeit. Sie war immer noch nicht von dem Verdacht der Polizei überzeugt. Warum sollte Ulf Carstensen seinen Vater ermordet haben? Gut, er hatte mit ansehen müssen, wie seine Mutter verprügelt wurde, aber aus eigener Erfahrung wusste sie, dass man häufig, zumindest wenn es die eigene Familie betraf, sehr leidensfähig war. Vermutlich hatte er bereits als Kind erleben müssen, wie seine Mutter regelmäßig Schläge bezogen hatte, vielleicht war dieser Umstand für ihn sogar ein Stück weit normal. Wahrscheinlich hatte er weggesehen, sich versteckt, gehofft, nicht ebenfalls Opfer der Gewalt seines Vaters zu werden. Warum sollte er sein Verhalten nun plötzlich geändert haben? Es war doch bequemer für ihn, nicht hinzuschauen, sich nicht einzumischen. Und vermutlich hatte seine Mutter das auch gar nicht gewollt. Warum sonst war sie so lange bei dem gewalttätigen Ehemann geblieben?

Marlene holte das Buch, das sie in der Lecker Buchhandlung gekauft hatte, und versuchte den Verdacht gegen den Sohn des Mordopfers zu entkräften.

»Hier steht es«, sie deutete mit dem Zeigefinger auf eine der Textpassagen, »Kinder stellen sich in den wenigsten Fällen gegen den Gewalttäter in ihrer Familie.«

»Das ist ja logisch«, bewertete Haie den fachlichen Abschnitt. »Die Kinder sind doch meist sowieso die Schwächeren. Außerdem hat Ulf sich nicht gegen seinen Vater gestellt, sondern soll ihn umgebracht haben. Das ist ja wohl etwas anderes.«

Tom nickte zustimmend, während Marlene jedoch weiterlas. Die beiden Freunde beobachteten sie dabei schweigend. In kürzester Zeit hatte sie einige Seiten überflogen, und ihre Bedenken gegen die Vermutungen der Polizei hatten sich noch verstärkt.

»Also«, begann sie mit der Zusammenfassung des gerade Gelesenen.

»In den meisten Fällen, in denen es zu gewalttätigen Handlungen innerhalb der Familie kommt, insbesondere bei denen die Frau das Opfer von Gewalttaten ist, kann man tatsächlich beobachten, dass betroffene Kinder sich häufig in eine Art Scheinwelt flüchten, um die realen Geschehnisse zu verdrängen. Es ist wie ein Schutzmechanismus, der die Kinder davor bewahrt, an der häuslichen Situation zugrunde zu gehen. Zu beobachten, wie der eigene Vater gegenüber der Mutter gewalttätig wird, sie schlägt, tritt und stößt, löst in den Kindern häufig eine derartige Angst aus, dass sie, wenn sich diese im Innersten ausbreitet, wahrscheinlich Selbstmord begehen würden. Diese Kinder sind oftmals sogar hochgradig suizidgefährdet.

Deshalb sehen sie meist weg, versuchen, sich zu verstecken, und – dieser Umstand ist anscheinend bezeichnend für Kinder aus derartigen Familien – ziehen meist sehr früh aus und pflegen nur sehr beschränkten Kontakt zu ihrem Elternhaus«, schloss Marlene ihren kleinen Vortrag.

Sie lehnte sich auf ihrem Stuhl zurück und blickte die beiden Männer an.

»Demnach ist Ulf nicht der Täter.« Es war Tom, der dieses Resümee aus ihrer Zusammenfassung zog.

»Das steht hier nicht«, stellte sie richtig. »Aber von diesem fachlichen Blickwinkel aus betrachtet, kann man gegen ihn nicht unbedingt einen stärkeren Verdacht hegen als gegen irgendjemand anderen. Ich denke, wir sollten nicht auch den Fehler begehen, uns nur auf den Sohn als möglichen Mörder zu fokussieren.«

»Aber die Misshandlungen sind doch ein starkes Motiv«, bemerkte Haie.

»Schon«, bestätigte Marlene, »aber vielleicht gibt es ja auch noch jemand anderen, der Sophie Carstensen aus dieser qualvollen Situation befreien wollte.«

18

Als Thamsen am nächsten Morgen die Dienststelle betrat, informierte sein Kollege ihn, dass eine Frau in seinem Büro auf ihn warten würde. Auf seine Frage nach dem Namen der Besucherin zuckte er nur mit den Schultern.

»Sie will nur mit dir sprechen, hat sie gesagt.«

Zu seinem Erstaunen saß Irmtraud Carstensen auf einem der Holzstühle vor seinem Schreibtisch. Als sie ihn sah, sprang sie auf und begann, sofort aufgeregt auf ihn einzureden.

»Ulf hat mit dem Tod von Kalli nichts zu tun! Glauben Sie mir, er hat seinen Vater nicht umgebracht!«

Thamsen blickte auf die hagere Frau, die sich anlässlich ihres Besuches anscheinend sorgfältig zurechtgemacht hatte. Sie trug einen dunkelblauen Faltenrock, dazu eine helle Bluse. Ihren beigen Sommermantel hatte sie ordentlich zusammengefaltet über die Lehne des Stuhls gelegt. Ihre Haare sahen frisch frisiert aus, sie hatte sogar etwas Lidschatten und Lippenstift aufgelegt.

Er wehrte ihren Redeschwall mit erhobener Hand ab, während er neben sie trat.

»Nun mal ganz langsam«, versuchte er, die aufgeregte Irmtraud Carstensen zu beruhigen. Er trat auf die andere Seite seines Schreibtisches und forderte sie durch ein Kopfnicken auf, Platz zu nehmen. Anschließend tat er es ihr nach und wartete neugierig auf eine Erklärung.

Doch der Redefluss der Frau schien plötzlich versiegt zu sein. Mit gesenktem Kopf saß sie vor ihm und betrachtete angestrengt ihre Fingernägel. Ganz offensichtlich hatte der Mut sie verlassen.

»Woher wissen Sie überhaupt, dass Ulf verdächtigt wird?«, startete er den Versuch, das Gespräch wieder in Gang zu bringen. Er vermutete, der Verdächtige selbst hatte ihr von den Anschuldigungen gegen ihn berichtet, dennoch fragte er sich, was die Tante dazu bewogen hatte, ihn aufzusuchen und Ulfs Unschuld zu beteuern. Seiner Ansicht nach steckte da mehr dahinter als ein bloßes Parteiergreifen für den Neffen. Hatte Irmtraud Carstensen eventuell sogar einen begründeten Verdacht, wer der Mörder ihres Schwagers war?

Die ihm gegenübersitzende Frau bestätigte seine Vermutung, dass Ulf Carstensen ihr persönlich von der Annahme der Polizei, er habe etwas mit dem Tod seines Vaters zu tun, berichtet hatte. Selbstverständlich hatte er auch ihr gegenüber immer wieder bestätigt, nichts mit dem Mord zu tun zu haben. Und sie glaube ihm.

»Aber Ihr Neffe hat nun mal ein äußerst starkes Motiv«, hielt er den Unschuldsbeteuerungen entgegen.

»Schon«, bestätigte sie. »Was der Junge all die Jahre mitgemacht haben muss. Und Sophie erst.« Sie stöhnte leise auf, tat, als hätte sie erst jetzt von den Misshandlungen erfahren. Das jedoch kaufte Thamsen ihr nicht ab. Im ganzen Dorf hatte man, wenn auch hinter vorgehaltener Hand, über die gewaltsamen Übergriffe Kalli Carstensens gegen seine Frau gesprochen. Die Familie hatte unter Garantie davon gewusst. Provokativ fragte er sie nach Sophie Carstensens Martyrium.

»Geahnt habe ich es, aber sicher war ich mir nicht.«

Das klang ehrlich. Dennoch fragte er sich, warum sie zu ihm gekommen war? Nur, um den Neffen in Schutz zu nehmen? Um seine Unschuld zu beteuern? Hatte er sie vielleicht sogar geschickt? Steckte die Familie womöglich unter einer Decke? Oder hegte sie einen anderen Verdacht?

»Frau Carstensen, was macht Sie denn so sicher, dass Ulf nichts mit dem Mord an seinem Vater zu tun hat?«

»Er hat es mir versichert.«

Das hatte er ihm gegenüber auch. Immer wieder hatte Ulf Carstensen auf seine Fragen hin geantwortet, er habe mit dem Fall nichts zu tun. Geglaubt hatte Thamsen ihm trotzdem nicht. Gut, es gab auch noch andere Verdächtige, aber das Motiv des Sohnes erschien ihm am stärksten.

»Weiß Ihr Mann, dass Sie hier sind?«

Irmtraud Carstensen schüttelte erschrocken den Kopf. »Nein, Friedhelm weiß nichts davon. Er war auch gestern nicht zu Hause, als Ulf kam.«

»Meinen Sie, er würde ebenso wie Sie Partei für seinen Neffen ergreifen?«

Sie nickte zögerlich. »Ich denke schon.«

»Wieso?«

Ihre Antwort war ein leichtes Schulterzucken.

»Wissen Sie, was ich glaube«, Dirk Thamsen stand auf und trat ans Fenster. Er drehte der Tante des Verdächtigen den Rücken zu, während er äußerte, dass er annähme, Ulf habe sie geschickt, um die Anschuldigungen gegen ihn zu entkräften. Sie als eines der engsten Familienmitglieder müsse schließlich zu ihm halten. Sie habe doch von den Qualen seiner Mutter gewusst, müsse Verständnis für seine Tat haben. Jahrelang hatte er zusehen müssen, wie sein Vater auf die wehrlose Mutter einschlug, ohne ihr helfen zu können, ohne ihr Leiden zu beenden. Er hatte sich als Versager gefühlt. Immer wieder. Bei jeder neuen Blessur, die Sophie Carstensen immer versuchte, so gut es ging, vor ihm geheim zu halten. Er hatte die Blutergüsse und Schrammen dennoch gesehen, und stetig war eine Wut in ihm gewachsen, eine Wut, die irgendwann nicht mehr zu bändigen war.

Doch der Selbstmord der Mutter hatte ihn überrascht. Er hatte Angst bekommen.

»Mag sein, dass das Geständnis echt ist. Dann war Ihre Schwägerin wahrscheinlich davon überzeugt, dass ihr Sohn der Mörder ihres Peinigers war, und hat sich vermutlich deshalb das Leben genommen. Ihre Zeilen sollten Ulf entlasten.«

Thamsen hielt einen Moment inne. Unbemerkt hatte er begonnen, laut zu denken. Seine letzten Sätze verdeutlichten ihm dies, denn eigentlich war er bisher davon ausgegangen, dass der Brief der Toten gefälscht war. Er drehte sich zu Irmtraud Carstensen um, die ihn erschrocken anblickte. Auch ihr schien auf einmal die eben genannte Möglichkeit durchaus plausibel.

»Aber ich kann mir nicht vorstellen, dass Ulf ...«, stotterte sie.

»Wer sonst?« Er stützte sich mit den Händen auf die Schreibtischplatte, beugte sich weit zu ihr hinüber und schaute ihr in die Augen.

Einen kurzen Moment hielt sie seinem bohrenden Blick stand, ehe sie die Lider senkte.

»Ich habe die Befürchtung, dass Friedhelm eventuell ...«, flüsterte sie.

Er drehte seinen Kopf ein wenig, sodass ihre wispernden Worte besser an sein Ohr drangen.

»Wissen Sie«, Irmtraud Carstensen räusperte sich, »als Ulf mir gestern von den Misshandlungen erzählt hat, da bin ich plötzlich hellhörig geworden. Ich habe wirklich nichts von den Prügeln gewusst, die Sophie von Kalli bezogen hat. In der Familie haben wir nie darüber gesprochen. Dennoch glaube ich, dass mein Mann Kenntnis davon hatte. Das erklärt nämlich auch den jahrelangen Streit zwischen den beiden. Der hat nämlich nicht erst mit dem Tod der Mutter und den Diskussionen um das Erbe angefangen.«

Sie rutschte auf dem unbequemen Holzstuhl hin und her, bevor sie weitererzählte. Sie hätten früher durchaus einen ganz passablen Kontakt zu dem Bruder ihres Mannes und dessen Familie gehabt. Besonders herzlich sei es zwar nie zwischen ihnen zugegangen, aber dennoch habe man sich hin und wieder gegenseitig besucht. Besonders als Ulf klein gewesen sei. Da habe sie auch des Öfteren auf den Neffen aufgepasst.

»Das habe ich gerne gemacht«, berichtete sie und fügte erklärend hinzu, ihr selbst seien eigene Kinder leider verwehrt geblieben.

Thamsen hörte geduldig zu, fragte sich allerdings, was Irmtraud Carstensens Kinderlosigkeit mit dem Mord an ihrem Schwager zu tun hatte. Waren die kurzzeitigen Muttergefühle, welche sie für den Neffen gehegt hatte, vielleicht der Grund dafür, dass sie vehement bestritt, der Ersatzsohn habe etwas mit dem Tod seines Erzeugers zu tun?

Doch die hagere Frau mit dem blauen Lidschatten brachte ganz andere Argumente vor.

»Friedhelm war früher selbst hinter Sophie her.«

Das sei aber lange her. Noch bevor sie ihn überhaupt kennengelernt hatte. Sie habe es rein zufällig erfahren. Im SPAR-Laden. Die Inhaberin hatte es ihr einmal während eines Einkaufs erzählt.

Dirk Thamsen war wieder einmal erstaunt über den gut funktionierenden Informationsfluss im Dorf. Hier blieb wohl nichts verborgen.

»Und da gab es keine Eifersüchteleien?«, fragte er nach ihrer Reaktion auf die Auskunft der Dame vom SPAR-Markt.

Irmtraud Carstensen schüttelte den Kopf. Sie seien ja so glücklich gewesen. Da hätte es keinen Grund zur Eifersucht gegeben. Sie habe dem Gerede nicht viel Bedeutung beigemessen.

»Im Dorf wird viel getratscht«, verlieh sie ihrer angeblichen Gleichgültigkeit über das einstige Interesse ihres Mannes an der Schwägerin Nachdruck. Im Zusammenhang mit den Misshandlungen und dem gewaltsamen Tod ihres Schwagers sei ihr die Tatsache jedoch wieder in den Sinn gekommen.

»Sophie ist Friedhelm nicht egal gewesen. Immerhin hat er ja wohl durchaus einmal mehr für sie empfunden. Unter Garantie hat er Kalli zur Rede gestellt.«

»Und?« Thamsen ahnte langsam, worauf Irmtraud Carstensen hinaus wollte.

»Ich vermute, dass …«, sie machte eine kleine Pause. Die Luft in seinem Büro schien plötzlich unter Strom zu stehen. Es lag eine Spannung in der Luft, die es ihm beinahe unmöglich machte, ruhig und mit gelassenem Gesichtsausdruck auf ihre Ausführungen zu warten. Sein Blick haftete an ihren Lippen, die sich langsam öffneten, um den Satz endlich zu beenden.

»Moin Dirk«, ein Kollege polterte ohne anzuklopfen in sein Büro und warf einen hellbraunen Umschlag auf seinen Schreibtisch. Verdutzt blickte Thamsen auf den Eindringling, der statt einer Entschuldigung für die Störung des Gesprächs lediglich eine Rechtfertigung für diese hervorbrachte.

»Das sind die Ergebnisse aus der KTU.«

»Danke.« Die Tonlage, in welcher Thamsen dem anderen seine aus fünf Buchstaben bestehenden Antwort nur so entgegenschleuderte, machte diesem unmissverständlich deutlich, dass er zu einem äußerst ungünstigen Zeitpunkt in den Raum geplatzt war. Ohne ein weiteres Wort verließ er deshalb das Zimmer und schloss lautlos die Tür hinter sich.

Als Thamsen sich wieder seiner Gesprächspartnerin zuwandte, presste diese jedoch nur noch ihre Lippen zu einem schmalen, grellroten Strich zusammen.

Marlene hatte bis tief in die Nacht in dem dicken Fachwälzer geblättert, und auch als Tom noch reichlich verschlafen die Küche betrat, saß sie bereits wieder am Küchentisch und las interessiert, was in dem Buch über die Hintergründe zum Thema Misshandlung zusammengefasst war.

»Neue Erkenntnisse?«, fragte er und küsste sie zärtlich.

Sie blickte von ihrer Lektüre auf. In ihren Augen spiegelte sich Fassungslosigkeit über das Gelesene wider.

»In Europa wird schätzungsweise jede fünfte Frau im Laufe ihres Lebens Opfer von Gewalt seitens ihres Ehemannes oder Lebenspartners. Jede Woche wird eine Frau von ihrem Partner umgebracht. Die häufigste Todesursache bei Frauen zwischen 14 und 45 Jahren ist familiäre Gewalt. Die Dunkelziffern dürften weitaus höher liegen«, fasste Marlene die schockierenden Informationen trocken zusammen.

Tom schluckte und setzte sich zu ihr an den Tisch. Er hatte sich ebenso wie seine Freunde mit diesem Thema überhaupt noch nicht auseinandergesetzt und war mehr als bestürzt über diese Zahlen. Natürlich hatte er von Fällen häuslicher Gewalt gehört, doch er hatte nicht geahnt, dass in so vielen Ehen und Beziehungen Gewalt anscheinend an der Tagesordnung war.

»Dann hat die Frau von Kalli Carstensen wahrscheinlich nur Glück gehabt, dass sie die gewalttätigen Übergriffe
ihres Mannes überlebt hat«, versuchte er, seine Betroffen-
heit zum Ausdruck zu bringen. »Ich verstehe nur nicht,
warum die Frauen überhaupt bleiben.«

Doch auch darauf hatte Marlene eine Antwort in der
Fachliteratur gefunden. Es gäbe eine Menge Erklärungen
für das Bleiben der Misshandelten, erläuterte sie ihm die in
dem Buch dargelegten Theorien. Ein Modell für die emotionale Bindung von Frauen an gewalttätige Partner bilde das
›Stockholm-Syndrom‹. Schwer misshandelte Frauen zeigten häufig die gleichen Reaktionen wie Opfer einer Gei-
selnahme. Das sei nicht weiter verwunderlich, denn auch
bei häuslicher Gewalt sei das Leben des Opfers bedroht
und der Täter habe die Macht, diese Drohung auszuführen.
Die Frauen glaubten häufig, der Gewalt des Partners nicht
entkommen zu können. Nicht selten wären auch andere
Familienmitglieder, insbesondere die Kinder, in Gefahr.
Eine Flucht war deshalb für die Opfer keine Lösung, da
sie diese als zu riskant einschätzten. Die Frauen isolierten
sich immer stärker von ihrer Außenwelt, und der Mann trat
ihnen gegenüber ja auch zeitweise durchaus freundlich auf.
Das würde die Frauen hin und her reißen zwischen dem
Für und Wider einer Trennung.

»Die Opfer sind entscheidungsunfähig und verfügen in
den meisten Fällen kaum noch über Selbstwertgefühl.«

Tom nickte, auch wenn er nur ansatzweise erahnen konnte,
wie jahrelang erfahrene Gewalt sich auf die Psyche auswir-
ken musste. Er stand auf und goss sich eine Tasse Kaffee ein.

»Wollte Haie nicht vor der Arbeit noch kurz vorbeischauen?« Die Zeiger der Küchenuhr standen bereits auf
kurz nach elf, und er wunderte sich, wo der Freund blieb.

Marlene lächelte und erinnerte ihn daran, dass er erst vor einer guten halben Stunde aus dem Bett gekrochen war. Haie war bereits gegen halb acht da gewesen.

»Ich hab gesagt, wir holen ihn zum Mittag ab. Also sieh zu, dass du unter die Dusche kommst. Du weißt doch, Mittag ist bei Haie um zwölf.«

Wenig später wartete Marlene im Flur auf ihn, während er sich noch flüchtig die Reste des Rasierschaums aus dem Gesicht wischte.

»Du wirst immer trödeliger, je älter du wirst«, witzelte sie.

»Du scheinst dir nicht im Klaren darüber zu sein, dass du einen alten Sack heiraten willst«, konterte er und küsste sie rasch, ehe er nach den Autoschlüsseln griff. Es machte den Anschein, als sei der Streit, der sie noch vor wenigen Stunden entzweit hatte, vergessen, als sie eng umschlungen das Haus verließen und zum Auto gingen. Die Sonne schien, und es wehte ein angenehmer Wind, der die würzige Seeluft bis ins Dorf blies und ganz offensichtlich auch die dunklen Wolken, die über ihrer Beziehung gehangen hatten, mit sich nahm.

Nachdem Marlenes Heiratsantrag von Tom angenommen worden war, hatten sie noch einmal über den Streit gesprochen. Er war bemüht gewesen, ihr die Gründe für seine Unehrlichkeit und den Zwiespalt, in dem er sich befunden hatte, als er Marlene kennenlernte, zu erklären. Schon lange hatte er Monika nicht mehr geliebt, aber erst durch die Begegnung mit ihr den Mut gefunden, sich das einzugestehen. Dann aber war er zu feige gewesen, ihr die Wahrheit zu sagen – aus Angst, sie gleich wieder zu verlieren. Sie war doch der Mensch, den er über alles liebte und mit dem er den Rest seines Lebens verbringen wollte. Marlene hatte sich bei diesen Worten eng an ihn geschmiegt und dabei geschildert, was in den letzten Tagen in ihr vorgegangen war. Enttäuschung, Angst, Wut – all diese Empfindungen hatten ihr Vertrauen in ihn nach Monikas Anruf total ausgeblendet. Sie war nicht mehr in der Lage gewesen, rational zu handeln. Ihre Gefühle hatten das Steuer übernommen. Und als ihr letztlich bewusst geworden war, wie übertrieben sie auf den Vorfall reagiert hatte – ihm nicht einmal die Chance zu geben, ihr die Angelegenheit zu erklären –, da hatte sie sich für ihr Verhalten geschämt und sich nicht getraut, ihn anzurufen. Wenn Haie nicht die Initiative ergriffen und sie um ihr Kommen gebeten hätte – wer wusste, wie lange dieser blöde Streit sie noch entzweit hätte.

Marlene zog Tom noch einmal fest an sich und küsste ihn, ehe sie in den Wagen stiegen.

Der Freund wartete bereits ungeduldig auf dem Parkplatz, als sie kurz nach zwölf Uhr die Risumer Grundschule erreichten.

»Da seid ihr ja endlich.«

»Hast schon wieder Hunger, was?« Tom grinste.

»Was heißt hier schon wieder? Ich bin schließlich schon seit sechs Uhr auf den Beinen«, verteidigte sich Haie.

Zu ihrem Erstaunen schlug er jedoch vor, noch einmal zum Haus des ehemaligen Schulkollegen im Herrenkoog zu fahren, anstatt in einer Gastwirtschaft zum Mittagessen einzukehren.

»Was willst du denn da?«

»Ein bisschen umsehen«, antwortete Haie auf Toms Frage. Er hatte sich den Vormittag über mit dem Gedanken beschäftigt, ob es nicht möglich war, dass die Polizei bei der Hausdurchsuchung vielleicht irgendwelche wichtigen Hinweise übersehen hatte. Immerhin hatten sie die

Tote nicht persönlich gekannt. Da bewertete man sicherlich so manche Kleinigkeit ganz anders, als wenn man einen persönlichen Bezug zu den Opfern gepflegt hatte. Obwohl, das allein war es nicht, was Haie zu dem Haus des ermordeten Landwirts trieb. Immerhin war auch sein Kontakt zu den Carstensens zumindest in der letzten Zeit nicht besonders intensiv gewesen. Es war vielmehr diese Kälte, welche durch die Räume des Hauses zog und die Haie bei seinen letzten Besuchen zwar verspürt, aber nicht hatte deuten können und die ihn reizte, noch einmal dorthin zurückzukehren. Er wollte mit eigenen Augen sehen, wo sich das Familiendrama, von dem er keinerlei Ahnung gehabt hatte, jahrelang abgespielt hatte, und erhoffte sich, durch die nun andere Sichtweise eventuell neue Spuren zu finden, die sie zum Täter führen würden.

»Aber der Sohn ist doch im Gasthof an der B5 untergebracht, und das Haus ist sicherlich versiegelt«, hielt Tom seinem Vorschlag entgegen.

»Wir können uns doch trotzdem ein wenig umschauen«, beharrte Haie auf seiner Idee und äußerte, er sei sich gar nicht so sicher, dass die Polizei ein amtliches Siegel an der Haustür angebracht hatte.

»Die Spurensicherung war doch fertig mit ihrer Arbeit, soweit ich Thamsen verstanden habe.«

»Siegel hin oder her«, schaltete sich Marlene nun in die Diskussion der beiden ein. »Fakt ist, dass die Wohnung verschlossen sein wird. Hast du etwa vor, da einzusteigen?« Sie drehte sich nun ebenfalls zu dem Freund auf dem Rücksitz um.

Haies Mund umspielte ein spitzbübisches Lächeln. »Warum denn nicht? Immerhin haben wir bereits zwei Mal dazu beigetragen, einen Mordfall im Dorf aufzuklären. Wir sind also eine Art Hilfspolizei.«

»Aber das gibt uns noch lange nicht die Berechtigung, in fremde Häuser einzusteigen«, belehrte Marlene ihn. Ihr war nicht wohl bei dem Gedanken, bei den Carstensens einzubrechen.

Doch Haie sah die ganze Angelegenheit weitaus weniger dramatisch. »Was heißt denn hier fremde Leute? Kalli war immerhin ein Schulfreund von mir.«

»Na gut«, lenkte Tom schließlich ein. Ihn reizte die Vorstellung, in dem Haus auf eventuell unentdeckte Spuren zu stoßen, inzwischen mindestens genauso wie den Freund. »Wir können ja mal hinfahren.«

Während der kurzen Fahrt herrschte angespanntes Schweigen. Marlene war ein wenig verärgert, dass die beiden Männer sich wieder durchgesetzt hatten. Sie hielt die unerlaubte Hausdurchsuchung für keine gute Idee. Was, wenn man sie bei dem Einbruch ertappen würde? Wie würden sie dastehen? Hilfeleistung bei der Aufklärung eines Mordfalles war ja gut und schön, aber es musste sich doch alles in einem legalen Rahmen bewegen. Sie ließ ihren Blick über die satten grünen Wiesen schweifen, an denen sie vorbeifuhren, und wurde unweigerlich an den Mord an ihrer Freundin erinnert. Damals hatte sie sich auch nicht immer vorschriftsmäßig verhalten, um Heikes Mörder ausfindig zu machen. Sie hatte sogar bewusst gegen die Anweisungen der Polizei gehandelt. Aber das war schließlich etwas anderes gewesen, verteidigte sie ihr damaliges Verhalten sich selbst gegenüber. Zu jener Zeit war es schließlich um den Mord an ihrer besten Freundin gegangen und nicht um irgendwelche Leute aus dem Dorf. Auch wenn Haie einst mit dem Opfer zur Schule gegangen war; in den letzten Jahren hatten die beiden Männer so gut wie keinen Kontakt gehabt. Da konnte man ihrer Ansicht nach nicht wirklich von einer Freundschaft sprechen. Unter gar keinen Umständen würde sie sich an dieser Aktion beteiligen und riskieren, am Ende noch selbst wie ein Verbrecher dazustehen. Deshalb machte sie auch keinerlei Anstalten, aus dem Wagen zu steigen, nachdem sie den Hof erreicht hatten und Tom den Motor abgestellt hatte.

»Scheint keiner da zu sein«, bemerkte Haie, während sie im Auto saßen und auf das Haus blickten.

»Hm«, bestätigte Tom die Feststellung des Freundes und deutete anschließend auf den hellen Streifen an der Eingangstür kurz oberhalb des Türschlosses.

»Is' aber doch versiegelt«, kommentierte er seinen Fingerzeig, dem Haie einen leicht verkniffenen Blick hatte folgen lassen.

»Also, da könnt ihr auf keinen Fall rein. Das Durchbrechen eines amtlichen Siegels ist strafbar«, reagierte Marlene sofort. Doch die Männer stiegen trotz ihrer Warnung aus dem Auto und schritten gemeinsam auf die Tür zu. Mit wild pochendem Herzen, das zumindest zum Teil auf dem Ärger beruhte, den sie über das ignorante Verhalten der beiden Freunde empfand, verfolgte sie, wie die beiden die wenigen Stufen zum Hauseingang hinaufgingen und sich dann ein wenig herunterbeugten, um das Siegel besser begutachten zu können. Anscheinend sprachen sie auch miteinander, denn Marlene konnte erkennen, wie ihre Lippen sich bewegten und die Unterhaltung durch ein Schulterzucken oder Kopfnicken ergänzt wurde.

Schließlich machten sie kehrt und kamen zurück. Marlene atmete auf. Offenbar hatten die beiden eingesehen, dass ein Eindringen in das Haus des Ermordeten nicht ratsam war. Doch zu ihrem Erstaunen blieb Haie auf halber Strecke zum Wagen stehen, und Tom trat zu ihr an die Beifahrerseite. Er öffnete die Tür und erklärte, sie würden versuchen, durch den Hintereingang in das Haus zu gelangen.

»Du bleibst hier und stehst Schmiere«, wies er sie an, ohne sie nach ihrer Meinung zu dem geplanten Einbruch zu fragen. Die Männer waren sich mal wieder einig.

»Was versprecht ihr euch davon?«, versuchte sie ein letztes Mal, Tom von der Aktion abzubringen. »Die Polizei hat doch schon alles durchsucht.« Sie hielt das Vorgehen der beiden zwar nicht für gefährlich, vielmehr war es die Tatsache, sich strafbar zu machen, die Marlene zu der Überzeugung kommen ließ, dass es besser sei, umzukehren und die Suche nach Hinweisen auf den Mörder Kalli Carstensens dem Kommissar und seinen Kollegen zu überlassen.

»Aber vielleicht nicht gründlich genug. Oder sie haben etwas übersehen. Könnte doch durchaus sein. Das Haus ist groß. Da entgeht einem schnell was.«

Tom reizte ganz offensichtlich die Vorstellung, etwas Verbotenes zu tun. In ein fremdes Haus einzusteigen, in dem sich vor wenigen Tagen ein Mensch das Leben genommen hatte, in dem sich wahre Dramen abgespielt haben mussten, ließ kleine Schauer über seinen Rücken rieseln. Zumal tatsächlich die Möglichkeit bestand, auf etwas zu stoßen, das sie zu dem Mörder des ehemaligen Hausbesitzers führte. Er schlug die Beifahrertür zu und nahm ihr damit die Gelegenheit, weitere Einwände vorzubringen.

Marlene spürte wie eine heiße Welle langsam aber stetig in ihr aufstieg. Wobei das aufkeimende Gefühl mehr durch die Ignoranz der beiden Freunde gegenüber ihren vorgebrachten Argumenten, die sie nach wie vor für äußerst plausibel hielt, geschürt wurde als durch die Tatsache, dass Tom und Haie nun doch unerlaubterweise in das Haus eindringen wollten. Kurz überlegte sie, ob sie auf den Fahrersitz hinüberklettern und wegfahren sollte. Der Zündschlüssel steckte. Es wäre kein Problem, die beiden einfach sich selbst und ihrem verbotenen Treiben zu überlassen. Doch irgendetwas hielt sie zurück. Es war weniger die Sorge, dass die Männer bei ihrem ungesetzlichen Unterfangen überrascht werden könnten, als ihre eigene Neugierde auf das, worauf die Freunde womöglich bei ihrer illegalen Hausdurchsuchung stoßen würden. Aus diesem Grund rutschte sie auf dem Beifahrersitz etwas nach vorn und drehte den Rückspiegel so weit in ihre Richtung, bis sie eine gute Übersicht auf die hinter ihr liegende Hofeinfahrt hatte, während sie angespannt verfolgte, wie die beiden Männer um die rechte Hausecke herum verschwanden.

Irmtraud Carstensen schwieg, nachdem Thamsens Kollege das Büro wieder verlassen hatte. Anscheinend hatte der Mann, von dem die neuesten Erkenntnisse aus der kriminaltechnischen Untersuchung geliefert worden waren, sie erschreckt, und sie traute sich nicht mehr weiterzusprechen. Wahrscheinlich war ihr durch das Auftreten des Beamten plötzlich bewusst geworden, dass sie sich auf dem besten Weg befand, ihren Mann des Mordes an seinem Bruder zu beschuldigen. Oder aber sie hoffte, die Ergebnisse aus dem Labor würden aktuelle Hinweise enthalten, die ihre Familienangehörigen entlasteten. Das jedenfalls vermutete Thamsen, der davon ausging, die hagere Frau habe ihn an diesem Morgen mit der Absicht in seinem Büro aufgesucht, die Unschuld Ulf Carstensens zu bestätigen und gleichzeitig ihren eigenen Ehemann des Mordes an ihrem Schwager zu bezichtigen. Auch wenn sie dies nur angedeutet und nicht explizit geäußert hatte, aus dem, was Irmtraud Carstensen bisher kundgetan hatte, war unmissverständlich angeklungen, dass sie es für durchaus wahrscheinlich hielt, Friedhelm Carstensen könne etwas mit dem gewaltsamen Tod seines Bruders zu tun haben.

Doch sosehr Thamsen sich auch bemühte, das Gespräch exakt an dem abrupt unterbrochenen Punkt wieder aufzunehmen, sie schwieg beharrlich und äugte dabei immer wieder verstohlen auf die Unterlagen auf seinem Schreibtisch.

Schließlich gab er auf und blätterte flüchtig den Bericht aus dem Kieler Labor durch. Der DNA-Abgleich zwischen den Proben von Ulf Carstensen und den gefundenen Spuren an der Leiche hatte keinerlei Übereinstimmung ergeben. Zwar entlastete diese Tatsache den Sohn des ermordeten Landwirts, aber Thamsen sah darin immer noch keinen ausreichenden Beweis für die Unschuld des Verdächtigen. Möglicherweise hatte Ulf Carstensen keine Spuren hinterlassen, hatte Handschuhe und Schutzkleidung beim Entsorgen der Leiche getragen. Oder aber, und das hielt er für durchaus wahrscheinlicher, es war ihnen nicht möglich gewesen, an den Überresten des arg zugerichteten Leichnams alle Hinweise auf den Täter zu sichern.

Weiterhin bestätigte die kriminaltechnische Untersuchung die Echtheit des von Sophie Carstensen verfassten Geständnisses. Der Schriftsachverständige hatte die Buchstaben unter dem Mikroskop vergrößert und untersucht. Brüche oder Unterbrechungen im Schwungsatz der Schrift hatte er keine entdecken können. Seines Erachtens war das Schriftstück von der Toten eigenhändig verfasst worden.

Aber auch das entlastete den Sohn für Thamsen nicht, denn wie er selbst mutmaßte, war es gut möglich, dass Sophie Carstensen davon ausgegangen war, Ulf habe seinen Vater ermordet. Um ihn zu schützen, hatte sie alle Schuld auf sich genommen.

Thamsen klappte die graue Aktenmappe wieder zu. Er war der Meinung, es sei am besten, an seiner Theorie, der zufolge der Mörder auf jeden Fall innerhalb der Familie zu finden war, festzuhalten. Durch den Besuch von Irmtraud Carstensen fühlte er sich darin noch zusätzlich bestärkt. Denn auch sie ging davon aus, dass der Mord an ihrem Schwager durch die Misshandlungen an dessen Frau motiviert gewesen war. Außerdem hielt sie es für durchaus denkbar, ihr Ehemann könne den eigenen Bruder deswegen umgebracht haben.

Er bot ihr an, sie nach Hause zu fahren. Bei der Gelegenheit konnte er sich gleich einmal persönlich mit Friedhelm Carstensen über das Thema unterhalten. Er war gespannt, was der zu der ganzen Sache zu sagen hatte.

Die Fahrt ins Dorf verlief schweigsam. Irmtraud Carstensen saß stumm auf dem Beifahrersitz und starrte durch die Windschutzscheibe nach draußen. Sie war am Morgen mit dem Bus nach Niebüll gekommen, da sie sich vor lauter Aufregung nicht hinters Steuer getraut hatte. Thamsen nahm an, sie ängstigte sich vor dem Zusammentreffen mit ihrem Mann. Immerhin wusste dieser vermutlich nichts von dem Verdacht, den seine Frau gegen ihn hegte, und dass sie deswegen bei der Polizei gewesen war. Als er den Wagen vor dem kleinen Backsteinhaus stoppte, löste sie eilig den Sicherheitsgurt und stieß die Tür auf.

»Vielen Dank«, flüsterte sie, ehe sie ausstieg und zum Haus hinaufhastete. Thamsen stellte den Motor ab und verließ das Fahrzeug ohne Eile. Irmtraud Carstensen suchte vor der Haustür in ihrer Handtasche nach den Schlüsseln. Er hatte sie eingeholt, bevor sie fündig geworden war. Erschrocken drehte sie sich um, als er hinter sie trat.

»Was wollen Sie?«, zischte sie ihn an.

»Ich möchte mich mit Ihrem Mann unterhalten.«

Es war ihr deutlich anzusehen, wie sehr sie unter Strom stand. Sie hatte nicht damit gerechnet, dass er ihr folgen würde. Wie stand sie nun da? Ihr Mann würde sofort Verdacht schöpfen, wenn sie mit dem Kommissar im Schlepptau nach Hause kam.

»Gehen Sie bitte«, flehte sie förmlich. »Das Gespräch zwischen Ihnen und mir war vertraulich.«

Er nickte. »Aber trotzdem geht es hier um Mord. Deshalb würde ich gerne erfahren, was Ihr Mann zu den von Ihnen vorgebrachten Anschuldigungen zu sagen hat.«

»Ich habe doch Friedhelm nicht …« Sie verstummte schlagartig, als unerwartet die Tür geöffnet wurde. Friedhelm Carstensen stand vor ihnen und blickte fragend vom einen zum anderen.

»Was ist mit mir?«

Irmtraud Carstensen schluckte, doch Thamsen ergriff sofort die Gelegenheit, dem überraschten Mann, der in Jogginghose und Unterhemd vor ihnen stand, zu erklären, dass er gekommen sei, um ihm ein paar weitere Fragen zu stellen.

Friedhelm Carstensens Gesichtsausdruck verfinsterte sich von einer Sekunde auf die andere. Mit düsterem Blick musterte er seine Frau und unterstellte ihr allein damit, der Auslöser für die neuerliche Befragung der Polizei zu sein.

»Und wo kommst du her?«

Seine Frau zwängte sich schweigend an ihm vorbei ins Innere des Hauses und entledigte sich dort ihres beigen Sommermantels, den sie auf einen der Bügel an der Garderobe hängte. Nervös zupfte sie ein paar nicht vorhandene Fusseln vom Stoff des Kleidungsstückes und schwieg weiterhin hartnäckig. Thamsen übernahm es deshalb schließlich zu antworten.

»Ihre Frau war bei mir in der Dienststelle. Sie hat ausgesagt, dass sie Ihren Neffen für unschuldig hält. Stattdessen vermutet sie, dass eventuell Sie etwas mit dem Mord an Ihrem Bruder zu tun haben könnten.«

»Ich?« Friedhelm Carstensen drehte sich jäh zu seiner Ehefrau um, die sich derweil noch intensiver mit den imaginären Flusen beschäftigte. »Aber wie kommst du denn darauf?«

»Vielleicht könnten wir das drinnen weiter besprechen?« Thamsen deutete diskret mit seinem Kopf Richtung Straße, wo zwei Passanten interessiert das Geschehen an der Haustür beobachteten. Neugierig verrenkten sie ihre Hälse, um die Ereignisse besser verfolgen zu können.

»Dass die Leute sich nicht um ihren eigenen Mist kümmern können.«

Der Mann in Jogginghose und Unterhemd trat einen Schritt zur Seite und gewährte ihm Einlass.

Irmtraud Carstensen hatte sich zwischenzeitlich in die Küche geflüchtet. Die beiden Männer folgten ihr.

»Nun mal raus mit der Sprache«, Friedhelm Carstensen trat neben seine Frau, die mit zitternden Händen Wasser in die Kaffeemaschine goss. »Wie kommst du darauf, dass ich etwas mit dem Mord an Kalli zu tun habe?«

Thamsen, der sich an den Küchentisch gesetzt hatte, beobachtete das Paar. Der düstere Ausdruck war aus dem Gesicht des Beschuldigten verschwunden. Stattdessen spiegelte sich so etwas wie Enttäuschung in der Miene des Mannes. Seine Frau blickte beschämt zu Boden. Man konnte ihr förmlich an der Nasenspitze ansehen, wie sehr sie ihren Besuch auf der Polizeidienststelle und die Anschuldigungen, welche sie gegen ihren Ehemann vorgebracht hatte, bereute.

»Ich hab nur gedacht«, versuchte sie stotternd ihr Vorgehen zu erklären, »na wegen Sophie. Du warst doch mal in sie verliebt und ...« Sie blickte ihn an. In ihren Augenwinkeln schimmerten kleine feuchte Perlen.

Friedhelm Carstensen holte tief Luft. Er hatte nicht geahnt, dass sie über seine einstigen Gefühle zu der Schwägerin Bescheid wusste. Plötzlich sah er ihr Verhalten in einem ganz anderen Licht. Was mochte sie all die Jahre gedacht haben? Sicherlich nahm sie an, nur seine zweite Wahl zu sein, eine Notlösung, da die andere nicht mehr zu haben gewesen war. Wie sehr musste sie unter der Situation gelitten haben? Tagein, tagaus. Sein Groll und seine Wut auf den Bruder – sie hatte stets einen anderen Grund hinter dem Familienstreit vermutet. Und als sie von den Misshandlungen an seiner ehemaligen großen Liebe erfahren hatte, da war in ihr der Verdacht erwachsen, er habe dem Leiden der vermutlich noch immer geliebten Frau ein Ende bereitet. Sein eigenartiges Verhalten, insbesondere in den letzten Tagen – sein Auftritt während der Kaffeetafel, seine Trauer um die Schwägerin –, all das musste ihre Vermutung noch bestärkt haben.

»Aber Irmi«, er fasste sie an den Armen und drehte sie zu sich, »das ist doch alles schon so lange her.«

Natürlich habe er von den Misshandlungen gewusst und Kalli zur Rede gestellt. Schon vor Jahren. Er habe Sophie helfen wollen, weil sie ihm leidgetan hatte, weil es ein großes Unrecht war, was sein Bruder dieser Frau antat. »Aber letztendlich habe ich dadurch alles noch viel schlimmer gemacht.« Die letzten Worte hatte er beinahe geflüstert.

Thamsen räusperte sich. Ihn hatten die Worte des großen blonden Mannes überzeugt. Für ihn war Friedhelm Carstensen nicht der Mörder seines Bruders. Dennoch geisterten ihm mehrere Fragen durch den Kopf, die dringend einer Antwort bedurften.

»Aber wieso haben Sie uns nichts von den gewaltsamen Übergriffen erzählt und stattdessen so getan, als sei der Erbstreit der Auslöser für die Entzweiung der Familie?«

»Ich wollte Sophie schützen«, antwortete der Befragte mit einem flüchtigen Seitenblick auf seine Ehefrau. »Sie hatte schon genug mitgemacht.«

»Aber finden Sie es denn nicht auch seltsam, dass Ihr Bruder ausgerechnet nach einem neuen heftigen Angriff gegen seine Frau – denn ich nehme einmal an, ihr gebrochener Arm und die anderen Verletzungen sind darauf zurückzuführen – tot in einem Maisfeld aufgefunden wird? Vielleicht war es doch Ulf?«

»Bestimmt nicht«, ergriff abermals Irmtraud Carstensen Partei für den Neffen, und ihr Mann stimmte ihr zu. Ulf Carstensen habe zwar von klein auf die Gewaltausbrüche seines Vaters miterlebt, aber gelernt, damit umzugehen.

»Wie kann man lernen, damit umzugehen?«, fragte Thamsen, dem diese Erklärung überhaupt nicht verständlich erschien.

Umgehen sei vielleicht das falsche Wort, räumte Friedhelm Carstensen daraufhin ein. Er habe weggesehen und früh Reißaus genommen.

»Nachdem ich Kalli das erste Mal zur Rede gestellt hatte, ist der wohl wutentbrannt nach Hause gestürmt und hat ordentlich Dampf abgelassen. Natürlich an Sophie. Ulf ist kurz darauf zu uns gekommen, hat ein paar Tage hier gewohnt. Ich habe versucht, ihn auf die Situation und das gewaltsame Verhalten seines Vaters anzusprechen, aber der Junge hatte ganz offensichtlich das Geschehene verdrängt. Hat immer nur mit den Schultern gezuckt, wollte nicht darüber sprechen.«

Thamsen runzelte die Stirn. War das möglich? Konnte man wirklich die Realität derart ausblenden? So, als wüsste man nichts von all dem, was einen schmerzte, belastete, was unerträglich war? War da ein Loch in der Erinnerung? Eine Art Filmriss?

Aber wenn das menschliche Gehirn dazu in der Lage war, und er hatte in Zusammenhang mit Traumapatienten schon einmal von einem derartigen Phänomen gehört, dann bedeutete das doch, dass der Sohn auch den Mord an seinem Vater einfach verdrängt haben könnte, sich keiner Schuld bewusst war, da er sich an die Tat selbst nicht erinnerte. Aber so war ihm der Verdächtige bei dem letzten Verhör, als sie über die jahrelangen Misshandlungen der Mutter gesprochen hatten, gar nicht erschienen. Oder täuschte er sich? Er wurde plötzlich unruhig.

»Herr Carstensen, Frau Carstensen, wissen Sie, wo Ulf sich momentan aufhält?«

19

»Hier, schau mal die Luke«, Haie deutete auf eine Holz-
klappe, die schräg im Boden auf der Rückseite des Hauses eingelassen war. Da die Hintertür ebenfalls durch ein
amtliches Siegel gesichert war und die beiden sich nicht
getraut hatten, die offizielle Plombe zu durchbrechen, suchten sie nun nach einer anderen Möglichkeit, in das Haus
zu gelangen.

»Is’ nicht mal verschlossen«, er ging in die Knie und hob
das massive Holzbrett an.

»Wo es da wohl hingeht?« Tom trat neben den Freund
und blickte hinab in das dunkle Loch, das sich unter der
angehobenen Klappe auftat.

»Bestimmt in den Keller. Scheint eine Art Schüttschacht
für Kohlen zu sein.«

Haie war bereits dabei, sich rückwärts durch die Öffnung
zu zwängen. Er hielt sich mit den Händen an der befestig-
ten Kante fest und arbeitete sich mit den Beinen langsam in
die Tiefe. Als sein Körper vollständig im Loch verschwunden war, konnte er unter seinen Füßen immer noch keinen
festen Grund spüren. Wagemutig ließ er sich fallen.

Es tat einen dumpfen Schlag. Tom trat an die Öffnung
und blickte leicht besorgt in den düsteren Schacht.

»Haie? Alles okay?«

Er hörte ein Stöhnen.

»Mann, hätte gar nicht gedacht, dass das so tief ist. Pass
bloß auf.«

Tom ließ sich nun ebenfalls in die dunkle Grube hinabgleiten. Doch im Gegensatz zu seinem Freund fiel seine Landung wesentlich sanfter aus, da Haie ihn an den Beinen packte und vorsichtig bis auf den Grund zog.

Der finstere Schacht endete in einem kleinen Kellerraum. Sie brauchten einen kurzen Moment, um ihre Augen an die dunkle Umgebung zu gewöhnen und sich zurechtzufinden.

An der einen Seite des Raumes standen leere Regale, daneben Kisten und Kartons. Gleich gegenüber befand sich eine Tür. Haie atmete erleichtert auf, als er die Klinke hinunterdrückte und feststellte, dass der Zugang nicht verschlossen war. Er hatte bereits befürchtet, falls es keinen anderen Ausweg aus diesem dunklen Loch geben sollte, den engen Schacht wieder hinaufkriechen zu müssen, was er nicht gerade als ein problemloses Unterfangen einstufte.

»Hier entlang«, forderte er deshalb nun geradezu enthusiastisch seinen Freund auf, ihm zu folgen.

Durch einen langen Gang sich seitwärts an den Wänden entlangtastend, erreichten sie eine schmale Treppe, über welche sie schließlich in den Hausflur gelangten.

»So«, Haie klopfte sich den Staub von der Kleidung, »das wäre geschafft.«

»Und wonach wollen wir jetzt suchen?«, fragte Tom, der sich unsicher in dem finsteren Gang umblickte. Ihn fröstelte, und er schlang die Arme um seinen Körper. Die Vorstellung, dass sich hier vor wenigen Stunden ein Mensch das Leben genommen hatte, ließ ihn zittern.

Sein Freund zuckte mit den Schultern, schritt dann aber zielsicher auf die Treppe zu, die in den ersten Stock führte. Die Stufen knarrten leise unter ihren Tritten.

In Ulfs ehemaligem Kinderzimmer lagen immer noch die Fotoalben auf dem kleinen Beistelltisch. Tom wollte gerade nach einem der Sammelbände greifen, um einen Blick auf die Fotografien zu werfen, als Haie ihn energisch zurückhielt.

»Nichts anfassen«, wies er ihn an und holte aus seiner Jacke zwei Paar Gummihandschuhe, die er vorsorglich eingesteckt hatte, nachdem er den Entschluss gefasst hatte, in das Haus des ehemaligen Schulfreundes einzusteigen.

»Wir sollten keine Spuren hinterlassen.«

Sie streiften sich den Plastikschutz über die Hände und blätterten anschließend gemeinsam durch die Bilderalben. Wenngleich die Fotos ihnen auch einen umfassenden Einblick in das Familienleben der Toten gaben, Hinweise auf den möglichen Mörder Kalli Carstensens enthielten sie auf den ersten Blick nicht. Zu dem Schluss musste auch die Polizei gekommen sein, ansonsten hätte man die Bücher sicherlich beschlagnahmt.

Dennoch betrachteten sie jede der Ablichtungen mit großem Interesse.

»Schau mal hier«, Haie zeigte auf eine leicht vergilbte Schwarz-Weiß-Fotografie. »Das ist unsere alte Klasse. Kalli, Barne, Ingwer.« Sein Finger glitt zwischen den einzelnen Personen auf dem Bild hin und her. Tom folgte aufmerksam seinem Fingerzeig.

»Und das bist du, stimmt's?« Er deutete auf einen übergewichtigen Jungen in Cordhosen und Wollpullover. Die dunklen Haare standen ihm strubbelig vom Kopf ab.

»Wie man sieht, war ich noch nie ein Verächter von guter Kost«, kommentierte der Freund grinsend sein Erscheinungsbild. Er löste das Foto vorsichtig aus dem Album und steckte es ein.

Im Badezimmer war die Leiter zum Speicher noch hinuntergelassen. Steil ragte sie in die Dachluke empor und zeugte von dem letzten schweren Gang, den Sophie Carstensens hier vor Kurzem zurückgelegt hatte. Befangen blickten die beiden die hölzernen Streben entlang hinauf zu dem über ihnen liegenden Loch, das sich düster am Ende der Leiter auftat.

Es kostete sie eine Menge Überwindung, Tritt um Tritt den beinahe senkrechten Anstieg zu bezwingen. Haie fragte sich, was der Selbstmörderin wohl durch den Kopf gegangen war, als sie hier hinaufstieg. Hatte sie Angst verspürt? Hatten sie Zweifel geplagt? War sie vielleicht kurz davor gewesen, wieder umzukehren?

Ein seltsames Gefühl ergriff ihn und ließ ihn nicht mehr los. Er hätte nicht in Worte kleiden können, was in diesen Augenblicken, als er dem Fundort der Leiche immer näherkam, in ihm vorging. Am liebsten wäre er auf der Stelle umgekehrt, doch irgendetwas zwang ihn, Stufe um Stufe zu erklimmen, um mit eigenen Augen zu sehen, wo Sophie Carstensen ihre letzten Minuten verbracht hatte.

Auf den ersten Blick schien nichts ungewöhnlich an diesem Ort. Alte Möbelstücke stapelten sich inmitten von Kartons und verstaubten Kisten. Ein paar verschlissene Teppiche lagen zusammengerollt neben einer provisorischen Kleiderstange, an der unter einer durchsichtigen Plastikhülle längst aus der Mode gekommene Mäntel und Kleider hingen.

Das Grauen spielte sich lediglich in ihren Köpfen ab. In ihrer Vorstellung sahen sie den leblosen Körper am Balken baumeln, die Augen weit aufgerissen, ins Leere starrend. Die nackten bleichen Füße pendelten über den wurmstichigen Bodenbrettern, auf denen sich ein dunkler, kreisähnlicher Fleck gebildet hatte.

Haie blinzelte. Das Trugbild seiner Sinne verschwand, der dunkle Fleck auf den hölzernen Dielen hingegen blieb. Wenn auch nicht in der gleichen Intensität wie in seiner

Vorstellung, ließ sich die Stelle, an welcher Sophie Carstensen im Todeskampf ein letztes Mal uriniert hatte, dennoch erahnen. Er schluckte und blickte sich zu seinem Freund um, der mit zaghaften Schritten über den ächzenden Dachboden näher kam.

»Ziemlich düster«, stellte Tom fest, »ich glaube, ich hätte mir eine andere Stelle zum Sterben ausgesucht.«

Haie nickte. Er selbst hätte vermutlich einen schönen Baum draußen in seinem Garten oder im Wald gewählt, aber so viel Zeit war Sophie Carstensen vermutlich nicht mehr geblieben. Sie musste sehr verzweifelt gewesen sein, als sie den Entschluss gefasst hatte, sich selbst umzubringen, und hatte nicht riskieren wollen, dass der Mut sie wieder verließ. Deshalb war sie wohl auf den finsteren Dachboden gestiegen und hatte sich hier zwischen dem ganzen ausgedienten Krempel an dem schäbigen Holzbalken aufgehängt. Außerdem war sie an diesem Ort sicher vor irgendwelchen Störungen gewesen. Allein mit sich und ihrer Entscheidung, ein kurzes Zögern und dann …

»Ich glaube nicht, dass wir hier etwas finden. Die Polizei hat sicherlich alles genauestens durchsucht«, stellte Haie mit einem flüchtigen Blick auf die verstaubten Kisten und Kartons fest. Die anfängliche Euphorie, in dem Haus des ermordeten Schulkollegen auf unentdeckte Hinweise und Spuren, die sie zum Mörder führen könnten, zu stoßen, war beim Anblick des Dachbalkens und der schattenhaften Urinstelle buchstäblich verflogen. Zu deutlich hatte er den Hauch des Todes im Nacken gespürt, das beklemmende Gefühl, die grausame Vorstellung nahmen ihm beinahe den Atem. Er brauchte dringend frische Luft.

»Lass uns gehen«, presste er mit belegter Stimme hervor, und Tom nickte. Auch ihm war nicht wohl an diesem Ort, und er folgte nur zu gern der Aufforderung des Freundes, diesen düsteren Dachboden zu verlassen. Er machte einen Schritt zur Seite, um den anderen vorgehen zu lassen, und trat dabei unvermutet auf eine der altersschwachen Dielen, die sich über die Jahre hinweg gelöst hatte. Urplötzlich sauste das massive Holzbrett auf ihn zu, traf ihn mit dem frei schwebenden Ende am Kopf und ließ ihn zu Boden gehen.

Eine unergründliche Dunkelheit umgab ihn. Als er kurze Zeit später langsam wieder zu sich kam, spürte er ein starkes Pochen an seiner Stirn und rieb sich stöhnend mit der Hand über die Wunde.

»Nu komm schon!«

Haies Arm war bis zur Schulter in einem Spalt, der sich durch die emporgeschnellte Leiste aufgetan hatte, verschwunden. Mühsam und unter heftigem Gezeter angelte er in der klaffenden Lücke des Fußbodens nach etwas, das Toms noch leicht getrübten Blicken verwehrt blieb. Entrüstet richtete er sich auf.

»Was machst du da?«, fragte er mit anklagender Stimme. »Ich krepiere hier beinahe, und du wühlst da im Dreck herum.«

Ihm war immer noch schwindlig.

Doch Haie ließ sich von den Vorwürfen des Freundes nicht stören. Er reckte und streckte seinen Arm, bis er endlich das zwischen seinen Fingern spürte, was das schadhafte Bodenbrett zutage befördert hatte.

»Na endlich.« Langsam zog er seinen Arm hervor und präsentierte triumphierend eine bunt bedruckte, schmale Holzkiste.

»Was ist das denn?« Tom robbte langsam näher.

Der messingfarbene Verschluss des kleinen Kästchens ließ sich problemlos öffnen. Haie brauchte ihn lediglich mit dem Finger anzuschnippen, schon sprang der kleine Behälter auf.

Im Inneren befand sich neben einem Bündel alter Briefe lediglich ein silberner Ring.

»Von Tati für Sosi«, las Haie die eingravierte Inschrift laut vor. Er drehte das Schmuckstück zwischen seinen Fingern hin und her.

»Wer ist Tati?« Tom hatte sich zu dem Freund vorgearbeitet und blickte nun ebenfalls rätselnd auf den glänzenden Reif.

»Keine Ahnung«, antwortete Haie und ließ den Ring zurück in die Schachtel gleiten. Sosi stand als Kosename für Sophie, das stand für ihn außer Frage, aber einen Bezug zu Tati konnte auch er nicht herstellen. Besonders viel Ähnlichkeit zu dem Namen ihres Ehemanns bestand jedenfalls nicht. Vielleicht handelte es sich um einen Verehrer oder alten Jugendfreund von Sophie Carstensen? Dieser Grund würde zumindest ansatzweise erklären, warum sie den Ring zusammen mit einem Stapel Liebesbriefe hier oben auf dem Dachboden versteckt hatte. Dass es sich bei den gebündelten Schriftstücken um alte Liebesbezeugungen handelte, hatte er bereits den ersten Zeilen des obersten Briefes entnommen, in dem Tati Sosi sein Herz schenkte.

»Lass uns die Kiste mitnehmen und Marlene zeigen«, schlug Tom vor. »Sie hat für so etwas eher ein Händchen.«

Haie nickte zustimmend, klappte den Deckel der kleinen Holzkiste zu und klemmte sich das Fundstück unter den Arm. Er ließ dem Freund diesmal den Vortritt, der sich vorsichtig einen Fuß vor den anderen setzend, um nicht noch einmal Opfer einer hinterhältig lauernden Bodendiele zu werden, zur Dachluke vorarbeitete und anschließend langsam und bedacht die steile Leiter hinabkletterte.

Im Erdgeschoss überlegten sie, wie sie am bequemsten das Haus wieder verlassen konnten, ohne die von der Polizei angebrachten Siegel zu beschädigen.

»Der Zugang zur Veranda ist bestimmt nicht gesichert«, mutmaßte Haie und behielt recht. Die gläserne Tür, die vom Wohnzimmer hinaus auf eine winzige Terrasse führte, hatten die Beamten tatsächlich übersehen. Und so gelangten sie ohne weitere Mühe ins Freie und holten erst einmal tief Luft, ehe sie zurück zum Wagen liefen.

»Was ist denn mit dir passiert?«, begrüßte Marlene die beiden aufgeregt und blickte besorgt auf Toms Beule, welche zwischenzeitlich schon beachtliche Ausmaße angenommen hatte. Sie hatte bereits ungeduldig gewartet. Hin und wieder war ein Pkw an der Hofeinfahrt vorbeigekommen. Jedes Mal hatte sie insgeheim befürchtet, der Fahrer würde seine Fahrt verlangsamen und auf den Vorplatz abbiegen. Sie war dann immer tiefer auf dem Beifahrersitz hinabgerutscht; das Herz bis zum Hals klopfend. Doch sie hatten Glück gehabt. Keiner der Vorbeifahrenden schöpfte Verdacht; ihr fragwürdiger Besuch auf dem Hof der Carstensens blieb unentdeckt.

»Das ist halb so schlimm«, spielte Haie die Verletzung des Freundes herunter. »Eine harmlose Begegnung mit einer Bodendiele.«

»Harmlos?«, entgegnete Tom empört und verzog stöhnend das Gesicht, als Marlene vorsichtig seine Stirn untersuchte.

»Schau lieber mal hier«, versuchte Haie, ohne auf Toms Proteste einzugehen, von der Beule abzulenken, und hielt die kleine Holzkiste wie einen kostbaren Schatz hoch. »Das haben wir auf dem Dachboden gefunden!«

Marlenes Aufmerksamkeit verlagerte sich augenblicklich auf den Gegenstand in Haies Händen.

»Lass sehen!« Sie griff danach, doch der Freund zog das Kistchen abrupt zurück. Er hielt es für schlauer, bevor sie sich das Fundstück genauer ansahen, zunächst einmal vom Hof zu verschwinden.

»Wir könnten im Gasthof an der B5 eine Kleinigkeit essen. Dort gibt es jetzt einen neuen Koch, der für einen anständigen Mittagstisch sorgt.«

Marlene nickte, und Tom, der die Schwellung auf seiner Stirn inzwischen mit einem Pflaster aus dem Verbandskasten verarztet hatte, stimmte ebenfalls zu. Es war wahrscheinlich reine Glückssache, dass ihr Aufenthalt auf dem Hof und der Einbruch niemandem aufgefallen waren. Sie sollten Fortuna nicht unnötig herausfordern.

In dem Gasthof war um diese Zeit ungewöhnlich viel los. Einige Durchreisende nutzen die Gelegenheit für eine ausgiebige Rast, aber auch etliche Dorfbewohner saßen in dem Restaurant, um für wenig Geld anständig zu speisen.

Von der Tür aus hielten sie nach einem freien Platz Ausschau.

»Ich glaub, das war keine so gute Idee, mit unserer Entdeckung ausgerechnet hier einzukehren«, flüsterte Tom den anderen zu, »da hinten sitzt der Kommissar.«

Dirk Thamsen hatte Ulf Carstensen gerade noch rechtzeitig in seinem Zimmer in der Pension an der Bundesstraße angetroffen. Der war eigentlich auf dem Weg zum Bestattungsunternehmen gewesen. Die Leiche seiner Mutter war am Morgen freigegeben worden, und nun wollte er sich unverzüglich um die Beerdigung kümmern. Dass der Kommissar ihn davon abhalten wollte, passte ihm gar nicht. Er hatte schließlich eine Menge zu erledigen, denn neben der bevorstehenden Beerdigung musste er sich auch noch um das Erbe seiner Eltern kümmern. Er wollte Haus und Hof so schnell wie möglich verkaufen. Dem Dorf hatte er ohnehin bereits vor Jahren den Rücken zugewandt, und nun, da seine Mutter tot war, wollte er auch die letzten Verbindungen kappen.

Außerdem hatte er seiner Aussage nichts mehr hinzuzufügen.

Doch so einfach war Thamsen nicht abzuwimmeln gewesen. Er habe noch einige Fragen, hatte er sein Erscheinen begründet und Ulf Carstensen schließlich zu einem Mittagessen in der Gastwirtschaft überreden können.

Doch das Gespräch der beiden war eher schleppend verlaufen. Der Verdächtige hatte lediglich wiederholt, was er tags zuvor bereits auf der Polizeidienststelle ausgesagt hatte. Und Thamsen war nun einmal kein Psychologe, für welchen es sicherlich durch ein paar konkrete Fragen ein Leichtes gewesen wäre festzustellen, ob der junge Mann tatsächlich bedingt durch seine traumatischen Erfahrungen den Mord an seinem Vater derart verdrängte, dass er sich wirklich für unschuldig hielt.

Und so saßen sie mittlerweile schweigend vor ihren Tellern mit dem bestellten Tagesgericht – gebratene Leber mit Apfelringen und Bratkartoffeln –, als plötzlich der Wirt durch den Raum rief:

»Mensch Haie, welch seltener Gast in meiner Hütte. Komm, für dich und deine Freunde findet sich immer ein Plätzchen bei mir!«

Das Dreiergespann hatte sich bereits umgewandt und versucht, die Gaststube möglichst ungesehen wieder zu verlassen, denn der Polizei wollten sie mit der Kiste aus Kalli Carstensens Haus auf gar keinen Fall begegnen. Doch nach der lautstarken Begrüßung des Gastwirts waren plötzlich alle Augen der anwesenden Gäste auf sie gerichtet, und so blieb ihnen nichts anderes übrig, als sich der prekären Situation zu stellen.

Haie ließ blitzschnell die hölzerne Schachtel unter seiner Jacke verschwinden und trat dann lächelnd auf den Wirt zu.

»So voll, wie das hier ist, haben wir gedacht, du hast eine geschlossene Gesellschaft, Fritz«, bemühte er sich ihren Versuch, klammheimlich wieder den Gastraum zu verlassen, zu erklären. »Wollten ja nicht stören.«

Der Inhaber strahlte und beeilte sich, den Besucherandrang durch die hervorragende Küche und den guten Service zu begründen.

»Seit der Dieter hier kocht, können wir uns vor Gästen kaum retten.«

Es fand sich aber tatsächlich noch ein freier Tisch. Der Gastwirt führte sie höchstpersönlich durch den Raum zu einem Platz in unmittelbarer Nähe zu Thamsen und dessen Begleiter.

»Das ausgerechnet der hier heute zu Mittag essen muss«, murmelte Haie, während er mit gespielt freundlicher Miene den Kommissar durch ein Kopfnicken begrüßte.

Glücklicherweise erhob sich Ulf Carstensen bereits kurze Zeit später, und Thamsen deutete dem Wirt mit einem Fingerzeig an, dass er zahlen wollte. Nachdem er die Rechnung beglichen hatte, kam er zu ihnen an den Tisch.

»Die Leber ist vorzüglich«, kommentierte er die Speisen, die dampfend vor ihnen standen. Sie nickten schweigend, und Haie schielte verstohlen auf die Holzschachtel, die er auf dem freien Stuhl unter seiner Jacke versteckt hatte. Hoffentlich wollte der Kommissar sich nicht zu ihnen setzen. So neugierig er auch auf die neuesten Erkenntnisse der Polizei war, momentan war der Zeitpunkt für einen Informationsaustausch äußerst ungünstig. Nicht auszudenken, wenn Thamsen die Kiste zu Gesicht bekam und womöglich nach deren Herkunft fragte.

Doch der Kommissar hatte es sichtbar eilig. Er klopfte zum Abschied mit der Faust auf den Tisch und verließ anschließend die Gaststube.

Die Freunde atmeten erleichtert auf.

»Puh, das war knapp«, stellte Tom fest und griff nach dem Besteck. »Stellt euch vor, er hätte die Schachtel gesehen. Ihr wisst ja, was er von unseren Alleingängen hält.« Er schob sich ein großes Stück Leber in den Mund. Seine Verletzung schien ganz offensichtlich keinerlei Auswirkungen auf seinen Appetit zu haben.

Marlene hingegen war das Bedürfnis, etwas Essbares zu sich zu nehmen, auf den Schrecken hin vergangen. Sie war zwar ebenfalls der Meinung, dass man den Einbruch nicht gutheißen konnte, aber der geheimnisvolle Holzkasten war natürlich äußerst interessant und ließ ihre Bedenken bezüglich des illegalen Eindringens in das Haus der Carstensens in den Hintergrund treten. Vielleicht enthielt die Kiste ja Hinweise auf den Mörder.

Ungeduldig beobachtete sie, wie die Männer sich hungrig über ihre Mahlzeiten hermachten, während sie vor lauter Aufregung kaum einen Bissen hinunter bekam und deshalb zwischen den Bratkartoffeln und Apfelringen nur herumstocherte.

Endlich schob Haie seinen Teller von sich und wischte sich mit der Serviette über den Mund.

»Komm, lass uns endlich nachschauen, was in der Schachtel ist«, drängelte sie, aber der Freund schüttelte seinen Kopf. Seine Neugierde war bei Weitem nicht so groß wie ihre. Immerhin wusste er bereits, was sich in dem Kästchen befand.

»Nicht hier«, er warf einen Blick in die nach wie vor gut besuchte Gastwirtschaft. »Lasst uns lieber nach Hause fahren.«

20

Marlene hatte bis tief in die Nacht wieder und wieder die Schreiben aus der Holzkiste gelesen. Es waren schöne Briefe, voller leidenschaftlicher Worte, welche Tati seiner Sosi geschrieben hatte. Leider war auf keiner der Liebesnachrichten ein Datum vermerkt, sodass unklar blieb, von wann sie stammten. Hatte Sophie Carstensen während ihrer Ehe eine Affäre gehabt oder war die Beziehung zeitlich früher einzuordnen? Das Briefpapier war vergilbt, die Schrift zum Teil sehr verblasst, was dafür sprach, dass die liebenden Worte vor etlichen Jahren verfasst worden waren.

Auch ein Hinweis auf den wirklichen Namen des Verfassers ließ sich in keinem der Schreiben finden. Stets hatte der Liebende mit den gleichen Worten seine Mitteilungen an die Geliebte beendet – ›Ich bin so ganz Dein Eigen, so ganz auf immer Dein‹ – und lediglich mit dem Kosenamen unterschrieben.

»Tati, das kann für alles Mögliche stehen«, hatte Haie stöhnend geäußert, nachdem sie am Nachmittag zusammen die Briefe gelesen und über den möglichen Autor dieser leidenschaftlichen Liebesbekundungen diskutiert hatten. Angeblich sollte Sophie eine Menge Verehrer gehabt haben. Ein hübsches Mädchen sei sie gewesen. Er selbst war damals durchaus interessiert an ihr, hatte er erzählt und dabei versonnen gelächelt.

Aber ihre Eltern hatten ordentlich aufgepasst, keiner durfte sich ihrer Tochter nähern. Wie die Schießhunde hatten Otto und Elsbeth Moritzen das Mädchen bewacht.

»Dass es dennoch ein so trauriges Ende mit ihr nehmen musste«, hatte er leise geflüstert und die Briefe zurück in die Holzschachtel gelegt.

Marlene brühte sich einen starken Kaffee auf. Sie war hundemüde, konnte aber trotzdem nicht mehr schlafen. Zu viele Gedanken tobten durch ihren Kopf und ließen sie keine Ruhe finden. Wer war dieser Tati? Hatte er vielleicht etwas mit dem Mord an Kalli Carstensen zu tun? In den Briefen hatte er Sophie ewige Liebe geschworen. ›Ich bin ganz Dein Eigen, so ganz auf immer Dein.‹

Was, wenn diese Leidenschaft über all die Jahre nicht verblasst war? Hatte Tati dem Leiden der Geliebten ein Ende gesetzt?

Sie hielt diese Möglichkeit für durchaus denkbar, denn dass der Sohn des ermordeten Landwirts für den Tod seines Vaters verantwortlich war, erschien ihr nach wie vor unwahrscheinlich. Obwohl die Polizei anscheinend immer noch anderer Ansicht war. Aber nicht nur die Darlegungen aus dem Fachbuch sprachen gegen diesen Verdacht, auch der zeitliche Aspekt passte ihrer Meinung nach nicht zu dieser Theorie. Weshalb sollte Ulf Carstensen so lange gewartet haben, bis er den brutalen Widersacher seiner Mutter beseitigte? Ihm war doch seit Jahren bekannt, dass sein Vater sie misshandelte. Doch statt einzugreifen und ihre Qualen zu beenden, hatte er lieber weggeschaut und war geflüchtet. Ein Verhalten, welches laut Fachliteratur häufig als Folge der unerträglichen häuslichen Situation beobachtet werden konnte. Nein, Ulf Carstensen war nicht der Mörder seines Vaters.

Sie stand auf und ging ins Badezimmer. Nachdem sie sich ein wenig frisch gemacht hatte, sortierte sie die Wäsche, die sich neben der Maschine stapelte. Pullover, Shirts, Socken,

Jeans – hell, dunkel, weiß. Sie kontrollierte, ob die Hosentaschen vollständig geleert waren, sich keine ›Tempos‹ oder sonst irgendetwas darin befand, was einen Waschgang nicht unbeschadet überstanden hätte.

Sie stutzte, als sie aus einer der Taschen den Papierschnipsel zog, den sie im Maisfeld von Ingwer Feddersen gefunden hatten. Tom musste ihn eingesteckt haben. Sie betrachtete den kleinen Zettel, der aller Wahrscheinlichkeit nach ein Stück eines Briefes darstellte. Die Schrift war zwischenzeitlich noch mehr verblasst, aber dennoch erschien sie ihr plötzlich bekannt. Sie ließ die Jeans auf den Boden fallen und eilte in die Küche. Mit zitternden Händen öffnete sie die Holzschachtel und entfaltete einen der Briefe. Kein Zweifel. Die leidenschaftlich geschwungenen Buchstaben der Liebesnachrichten glichen eindeutig denen auf dem Stück Papier aus dem Maisfeld. Sie versuchte abermals, die wenigen Zeichen zu entziffern. Nach wie vor waren lediglich kleine Ausschnitte erkennbar, von denen ein Teil zu einer möglichen Ansprache wie ›Liebe‹ oder ›Lieber‹ zu gehören schien.

»In mi ner nu«, buchstabierte sie laut die anderen unvollständigen Zeichen.

»Was machst du da?« Tom stand in der Küchentür und blickte sie verwundert an.

Sie zeigte ihm den Schnipsel und deutete gleichzeitig auf die Liebesbekundungen aus der Holzschachtel.

»Der Zettel aus dem Maisfeld ist eindeutig von Tati. Schau dir die Buchstaben auf den beiden Schriftstücken an. Hundertprozentig identisch.«

»Stimmt«, bestätigte er, nachdem er die Schreiben miteinander verglichen hatte. »Demnach war irgendjemand, der einen Brief von Tati besaß, in dem Maisfeld, und diescr jemand ist wahrscheinlich der Mörder von Kalli Carstensen.«

»Es sei denn, Kalli Carstensen selbst hatte einen der Briefe gefunden und mitgenommen.«

»Mhm«, Tom runzelte die Stirn. »Aber selbst dann besteht die Möglichkeit, dass er sich mit diesem Tati getroffen haben könnte. Vielleicht wollte er wissen, von wann diese Briefe stammten und ob die Affäre zwischen dem Nebenbuhler und seiner Frau noch bestand, wollte ihn schlichtweg zur Rede stellen«, mutmaßte er.

Marlene nickte. »Wie dem auch sei«, schlussfolgerte sie, »ich denke, dieser Tati ist unser Mann.«

Haie saß an diesem Morgen ebenfalls noch reichlich verschlafen am Frühstückstisch und nippte an einer Tasse starken Kaffees. Er hatte am gestrigen Abend sämtliche alte Fotoalben gewälzt und stundenlang darüber nachgedacht, welcher seiner ehemaligen Schulkollegen wohl der Verfasser der Liebesbriefe sein könnte. Die Schriftstücke waren seiner Meinung nach älteren Datums. Die verblasste Schrift und das vergilbte Papier wiesen für ihn eindeutig darauf hin, dass die Schreiben schon etliche Jahre in der Holzschachtel gelegen haben mussten. Vermutlich stammten sie noch aus Sophie Carstensens Schul- oder Lehrzeit.

Dass der Verehrer jemand aus dem Dorf sein musste, hielt er für äußerst wahrscheinlich. Wo sonst sollte sie ihn kennengelernt haben? Doch je länger er die wenigen Erinnerungsbilder aus seiner Schulzeit betrachtet hatte, umso ratloser war er geworden. Viele schwärmten in jener Zeit für das attraktive Mädchen. Er erinnerte sich an die Schulfeste, die damals einmal im Jahr stattfanden und auf denen jeder nur mit Sophie Carstensen tanzen wollte. Das Bild einer langen Schlange williger Tanzpartner war vor seinem inneren Auge aufgetaucht.

Dennoch schien unter ihnen jemanden gewesen zu sein, der Sophie mit seinen werbenden Aktionen beeindruckt und für sich gewonnen haben musste. Der Ring zeugte von einer durchaus intensiveren Beziehung, und da sie die Briefe über all die Jahre hinweg aufbewahrt hatte, musste auch ihr etwas an diesem Tati gelegen haben.

Allerdings war ihm außer Kalli niemand bekannt, der ein engeres Verhältnis zu Sophie Carstensen gehabt hatte. So sehr er seine grauen Gehirnzellen auch bemühte, ihm war niemand eingefallen.

Resigniert hatte er schließlich die Alben zugeschlagen und sich ein Gläschen Rotwein gegönnt. Doch bei dem einen Glas war es nicht geblieben. Bis weit nach Mitternacht hatte er versucht, seinen Frust über die stockenden Ermittlungen im Alkohol zu ertränken, und war schließlich auf dem Sofa eingeschlafen, von welchem er sich erst am Morgen mit steifen Gliedern und einem dröhnenden Kopf wieder erhoben hatte.

Das schrille Läuten des Telefons schmerzte in seinen Ohren. Das Geräusch ging ihm durch Mark und Bein.

»Ketelsen?«

»Wie hörst du dich an?« Es war Tom, der sich über die krächzende Stimme seines Freundes wunderte. »Bist du krank?«

»Nee«, antwortete Haie kurz angebunden und erklärte seine Unpässlichkeit damit, er habe schlecht geschlafen, was eigentlich nicht ganz der Wahrheit entsprach, denn durch seinen Rausch hatte er die Nacht in einem komaähnlichen Zustand verbracht. Aber das verschwieg er wohlweislich, und Tom ging glücklicherweise nicht weiter darauf ein, sondern erzählte von der Entdeckung, welche Marlene am Morgen gemacht hatte. An den im Maisfeld gefundenen Zettel hatte Haie auch nicht mehr gedacht. Sein Herz schlug plötzlich ein paar Takte schneller.

»Bin gleich bei euch«, beeilte er sich die Frage, ob er selbst einen Blick auf den sensationellen Fund werfen wolle, zu beantworten und legte auf.

Nur wenige Minuten später stand er in der Küche der beiden Freunde und verglich erstaunt die Schriftstücke. »Das sollten wir dem Kommissar zeigen«, kommentierte er die übereinstimmenden Schreiben.

Thamsen stand an diesem Morgen früh auf, schlüpfte in seine Laufschuhe und drehte eine Runde durch den Gotteskoog. Die frische Luft tat ihm gut und machte seinen Kopf frei, in dem sich die Gedanken immer wieder um die Frage drehten, wie sie Ulf Carstensen überführen konnten.

Nach der sportlichen Betätigung duschte er und bereitete anschließend das Frühstück für seine Kinder zu.

»Können wir heute nach der Schule zu Mama gehen?« Anne schaute ihn mit bittenden Blicken an, und er stimmte zu. Vor ihm lag noch jede Menge Arbeit, und obwohl er es nicht unbedingt guthieß, wenn Timo und Anne zu viel Kontakt zu seiner Exfrau hatten, war er dennoch froh, sie am Nachmittag in deren Obhut zu wissen. Er wollte den Fall möglichst bis zu den Herbstferien aufgeklärt haben und benötigte dazu jede freie Minute.

Nachdem er seine Kinder zur Schule gebracht hatte, fuhr er ins Büro und sprach mit seinen Flensburger Kollegen die weitere Vorgehensweise durch. Die beiden Beamten waren jedoch hinsichtlich der Frage, wie man den Verdächtigen zu einer Aussage bewegen konnte, ebenso ratlos wie er.

»Wir sollten nochmals alle Details prüfen«, schlug der Jüngere der zwei vor. »Vielleicht haben wir doch etwas übersehen. Es ist unwahrscheinlich, dass der Mörder gar keine Spuren hinterlassen hat.«

Thamsen stimmte dem Vorschlag des Kollegen zu. Was blieb ihnen auch anderes übrig, als sich wieder und wieder mit den einzelnen Hinweisen zu beschäftigen, in der Hoffnung, auf etwas bisher Unbemerktes zu stoßen?

Er hatte sich gerade mit den entsprechenden Akten in sein Büro zurückgezogen, als unvermittelt die drei Freunde auftauchten.

»Wir müssen Ihnen unbedingt etwas zeigen«, erklärte Haie ihren überfallartigen Besuch, ohne den Kommissar zu begrüßen. Er stürmte mit den Papierstücken in der Hand auf ihn zu.

»Sehen Sie, die Schriften stimmen absolut überein.« Thamsen warf einen prüfenden Blick auf die beiden Zettel und nickte. »Und?« Er hatte keine Ahnung, woher die Nachrichten stammten und welchen Bezug sie zu dem Mordfall hatten. Tom räusperte sich und erzählte, sie hätten den Papierschnipsel in dem Maisfeld aufgelesen, in welchem man Kalli Carstensens Leiche gefunden hatte. »Der Brief ist eine Liebesmitteilung an Sophie Carstensen.«

Der Kommissar schaute fragend auf. »Woher haben Sie den denn?« Ihm schwante nichts Gutes.

»Den haben wir gefunden«, versuchte Haie wie beiläufig Thamsens Frage zu beantworten. Doch der gab sich mit der unpräzisen Antwort nicht zufrieden. »Wo?«

Die Freunde holten tief Luft. Es blieb ihnen wohl nichts anderes übrig, als ihren Einbruch ins Haus der Carstensens zu gestehen.

»Sie haben was?« Thamsen erhob sich von seinem Stuhl,

stemmte die Hände in die Hüften und blickte ungläubig. Tom und Haie zogen die Köpfe unter dem darauffolgenden Donnerwetter ein. Wie zwei begossene Pudel standen sie da, während Marlene versuchte, den Kommissar zu beruhigen und die illegale Vorgehensweise zu rechtfertigen.

»Die Polizei hat sich in ihre Theorie, dass Ulf Carstensen der Mörder seines Vaters ist, derart verbissen. Andere relevante Aspekte werden völlig ausgeblendet.«

Sie fasste kurz zusammen, was aus psychologischer Sicht gegen diesen Ansatz sprach und warum der Sohn ihrer Meinung nach deshalb nicht als Täter in Betracht kam.

»Wir gehen ja auch davon aus, dass das Motiv des Mordes in den Misshandlungen begründet ist, aber haben Sie sich schon einmal gefragt, wer außer Ulf ebenso daran interessiert gewesen sein könnte, Sophie Carstensen von ihrem tyrannischen Ehemann zu befreien?«

Das hatte er. Aber der Einzige, der ihm dazu in den Sinn gekommen war und der auch von anderen diesbezüglich belastet worden war, hieß Friedhelm Carstensen. Doch der hatte seiner Ansicht nach nichts mit dem Mord zu tun.

»Haben Sie sich denn schon einmal gefragt, ob der Sohn aufgrund seiner traumatischen Erlebnisse nicht einfach die Realität verdrängt?«, fragte er deshalb ebenso provokativ zurück. Er hielt seine Theorie, Ulf Carstensen habe den Mord an seinem Vater aus seinen Erinnerungen gelöscht, weiterhin für durchaus denkbar.

Marlene stutzte einen Moment. Auch sie hatte von diesem Phänomen gehört. War es möglich, dass der Sohn der Misshandelten unter einer Art Trauma litt? In dem Fachbuch hatte sie nichts darüber gelesen.

»Aber die beiden Schriftstücke«, lenkte Haie die Aufmerksamkeit zurück auf den eigentlichen Grund ihres Besuches. »Ist doch gut möglich, dass dieser Tati etwas mit dem Mord zu tun hat. Sollten wir nicht das überprüfen, solange wir darauf warten, dass Ulf seinen angeblichen Gedächtnisverlust überwunden hat?«

»Wer ist denn dieser Tati überhaupt?« Thamsen nahm verstimmt die beiden vor ihm liegenden Zettel in die Hand. Insgeheim bewunderte er die drei Freunde, die unermüdlich nach dem Mörder suchten. Geradezu leidenschaftlich betrieben sie ihre privaten Ermittlungen und schreckten auch vor einer kleineren Straftat nicht zurück, wenn es der Aufklärung des Falles dienlich war.

Und sie lagen richtig – in beiderlei Hinsicht. Der Brief und der Papierschnipsel aus dem Maisfeld waren wirklich äußerst merkwürdig und könnten durchaus in Zusammenhang mit dem Mord an Kalli Carstensen stehen. Außerdem hatte er keine Idee, wie er Ulf Carstensen zu einem Geständnis bewegen sollte. Da konnte er die Zwischenzeit tatsächlich nutzen, um diesem interessanten Hinweis nachzugehen.

»Also, haben Sie irgendeine Vermutung, wer diese Briefe an Sophie Carstensen geschrieben haben könnte?«

»Na, ihr Liebhaber«, entgegnete Haie.

»Ach, darauf wäre ich gar nicht gekommen«, kommentierte Thamsen die vorwitzige Antwort. »Und haben Sie vielleicht auch eine Idee, wer dieser Mann war?«

Das wusste leider keiner von ihnen. Sie hatten sich zwar schon den Kopf zermartert, und Haie ging nach wie vor davon aus, dass es sich bei diesem Tati um einen Schulfreund, zumindest aber um jemanden aus dem Dorf handeln musste, einen konkreten Namen konnte er allerdings nicht nennen.

»Scheint auf jeden Fall eine sprachgewandte Person gewesen zu sein. Ich könnte den Brief mal einem unserer Profiler geben, vielleicht kann der mehr über den Schreiberling sagen. ›Ich bin ganz Dein Eigen, so ganz auf immer Dein.‹ Hört sich richtig poetisch an.«

Marlene durchfuhr plötzlich ein Geistesblitz. »Das ist ein Gedicht von Storm«, stammelte sie aufgeregt und griff nach den beiden Schriftstücken. Sie versuchte, sich auf die wenigen Zeilen zu konzentrieren.

»Irgendwas mit Seele und Herz, aber ich krieg das nicht mehr zusammen. Ich glaube, …«

»Storm? Theodor Storm?«, fuhr Haie nun unvermittelt dazwischen. Er wirkte mit einem Mal völlig aufgelöst. Mit fahrigen Fingern zog er das alte Klassenfoto, das er bei ihrem Einbruch entwendet hatte, aus seiner Jackentasche.

»Es gab da einen in unserer Klasse, der war vollkommen vernarrt in Storm, konnte sämtliche Gedichte auswendig und hat ständig die alten Wälzer mit sich rumgeschleppt. Hier«, er deutete auf einen hochgewachsenen Jungen in der hintersten Reihe, »Martin.«

»Martin?«

Thamsen warf einen forschenden Blick auf die leicht vergilbte Schwarz-Weiß-Fotografie. Ihm war der Zusammenhang zwischen den in Reih und Glied stehenden Schülern und den vor ihm liegenden Schriftstücken noch nicht ganz klar. Ihm fehlte der Bezug zwischen dem hünenhaften schwarzhaarigen Jungen und der misshandelten Ehefrau des ermordeten Landwirts. Er hatte nicht, wie die drei Freunde, sämtliche Liebesbekundungen an Sophie Carstensen gelesen, wusste nichts von ihren zahlreichen Verehrern und konnte deshalb den aufgeregten, bruchstückhaften Erklärungen nicht ganz folgen.

Haie hingegen war nun voll und ganz in seinem Element. Seine Antwort war bereits die schnell kombinierte Schlussfolgerung ihrer brisanten Entdeckung.

»Tati«, ordnete er, ohne auch nur dem kleinsten Raum für eventuell aufkeimende Zweifel in seiner Stimme Platz zu geben, den Kosenamen aus den Liebesbriefen dem ehemaligen Mitschüler zu.

21

Thamsen hielt sich an keine Geschwindigkeitsbegrenzung, und Tom riskierte einige Bußstrafen und Punkte in Flensburg, als er versuchte, dem dunklen Kombi des Kommissars über die Landstraße Richtung Autobahn zu folgen.

Auf der A7 herrschte ungewöhnlich dichter Verkehr – Lkw an Lkw reihte sich auf der rechten Spur, und die dadurch scheinbar unendliche Wagenkolonne sorgte auf der linken Fahrspur für eine lange Schlange überholender Pkws.

Die drei hatten eigentlich erwartet, dass Thamsen die Seitenscheibe seines Wagens hinunterlassen und ein Blaulicht auf dem Dach positionieren würde, welches die anderen Autofahrer veranlassen würde, ihnen freie Fahrt zu gewähren. Stattdessen jedoch drängelte er sich durch den zäh fließenden Verkehr, fuhr dicht auf, betätigte die Lichthupe, bremste, gab Gas.

Marlene war heilfroh gewesen, als der Kommissar sich geweigert hatte, sie in seinem Wagen mitzunehmen. Thamsen war ohnehin nicht besonders davon angetan, dass sie ihn begleiten wollten, und hatte nur zugestimmt, da Haie Ketelsen die Zusammenhänge zwischen dem Verdächtigen und der Familie Carstensen nun einmal am besten bekannt waren.

»Aber Sie halten sich zurück. Die Fragen stelle ich«, hatte er die Freunde ermahnt, die daraufhin artig nickten.

Er nahm wieder die letzte Abfahrt vor der Hochbrücke

und fuhr den ihm bekannten Weg. Im Rückspiegel sah er, wie Tom Meissner ihm folgte.

Hoffentlich behindern sie nicht das Gespräch, dachte er. Vielleicht war es doch ein Fehler, sie mitzunehmen. Aber jetzt war es zu spät. Das beeindruckende Gebäude erhob sich bereits zu seiner Linken, er parkte seinen Wagen am gegenüberliegenden Straßenrand.

»Dr. Münsterthaler ist leider nicht im Hause«, teilte ihm die freundliche junge Sekretärin mit, die ihn auch bei seinem letzten Besuch begrüßt hatte, und klimperte dabei auffällig mit ihren langen Wimpern. »Haben Sie einen Termin?«

»Das nicht, aber es ist sehr dringend. Er schob diskret seinen Dienstausweis über den Empfangstisch. Außer ihm und seinen Begleitern befanden sich noch zwei weitere Besucher im Raum.

»Mhm«, entgegnete die rothaarige Frau und klapperte unbeeindruckt weiter mit den Wimpern. Anscheinend war sie es gewohnt, dass die Polizei bei ihr vorsprach.

»Um welchen Fall handelt es sich denn?« Sie nahm an, er sei wegen eines Vorgangs aus der anwaltlichen Praxis gekommen, und wandte sich bereits ihrem Computer zu, um die Daten abrufen zu können.

Thamsen räusperte sich. »Es ist privat«, flüsterte er ihr zu. Er hatte das Gefühl, die beiden anderen Anwesenden verfolgten sehr interessiert das Gespräch.

»Privat?« Die Sekretärin drehte sich erstaunt um und sah ihn mit weit geöffneten Augen an. Durch die brisante Neuigkeit vergaß sie ganz und gar zu kokettieren.

»Ja, also ich denke«, entgegnete sie mit stockender Stimme, »Herr Münsterthaler ist wohl zu Hause. Hat am Montag alle Termine für diese Woche abgesagt, hat behauptet, er fühle sich nicht wohl.« Sie hatte absichtlich das Wort

›behauptet‹ benutzt, denn unter den gegebenen Umständen, zweifelte sie plötzlich daran, dass ihr Arbeitgeber tatsächlich krank war.

»Und wie lautet die Adresse?«

»Ich weiß nicht, ob ich Ihnen die Privatanschrift geben kann«, antwortete sie zögerlich.

»Sie können«, versicherte Thamsen mit scharfer Stimme. Sein Blick und die Tonlage seiner Antwort machten deutlich, dass er keinen Widerspruch duldete.

Eilig riss die Sekretärin einen gelben Notizzettel von einem Block auf ihrem Schreibtisch ab, schrieb die verlangte Auskunft darauf und reichte ihn Thamsen.

»Sie kriegen es sowieso raus«, kicherte sie nervös. »Sie sind ja schließlich bei der Polizei.«

Er bedankte sich und verließ mit den drei Freunden im Schlepptau die Kanzlei.

»Haben Sie eine Ahnung, wo das ist?« Thamsen reichte Haie den Zettel, da er annahm, der sei ortskundig. Tom Meissner und Marlene Schumann waren Zugezogene und kannten sich mit Sicherheit in der Gegend nicht so gut aus wie ihr Freund.

Doch Haie schüttelte bedauernd seinen Kopf.

»Nee, Rendsburg ist mir auch fremd. Bin noch nicht oft hier gewesen. Kennst du die Straße?« Er reichte das Stück Papier weiter an Tom. Der warf nur einen flüchtigen Blick auf die Notiz und nickte.

»Das ist unten am Kanal.«

Thamsen blickte ihn überrascht an. Damit hatte er nicht gerechnet.

»Ein Kunde von mir wohnt dort. Nette Gegend.«

Tom hatte recht. Das Viertel, in dem sich Dr. Münsterthalers Haus befand, war wirklich sehr schön. Villenartige Domizile in weitläufigen Gärten, zum Teil direkt am Kanal gelegen, kennzeichneten diese Wohngegend. Hier lebten eindeutig die betuchteren Einwohner der Kreisstadt. Thamsen seufzte leicht. Solch eine Immobilie in dieser Lage würde er sich von seinem mickrigen Beamtengehalt niemals leisten können. Manchmal ist die Welt einfach ungerecht, dachte er, ehe er seinen Wagen am Straßenrand parkte und ausstieg.

In der Auffahrt zu dem Haus Nummer sieben stand ein weißer Mercedes.

»Na, ha'm Manni und Ole sich in ihrem Suff vielleicht doch nicht getäuscht«, bemerkte Haie, als sie auf die Gartenpforte zugingen, und betrachtete den Wagen äußerst genau.

Thamsen ermahnte die drei Freunde noch einmal, sich zurückzuhalten, dann drückte er den messingfarbenen Klingelknopf neben dem farblich abgestimmten Namensschild. Nichts tat sich. Es wurde weder der Türsummer des Tores betätigt noch die durch die Gitterstäbe einzusehende, wenige Meter entfernte Haustür geöffnet. Thamsen klingelte erneut. Wieder nichts.

»Er ist wohl nicht da«, stellte er nach dem dritten erfolglosen Versuch schließlich fest.

»Wo soll er denn hin sein? Das Auto steht doch vor der Garage. Der muss daheim sein.« Haie betätigte nun selbst die Türglocke. Demonstrativ presste er seinen Finger auf den kleinen Knopf.

»Herr Ketelsen«, wies Thamsen ihn zurecht, »bitte.«

Wieder bereute er, nicht allein gekommen zu sein. Natürlich war ihm bewusst, dass er ohne Hilfe überhaupt nicht bis hierher gekommen wäre, und die Spur der Freunde schien heiß zu sein. Die Krankmeldung des Anwalts, der weiße

Wagen und nicht zu vergessen der Bezug, den Dr. Münsterthaler zu der Familie Carstensen hatte, insbesondere zu
Sophie Carstensen, waren äußerst verdächtig.

Aber die privaten Ermittler waren emotional zu sehr verwickelt, zumindest der Hausmeister. Das führte zwangsläufig zu einem forschen Vorgehen. Und solches konnte in
einem Fall wie diesem durchaus hinderlich sein. Schließlich
handelte es sich um Mord.

Er ließ seinen Blick durch die Gitterstäbe gleiten und
entdeckte am hinteren Ende des Grundstücks eine winzige Lücke in der ansonsten dicht gewachsenen, mannshohen Hecke.

»Sie bleiben hier. Ich sehe mich ein wenig um«, bestimmte
er, lief zu der schadhaften Stelle im Zaun und zwängte sich
in den Garten.

Im Haus schien alles ruhig. Er ging einige Schritte über
den akkurat geschnittenen Rasen zu einem geschlängelten
Kieselsteinweg, der zu einer großzügigen Veranda führte.
Dr. Münsterthaler hatte den Sommer anscheinend noch
nicht verabschiedet. Hölzerne Gartenmöbel standen gemütlich arrangiert auf der mit Granitplatten gepflasterten Terrasse. Eine riesige Fensterfront gewährte Thamsen Einblick
ins Innere des Hauses.

Wie erwartet, war die Ausstattung exklusiv und wirkte
teuer. Inmitten eines riesigen Wohnzimmers stand ein
schwarzer Flügel, an den Wänden hingen farbenfrohe Ölgemälde, die ihn an das Bild im Büro des Anwalts erinnerten.

Thamsens Blick wanderte durch den Raum und entdeckte weitere noble Details, die Dr. Münsterthalers Heim
zu einem wahren Schmuckstück werden ließen. Der Anwalt
selbst war allerdings nirgendwo ausfindig zu machen. Der
Vogel scheint tatsächlich ausgeflogen zu sein, schluss-

folgerte Thamsen, umrundete aber sicherheitshalber das gesamte Haus. Doch überall bot sich ihm das gleiche Bild. Geschlossene Türen und Fenster, hinter denen sich zwar eine wahre Goldgrube von Antiquitäten und Designerstücken befand, aber kein Dr. Münsterthaler.

Etwas ratlos kehrte er zur Lücke im Zaun zurück und verließ den Garten. Was sollte er nun tun? Sollten sie hier vor dem Haus auf den Verdächtigen warten? Oder war es vielleicht besser, wenn er später noch einmal wiederkam? Und zwar allein.

Völlig versunken in seine Gedanken, erreichte er die Gartenpforte und bemerkte erst jetzt, dass die drei Freunde verschwunden waren. Was stellen die nun schon wieder an?, fragte er sich und stöhnte dabei innerlich. Hätte er sich ja auch beinahe denken können, dass seine ambitionierten Begleiter nicht hier auf ihn warten würden.

22

Die schwarze Labradorhündin Sheyla genoss die ausge-
dehnten Spaziergänge, die ihr Herrchen in den letzten Tagen
mit ihr zusammen unternahm. Aber sie spürte auch, dass
irgendetwas mit ihm nicht stimmte. Völlig zerstreut führte
er sie den kleinen Pfad am Kanal entlang, den Blick abwesend in die Ferne richtend.

Die schockierende Nachricht hatte ihm den Boden unter
den Füßen weggerissen. Sophie, die Liebe seines Lebens,
hatte sich umgebracht. Aufgehängt an einem Balken, hoff-
nungslos, verzweifelt, lebensmüde. Warum nur? Wieso
hatte sie das getan? Sie war doch nun frei gewesen; frei von
Schmerzen und Qualen, frei von dem gewaltsamen Tyrannen. Er hatte sie doch erlösen, ihr helfen wollen, und wenn
er ehrlich zu sich selbst war, hatte er gedacht, sie so nach
all den Jahren endlich für sich zu gewinnen. Aber nichts
von dem, was er sich so sehr erhofft hatte, war eingetreten.

Martin Münsterthaler fühlte eine gewaltige Leere in sich.
Ein schweres, dumpfes Gefühl hatte vollends Besitz von
ihm ergriffen, lähmte seine müden Glieder, nahm ihm die
Luft zum Atmen. Er konnte nicht essen, nicht schlafen,
nicht leben.

Schon immer hatte er Sophie Carstensen geliebt. Seit er
sie das erste Mal gesehen und sich dieses kribblige Gefühl
in ihm geregt hatte. Mit kleinen Gesten und Geschenken
hatte er versucht, ihre Liebe für sich zu gewinnen: leiden-
schaftliche Briefe geschrieben, Liebesgedichte zitiert. Eine

Weile hatte es auch so ausgesehen, als würde sie seinem Werben nachgeben.

Doch dann war Kalli plötzlich auf der Bildfläche erschienen, und Sophie hatte sich von ihm um den Finger wickeln lassen. Wie konnte sie nur auf diesen windigen Burschen reinfallen? Was hatte er ihr schon zu bieten? Martin Münsterthaler verstand bis heute nicht, was Sophie an diesem großspurigen Kerl hatte finden können.

Dennoch oder vielleicht gerade deswegen hatte er nie aufgehört, sie zu lieben, hatte sich bemüht, den Kontakt zu ihr zu halten, in ihrer Nähe zu sein. Nur dadurch war ihm überhaupt aufgefallen, wie sehr sie sich veränderte. Von Mal zu Mal, wenn er ihr begegnet war, hatte sie müder und blasser ausgesehen, war immer stiller geworden. Ein Lächeln war nur noch selten über ihr Gesicht gehuscht. Anfänglich hatte er sich gefragt, was der Auslöser für diesen Wandel war. Dass es mit ihrem Mann Kalli zusammenhing, hatte er sich an drei Fingern abzählen können, doch von den körperlichen Misshandlungen hatte er zunächst nichts bemerkt. So eng war der Kontakt dann auch wieder nicht gewesen, und die Verletzungen hatte Sophie gegenüber anderen stets gut zu verstecken gewusst.

Bis er eines Tages Zeuge einer handgreiflichen Auseinandersetzung wurde. Er hatte beruflich im Dorf zu tun gehabt und einen Abstecher zu den Carstensens gemacht. Zu jener Zeit nichts Ungewöhnliches, schließlich hatte Martin Münsterthaler den schroffen Landwirt in Rechtsangelegenheiten vertreten – allerdings hauptsächlich, um Sophie sehen zu können. Auf die paar Kröten, die Kalli Carstensen ihm für seine anwaltlichen Tätigkeiten gezahlt hatte, war er nicht angewiesen. Zumal er wusste, mit welch schmutzigen Geschäften der Mann sein Geld verdiente. Doch um in der Nähe seiner geliebten Sosi, wie er sie zärtlich nannte, sein zu können, hatte er sich auf eine Zusammenarbeit mit Kalli Carstensen eingelassen.

Als er jedoch an diesem Tag vor der Tür gestanden hatte und gerade anklopfen wollte, war plötzlich ein riesiger Radau aus dem Inneren des Hauses zu ihm nach draußen gedrungen, dazu Kallis laute Stimme. Von Sophie war nichts zu hören gewesen. Ein mulmiges Gefühl hatte ihn ergriffen. Was war da gerade vorgefallen? Mit festem Schlag hatte er gegen die Haustür gehämmert. »Hallo? Alles in Ordnung bei euch?«

Urplötzlich war es still geworden. Er hatte nur noch die gedämpfte Stimme von Kalli, der in scharfem Ton irgendetwas zischte, vernommen, dann war die Tür geöffnet worden, und der Landwirt hatte sich groß und breit vor ihm im Rahmen aufgebaut.

Was er wolle? Momentan sei ein Besuch ungünstig, hatte er Martin Münsterthaler angefaucht und dabei einen unverkennbaren Alkoholgeruch verbreitet.

Er sei rein zufällig im Dorf und wolle den beiden einen kurzen Besuch abstatten, hatte er geantwortet und versucht, einen Blick in den Hausflur zu erhaschen, in dem Sophies Schatten zu sehen gewesen war.

Das sei gerade schlecht. Seiner Frau ginge es nicht gut, hatte Kalli Carstensen geantwortet und ihm die Tür vor der Nase zugeschlagen.

Seit diesem Moment wusste er Bescheid, und kein Tag war mehr ohne Angst und Sorge um seine geliebte Sosi vergangen. Gebettelt, ja geradezu angefleht hatte er sie, sie solle sich von ihrem Mann trennen. Doch Sophie war bei Kalli geblieben und hatte von all dem nichts wissen wollen. Statt seine ausgestreckte Hand zu ergreifen, hatte sie sich immer mehr von ihm abgewandt.

Schließlich war dann dieser Plan in ihm gereift; anfänglich nicht mehr als eine Art Rachegedanke gegenüber dem gewalttätigen Konkurrenten. Eine Idee, entstanden aus Angst und Sorge um die geliebte Frau. Doch je länger er über die Möglichkeit, Sophie von ihren Qualen zu befreien, nachgedacht hatte, umso größer war ihm die Chance erschienen, so auch seine Sosi für sich zurückgewinnen zu können.

Die Vorstellung, einen Menschen umzubringen, hatte ihn allerdings abgeschreckt. Er war eigentlich der Ansicht, dass man Gewalt nicht mit Gewalt bekämpfen konnte. Aber in diesem Fall gab es nun mal keine andere Lösung. Kalli Carstensen musste sterben, wenn er den Misshandlungen ein Ende setzen und freie Bahn bei Sophie haben wollte.

Über mehrere Monate hinweg hatte er Überlegungen angestellt, wie er den unmenschlichen Landwirt aus dem Weg räumen konnte. Vergiften? Erschießen? Erdrosseln? Keine der ihm bekannten Mordmethoden war ihm durchführbar erschienen. Wie hätte er zum Beispiel Gift in das Essen seines Opfers mischen sollen? Und den verhassten Konkurrenten zu erwürgen, sah er sich rein körperlich nicht in der Lage. Was also hätte er tun sollen?

So war die Zeit ins Land gegangen, und er hatte untätig mit angesehen, wie es Sophie kontinuierlich schlechter ging, wie sie drohte, an den grausamen Qualen zugrunde zu gehen.

Bis zu jenem Abend vor etwas mehr als drei Wochen. Er hatte absichtlich an diesem Tag bei Sophie angerufen, da er genau wusste, dass Kalli nicht da sein würde. Dienstagabends war Stammtisch in der Gastwirtschaft im Dorf, und den ließ der Landwirt so gut wie nie ausfallen.

Ein paar Tage zuvor war er bei ihr gewesen, hatte noch

einmal versucht, sie dazu zu bewegen, Kalli zu verlassen. Im Gegensatz zu den anderen Malen war Sophie an diesem Tag aus ihm unerklärlichen Gründen zugänglicher für seine Vorschläge gewesen, hatte zugehört und hin und wieder zustimmend genickt. Vielleicht war sie aber auch nur müde gewesen, denn als es darum gegangen war, konkrete Pläne zu schmieden, war sie erneut ausgewichen. »Ich würde so gern mit dir gehen, glaub mir, ich weiß, dass du es nur gut meinst«, hatte sie leise geantwortet und dabei mit ihren blassen schmalen Händen sanft sein Gesicht berührt. »Aber ich kann nicht. Ich kann einfach nicht.«

Er hatte es nicht verstanden. Sie gab doch zu, dass sie gerne mit ihm gehen würde. Warum tat sie es dann nicht? Was hielt Sophie bei diesem widerlichen Kerl? Sein Anruf war ein erneuter Versuch, sie umzustimmen.

Doch statt wie erwartet die Stimme der Geliebten am anderen Ende der Leitung zu vernehmen, hatte Ulf das Telefonat entgegengenommen. »Mein Vater ist nicht da.« Er war der Ansicht, Martin Münsterthaler würde wegen der Erbangelegenheiten anrufen.

»Und deine Mutter?«

Die schliefe bereits. Ulf Carstensens Stimme hatte etwas irritiert geklungen. Sicherlich war er verwundert, warum der befreundete Rechtsanwalt sich nach seiner Mutter erkundigte. Schließlich ging es um das Erbteil seines Vaters. Dennoch hatte er wohl ob der frühen Uhrzeit erklärend hinzugefügt, dass Sophie Carstensen am Tag zuvor mit dem Fahrrad gestürzt sei und sich deshalb zeitig hingelegt habe.

›Da stimmt doch was nicht! Der lügt doch!‹

An der Art und Weise, wie Ulf von dem Unfall der Mutter berichtet hatte, war Martin Münsterthaler ohne jeden

Zweifel klar gewesen, wer für Sophies Verletzungen verantwortlich war. Eine unbändige Wut war in ihm aufgestiegen, die ihn wie einen Tiger im Käfig in seinem Wohnzimmer auf und ab hatte wandern lassen. Er musste endlich etwas tun, konnte nicht weiter tatenlos zusehen, wie dieser elende Schuft sie zugrunde richtete.

Der Hund schlug plötzlich lautstark an. In einiger Entfernung näherte sich ein anderer Spaziergänger mit einem Golden Retriever, den Sheyla als einen Eindringling in ihr angestammtes Territorium betrachtete. Martin Münsterthaler wurde abrupt aus seiner Gedankenwelt gerissen und zog geistesgegenwärtig an der Leine, um den Hund unter Kontrolle zu halten. Doch der entgegenkommende Hundebesitzer drehte angesichts der vermeintlich anstehenden Konfrontation ab und war schon bald aus Sheylas und seinem Blickfeld verschwunden. Die schwarze Labradorhündin beruhigte sich, und Martin Münsterthaler wurde wieder von seinen Erinnerungen eingeholt.

Wie in einem Film sah er sich die ›Glock 19‹, die er sich bereits vor geraumer Zeit zugelegt hatte, aus einem der Schublädchen des antiken Sekretärs hervorholen. Kalt lag das Eisen in seiner Hand, bedrohlich zielte die Dunkelheit aus der Mündung des finsteren Pistolenlaufs auf ihn.

Schnell steckte er die Waffe in seine Tasche, griff nach den Autoschlüsseln auf der Kommode im Flur und eilte hinaus zu seinem Wagen. Mit zitternden Händen startete er den Motor und fuhr los. Er wusste ja, wo er Kalli Carstensen finden konnte.

Kurz vor Mitternacht erreichte er Risum-Lindholm. Mit über 100 Sachen raste er die Dorfstraße entlang. Gleich hinter dem SPAR-Laden sah er zwei der Stammtischbrüder auf dem Gehweg nach Hause torkeln. Die Runde hatte sich anscheinend vor wenigen Minuten aufgelöst. Er musste sich beeilen, wenn er Kalli auf dem Heimweg abfangen wollte.

Doch er hatte kaum die Dorfstraße verlassen, da sah er die stämmige Gestalt bereits auf dem Fahrradweg, der die Straße in den Herrenkoog hinaus säumte, mit leicht unkoordinierten Schritten heimwärts wanken. Wie gewöhnlich trug Kalli Carstensen einen hellen Parka und seine dunkelblaue Kapitänsmütze. Hastig tastete er nach der Pistole in seiner Tasche.

Es trieb ihm wieder den Schweiß auf die Stirn, als er sich erinnerte, wie ihm in jener Nacht bewusst wurde, dass er sich keinerlei Gedanken darüber gemacht hatte, wie er den Landwirt töten wollte. Sollte er das Fenster der Beifahrerseite herunterlassen und im Vorbeifahren auf Kalli schießen, oder war es vielleicht besser, ihm den Weg abzuschneiden, auszusteigen, die Waffe zu ziehen und abzudrücken?

Die Bilder in seinem Kopf liefen unweigerlich weiter. Sie zeigten, wie er die Scheinwerfer ausmachte und seinem Opfer im Schritttempo und in einigem Abstand folgte. Kalli Carstensen bemerkte nichts davon. Er war zu betrunken und musste seine volle Konzentration dafür aufwenden, einen Fuß vor den anderen zu setzen. ›Wie soll ich ihn nur töten?‹ Schweißperlen rannen in Strömen über sein Gesicht, seine Hände umklammerten so krampfhaft das Lenkrad, dass die Handknöchel weiß hervortraten. Angestrengt verfolgte er jeden Schritt seines Opfers in der Dunkelheit.

Und dann erreichte Kalli Carstensen die Risumer Grundschule. Hier musste er die Straßenseite wechseln, um seinen Heimweg fortzusetzen. Ohne nach rechts oder links zu blicken, trat er auf die Fahrbahn.

Martin Münsterthaler erlebte die filmartige Rückschau derart real und zuckte zusammen, als ihn ein weiteres Mal jener Geisterblitz durchzuckte, der ihn in dieser Nacht gezwungen hatte zu handeln.

Kalli Carstensen hatte die Mitte der Herrenkoogstraße noch nicht ganz erreicht, da schaltete er ohne weiter nachzudenken das Fernlicht ein, schloss die Augen und gab Gas.

23

»Dürfte ich bitte erfahren, was Sie dort treiben?«

Die drei Freunde hatten ihre volle Aufmerksamkeit den Mülltonnen gewidmet, die vor einem kleinen Mauervorsprung seitlich neben der Auffahrt standen. Ein Teil des Inhalts der grünen Tonne lag weit verteilt über die gesamte gepflasterte Zufahrt, und Haie steckte kopfüber bis zur Hüfte in dem Plastikcontainer für Altpapier.

»Wir haben gedacht, dass sich in dem Müll vielleicht irgendwelche Hinweise finden lassen, eventuell sogar ein Beweis«, gab Tom dem genervt blickenden Kommissar Auskunft über ihr ungewöhnliches Vorgehen.

Der schüttelte nur verständnislos seinen Kopf.

»Ich glaube, Sie haben wohl zu viel ›Tatort‹ gesehen, was?«

»Ich hab was!«

Haies Kopf war puterrot, als er endlich wieder aus dem Papierbehälter auftauchte. Auf seinem Gesicht lag ein triumphierendes Strahlen, in der Hand hielt er ein Blatt Papier.

»Hier«, er reichte Thamsen den Zettel. Tom und Marlene verrenkten neugierig die Hälse, um einen Blick auf das vermeintliche Beweisstück zu erhaschen.

»Was machen Sie auf meinem Grundstück?«

Kommissar Thamsen und die drei Freunde fuhren erschrocken herum. Hinter ihnen in der Auffahrt stand Martin Münsterthaler und schaute sie erzürnt an. Seinen Oberkörper hatte er kerzengerade aufgerichtet, die Hände demonstrativ in die Hüften gestemmt. Er wirkte bedrohlich, zumal der schwarze Labrador zu seinen Füßen nur auf sein Kommando zu warten schien, um sich auf die Eindringlinge zu stürzen.

»Moin, Martin.«

Haie erholte sich als Erster von dem Schrecken und nutzte sofort die Gelegenheit, dem Kommissar zuvorzukommen.

»Wir haben da mal ein paar Fragen an dich. Wegen Kalli und so.«

Die Miene des Anwalts hellte sich ein wenig auf, doch seine Körperhaltung blieb nach wie vor angespannt. Er ahnte, was für ein Schriftstück der Kommissar in den Händen hielt. Er hatte das Schreiben eigentlich verbrennen wollen, doch als er danach gesucht hatte, war es spurlos verschwunden. Irgendwie war es ihm aber nicht in den Sinn gekommen, dass seine Reinmachefrau für das Verschwinden des Dokumentes verantwortlich sein könnte. Sie hatte beim Aufräumen das Altpapier entsorgt. Auch das Rechnungsschreiben der Autowerkstatt, auf dem Dr. Münsterthaler handschriftlich vermerkt hatte, die geforderte Zahlung geleistet zu haben, und das er anscheinend achtlos auf dem Sofa hatte liegen lassen. Dort hatte sie es nämlich zwischen zwei Polsterkissen steckend gefunden, und da es als erledigtes Schreiben markiert war, zum Altpapier gezählt.

»Aber ich habe die Fragen der Polizei doch bereits beantwortet. Mehr kann ich zu dem Erbstreit der Carstensens wirklich nicht sagen«, entgegnete er und versuchte, seine Stimme möglichst belanglos klingen zu lassen, während er den Hund in die Garage sperrte.

»Es geht nicht um den Erbfall«, konterte Haie, dem sofort der erschrockene Ausdruck in Martin Münsterthalers

Blick aufgefallen war, als dieser das Schriftstück in Thamsens Händen entdeckt hatte.

»Sondern?«

Der Anwalt versuchte, nach wie vor den Ahnungslosen zu spielen, obwohl ihm eigentlich bewusst sein musste, wie sinnlos das war. Das Schreiben bewies eindeutig, dass er in den Mordfall Kalli Carstensen verwickelt war. Zu diesem Schluss kam jedenfalls Thamsen, nachdem er einen Blick auf das Stück Papier geworfen hatte.

»Herr Dr. Münsterthaler«, schaltete er sich nun ein, »ich muss Sie leider festnehmen. Es besteht der begründete Verdacht, dass Sie den Landwirt Kalli Carstensen ermordet haben.«

Wie aus heiterem Himmel drehte der Jurist sich plötzlich auf dem Absatz um und ergriff unvermittelt die Flucht. Alle waren völlig perplex und blickten dem Anwalt zunächst nur sprachlos hinterher. Die eiligen Schritte hallten laut über den Asphalt.

Wieder war es Haie, der den Schreck über Martin Münsterthalers Reaktion als Erster überwand.

»Mensch, der haut ab!« Er stieß dem Kommissar mit dem Ellenbogen in die Seite und nahm im gleichen Augenblick die Verfolgung auf. Thamsen, der durch den Seitenhieb endlich reagierte, spurtete ebenfalls los, gefolgt von Tom und Marlene.

Doch Martin Münsterthaler hatte bereits einen guten Vorsprung. Durch einige kleinere Nebenstraßen und den Kreishafen war er Richtung Hochbrücke gerannt. Beinahe bedrohlich ragte das riesige Eisenkonstrukt – das Wahrzeichen Rendsburgs – nur wenige Hundert Meter von ihm entfernt in den Himmel.

Völlig außer Atem hielt er einen kurzen Moment inne

und starrte auf den Koloss aus Stahl und Eisen, ehe er dann auf einen der Brückenpfeiler zustürmte.

Thamsen hatte den Hausmeister in der Zwischenzeit überholt und war Martin Münsterthaler ziemlich dicht auf den Fersen. Als er den flüchtenden Anwalt auf den Eisenträger zurennen sah, erkannte er sofort, was dieser vorhatte. In 40 Metern Höhe lag hier eine über 187 Stufen zu erreichende Aussichtsplattform. Ihm war klar, dass der Flüchtige in seinem gegenwärtigen Zustand wahrscheinlich stark selbstmordgefährdet war und vermutlich versuchen würde, sich von der Plattform in die Tiefe zu stürzen. Bei dem Gedanken an den fallenden Körper durchzuckte Thamsen ein Adrenalinstoß, und seine Füße verselbstständigten sich geradezu, als er sah, wie der mutmaßliche Täter den Aufgang erreichte.

Der Treppenaufgang war überraschenderweise nicht wie üblich verriegelt, doch Martin Münsterthaler registrierte diesen Umstand gar nicht. Er hatte keinerlei Gedanken daran verschwendet, wie er hinaufgelangen wollte. In seinem Kopf drehte sich alles einzig und allein um die Frage, wie er dieser unerträglichen Situation entkommen konnte. Er hatte sowieso nichts mehr zu verlieren. Das Einzige, was ihm überhaupt jemals etwas bedeutet hatte, war ihm genommen worden. Was hatte sein Leben jetzt noch für einen Sinn? Zwei Stufen auf einmal nehmend, preschte er die Treppe zur Aussichtsplattform hinauf, bis sein Weg plötzlich durch eine korpulente alte Dame versperrt wurde, die nach Atem ringend mitten in dem engen Treppenaufgang saß. Mit hochrotem Kopf und großen Augen blickte sie ihn an.

»Sie haben ja gar keinen Helm auf«, rügte sie ihn und tippte dabei mit ihrem Zeigefinger gegen ihre signalgelbe Kappe. Anschließend vollzog ihre Hand einen Richtungswechsel und deutete auf seinen Kopf. Martin Münsterthaler fühlte sich von dem demonstrativen Fingerzeig wie aufgespießt. Eine Hitzewelle durchfuhr seinen Körper, zornig blitzte er die anklagende Frau an.

»Lassen Sie mich vorbei!«, zischte er.

Doch sein Gegenüber ließ sich von seinen wütenden Blicken und dem bedrohlichen Unterton in seiner Stimme nicht beeindrucken. Demonstrativ erhob sich die Dame und betonte ihre unumstößliche Absicht, ihn ohne Helm nicht auf die Plattform zu lassen, durch ein resolutes Verschränken ihrer Arme.

»Ohne Helm darf hier niemand rauf. Das ist polizeilich verboten.« Der Mann war mit der Konfrontation total überfordert. Plump versuchte er, sich an der Gegnerin vorbeizuzwängen, doch ohne Erfolg. Die Frau blieb standhaft und hinderte ihn mit ihrer nicht unbeachtlichen Leibesfülle am weiteren Aufstieg.

Dirk Thamsen war es unterdessen gelungen, die letzten Absätze beinahe geräuschlos zu überwinden und sich so dem Anwalt unbemerkt zu nähern. Er hatte bereits einige Treppenstufen unterhalb des Abschnitts, in dem der Verfolgte auf ein scheinbar unüberwindliches Hindernis gestoßen war, die Chance erkannt, den Flüchtigen endlich überwältigen zu können.

»Und die Polizei ist auch schon da«, knüpfte er an die vorangegangene Standpauke an. Erschrocken fuhr Martin Münsterthaler herum, während sich auf dem Gesicht der beleibten Alten langsam ein Grinsen ausbreitete.

»Dr. Münsterthaler«, Kommissar Thamsen packte den Juristen am Arm und zog dabei gleichzeitig ein Paar Handschellen aus seiner Jackentasche, »wie Sie wissen, bin ich gezwungen, Sie festzunehmen.«

Das Klicken der Handschellen hallte durch die eisernen Streben des Treppenaufstiegs.

Martin Münsterthaler, der immer noch ganz perplex über den Widerstand der alten Frau und dem plötzlichen Auftauchen des Kommissars war, ließ sich ohne weitere Gegenwehr abführen.

24

Der Regen prasselte gnadenlos auf die frischen Blumen-
kränze. Die Satinbänder mit den Abschiedsbekundun-
gen trieften bereits vor Nässe und wiesen überall dunkle
Schmutzränder auf, die den Schleifen irgendwie die Würde
des Gedenkens nahmen.

Tom, Haie und Marlene standen an der frischen Grabstelle,
dicht gedrängt unter einem winzigen, blauen Regenschirm,
und blickten auf das schlichte Holzkreuz, auf den Sophie
Carstensens Name und ihre Lebensdaten geprägt waren.

Der Pastor hatte in der Trauerrede kein Wort über den
Selbstmord verloren, sondern lediglich auf den Umstand,
wie hilflos und verzweifelt manche Menschen waren, hingewiesen und zur gegenseitigen, gemeinschaftlichen Unterstützung aufgerufen. Jeder könne in solch eine Situation
geraten und auf die Hilfe anderer angewiesen sein. Haie
hatte dem Pastor im Stillen zugestimmt. Auch er war damals
nach der Trennung von Elke in ein emotionelles Loch gefallen. Wenn Tom und Marlene ihn nicht aufgefangen hätten,
er wüsste nicht, was aus ihm geworden wäre. Obwohl man
seine Lage natürlich nicht mit der von Sophie Carstensen
vergleichen konnte. Sie war jahrelang den Misshandlungen
ihres Ehemannes ausgesetzt gewesen. Hatte Demütigungen
wie Schläge eingesteckt. Stillschweigend, ohne überhaupt
um Hilfe zu bitten. Sie war wehrlos und verzweifelt gewesen, doch die dargereichten Hände hatte sie ausgeschlagen,
sich einfach ihrem Schicksal ergeben. Bis zuletzt.

Dabei hätte sie doch nun, da ihr Peiniger tot war, ein schönes Leben führen können. Ein Leben ohne Schmerzen, Angst und Qualen. Sie hätte nicht mehr voller Furcht auf die Heimkehr ihres Mannes warten müssen, nicht wissend, in welcher Laune er sich befinden, ob er eventuell zuschlagen oder sie verschonen würde. Was musste das nur für ein Leben gewesen sein? Sie hätte doch froh sein müssen, endlich aus dieser Lage befreit zu sein.

Doch sie hatte gewusst, dass Kalli ihretwegen umgebracht worden war. Und mit dieser Last wollte sie nicht leben, konnte sie nicht leben. Nur weil sie zu feige gewesen war, ihren Ehemann zu verlassen, war ein anderer zum Mörder geworden. Diese Einsicht musste sie auf den Dachboden getrieben haben. Dieses Schuldgefühl hatte sie zum Strick greifen lassen. Diese Gewissensbisse hatten ihre Füße veranlasst, den Kartonstapel umzustürzen.

Ein leises Knirschen schreckte die Freunde aus ihren Gedanken. Dirk Thamsen näherte sich über einen der kleinen Kieswege, die sich zwischen den Gräbern hindurchschlängelten.

»Ich hab's leider nicht rechtzeitig zur Beerdigung geschafft. Das Verhör und der Abschlussbericht haben mehr Zeit beansprucht, als ich gedacht habe«, entschuldigte er sein spätes Erscheinen.

»Das ist schon in Ordnung«, beruhigte Haie ihn, »dafür ist der Fall nun endlich aufgeklärt.«

Thamsen nickte und berichtete, Martin Münsterthaler habe den Mord ohne Weiteres gestanden. Er hatte von seiner Liebe zu Sophie Carstensen sowie der Angst und Sorge um sie erzählt, als er erfuhr, dass Kalli sie misshandelte.

»Wenn ich nicht eingeschritten wäre, hätte dieser Widerling sie womöglich irgendwann umgebracht«, erklärte er seine Tat. Er war nach wie vor davon überzeugt, richtig gehandelt zu haben.

Als er Kalli Carstensen die Straße im Herrenkoog überqueren sah, hatte er die Augen geschlossen und Gas gegeben. Erst nach dem gewaltigen Aufprall hatte er scharf gebremst und seinen Blick wieder nach vorn auf die Fahrbahn gerichtet. Der Körper des Landwirts musste einige Meter durch die Luft geschleudert worden sein und lag ein Stück weiter entfernt regungslos am Straßenrand.

Panik hatte Dr. Münsterthaler ergriffen. Was sollte er tun? Wohin mit Kallis Leiche? Er war ausgestiegen, und in seiner Angst hatte er den Leichnam in den Kofferraum seines Wagens gehievt und war losgefahren.

Er wusste nicht mehr, wie lange er unterwegs gewesen oder wie er überhaupt nach Maasbüll gekommen war, aber als er in den schmalen Feldweg eingebogen war, zu dessen linker Seite sich mannshohe Maisfelder erstreckten, war er aus der Trance erwacht und hatte angehalten.

Im Schutze der Dunkelheit hatte er den toten Körper zwischen den Maisstauden versteckt und flüchtig mit einigen Blättern bedeckt. Seine Erinnerungen an jene Nacht waren derart präsent, dass er sogar seinen sich selbst überzeugenden Ausspruch wiederholt hatte.

»Du hast es nicht anders verdient.«

»Tja«, schloss Thamsen seinen Bericht und holte tief Luft, »wozu ein Mensch aus Liebe doch fähig ist.«

»Ein Stück weit kann man ihn sogar verstehen«, flüsterte Haie, während die anderen schweigend auf die Grabstelle blickten.

Der Regen hatte zwischenzeitlich aufgehört. Letzte Tropfen perlten von dem glänzenden Stoff einer Schleife, deren Aufschrift bezeugte, dass Martin Münsterthaler, wenngleich nicht in der Art und Weise, wie er es sich gewünscht hatte, dennoch Sophie Carstensens Qualen ein Ende bereitet hatte.

›Deine Sonne wird nicht mehr untergehen, noch Dein Mond den Schein verlieren; denn der Herr wird Dein ewiges Licht sein, und die Tage Deines Leides sollen ein Ende haben.‹

Thamsen räusperte sich.

»Ich habe mich bei Ihnen noch gar nicht für Ihre tatkräftige Unterstützung bedankt. Ohne Ihre Mithilfe hätte ich den Fall noch lange nicht gelöst.«

Haie winkte ab.

»Ach watt, das war doch selbstverständlich. War uns ja schließlich selbst ein Anliegen, Kallis Mörder zu finden.«

Tom und Marlene nickten dem Freund bestätigend zu.

»Na dann«, der Kommissar reichte ihnen zum Abschied die Hand. »Schade nur, dass Sie sich alle beruflich schon anderweitig orientiert haben.«

Er blickte bedauernd drein. »Ich könnte mir sonst gut vorstellen, Sie hin und wieder als Hilfskommissare zu beschäftigen.«

»Na wenn das so ist«, Haie grinste, »da lässt sich doch bestimmt was machen.«

ENDE

*Weitere Titel finden Sie auf den
folgenden Seiten und im Internet:*

WWW.GMEINER-VERLAG.DE

Kommissare Thamsen, Meissner und Co. ermitteln:

SPANNUNG

GMEINER

WWW.GMEINER-VERLAG.DE
Wir machen's spannend

DIE NEUEN  Lieblings-Plätze

ISBN 978-3-8392-0154-1 — AM INN

ISBN 978-3-8392-2730-5 — AUGSBURG UND BAYERISCH-SCHWABEN

ISBN 978-3-8392-0155-8 — FÜNFSEENLAND

ISBN 978-3-8392-0158-9 — HARZ

ISBN 978-3-8392-0160-2 — mit Hund NORDSEEKÜSTE NIEDERSACHSEN

ISBN 978-3-8392-0159-6 — LÜNEBURGER HEIDE

ISBN 978-3-8392-0161-9 — NIEDERRHEIN

ISBN 978-3-8392-0163-3 — OSTSEE MECKLENBURG-VORPOMMERN

ISBN 978-3-8392-0164-0 — OSTSEE SCHLESWIG-HOLSTEIN

ISBN 978-3-8392-2626-1 — SACHSEN

ISBN 978-3-8392-0156-5 — für Senioren BODENSEE

ISBN 978-3-8392-0157-2 — für Senioren NORDSEE SCHLESWIG-HOLSTEIN

ISBN 978-3-8392-0166-4 — SÜDLICHE WEINSTRASSE UND PFÄLZERWALD

ISBN 978-3-8392-0166-4 — SÜDTIROL

ISBN 978-3-8392-2838-8 — USEDOM

ISBN 978-3-8392-0168-8 — WIESBADEN RHEIN-TAUNUS-RHEINGAU

GMEINER KULTUR

WWW.GMEINER-VERLAG.DE
Mensch, Kultur, Region